Jan Christophersen

# Ein anständiger Mensch

Roman

mare

Die Deutsche Nationalbibliothek verzeichnet diese Publikation in der Deutschen Nationalbibliografie; detaillierte bibliografische Daten sind im Internet unter http://dnb.ddb.de abrufbar.

Die beiden Hamsun-Zitate folgen der Ausgabe: Knut Hamsun, *Segen der Erde*. Ins Deutsche übertragen von J. Sandmeier und S. Angermann. dtv, 1978.

1. Auflage 2019
© 2019 by mareverlag, Hamburg
*Typografie* Iris Farnschläder, mareverlag
*Schrift* Plantin
*Druck und Bindung* CPI books GmbH, Germany
ISBN 978-3-86648-607-2

www.mare.de

Davor

# I

Eins passierte nach dem anderen. Wie hätte es auch anders sein können? Die Gegenwart, in der wir uns befanden, wusste nicht, was nach ihr kam, und der Scheinwerfer der Erinnerung leuchtete noch nicht mit seinem voreingenommenen Licht die Szene aus. Erst geschah dies, dann das. Und in jenem Jetzt und Hier saßen meine Frau und ich nebeneinander im Auto. Zeit: ein Freitagvormittag Ende September, kurz vor zehn Uhr; Ort: der Parkplatz an unserem kleinen Inselhafen. Ein frühherbstlicher Windhauch wehte Salzluft durch mein heruntergekurbeltes Seitenfenster. Das Radio schwieg. Draußen klapperten Haken und Ösen gegen die im Spalier stehenden Fahnenmasten, und die rot-weißen *Dannebrogs* flatterten vorbildlich an deren Spitzen. Gerade schwang sich eine Möwe von einem der Poller auf, drehte eine Runde, kreischte. Ich sah sie hinabstoßen ins trübe, wenig bewegte Hafenbecken und verlor sie aus dem Blick.

Das war er also, der Moment davor. In der Rückschau lässt sich das genau bestimmen. Was sich danach ereignete, war bereits Teil jener Geschichte, die sich zu entspinnen begann. Unserer Geschichte, *meiner* Geschichte.

Keine zwei Minuten sollten noch verstreichen, bis sich das Colin-Archer-Schiff *Thor* hinter der Mole ins Bild schob, mit tadellos strahlendem Namenszug am Bug, an Deck unsere beiden Freunde Ute und Gero, die uns für ein verlängertes

Wochenende auf der Insel besuchen wollten. Von Rostock kommend, hatten die beiden die Ostsee in eintägiger Fahrt überquert, hatten bei Einbruch der Dämmerung irgendwo unterwegs in Küstennähe geankert, in ihren Kojen übernachtet und dort vermutlich gemacht, was man eben so macht, wenn das Schiff sanft schaukelt, die Sonne untergeht und dieses Glitzern überm Wasser liegt, und waren an diesem Morgen kurz nach Sonnenaufgang weitergesegelt, um die letzten Seemeilen bis zum Ziel zurückzulegen und beinahe auf die Viertelstunde genau am Vormittag hier bei uns auf der Insel einzutreffen. Ihre pünktliche Einfahrt hatte uns Gero rechtzeitig vorher via SMS angekündigt.

Anstatt nun aber vorauszueilen und alle Protagonisten zügig am Ort des Geschehens zu versammeln, muss ich noch eine Zeit lang bei dem letzten Augenblick zu zweit verweilen, der meiner Frau und mir in unserem Wagen blieb. Nebeneinander saßen wir auf unseren angestammten Plätzen, Frauke auf dem Beifahrersitz, ich hinterm Steuer. Wie üblich legte ich meine rechte Hand auf ihren vom Sonnenschein angewärmten Oberschenkel, spürte den Leinenstoff ihrer Hose unter meinen Fingerspitzen, drückte sanft zu und sagte vollkommen unvermittelt: »Komm, lass uns abhauen. Noch ist Zeit.«

Mir selbst ist es ein Rätsel, weshalb mir diese Worte damals über die Lippen kamen, obendrein in dieser Situation. An irgendwelche tief verborgene Vorahnungen kann ich nicht glauben, und deshalb reagiere ich bei der Erinnerung daran genauso erstaunt wie Frauke, die sich mir zuwandte und forschend in mein Gesicht schaute, als müsste sie ergründen, wie ernst es mir war, was ich da eben geäußert hatte.

»Du willst abhauen?« Es klang durchaus nicht abgeneigt. (Hatte ich ihr etwa unbeabsichtigt aus der Seele gesprochen?

Suchte sie insgeheim nach einem Weg, dem Pärchenwochenende zu entgehen, das wir lange geplant hatten?) »Du hast die beiden doch selbst eingeladen.«

»War nur ein Scherz«, sagte ich. »Was denkst du denn? Das werden bestimmt schöne Tage mit den beiden.«

Frauke nickte, wirkte allerdings enttäuscht, wie ausgebremst, und instinktiv fasste ich nach ihrer Hand. Sie löste diese sogleich wieder aus meinem Griff, öffnete die Beifahrertür und sagte, mit Blick hin zur Mole: »Jetzt ist es eh zu spät. Da kommen sie.«

Als Erstes sahen wir Ute im Bug des Schiffes, gekleidet im klassischen Segleroutfit: Bootsschuhe, weiße Jeans, blaues Poloshirt. Auf dem Kopf trug sie eine Kapitänsmütze, die sie falsch herum aufgesetzt hatte, was ihren Aufzug ironisch brach, und sie traf gerade Vorkehrungen für das Anlegemanöver, klemmte auf Geros Zurufe hin Taue ein, kurbelte hier, zog da, hängte die Fender raus, hatte augenscheinlich alle Hände voll zu tun und fand dennoch die Zeit, für uns Zuschauer eine lebende Galionsfigur zu mimen. Mit angelegten Armen und vorgestrecktem Brustkorb, den Blick starr geradeaus gerichtet, das Gesicht eingefroren und ernst, verharrte sie für einige Sekunden, bevor sie losprustete und uns zuwinkte.

»Jetzt hör doch mal mit dem Quatsch da vorne auf«, sagte Gero von seinem Kommandoplatz an der Pinne, und seine Worte drangen trotz des leichten Winds bis zu uns an die Pier.

Ute hatte für sein Kopfschütteln nur eine wegwerfende Handbewegung übrig. »Ahoi, ihr Insulaner«, rief sie uns zu. Ihre gute Laune erwies sich wieder einmal als unverbrüchlich.

Was dann kam, war das sogenannte Eindampfen in die Vorspring, wie es bei ablandigem Wind und kleiner Crew angeraten sein soll. Ich selbst bin kein Segler, nie gewesen, und berufe mich bei der Beschreibung des Manövers und aller sonstigen Segeldetails auch ausschließlich auf Geros Blog, den dieser seit dem Kauf seines ersten Schiffes akribisch führte und von dessen Existenz ich erst viel später etwas erfahren sollte (www. gero-segelt.de). Längs steuerte er also eine Lücke zwischen zwei Schiffen an, die an der Pier lagen, einer Jacht, die bessere Zeiten gesehen hatte, und dem Fischkutter unseres Nachbarn Jepsen, der eben mit einer Sackkarre in einem der Hafenschuppen verschwunden war. Jepsen hatte mir kurz zugenickt, wohl als Zeichen dafür, dass er meine Bestellung nicht vergessen hatte. Später würde er uns wie verabredet irgendetwas Schönes frei Haus liefern: Scholle, Seeteufel, Meeräsche – was auch immer er an diesem Morgen in seinen Netzen gefangen hatte. Gero brachte den Bug seines Schiffes in kontrollierter Fahrt so nahe an die Pier heran, dass Ute mit einem beherzten Schritt an Land springen, die Vorleine mittschiffs setzen und gleich auf die richtige Länge einstellen konnte. Sie rief die vorgesehene Meldung: »Vorspring belegt!«, woraufhin Gero das Ruder hart seewärts stellte und dosiert Gas gab, sodass der Bug von der Pier weg und das Heck sachte landwärts gedrückt wurde. Sobald das Schiff parallel ausgerichtet lag, brachte er die Heckleine aus, die Ute geübt vertäute, und stoppte den Motor. Das Manöver war beendet. Die *Thor* lag fest.

Nachdem Ute auch die Bugleine festgemacht hatte, erhob sie sich, schritt auf Frauke und mich zu und umarmte uns, und genau hier weicht meine Erinnerung zum ersten Mal von der Wirklichkeit ab. Ich bin mir sicher, dass Frauke und ich nicht unmittelbar nebeneinanderstanden, als Ute uns begrüßte. Nach der kleinen Unstimmigkeit im Auto, die noch nachwirkte, hielten wir exakt so viel Abstand voneinander, dass wir uns nicht zufällig berühren konnten. Aus der Nähe beobachtete ich daher, wie Ute Frauke in den Arm nahm und auf die Wangen küsste, bevor sie sich mir zuwandte und im Näherkommen sagte: »Wie schön, dass es endlich geklappt hat mit unserem Treffen hier auf deiner Insel.«

Aber das kann so nicht stimmen. Gero hat die Begrüßung unbemerkt von Bord aus mit seinem Handy festgehalten und die Aufnahme später auf seinem Blog veröffentlicht. Da sehe ich uns drei an der Pier stehen, wie wir uns gemeinsam in den Armen liegen, und es besteht überhaupt kein Zweifel, dass Frauke und ich uns an den Händen halten, während Ute uns umarmt und küsst. So muss es in Wirklichkeit gewesen sein. (Eine geringe Variation nur, die mich aber nachhaltig verunsichert, seit ich das Foto im Internet entdeckt habe.)

»*Velkommen til vores ø*«, sagte ich und täuschte mit dem Slogan des hiesigen Touristikverbandes Sprachkenntnisse vor, die ich genau genommen nicht besaß.

Gero nickte. Fremdsprachen konnten ihn nicht schrecken. »*Tak for invitationen*«, antwortete er, ganz der gewandte Weltenbummler, der er zwar jetzt noch nicht war, in absehbarer Zeit aber zu werden plante. Mit seiner *Thor* wollte er, sobald die Finanzierung stand, systematisch alle Ozeane der Welt bereisen, allein, als Einhandsegler also, wie etwa Robert Redford in *All is Lost* (natürlich ohne Kollision mit einem herumtreibenden Container). Äußerlich wies Gero einige Ähnlichkeiten mit dem Schauspieler auf, obwohl beide etwas mehr als zwei Lebensjahrzehnte voneinander trennten: die Frisur, das wettergegerbte Gesicht, die Augenpartie; in Ansätzen glichen sich selbst ihre Stimmen, genauer, Geros und Redfords deutsche Synchronstimme, die bekanntlich markanter ist als das Original. Den Segelfilm hatte Gero mir Anfang des Jahres wiederholt ans Herz gelegt, doch hatte ich es versäumt, ihn mir im Kino anzusehen, und lediglich die einschlägigen Kritiken gelesen.

»Dann hüpft mal alle an Bord«, sagte Gero. »Ich zeig euch mein Schiff.«

Frauke ließ sich nicht lange bitten und nahm die helfende Hand gerne an, die Gero ihr über die Reling hinweg reichte.

»Mit oder ohne Schuhe?«, fragte sie.

»Bei deinen Schuhen besser ohne, wenn du nicht ausrutschen willst.«

Gehorsam streifte sie sich mit der freien Hand die Sandalen ab und ließ sich barfuß an Bord helfen. Nachdem sich beide ausgiebig umarmt hatten – Gero presste Frauke auf eine Art an sich, als wären sie schon seit Ewigkeiten befreundet, dabei gehörte er als Utes »Neuer« erst seit knapp eineinhalb Jahren dazu –, trat er an die Reling heran, um nun mir beim Einstieg zu assistieren.

Ich machte einen Schritt zurück und hob wie zum Schutz die Hände. »Lieber nicht.« Ich hatte noch nie in meinem Leben einen Fuß auf ein Segelschiff gesetzt und plante nicht, dies in absehbarer Zeit zu ändern.

Gero schien durch meine Weigerung vor den Kopf gestoßen. Obwohl er äußerlich ruhig blieb, verriet sein Mund, der sich wahrscheinlich unbeabsichtigt öffnete, und insbesondere die kreisende Zunge darin, wie sehr es sein stolzes Seglerherz verletzte, dass ich es vorzog, an Land zu bleiben, anstatt mir seine *Thor* anzuschauen, ein massiges Teakholzschiff, das sogar auf mich Eindruck machte.

Ute kam mir glücklicherweise zu Hilfe. »Ich hab dir doch gesagt, dass Steen den sicheren Boden nicht gern verlässt. Eine Insel ist schon das Maximum, was er erträgt.«

Gero gab ein unbestimmbares Geräusch von sich, und

Frauke, die wie immer genau wusste, was zu tun war, ergriff seinen Arm und zog ihn zu sich heran.

»Aber *ich* will alles sehen.« Sie schaute sich um. »Schönes Boot. Wirklich. Zeigst du mir auch die Kajüte?« Als sie das fragte, stieg sie bereits die ersten Stufen ins Innere des Schiffes hinunter.

»Selbstverständlich.«

Bevor Gero ebenfalls unter Deck verschwand, traf mich noch ein letzter abschätziger Blick von ihm, dessen Bedeutung unschwer zu entziffern war: So einer also bist du.

Alles in allem war das kein besonders gelungener Start in unser gemeinsames Wochenende, was ich bedauerte, und dieses Unbehagen musste mir anzumerken gewesen sein, denn Ute schmiegte sich seitlich an mich und streichelte tröstend über meinen Handrücken.

»Nur unter uns: Ich bin auch froh, von dem Kahn runter zu sein. Hat ziemlich geschaukelt.«

»Wie war denn eure Überfahrt?«

Ute ignorierte meine Frage. Wie eine Katze strich sie direkt vor mich, erfasste auch meine andere Hand und führte beide hinter ihrem Rücken zusammen. Ich konnte die beginnende Rundung ihres Hinterns erspüren. Bauch und Oberkörper drückte sie gegen mich und blickte mir von schräg unten in die Augen.

»Froh?«, fragte sie.

»Aber sicher.«

Als sie sich daraufhin noch fester an mich presste, fühlte ich den Bügel ihres BHs durch das Poloshirt hindurch an meinem Bauch. Sie zwinkerte mir zu. »Und ich erst.«

Mit dem Feuer spielen – so nannte Ute diesen Umgang, den sie mit mir pflegte, dieses offensive Flirten, mit dem sie stets begann, sobald wir einen Augenblick unbeobachtet waren. Seit unserer ersten Begegnung vor vielen Jahren machte sie das so, damals im Verlag, als mein erstes Buch erschien und sie sich mir als »meine Verlagsvertreterin für den Nordosten der Republik« vorstellte. Auf meine unbedarfte Frage hin, was denn eine Verlagsvertreterin eigentlich mache, hatte sie nur vieldeutig geantwortet: »Alles, was nötig ist. Vor allem aber sorge ich dafür, dass die Buchhandlungen die richtigen Bücher auslegen. Ihres zum Beispiel. Allerdings hoffe ich, dass Sie, lieber Herr Friis, es mit dem Anstand nicht allzu genau nehmen …« Damit spielte sie natürlich auf den Titel meines Buches an, das der Grund für unser Aufeinandertreffen war: *Anstand – Was wir wollen dürfen und müssen sollen.* Das Buch war damals erfreulicherweise ein Erfolg geworden, der meine Karriere als »öffentlicher Intellektueller« sofort in Gang setzte. Seitdem gehörte ich zu den üblichen Verdächtigen, die von den Medien angerufen werden, wenn irgendwo irgendwas passiert: Missbrauchsfälle, Terror, Bundestagswahlen – eine nur selten wirklich dankbare Rolle. Ute und ich hatten uns damals, ohne viele Worte zu wechseln, gleich gemocht. (Doch es ist in diesem Zusammenhang nicht unwichtig zu betonen, dass wir uns trotz aller Sympathien und Flirts, trotz mehrerer Gelegenheiten nie zur kleinsten Unbesonnenheit haben hinreißen lassen.)

»Weiß Frauke Bescheid?« Ute ließ meine Hände los, die ich weiterhin hinter ihrem Rücken verschränkt hielt.

»Worüber genau?«

»Na, dass wir beide schon einmal hier auf der Insel waren. Allein.«

»Sollte sie?«

»Weiß ich nicht. Das musst du selbst entscheiden. Gero

weiß zumindest nichts. Und *das* sollte besser so bleiben, wenn wir in den nächsten Tagen ein wenig Spaß zusammen haben wollen.«

»Spaß?«, fragte ich. »Alle zusammen?«

Ute schüttelte den Kopf und kniff mir mit den Fingerspitzen ins Kinn. »Klaro, du Rüpel.«

Aus der Kajüte wurde eine Segeltuchtasche an Deck geschmissen, gleich darauf eine zweite. Sofort zog ich meine Hände von Utes Rücken zurück, die mich mit tadelnd schräg gelegtem Kopf anschaute, als ob meine Eile vollkommen unbegründet wäre. Gero tauchte aus dem Inneren des Schiffes auf, gefolgt von Frauke, die sich von ihm heraufhelfen ließ.

»Richtig geräumig da unten«, sagte sie, obwohl mich anblickend, eigentlich an Gero gerichtet. »Hätte ich mir viel ungemütlicher vorgestellt auf so einem Schiff.«

»Ein bisschen Platz braucht man schon, wenn man länger auf See unterwegs sein will.« Gero schaute sich kontrollierend um, bevor er Ute die Taschen hinüberreichte und Frauke von Bord dirigierte. »Ich räume hier nur schnell noch alles zusammen und klariere dann beim Hafenmeister. Das dauert nicht lange. Ihr könnt ja solange im Auto auf mich warten.«

Ich deutete zum Hafenschuppen. »Jepsen findest du da vorn. Der ist hier für alles zuständig.«

Gero sah mich an, als hätte er von meiner Seite keinerlei Hilfsbereitschaft erwartet, und nickte zögerlich.

Ich nahm Ute die beiden Taschen ab, die sich daraufhin bei Frauke einhakte. Noch immer barfuß und mit Trippelschritten, die Sandalen in der Hand, führte Frauke sie über den Asphalt in Richtung Parkplatz.

»Ich bin noch immer wackelig in den Knien«, sagte Ute. »Wahrscheinlich bin ich zu lange auf dem Wasser gewesen.«

»Kann schon sein«, sagte Frauke. »Aber vielleicht liegt es auch an der Insel. Mir kommt es manchmal so vor, als würde der Boden unter meinen Füßen hier schwanken.«

»Massives Urgestein«, sagte ich. »Jahrtausendealt. Da schwankt nichts.«

»Wie gut, dass unser Steen wie immer über alles Bescheid weiß …«

Wer von den beiden Frauen das sagte, weiß ich nicht mehr. Es war eine dieser typischen Sticheleien, wie sie zu unserem Umgang gehörten, sowohl zwischen Frauke als auch zwischen Ute und mir. Jede hätte es gesagt haben können. Es lachten zumindest beide.

Ihre Schritte beschleunigend, steuerten die Frauen die Hafenmauer an, auf der sie sich nebeneinander mit den Ellenbogen abstützten. Ich folgte ihnen in gemächlicherem Tempo, sah ihre Silhouetten, die sich vor dem blassblauen Himmelhintergrund abzeichneten, und kam nicht umhin, diese mit einem, nennen wir es männlichen, Blick zu mustern. Ich war mit beiden gleichermaßen einverstanden, so unterschiedlich sie waren: auf der einen Seite Fraukes schmale, beinahe kindliche Gestalt, die sie selbst tagtäglich mit einer Art ritueller Enttäuschung vor dem Spiegel begutachtete; und daneben die ausgeformte, modulierte Rückenansicht von Ute, mit der sie mich seit jeher an meine große Schwester Gudrun erinnerte. Eine Bemerkung, die mein Vater scherzhaft über Gudruns Figur abzugeben pflegte, geisterte bis heute durch meine verborgenen Gedanken, wann immer ich auf ähnlich gebaute Frauen traf: »Ein gebärfreudiges Becken hat auch seine Vorteile.« Gudrun hatte man mit diesem Ausspruch früher in Sekunden zur Weißglut treiben können, was ich als pubertierender Bruder über Jahre hinweg weidlich auszunutzen gewusst hatte, ohne mich je um das Diffamierende an diesem Satz zu scheren. Das hatte sich erst geändert, als ich Vater einer teenagernden Tochter wurde, die ich von derlei Chauvinismus gerne verschont gewusst hätte. Aber Sichtweisen fressen sich eben ein, sind einem wie eingepflanzt und lassen sich nicht immer kontrollieren.

Ich brachte die Taschen zum Wagen, verstaute sie im Kofferraum und ging anschließend zu den Frauen hinüber, um mich wie sie auf die Hafenmauer zu lehnen. Eine Möwe sauste im flachen Flug über uns hinweg und schrie, was wie ein Warnruf klang. Unwillkürlich schaute ich mich um. Ich sah Gero auf seinem Schiff herumhantieren, wie er die Segel festzurrte und die Kajüte verschloss, und auf die Entfernung vergrößerte sich seine Ähnlichkeit mit dem amerikanischen Schauspieler eher noch. Hinter ihm flatterten die *Dannebrogs* im Wind. (Irgendwo hatte ich einmal gelesen, dass in Dänemark immer genau so viel Wind herrschte, dass die Staatsflagge nie schlaff herunterhing.) Rostrote Hafenschuppen bildeten den Hintergrund, davor gestapelte Fischkisten in allen Farben und schaukelnde Netzreste. Es war alles wie gemacht für die Hobbykünstler, die sich hier gerne mit ihren Aquarellkästen aufbauten und das zuckersüße Hafenmotiv nach besten Kräften abzumalen versuchten.

»Schön«, sagte Ute neben mir, den Blick in die entgegengesetzte Richtung aufs Wasser hinaus gerichtet, und sie brauchte gar nicht mehr zu sagen, weil wir alle verstanden, was sie meinte. Da draußen war das Meer, und bis zum Horizont sahen wir nichts außer zackig bewegten Wellen. Kein Land in Sicht.

»Vor allem alles schön weit weg hier«, sagte ich.

Ute wandte sich mir zu. »Das habe ich mir auf der Herfahrt

auch überlegt: Darum also fährt Steen immer auf seine Insel, wenn er schreiben will. Um möglichst weit weg zu sein von allem.«

»Alle Achtung. An dir ist doch wahrlich eine Psychologin verloren gegangen. Frauke muss regelrecht neidisch werden, wenn sie sieht, wie leicht du zu solchen Einsichten gelangst. Sie als Psychotherapeutin hat das erst mühsam erlernen müssen.«

Ute stieß mir in die Seite. »Witzbold.«

Frauke hatte unseren kleinen Wortwechsel nicht verfolgt. Sie blickte weiterhin aufs Meer hinaus und wirkte dabei wie immer auf ihre ganz spezielle Weise versunken. Sie war die mit Abstand ausdauerndste Aufs-Meer-hinaus-Guckerin, die ich kannte. Stundenlang konnte sie die zumeist nur mäßig bewegte Wasseroberfläche vor der Küste im Auge behalten, mit einer Ausdauer und Gespanntheit, als gäbe es da draußen irgendetwas für sie zu entdecken. Schon oft hatte ich mich gefragt, was sie an diesem Hinausschauen eigentlich fand und wohin sie dabei mit ihren Gedanken trieb. Aus einer inneren Scheu heraus, die ich selbst nicht erklären konnte, hatte ich sie bislang nie darauf angesprochen.

Mir selbst ging die innere Ruhe, die wohl eine Voraussetzung ist für so ein hingebungsvolles Betrachten, leider vollständig ab. Das Meer bot meinem Blick einfach zu viel an. Schaute ich hinaus, sah ich einen Riesenorganismus vor mir, der sich in ständigem Wandel befand: Wassermassen, angefüllt mit Schwebstoffen, Treibgut, Chemikalien, mit Totem und Lebendigem, die durch kosmische und irdische Einflüsse, durch Wind und Wetter mal mehr, mal weniger bewegt vor der Küste hin und her schwappten. Selbstverständlich hatte auch ich meine Freude an diesem Anblick. Ich warf gerne einmal für Minuten grundlos Steine vom Ufer aus ins Wasser, um diese genauso grundlos darin verschwinden zu sehen. In einer tieferen Schicht meines Bewusstseins allerdings empfand ich das Meer als gefährlich und konnte es nur schwerlich mit der gleichen Versunkenheit wie Frauke betrachten.

Dabei schien das eine durchaus erstrebenswerte Fähigkeit zu sein. Frauke wurde vom Anblick des Meeres beruhigt und erfrischt zugleich, was mein Glück war, weil es bedeutete, dass sie mich zumindest gelegentlich in meiner Inselabgeschiedenheit besuchen kam. Das ereignisarme Inselleben, das ich so sehr zum Schreiben benötigte, sowie die unaufdringliche Landschaft, an der bis auf die Steilküste nichts Besonderes dran war – sanfte Hügelketten, einige Wälder, Hügelgräber in Kornfeldern mit den obligatorischen Mohnblumen am Rand –: Das alles ödete Frauke bis ins Mark an, sodass sie unser Hamburger Zuhause jedem Aufenthalt auf der Insel vorzog. Gäbe es hier nicht die Küste und das Meer, sie hätte wenig Anlass gefunden, mich zu besuchen, wann immer ich mich für zwei, drei Wochen konzentrierter Schreibzeit auf die Insel zurückzog. Insofern hatte ich Gründe, dem Meer dankbar zu sein. Nicht zuletzt gefiel es mir durchaus, Fraukes schweigsames Hinausschauen selbst zu beobachten, an diesem Tag umso mehr, da wir uns erst am Vorabend nach zweiwöchiger Trennung wiedergesehen hatten. Erst spät am Abend war sie aus Hamburg angereist und hatte mich wie immer, kaum angekommen, sofort *in sich spüren* müssen, wie sie es ausdrückte (wahrscheinlich, um sich meiner Gegenwart zu versichern). Das war so üblich zwischen uns, genauso wie der Umstand, dass wir uns trotz allem bis jetzt noch nicht wieder vollständig aufeinander eingenordet hatten, womit sich sehr wahrscheinlich die kleine Unstimmigkeit aus dem Auto erklären lässt. Erfahrungsgemäß brauchten wir immer einige Zeit, bis wir wieder zu dem Paar wurden, das wir in unserem Hamburger Alltag waren, gewöhnlich etwa ein Fünftel der Zeit, die wir vorher voneinander getrennt gewesen waren. Rein rechnerisch würden wir es demnach ungefähr am Ende des Wochenendes geschafft haben.

»Genau so habe ich mir das vorgestellt«, sagte Ute. »Mit euch beiden hier am Ufer rumstehen und schweigend aufs Meer hinausstarren. Dafür seid ihr wirklich die Richtigen. Aber ich kann es noch immer nicht fassen, dass wir alle gemeinsam hier sind. Geht euch das auch so? Bis gestern war ich davon überzeugt, dass etwas dazwischenkommen würde, bei irgendeinem von uns. Ich habe jedenfalls erst in letzter Minute meine Tasche gepackt.«

»Was hätte denn dazwischenkommen sollen?«, fragte ich. »Bei mir sind diese Tage seit Ewigkeiten im Kalender geblockt. Bei euch doch sicher auch.«

»Mir sind trotzdem tausend Dinge eingefallen.«

»Als da wären?«

»Was weiß ich. Eine Fernseheinladung, die du nicht ausschlagen kannst. Ein Notfall in Fraukes Praxis. Ein Servercrash in Geros Firma. Etwas an seinem Boot. Unwetter. Dringende Verlagsangelegenheiten. Ich will damit nur sagen, es hat eindeutig mehr dagegen- als dafürgesprochen.«

Frauke schaute zu uns. »Wenn du es so aufzählst, könnte man es glatt für mehr als Zufall halten.«

Ute nickte. »Das meine ich eben. Und wie es aussieht, ist Gero jetzt auch fertig.«

Mit einem Kopfnicken deutete Ute zu Jepsens Hafenschuppen hinüber. Dort trat eben Gero auf den Platz hinaus, blickte sich um und marschierte dann, nachdem er unser Auto auf dem Parkplatz ausgemacht hatte, zielstrebig darauf zu, allerdings mit gesenktem Kopf, weil er sein Handy nicht aus den Augen lassen konnte. Im Gehen tippte und wischte er darauf herum, blieb vor dem Auto stehen und brachte erst einmal zu Ende, was er da Wichtiges zu erledigen hatte. Schließlich bemerkte er die leeren Sitze und schaute sich verwirrt nach uns um.

»Wie sieht es hier überhaupt mit Handyempfang aus?«, fragte er, während wir von der Hafenmauer aus auf ihn zu kamen.

»Mal mehr, mal weniger«, sagte ich. »Meistens weniger.«

Gero schüttelte den Kopf und lächelte, als wollte er sagen: Und damit kommst du klar?

Wir stiegen in den Wagen und teilten die Sitzplätze ohne vorherige Absprache nach Geschlechterzugehörigkeit auf: die Frauen hinten, die Männer vorne, und ich machte mir eine innere Notiz über diese unhinterfragte Aufteilung. (Bei vier denkenden Menschen, die sich wahrscheinlich nicht ganz zu Unrecht etwas auf ihren Intellekt und ihre Weltgewandtheit einbildeten, wollte mir dieser Vorgang gar nicht selbstverständlich erscheinen.)

»Ist es weit bis zu deiner Hütte?«, fragte Gero.

Frauke warf mir einen Blick im Rückspiegel zu. »Hier auf der Insel ist gar nichts weit.«

»Fünf Minuten Fahrt, höchstens«, sagte ich. »Wir hätten die Strecke auch zu Fuß zurücklegen können, aber mit eurem Gepäck wollten wir euch lieber abholen.«

»Na, so was«, sagte Ute, als sie das rot karierte Tuch von dem Flechtkorb anhob, der in der Mitte der Rückbank stand. »Was haben wir denn hier? Ihr habt Pilze gesammelt?«

»Die standen an der Auffahrt«, sagte Frauke. »Und versuch

du mal, Steen an Pilzen vorbeizubekommen, ohne dass er sein Messer zückt.«

»Sind nur ein paar Rotkappen«, sagte ich. »Nichts Besonderes. Aber vielleicht finden wir nachher noch mehr, dann haben wir genug zusammen für ein *hyggelig frokost*, wie man hier sagt. Das heißt seltsamerweise Mittagessen. Was meint ihr: erst ein Spaziergang durch den Wald zur Küste? Hier gibt es einen Urwald, gleich hinterm Haus.«

»Urwald?«, fragte Gero. »Hier?«

»Jepp.«

Ich sagte das, als wäre nichts dabei, startete den Wagen und steuerte ihn an einer aufgebockten Jacht vorbei, weg vom Hafengebiet und raus zwischen die Felder, die die Straße beidseitig flankierten. Nun konnte es also beginnen. Alle Akteure waren an Ort und Stelle versammelt. Der Fahrtwind strich über meinen aus dem Seitenfenster gelehnten Unterarm, und ich bin sicher, dass keiner von uns vieren in diesem Augenblick irgendwelche unheilvollen Gedanken hegte. Wir alle freuten uns auf die gemeinsame Zeit. Was hätten wir auch befürchten sollen? Alles war so, wie es sein sollte. Nicht einmal der Fuchs, der wie aus dem Nichts kommend in einiger Entfernung vor uns über die Straße huschte, konnte uns in unserer Zielstrebigkeit irritieren. Nachträglich mag ich mir zwar ausmalen, dass uns das rötliche Tier mit sorgenvoller Miene entgegenblickte, als ob es uns etwas zu sagen versuchte, aber der Fuchs war so schnell wieder in einem Gebüsch verschwunden, dass ich nicht einmal den Fuß vom Gas zu nehmen brauchte und in ungebremstem Tempo einfach weiter über die Insel fuhr.

# 2

Das Haus, *mein* Haus, gelegen auf einer Lichtung und umgeben von dichtem, unberührtem Wald, war auf Umwegen zu mir gekommen. Ursprünglich hatte es einer meiner dänischen Tanten gehört, die es sich als Liebesnest für heimliche Treffen mit ihrem Lover zugelegt hatte, einem Cousin zweiten Grades, also durchaus noch Familie. Damals war es eine schäbige, mit zerzaustem Reet gedeckte Klitsche gewesen, ausgestattet mit einem einigermaßen komfortablen Bett, einer Kochnische und einem Waschbecken, in das eiskaltes Wasser floss, aber diese Ausstattung genügte den heimlichen Geliebten für ihre Zwecke vollkommen. Über mehrere Jahre hinweg haben sie es sich hier gut gehen lassen; keiner außer den beiden wusste von dem Liebesnest auf der Insel. Aber wie es so ist: Irgendwann flog ihr Arrangement auf. Mein Onkel war misstrauisch geworden und hatte sich an die Fersen seiner Gattin geheftet, die mit immer abstruseren Begründungen ganze Wochenenden lang verschwunden und jedes Mal auffällig tiefenentspannt zurückgekehrt war. Wie in einer abgedroschenen Filmszene hat mein Onkel das liebestolle Pärchen schließlich hier *in flagranti* erwischt. Ein hässlicher Moment muss das gewesen sein. (Es geht das Gerücht, dass mein Onkel mit einem Luftgewehr bewaffnet das Haus gestürmt habe, die ineinander Verknoteten minutenlang bedrohte und am Ende vor lauter Aufregung mehrfach in die Decke feuerte, obgleich ich nachträglich nirgends Einschusslöcher entdecken konnte.) In letzter Konsequenz führte die familieninterne Liebelei jedenfalls dazu, dass sich alle restlos miteinander zerstritten und das Haus – und mit ihm die Insel – zu einer Art *Area 51* erklärt wurde, sodass aus meiner dänischen Verwandtschaft niemand mehr Verwendung dafür hatte und alles kurzerhand dem ansonsten wenig beachteten deutschen Zweig der Familie, sprich: meiner Mutter, überschrieben wurde.

Ich kann mich nur an einen einzigen, knapp einwöchigen Aufenthalt erinnern, den wir als komplette Familie hier verbracht haben. Der damals noch vollkommen fehlende Komfort – kaum dass es fließend Wasser gab, keinen Strom, Plumpsklo im Garten – entsprach so überhaupt nicht den Vorstellungen meiner Eltern oder meiner Schwester Gudrun, die Urlaube in schnuckeligen italienischen Pensionen mit Strandzugang dem rustikalen Dänemark-Inselurlaub vorzogen und dies auch ständig betonten. (Langweilig sei es hier, ungemütlich, primitiv, nass.) Ich dagegen verliebte mich als Endteenager sofort in dieses Haus und die Insel und nutzte schon während des Studiums jede Gelegenheit, meine vorlesungsfreie Zeit hier zu verbringen. Schnell erhielt ich in der Familie den Ruf eines Eremiten, der mehrmals im Jahr für Wochen unerreichbar im Wald auf der dänischen Insel verschwand. Ich hauste hier einsam als Quasi-Selbstversorger, aß zwei Mal am Tag selbst gezogene Kartoffeln aus dem Garten, die ohne mein Zutun und ohne besondere Pflege prächtig gediehen, sammelte Pilze im Wald, Beeren, Holz zum Heizen, knabberte mitgebrachtes Knäckebrot und ließ mich gelegentlich vom Nachbarn Jepsen mit frisch gefangenem Fisch versorgen, den ich auf einem Rost über einem Loch im Garten grillte. Hier schrieb ich in vollkommener Abgeschiedenheit, die Finger knisternd im täglich dichter sprießenden Bart, an meinen Uniarbeiten, später auch an meinem ersten Buch, und fühlte mich in meinem Haus und an meinem Schreibtisch, den ich mir selbst zusammengezimmert hatte, rundum wohl. Alles an diesem Haus war wie für mich geschaffen, sodass es nur folgerichtig schien, dass meine Eltern es mir zur Promotion zum Geschenk machten. (Glücklicherweise erlaubt die komplizierte dänische Bürokratie Immobilienschenkungen in direkter Verwandtschaftslinie.)

Mit den Jahren habe ich das Haus dann herausgeputzt. Jedes Buch, jedes größere Honorar brachte bauliche Veränderungen mit sich, die ich bewusst so gestaltete, dass der Grundcharakter erhalten blieb. Ein neues Dach machte den Anfang; später ließ ich eine Wand einziehen, um Schlaf- und Arbeitsraum voneinander zu trennen. In einer seitlich angebauten Erweiterung entstanden ein Badezimmer und eine Kammer, die wenn nötig als Gästezimmer dienen konnte. Ein Brunnen wurde sechzig Meter in die Tiefe gebohrt, um allzeit sauberes Wasser zu haben. Selbstverständlich durfte ein dänischer Bollerofen mit Glasscheibe nicht fehlen, ebenso wenig ein Schaukelstuhl, Esstisch und Hocker, Gasherd, Kühlschrank und Geschirr sowie eine Leseliege für den Garten. Zeitweilig hatte ich es für angeraten gehalten, eine Telefonleitung verlegen zu lassen, um erreichbar zu sein, aber als sich die Anfragen zu sehr häuften und ich um meine Ruhe zu fürchten begann, klemmte ich den Apparat ab und verstaute ihn ganz unten im Garderobenschrank, für den absoluten Notfall.

Meine Inselschreibzeit, ohne die ich seit Langem kaum mehr sinnvoll zurechtzukommen wusste, begann genau genommen immer knapp hinter Hamburgs Stadtgrenze, wenn die ersten Autobahnraststätten in Sicht kamen. Erst Holm-

moor, dann Brokenlande, als Nächstes Aalbeck und zuletzt
Hüttener Berge (nicht mitgerechnet die kleineren Parkplätze und Haltemöglichkeiten, die mich nicht weiter interessierten). Ohne Mühe fokussierten sich meine Gedanken beim
Anblick der blauen Schilder mit den niedlichen Piktogram-
men, und ich brauchte nur immer weiterzufahren in Richtung Norden, um mit jedem zurückgelegten Kilometer mehr
in den Schreibmodus zu wechseln. Selbstverständlich wähl-
te ich stets die längere Strecke übers Festland, um die Fähr-
verbindung von Fehmarn zu meiden, und nahm dafür sogar
die Querungen über die beiden Belt-Brücken in Kauf, die mir
stets unheimlich blieben. Obgleich ich auf diesen Fahrten
nicht eigentlich schrieb, entstanden währenddessen doch bereits erste Ideen, die mich verlässlich nach der Ankunft beginnen ließen. Zu wirklichen Wörtern und Sätzen verdichteten
sich diese Ideen allerdings erst, wenn ich nicht nur Hamburg
und mein Zuhause, sondern auch das Land verlassen hatte.

Draußen sein – das war für mich jedes Mal wieder ein der-
artig befreiendes Gefühl, dass ich den Übertritt vom einen ins
andere Land, das Passieren der Staatsgrenze also, mit allen
Sinnen auszukosten versuchte. Nicht einmal Wiederholung
nahm diesem Ereignis seinen Reiz. Ganz entgegen meinen
sonstigen Gewohnheiten hielt ich mich, sobald die Grenze
bei Flensburg in Sicht kam, an die vorgegebene Geschwindigkeit, bremste auf 100 km/h ab, ging dann sogar runter auf
30 km/h, und etwas in mir genoss es wie ein Kind, schließlich
im Schritttempo an den Glashäuschen vorbeizuschleichen, in
denen die Grenzer saßen. Die Deutschen winkten mich üblicherweise durch; die Dänen machten es meist nicht anders.
Wenn in den Tagen zuvor mein Gesicht irgendwo im Fernsehen zu sehen gewesen war, veränderten sich mitunter die

Mienen der deutschen Grenzer. Sie waren dann noch zuvor-
kommender als sonst, und manchmal hielten sie mich extra an,
um sich meinen Pass aus dem Fenster zeigen zu lassen. Dabei
sagten sie etwa: »Da Sie, lieber Herr Friis, überall so viel von
Anstand reden, dürfen wir doch wohl davon ausgehen, dass
Sie nichts in Ihrem Fahrzeug mit sich führen, von dem wir etwas wissen sollten?« – »Natürlich dürfen Sie das«, antwortete
ich wahrheitsgetreu, und obwohl ich es normalerweise nicht
leiden konnte, erkannt zu werden, gehörte es hier gewissermaßen zum Spiel.

Seit die Kontrollen an den Übergängen weggefallen waren, vermisste ich auf meinen Fahrten nach Norden beinahe
schmerzlich dieses vertraute Ritual. Selbstverständlich hatte
ich mir bei meinem letzten echten Grenzübertritt, wenige
Tage vor Inkrafttreten des Schengener Abkommens, einen
Stempel in meinen Reisepass geben lassen. Gewiss habe ich
mich nicht getäuscht, wenn ich dem Beamten, der den Stempel führte, eine gewisse Rührung oder Resignation bei dieser
Amtshandlung anzumerken glaubte. Etwas ging hier zu Ende,
und aus meiner Perspektive war es schade drum. Die Grenz-
anlagen verwaisten in der Folgezeit und wurden irgendwann
sogar abgebaut. Seitdem musste ich mich mit den wenigen,
subtilen Anzeichen begnügen, die mir einen Grenzübertritt
noch einigermaßen sinnlich erfahrbar machten. Die Beschil-
derung und Straßenkennzeichnung wechselte, der Asphalt
wurde dunkler und – vor allem – leiser (obwohl ich zugeben
muss, dass es eine beinahe künstlich gesteigerte Aufmerksamkeit voraussetzte, dies zu bemerken). Letztlich war der bessere, teurere Straßenbelag mit seinem nur mehr flüsternd rau-
schenden Fahrgeräusch das deutlichste Anzeichen für einen
Länderwechsel. Nicht ein einziges Mal bin ich von einem der

in Grenznähe parkenden Zollautos zur Kontrolle angehalten worden. (Warum überhaupt noch die Geschwindigkeit drosseln?) Vermutlich bin ich nicht der Einzige, der eher wehmütig an die alten Kontrollen zurückdenkt, so begrüßenswert offene Grenzen im Prinzip natürlich sind, und ein wenig vermieste mir der Wegfall schon die Lust, über die Grenze zu fahren, sodass ich mich mittlerweile bemühte, es möglichst zügig und beiläufig hinter mich zu bringen. Hatte ich die Grenze erst einmal hinter mir, wirkte die Fahrt als Ganzes weiterhin wie eine Befreiung.

Mit ähnlichen, eingeübten Sätzen habe ich dies alles Ute und Gero auf unserer kurzen Fahrt über die Insel erzählt. Frauke hörte bloß mit halbem Ohr zu und schaute aus dem Fenster. Es war nicht das erste Mal, dass sie Zeugin des Einführungsreferates wurde, mit dem ich Gäste hier üblicherweise begrüßte. Gerne holte ich diese im Zentralort ab, um ihnen bereits auf der Fahrt zum Haus die Insel und mein Leben hier nahezubringen. Journalisten hörten sich die Rede gemeinhin gerne an und zückten dankbar, obgleich noch beim informellen Part des Besuches, ihre Notizbücher. (Ihre auf die Schnelle hingekritzelten Stichwörter konnte ich mir ohne Weiteres denken: *Luftgewehr, Eremit, Kartoffeln* und *Raststätten* – daraus würde sich bestimmt etwas machen lassen.) Aber genau wie die Journalisten sprang auch Gero erst dann wirklich auf meine Erzählung an, als ich den Minister erwähnte, der wie ich auf der Insel ein Häuschen besaß, den »Rauschebart«, wie man ihn seit jeher nannte. Ja, der wohnte auch hier. Ist es zu glauben: Rauschebart?

Seit den späten Fünfzigern war ein üppiger tiefbrauner Bart das unverwechselbare Erkennungszeichen dieses Mannes, den ich durchaus schätzte. Ich hatte keine Ahnung, für welche Partei er einst im Schleswig-Holsteinischen Landtag gesessen und später als Minister das Land mitregiert hatte. Das hatte wohl mit seiner überparteilichen Aura zu tun, mit der er mir stets imponiert hatte. Meine völlig ironiefreie Hochachtung hatte Rauschebart sich insbesondere durch die Art verdient, wie er einst das Ansinnen quittiert hatte, ihn als Kandidaten für die Bundespräsidentenwahl zu gewinnen. Als die Journalisten an seiner Haustür klingelten und ihn um eine Reaktion baten, holte er seinen Kalender aus der Innentasche des Jacketts, blätterte darin herum und schüttelte bedauernd den Kopf: Oh, im September sei die Wahl? Da könne er leider nicht. Im September sei er immer in seinem Inselhäuschen. Pilzzeit. Es tue ihm leid. Und damit schloss er die Tür. Er war einer der großartigeren Menschen, die wir haben, den am Ende irgendein Skandal das Amt kostete. Worum es dabei ging, erinnerte heute niemand mehr. (Irgendeine außereheliche Affäre? Vermutete Kungelei?) Seinem Ruf hatte es auf Dauer jedenfalls nichts anhaben können, und noch heute wurden verlässlich alle hellhörig, wenn ich ihn nur erwähnte.

»Ach was, der wohnt auch hier?«, fragte Gero, wie die meisten vor ihm. »Wo denn?« (Die Journalisten, die sich mitunter auf ihren Besuch vorbereitet hatten und mir schmeicheln wollten, fragten eher: »Zwei Berühmtheiten auf einer dänischen Insel – kann das gut gehen?«)

»Auf der gegenüberliegenden Inselseite«, antwortete ich. »Bis dorthin sind es einige Kilometer.«

»Trefft ihr euch manchmal?«

»Eigentlich nicht. Wir sind uns nur ein Mal auf dem Sommerfest im Zentralort über den Weg gelaufen. Am Hotdog-Stand. Ich hatte gerade meinen Hotdog halb im Mund, als er an mir vorbeimarschiert ist.«

»Und?«

»Nichts und. Du kannst dir sicher denken, wie gut es sich mit einem Hotdog im Mund spricht. Ich habe ihm zugewinkt. Bisschen peinlich.«

»Kennt der dich überhaupt?«

»Na, hör mal, was für eine Frage«, sagte Ute von der Rückbank aus, und ich war ehrlich erstaunt, dass sie überhaupt zuhörte. (Auch sie kannte mein Referat schließlich bereits.) »Hier und da wird über Steen schon geredet.«

»Ich frag ja bloß«, sagte Gero wie zur Entschuldigung.

Wie immer war ich froh, dass niemand auf die Idee kam, weiter nachzuhaken. Alle gaben sich mit der Hotdog-Anekdote zufrieden, obgleich die Begegnung mit dem Rauschebart in der Form nie stattgefunden hatte. Das erzählte ich nur so, weil es dänischer und dadurch authentischer klang. Tatsächlich begegneten der Rauschebart und ich uns nämlich öfter, beim Einkaufen etwa oder beim Bäcker. Dann wechselten wir ein paar Worte miteinander – »Guten Tag, wie geht's, wie steht's?« –, aber nie lange, und jedes Mal wieder bekräftigten wir unser Vorhaben, uns gegenseitig in unseren Häuschen zu besuchen. Dabei wussten wir beide, dass das gewiss nicht passieren würde. Zu Hause wäre das unter Umständen etwas anderes gewesen. Aber nicht hier, auf meiner (und seiner) Insel. Wenn ich aus unerfindlichen Gründen doch einmal das dringliche Bedürfnis verspüren sollte, andere Berühmtheiten oder gar Autoren zu treffen, könnte ich schließlich gleich in Hamburg bleiben oder besser noch mich in den Zug nach Berlin setzen.

Weil ich keine Anstalten machte, das Gespräch über den Rauschebart weiter zu vertiefen, sagte Gero: »Der ist ja auch so eine Marke für sich.«

»Wie meinst du das?«, fragte Frauke. »Marke? Wer denn noch?«

»Wer wohl? Er hier, unser Philosoph.«

»Und wie, bitte schön, würdest du die Marke Steen R. Friis beschreiben?«

Mit einem Seitenblick versicherte Gero sich meiner Bereitschaft, die *vox populi* zu ertragen, die er in diesem Moment anscheinend zu vertreten meinte.

»Tu dir keinen Zwang an«, sagte ich.

»Wirklich nicht?«

»Nur zu. Lass hören.«

»Ganz wie du meinst«, sagte Gero und fügte beinahe genüsslich hinzu: »Als Anstandsonkel der Nation.«

Frauke lachte auf.

»Stimmt das etwa nicht?«, fragte Gero.

»Doch, doch«, sagte sie. »Hab ich so auch schon gehört. Ein, zwei Mal vielleicht. Oder öfter.«

»Schmeichelhaft ist das wohl eigentlich nicht«, sagte ich.

»Oh.« Gero sah mich von der Seite an. »Das überrascht dich jetzt doch aber nicht? Das sagen alle. Immer. Gestern erst meine Kollegen, als ich ihnen von unserem Segeltörn zu euch erzählt habe: Ach was, zum Anstandsonkel fahrt ihr? *Das* wird sicher lustig.«

Ich schüttelte den Kopf. »Irgendeinen Namen bekommt am Ende ja jeder verpasst.«

»Tja.«

Wir waren eben an Jepsens Haus vorbeigefahren, dessen Grundstück mit einer hohen Ligusterhecke umgeben war. Dahinter führte ein zugewachsener Forstweg in den Wald hinein. Nichts wies darauf hin, dass man ihm folgen sollte, durchaus mit Absicht, denn so verirrten sich keine Fremden zu meinem Haus. Ganz selten wanderten rüstige Rentner in Outdoorkleidung den Weg entlang, auf der Suche nach einem Schleichpfad zur Küste, doch machten sie schnell kehrt, sobald sie feststellten, dass sie hier nicht weiterkamen. Am Ende befand sich lediglich eine kleine Lichtung, darauf mein Haus.

Im Prinzip blieb ich hier stets für mich allein, und das war auch gut so. Ich erinnerte mich lediglich an einen einzigen besonders beharrlichen Fan, der vor einigen Jahren unangemeldet in meinem Wald aufgetaucht war, ein Langzeitstudent, der Schriftstellerträume hegte und sich von mir und der räumlichen Nähe zu mir Bestärkung erhoffte. Sein Zelt schlug er nicht weit entfernt im Wald auf, um dort wie ein rechtschaffener Dichter auf seiner mechanischen Schreibmaschine zu tippen. Im Garten hörte ich morgens, mittags, abends dieses beharrliche Getacker. Tack, tack, tack. Es war nicht zu ertragen. Irgendwann musste ich ihn einfach unsanft davon überzeugen, das Weite zu suchen und mich mit seinen Träumereien in Ruhe zu lassen. Mit hängenden Ohren trollte er sich damals, und ich habe nie wieder von ihm gehört oder gelesen, was einiges über seine Schriftstellerträume sagt. Ich hatte länger nicht mehr an diese Episode gedacht und bog in Gedanken daran mit zu viel Gas von der Straße ab.

»Ist das da dein Haus?«, fragte Ute (obwohl sie die Antwort wusste), und weil wir in diesem Moment durch ein Schlagloch rumpelten, bekam das Wort *das* in ihrer Frage eine besondere Betonung. »Wie hübsch. Und klein.«

»Vor allem ziemlich versteckt«, sagte Gero. »Das findet ja keiner.«

Wenn ich mit dem Auto angefahren kam, verließen stets einige Kaninchen fluchtartig die Rasenfläche vor dem Haus. Es waren immer mehrere da, ganze Horden, die jedes Mal das Areal zu übernehmen schienen, sobald mein Wagen nicht vor dem Haus stand. An diesem Tag aber war nur ein einziges Tier zu sehen, grauschwarz, eher klein, und es blieb seelenruhig an dem Platz sitzen, wo ich normalerweise parkte, so als bemerkte es uns nicht oder als erwartete es uns dort. Ich bremste ab, direkt neben Fraukes Renault, den sie wie immer unerklärlich schief am Wegrand abgestellt hatte. Kauend schaute uns das Kaninchen an.

»Na, was ist?«, fragte ich aus dem Seitenfenster hinaus und hätte schwören können, dass das Kaninchen meinen Blick erwiderte.

»Mir scheint, da will dir einer etwas mitteilen«, sagte Ute.

»Ja, und was? Weg da, Kaninchen. Ich will da parken.«

Gerade wollte ich die Hupe betätigen, als Frauke ihre Tür öffnete und ausstieg. »Warte, ich kümmere mich darum.«

Langsam ging sie um die Wagenfront und hockte sich in der Nähe des Kaninchens ins Gras. Das Tier blieb unbekümmert sitzen und richtete seine Aufmerksamkeit jetzt ganz auf Frauke, die ihm ein ausgerupftes Löwenzahnblatt hinhielt. Sie flüsterte ihm etwas zu, es war an ihren Lippenbewegungen zu erkennen, und ich fand, es sah einfach hinreißend aus, wie sie da mit dem Tierchen zu kommunizieren versuchte. Auf einmal aber durchfuhr etwas den kleinen Kaninchenkörper, die Ohren richteten sich alarmiert auf, als wäre ihm erst in diesem Moment klar geworden, in welcher Situation es sich befand, und mit wenigen Sätzen war es im Unterholz verschwunden.

Frauke erhob sich und gab mit präsentierender Armbewegung den Weg frei. »Bitte schön.«

»Äußerst zutraulich, dieses Tier«, sagte Ute, während ich den Wagen die letzten Meter voransetzte.

33

»Eins wollte ich dich übrigens noch fragen«, sagte Gero. Er hatte in den letzten Sekunden auf seinem Handy herumgewischt, ohne dem Drumherum viel Aufmerksamkeit zu schenken; stattdessen schien er sich etwas notiert zu haben.

»Was denn?«

Ich schloss mein Fenster, öffnete die Tür und stieg aus. Gero verließ ebenfalls den Wagen, sodass wir uns nun über das Autodach hinweg unterhielten.

»Rufen die dich immer direkt an, wenn was ist?«

»Wer?«

»Die Redaktionen. Zeitung, Fernsehen.«

»Kommt vor. Aber nicht hier. Auf der Insel hab ich Ruhe.«

Ich ging hinter den Wagen, um die Segeltuchtaschen aus dem Kofferraum zu holen.

»Was die sich dabei wohl denken«, sagte Gero. »Das frage ich mich schon länger. Wie läuft das bei denen ab? Sagen wir, bei einem Politiker wird wieder irgendein Schmuddelkram auf dem Dienstrechner entdeckt, Pornozeugs, Kinder, dieser eklige Mist – ha, da rufen wir doch flugs mal den Friis an! Der kann uns sicher was Schlaues dazu sagen.«

»So ungefähr wahrscheinlich.«

»Und du sagst denen dann irgendwas ins Mikro?«

»Manchmal. Eigentlich aber versuche ich das nur dann zu tun, wenn ich wirklich was zu sagen habe.«

»Ist klar.«

Ute, die gleich nach uns ausgestiegen war, kam ebenfalls an den Kofferraum.

»Hast du eigentlich den Wein eingepackt?«

Die Frage war selbstverständlich nicht an mich, sondern an Gero gerichtet, der augenblicklich erstarrte. (Diese Momente zwischen Pärchen, wenn etwas passiert, das nicht hät-

34

te passieren dürfen, weil es schon hundert Mal zuvor passiert ist.)

»Mist«, sagte Gero und schlug sich mit der flachen Hand gegen die Stirn. »Hab ich total vergessen. Das ist unser Gastgeschenk für euch. Ein Bordeaux, glaube ich.«

»Nix Bordeaux«, sagte Ute. »Ein Italiener. Barolo. Das kannst du aber nicht wissen, weil ich den Wein schließlich ausgesucht habe. Und der wird jetzt hübsch im Bauch deines Schiffes gekühlt. Das hilft uns allerdings wenig.«

»Und was machen wir jetzt?«

»Was wohl: Du fährst noch einmal zurück zum Hafen und holst die Kiste.«

Ute sah mich von der Seite an, und in ihrem Blick lag etwas Verschwörerisches, das mich überraschte. (Ob sie die ganze Sache irgendwie arrangiert hatte?)

»Darf Gero dein Auto nehmen?«, fragte sie.

»Klar, Schlüssel steckt noch.«

»Und vielleicht fährt Frauke besser mit«, sagte sie. »Damit Gero den Weg findet?« Sie nickte Frauke auffordernd zu, die schulterzuckend ihr Einverständnis signalisierte.

»Das ist doch nicht nötig«, sagte Gero. »Den Weg finde ich auch so.«

»Auf dein Handy kannst du dich hier leider nicht verlassen«, sagte Ute, tätschelte Geros Wange und nahm beide Taschen aus dem Kofferraum. »Ich ziehe mich derweil um. Etwas Passendes für den Urwald werde ich schon dabeihaben.«

»Wie du meinst.«

Gero trottete zum Wagen und wartete dort auf Frauke, die mir im Vorbeigehen zulächelte. Dann sah sie zu Gero und stieg gespielt damenhaft ein. Beide schlossen ihre Türen, und ich bemerkte durch die Scheiben, wie sie sofort miteinander zu sprechen begannen, kaum dass sie unter sich waren. Gero stellte die Position des Fahrersitzes ein und lachte über etwas, das Frauke gesagt haben musste.

»Moment noch«, rief ich, trat schnell ans Auto heran und öffnete die Hintertür, um den Pilzkorb von der Rückbank zu nehmen. »Den müsst ihr ja nicht unbedingt durch die Gegend kutschieren.«

Aber die beiden beachteten mich gar nicht. Gero startete den Motor, noch bevor ich die Tür wieder geschlossen hatte, und setzte sofort zurück. Natürlich fuhr er zügig im Rückwärtsgang Richtung Straße, den Arm hinter Fraukes Kopfstütze gelegt, mit übertriebenem Schulterblick. Es wäre allerdings auch eine Überraschung gewesen, wenn er zuvor umständlich gewendet hätte, wie ich es immer machte, mehrfach hin und her, bis ich sicher war, die Kurve zu kriegen, ohne über den Rasen zu fahren.

Schon war der Wagen aus meinem Blick verschwunden.

# 3

Kommst du?«

Ute stand vor der Haustür, eine der Taschen über der Schulter, die andere neben sich auf dem Boden. Die Kapitänsmütze hatte sie sich schräg ins Gesicht gezogen und stützte sich mit herausgestellter Hüfte an der Hauswand ab. (Ich musste zugeben, auch sie sah entzückend aus.)

»Wie du dir sicher denken kannst, möchte ich schnellstmöglich aus diesen Segelklamotten rauskommen.«

»Was du nicht sagst.«

Ich drückte die Eingangstür auf und ließ sie vorangehen.

»Du schließt also noch immer nicht ab?«

»Nein, wieso?«

»Na, komm.« Im schmalen Flur gleich hinter der Eingangstür streifte sie sich die Schuhe von den Füßen. »Das hier ist zweifellos der perfekte Tatort für einen Meuchelmord. Waldlichtung, kleines Haus, Kaninchen davor, kein Mensch in Sicht.«

»Du liest zu viele Skandinavienkrimis.«

Sie lachte. »Das bringt der Beruf so mit sich.«

Wie selbstverständlich ging sie voran, schaute sich im Wohnzimmer um und nickte zustimmend. Obwohl sie bereits hier zu Besuch gewesen war, schien das Wohnzimmer auch diesmal seine Wirkung auf sie nicht zu verfehlen. Was mich freute. Ich mochte es, Gäste in mein Haus zu führen. (Da

37

zeigte sich wahrscheinlich der geheime Besitzerstolz des ewigen Mieters, der ich in Hamburg war, wo wir seit Jahrzehnten und nicht ungern in unserer Altonaer Mietwohnung lebten.) Ließ der äußere Eindruck des Hauses eher etwas Gedrungenes, fast Gepresstes erwarten, war die Wirkung drinnen das komplette Gegenteil. Hier war es hell und alles andere als beengt. Das lag zum einen an der Zimmerdecke, die weniger niedrig war, als das tief heruntergezogene, seltsamerweise immer nass wirkende Reetdach erwarten ließ, und zum anderen an der durchgängigen Fensterfront zur Terrasse hinaus, an die sich rechter Hand der Anbau als kurze L-Seite anschmiegte. Dort befanden sich die Gästekammer und das Badezimmer. Gleich neben der Tür, die vom Wohnzimmer in diesen Anbau führte, nahe dem Bollerofen, befand sich eine Sofa- und Sesselecke, dazwischen ein runder, flacher Glastisch mit Mohnblumenvase darauf. Das ganze Ensemble stand gegen die gelegentliche Fußkälte der Dielen auf einem fusseligen Flokati. Hinter dem Sofa befand sich ein halbhoher Schrank, der die Bücher enthielt, die in meiner richtigen Bibliothek zu Hause keinen Platz hatten, Krimis, Reisebücher, Comics; irgendwo gab es auch zwei, drei meiner eigenen Bücher. Linker Hand ging es in den Schlafraum. Die Küchenecke, hinter dem Eingangsbereich, war durch eine Anrichte vom Wohnzimmer getrennt, zwei Hocker standen davor. Einige kleinere Aquarelle hingen an den Wänden: *Schiff in Seenot*, dann ein Küstenbild, das die berühmte »Nase« der Insel zeigte, Klintenæs, und schließlich unsere Hamburger Straße (vor Jahren von unserer Tochter Bea gemalt). Und mittig vor der Fensterfront, gewissermaßen als Zentrum des Hauses und dennoch klein, aber fein, fand mein selbst getischlerter Schreibtisch Platz, ein Schaukelstuhl davor, eine grüne Librarylampe auf der Tischplatte, Laptop, Collegeblock und Tintenstifte. Das war es: das Haus, *mein* Haus.

»Hat sich wenig verändert seit dem letzten Mal«, sagte Ute.

»Falsch«, sagte ich. »Es hat sich *kein bisschen* verändert.«

»Oder so.«

Über die Schulter hinweg schaute sie mich einen Augenblick lang an und schien auf etwas zu warten, eine Initiative meinerseits, ein Entgegenkommen. Schließlich lächelte sie.

»Da du anscheinend nichts weiter mit mir vorhast, gehe ich mich wohl besser umziehen. Die beiden kommen sicher auch gleich zurück. Falls sie nicht noch anderes miteinander planen.«

»Können wir ihnen denn trauen?«, fragte ich.

»Gero auf gar keinen Fall. Und was deine Frau betrifft …«

Bevor Ute den Satz vervollständigen konnte, sagte ich: »… ist die mir auf ewig treu.«

»Wer's glaubt.«

Und damit verschwand sie durch die Tür in den Anbau.

Was mir bereits bei der Rückkehr ins Haus ins Auge gesprungen war und was ich bei der Beschreibung des Wohnzimmers geflissentlich ausgelassen habe, war ein unauffälliges Detail, das meinen Blick wie zwangsläufig anzog, seit ich den Raum erneut betreten hatte. Als ob ein kosmischer Finger darauf zeigte, kehrten meine Augen immer wieder zu dem graubraunen Briefumschlag zurück, den Frauke am Rand der Schreibtischplatte abgelegt hatte. Den hätte sie mir eigentlich gleich gestern geben wollen, hatte sie am Morgen gesagt und mit dem Umschlag in der Luft gewedelt. Aber sie habe uns den Abend nicht vermiesen wollen.

»Ich warne dich jedenfalls jetzt schon. Das wird dich ärgern. Sehr sogar. Ein Artikel über dich. War im letzten *Spiegel* und danach überall. Dein Verlag möchte eine Replik von dir, so bald wie möglich.«

Selbst aus der Entfernung hatte ich Fraukes schnörkellose Schrift entziffern können und den Namen erkannt, den sie auf den Umschlag gekritzelt hatte: *TERHOVEN*. Dieser Name wäre mir, auch ohne Fraukes Hinweis, Warnung genug gewesen. Ich wusste augenblicklich, dass ich den Inhalt dieses Umschlages nicht ohne Weiteres würde anschauen können, denn so viel war mir klar: Wenn mein alter Studienkollege und Freund Hannes Terhoven sich die Mühe machte, etwas über mich zu schreiben, und mein Verlag eine Reaktion darauf erwartete, konnte das nur ausgemachten und zeitraubenden Ärger für mich bedeuten. Zwar ahnte ich nicht, worum es in Hannes' Artikel ging, doch erinnerte ich mich an die ominöse Ankündigung, die mich vor einigen Wochen aus heiterem Himmel von ihm erreicht hatte. Er werde, hatte es in seiner E-Mail geheißen, bei nächster Gelegenheit etwas über mich schreiben, das »die Dinge zwischen uns klarstellt«. Auf meine verwunderte Nachfrage hin, was damit denn gemeint sei, hatte ich keine Antwort erhalten, und meinen Anruf hatte er nicht entgegengenommen. Ich weiß noch, wie ich damals mit den Schultern gezuckt hatte, buchstäblich. Hannes war dramatisch veranlagt, er liebte es, verbal auf den Tisch zu hauen, immer schon, aber seinen großspurigen Ankündigungen folgten selten Taten, sodass für mich wenig Anlass bestand, beunruhigt zu sein. Nach ein paar Stunden hatte ich die Sache vergessen und bis zu diesem Morgen nicht mehr daran gedacht. Ich hatte es sogar fertiggebracht, den Umschlag bis zur Rückkehr ins Haus erneut vollständig aus meinen Gedanken zu verbannen. (Oder hatte meine Fluchtidee vom Hafen doch einen tieferen Anlass gehabt?) Nun sah ich ihn am Rand

des Schreibtisches liegen, las aus sicherer Entfernung Hannes'
Namen und zog mich dann in die Küchenecke hinter die Anrichte zurück. Weiter weg kam man in diesem Raum nicht von
dem, was mich in dem Umschlag erwartete.

Den Pilzkorb stellte ich auf der Anrichte ab, gleich neben
dem Tochterhandy, das an dieser Stelle lag, weil es dort uner-
klärlicherweise den besten Empfang im Haus gab sowie eine
Steckdose für den Adapter. Seit unsere Tochter Bea in den zurückliegenden Jahren flügge geworden war und immer öfter
ohne uns verreiste oder sich sonst wie in der Weltgeschichte
herumtrieb – gerade hatte sie ihr Soziales Jahr in einer Camp-
hill Community in East Sussex angefangen und kümmerte
sich dort um Menschen mit geistiger Behinderung –, besaß
ich dieses Telefon, um mit ihr in Kontakt zu bleiben. Wenn
ich auf der Insel war, lag es stets eingeschaltet und mit Strom
versorgt auf der Anrichte, aber es kam nur in Ausnahmefäl-
len vor, dass ich es mitnahm; der Akku war nicht mehr der
beste. Nur eine knappe Handvoll Leute kannte die Nummer
zu diesem Handy, außer unserer kleinen Dreierfamilie die
Schwiegereltern, meine Schwester Gudrun und Ute, die ich
seit jeher zu diesem exquisiten Kreis hinzuzählte. Seit heute
schien nun auch Gero dazuzugehören, der uns unter dieser
Nummer über die bevorstehende Ankunft seiner *Thor* informiert hatte. (Konnten Nummern eigentlich so geblockt werden, dass der Anrufende davon nichts mitbekam?) Mit einem
schnellen Tastendruck kontrollierte ich die Uhrzeit. Mein Gefühl hatte mich nicht getäuscht. Ich hätte Wetten darauf abgeschlossen, dass es wenige Minuten vor elf Uhr sein musste.
Gleich, Schlag elf, war die Zeit für Beas täglichen Anruf gekommen, den sie nie vergaß und nie verzögerte, nicht einmal
jetzt, da uns eine Zeitzone voneinander trennte und sie eine

Stunde früher als sonst anrufen musste, damit sich für mich nichts änderte. Auf Bea war nicht nur in dieser Hinsicht absolut Verlass.

Ich lüpfte das Tuch vom Pilzkorb, nahm die morgendliche Ausbeute heraus und inspizierte sie genauer. Die vier Rotkappen, die ich am Grundstücksrand unter einer Fichte entdeckt hatte – hübsch zusammenstehende Exemplare, jedes gute zehn Zentimeter hoch, orangerot –, hatten vor einer knappen Stunde noch einen besseren Eindruck auf mich gemacht. Ich hatte sie bereits vor zwei Wochen entdeckt, als sie sich noch im Wuchs befanden, sie dann jedoch vergessen, sodass sie mittlerweile nicht mehr die Taufrischesten waren. Mehrere starke Regenfälle hatten das Übrige getan. An zwei Exemplaren stellte ich erheblichen Schneckenfraß fest, bei einem schmierte die Hutoberfläche. Ich würde einiges wegschneiden müssen, bevor die Pilze in die Pfanne wandern konnten, und setzte darauf, beim Spaziergang durch den Wald weitere zu finden, um das etwas voreilig angekündigte *frokost* zusammenzubekommen. Die Chancen dafür standen gar nicht schlecht. Nach längerer Zeit war dieses Jahr ein ausgesprochen ergiebiges Pilzjahr. Kein Wunder: ein ausgedehntes Frühjahr, abgelöst von einem verregneten, dennoch nicht sonnenlosen Sommer, gefolgt von einem nassen Herbst, der sich in den Temperaturen kaum vom Sommer unterschied – es war das nordeuropäische Wetter im einundzwanzigsten Jahrhundert, im Ganzen zu warm, aber gut für Pilze. (Wann hatte es eigentlich den letzten Winter gegeben, der seinen Namen verdiente, mit Schnee und Eis und allem Drum und Dran? Nach dem Millennium?)

»Ist da der Terhoven-Artikel drin?«

Ute stand neben dem Schreibtisch und deutete mit einem

Nicken auf den Umschlag. Ich hatte nicht mitbekommen, dass sie ins Wohnzimmer zurückgekehrt war.

»Hast du den gelesen?«, fragte ich.

»Aber sicher. Wenn etwas über dich geschrieben wird, kann ich nicht anders.«

»Verstehe.«

Sie musste sich in Windeseile umgezogen haben. Etwas Halblanges trug sie jetzt als Oberteil, blassrot, darüber eine weiße Strickjacke, eine dunkle Siebenachtelhose und grüne Chucks.

»Ist ziemlich dumm, oder?«, fragte sie, und ich antwortete mit einer Gegenfrage: »Gero oder Hannes?«

Ute begriff nicht gleich, verzog dann aber milde lächelnd das Gesicht. »Sehr witzig. Ich hatte jetzt eigentlich den Text von Hannes gemeint. Da schießt einer mit ziemlich großen Kanonen auf ziemlich kleine Spatzen.«

»Frauke hat so was angekündigt. Ich habe mich bis jetzt noch erfolgreich davor gedrückt, mir den Text zu Gemüte zu führen.«

»Dann lass es besser. Einfach gar nicht beachten. Du hast nichts davon.«

»Der Verlag möchte allerdings eine Replik von mir.«

»Kann ich mir denken.«

Ich deckte die Pilze mit einem weiteren Küchenhandtuch ab und stützte mich auf die Anrichte.

»Da du den Text ja nun schon kennst«, sagte ich, »kannst du mir vielleicht verraten, was Hannes für ein Problem mit mir hat. Kann dem Mann geholfen werden?«

»Wird nicht ganz deutlich, was er dir eigentlich vorhält.« Ute setzte sich auf einen der Hocker vor der Anrichte. »Die alte Nummer halt: Du wärest ein seichter Anstandsonkel,

Gutmensch, brav, Pseudophilosoph und so weiter. Vor allem aber klingt es ziemlich unfreundlich, was Hannes da geschrieben hat, richtig gehässig im Ton. Als hättest du ihm irgendwas angetan. Hast du?«

»Nicht dass ich wüsste.«

»Er bezieht sich bei allem jedenfalls auf dein Interview.«

»Auf welches?«

»Das du vor zwei Wochen gegeben hast«, sagte Ute. »Schon vergessen?«

Tatsächlich war mir das Interview in diesem Moment entfallen. Ein kleines Fernsehteam war extra zu mir auf die Insel gekommen, in meiner ersten Woche hier, um ein lange geplantes Gespräch aufzuzeichnen, draußen im Garten, auf der Terrasse, für irgendein Kulturprogramm. *Menschen heute* oder so. (Den Rauschebart wollte das Team bei der Gelegenheit ebenfalls befragen.) Mit den Jahren hatte ich mir angewöhnt, solche Dinge nicht allzu ernst zu nehmen und sie eher wie ein notwendiges Übel hinter mich zu bringen, auf das ich möglichst wenige Gedanken verschwendete. Über Anstandsfragen hatten wir geredet, natürlich, die gegenwärtige Lage, ISIS, Ukraine, Syrien. Der einzige Aspekt, der unter Umständen dazu taugte, für Aufregung zu sorgen, war vermutlich der gewesen, dass ich es an einer Stelle für unerlässlich erklärt hatte, den vorausgesagten Flüchtlingsströmen aus Afrika und Zentralasien, die übers Mittelmeer auf Europa zusteuerten, mit Gelassenheit zu begegnen. »Es werden immer mehr kommen. Das wird viele aufregen, die reflexhaft strenge Abschottung fordern. Dabei ist Gelassenheit in Zeiten wie diesen mit Sicherheit der bessere Ratgeber. Wir können und sollten helfen, wenn jemand zu uns kommt. Das ist nur anständig.« Oder so ähnlich. Ich hatte das bereits öfter und in den verschiedensten Zusammenhängen gesagt. Nicht die Extreme führten zum Ziel, sondern der gute alte Mittelweg. Damit lockte man eigentlich niemanden hinterm Ofen hervor. In letzter Zeit jedoch hatte ich beobachtet, dass manch einer mit zunehmendem Unverständnis auf solche Gedanken reagierte – manch einer auch, von dem ich es nicht vermutet hätte.

»Ist das Interview überhaupt schon gelaufen?«, fragte ich.

»Letzte Woche«, sagte Ute.

»Und jemand hat sich dafür interessiert?«

»Scheint so. Übrigens erzählt Hannes in seinem Text auch von deinem Haus hier.«

»Von meinem Haus? Das kennt er doch gar nicht. Ich hab ihn ein paarmal eingeladen, damals schon im Studium, aber er war nie hier.«

»Dafür beschreibt er es recht anschaulich. Nach seiner Beschreibung allerdings hätte ich eher eine ausgewachsene Villa im Wald erwartet, wenn ich es nicht schon besser gewusst hätte, mit Bootsanlegestelle und Jacht und allem Pipapo. Nach dem Motto: Hier residiert der berühmte Autor und empfängt seine Journalistenfreunde zum Diktat.«

»So was schreibt Hannes?«

»Fast wörtlich.«

»Ich fasse es nicht«, sagte ich, und so war es auch: Ich konnte es nicht fassen. »Was kümmert den denn mein Haus? Kann ihm doch vollkommen schnuppe sein, wie ich lebe.«

»Liebster, das ist alles bloß Munition für ihn. Er ballert wild drauflos, in der Hoffnung, irgendwas zu treffen. Wenn du mich fragst, ist er schlicht und ergreifend eifersüchtig. Er neidet dir den Erfolg, den er nicht hat, und die Leserschaft, die er gerne hätte. Vor allem aber erträgt er es nicht, dass du auf großem Fuß leben kannst.«

»Ich?«

»Du, ja.«

Ich deutete mit den Armen um mich. »Das hier ist großer Fuß?«

»Jedenfalls nicht kleiner.«

»Unglaublich. Es ist einfach unglaublich.«

»An einer Stelle allerdings ...« Ute machte eine Pause, die mich sofort alarmierte. »Also, an einer Stelle nennt Hannes deine ganze Herangehensweise *intellektuelle Unanständigkeit*. Was sagst du dazu?«

»Autsch«, sagte ich und krümmte mich vor gespieltem Schmerz. »Das hat gesessen.«

Ute sah mich besorgt an. »Schön, wenn du es mit Humor nehmen kannst.«

»Also, hör mal, wie denn sonst? Das ist doch mehr als lachhaft. Intellektuelle Unanständigkeit. So ein Quark. Was soll das überhaupt heißen? Fehlt nur noch, dass Hannes mir die Länge meiner Sätze vorwirft. Zu viele Adjektive, zu viele Semikolons, zu viel Beschreibung. Und diese ewigen Klammersätze, die ich nicht lassen kann, obwohl wirklich keiner sie mag ...«

»Keine Sorge, das tut er.«

»Herrlich.«

Ute beugte sich vor. »Mein armer, armer Junge, du.« Dann blickte sie an sich hinunter und lächelte mich an. »Oh, du hast mir gar nicht gesagt, dass ich hier so unbekleidet vor dir sitze. Das muss aus deinem Winkel ja verwegen aussehen.«

Sie knöpfte sich ihre Bluse etwas weiter zu, und ihr offenherziges Dekolleté, auf das sie geschickt meine Aufmerksamkeit gelenkt hatte, brachte mich auf andere Gedanken. (Einen blauen BH trug sie, beinahe mädchenhaft.)

Ich war ihr dankbar für die Ablenkung, schaute ihr tief in die Augen und sagte: »Meinetwegen darfst du dich hier nackt auf der Anrichte rekeln, wenn du Lust dazu hast. Ich werde dich ganz bestimmt nicht bremsen.«

Ute beugte sich erneut vor und winkte mir vor den Augen herum. »Hallo? Steen R. Friis? Bist du es wirklich? Der ach so Anständige?«

In diesem Moment leuchtete das Tochterhandy am Rand der Anrichte auf, der Alarm piepste, die Vibration surrte, und Beas Name erschien auf dem Display.

Den Kopf leicht schräg nach rechts gelegt, das Handy gegen das Ohr gedrückt, den Blick zwischen zusammengekniffenen Lidern an den Fingerknöcheln vorbei gerichtet: So bin ich wenige Minuten später auf einem Foto zu sehen, das ich erst Monate danach auf Geros Internetseite entdeckt habe, und ich verdanke dieser Aufnahme, die mich im Garten unterm Nussbaum zeigt, einige Aufschlüsse über meine Verfassung an diesem rückblickend so einschneidenden Tag. Und nicht nur dies: Niemals hätte ich allein auf meine Erinnerung gestützt sagen können, welche Kleidung ich damals wohl getragen habe. Durch das Foto aber weiß ich, dass es mein grünes Cordhemd war, das ich an jenem Morgen angezogen hatte – Frauke hatte es mir vor zwei Jahren zum Fünfundvierzigsten geschenkt, weil sie Grün an mir mochte –, dazu ein weißes T-Shirt, meine Inseljeans und die Wanderstiefel, die mir immer derart angenehm am Fuß saßen, dass ich sie nur äußerst ungern auszog. Meine Frisur – halblanges dunkelbraunes Haar, linksseitig gescheitelt – war erkennbar herausgewachsen, das Kinn unrasiert; die gemütliche Hamburgwampe war von zwei Inselwochen zumindest teilweise weggehungert.

So viel zu den Äußerlichkeiten, die einerseits nebensächlich sind, im Rückblick aber wie alles andere an Bedeutung gewinnen. (So bin ich beinahe sicher, dass ich das Cordhemd seit jenem Tag instinktiv nicht mehr angezogen habe.) Wichtiger noch als meine äußere Erscheinung ist selbstverständlich der Eindruck, den ich auf dem Foto mache, und was sich aus der Art und Weise herauslesen lässt, mit der ich in die Kameralinse schaute, als Gero und Frauke von ihrer Hafentour zurückkehrten und die Weinkiste ins Haus trugen. Ich hatte nicht einmal bemerkt, dass Gero mich mit dem Handy fotografierte; es ist daher eine der eher seltenen unbewussten Aufnahmen von mir. (Allerdings ist es nach der Begrüßung am Hafen bereits die zweite an diesem Tag, was durchaus etwas über die Schärfe meiner Wahrnehmung aussagt.)

Und was sieht man mir nun an? Ganz klar: Anspannung. Wie ein Dampfkochtopf scheine ich unter Druck zu stehen, und man braucht keineswegs wie Frauke psychologisch geschult zu sein, um zu erkennen, dass so niemand aussieht, der ein unbeschwertes Wochenende vor sich zu haben glaubt. Da steckt einfach zu viel Kraft in den Fingern meiner Rechten, mit denen ich das Tochterhandy festhalte, und wäre die andere Hand, die in der Hosentasche steckt, auf dem Foto zu sehen, wäre diese zweifellos zur Faust geballt. Ruhig Blut, mein Lieber! Das würde ich mir am liebsten nachträglich ins Ohr flüstern. Ruhig Blut!

Es ist nicht angenehm, mich so zu sehen, doch wird wohl jeder das, was auf dem Foto für ihn zu erkennen ist, anders deuten. Gero hat in seinem Schiffsblog jedenfalls eine völlig andere Assoziation dokumentiert. Die, wie ich finde, für einen ITler erstaunlich tiefgründige Beschreibung unter dem Foto lautet: *Und am anderen Ende der Leitung die große Welt!*

Damit lag Gero nicht einmal ganz falsch, obgleich er sicherlich eher bedeutende Fernsehredakteure mit mir im Gespräch wähnte – mindestens *Kulturzeit*, besser noch *Jauch* – und nicht meine Tochter Bea, die mir ihren täglichen Statusbericht durchgab. Bea war nämlich durchaus in mancherlei Hinsicht meine Verbindung zur Welt, nicht zuletzt zur Welt der Jüngeren, über die ich mit den Jahren immer weniger zu wissen glaubte. Durch sie erfuhr ich, was die nächste Generation derzeit beschäftigte – iOS oder Android? –, ich lernte, was ihre Ziele waren – Familie *und* Karriere? – und was ihre größte Sorge darstellte: eine Rente, die noch der Rede wert war. Ich bemühte mich seit Längerem um einen möglichst fairen Blick auf die Nachkommenden. Jeder weiß ja, wie ungerecht das Urteil der Generationen untereinander auszufallen pflegt. Die Alten haben ein Problem mit den Jüngeren und diese wiederum mit den Alten. Das muss anscheinend so sein. Bea half mir, wenigstens ein paar Berührungspunkte, die es gab, nicht ganz aus den Augen zu verlieren.

»Na, und was haben deine Bekloppten heute wieder angestellt?«

Seit Kurzem war dies der Spruch, mit dem ich unsere täglichen Telefonate einläutete, was für Bea zweifellos eine Zumutung darstellte. Sie schluckte immer hörbar, wenn ich mich so meldete, aber es gab mir die nötige Zeit, die ich brauchte, um das Stromkabel vom Handy abzuziehen und auf geradem Weg in den Garten zu eilen, wo die Funkverbindung unterm Nussbaum am stabilsten war. Ich setzte einfach darauf, dass Bea wusste, wie ich diesen Spruch meinte. (Aber: wie eigentlich?)

Diesmal also hatte Bernie sich die Hände mit schwarzem Edding angemalt, und zwar restlos, das würden sie ewig nicht wieder abbekommen, und Emmy war am Morgen unauffindbar gewesen. Wie sich später herausgestellt hatte, war sie die Nacht über im Hühnerstall gewesen. Ihren Pyjama hatten sie wegschmeißen müssen, so durchdringend hatte der nach Stall und was noch nicht allem gestunken. Am späteren Nachmittag erwarteten sie eine neue Kollegin und Zimmergenossin, eine Südkoreanerin, die wie Bea gerade achtzehn geworden war und ebenfalls für sechs Monate mit den Bewohnern der Community leben und arbeiten würde. Für den Abend war eine kleine Einstandsfeier geplant.

Das waren so die Dinge, mit denen Bea sich derzeit beschäftigte, und ich konnte nie genug davon hören. Im Moment gab es weniges, für das ich mich mehr begeisterte, was gewiss dem Umstand geschuldet war, dass ich Bea vermisste und mich nur schwerlich damit abfand, dass sie sich altersbedingt mehr und mehr aus meinem Alltag verabschiedete. Dummerweise bekam meine Stimmung in letzter Zeit immer einen melancholischen Knick, sobald ich mit ihr sprach. Alles war unterlegt von diesem einen Gedanken, mit dem ich zu leben lernen musste: Bea ist nicht mehr da.

Als sie ihren Bericht beendet hatte, fragte sie: »Und wie ist es bei dir? Wie geht es euch?«

»Alles gut so weit. Ute und Gero sind vorhin angekommen. Wir wollen gleich in den Wald gehen. Pilze sammeln. Vielleicht schaffen wir es bis zur Küste. Mal sehen, wie gut wir zu Fuß sind.«

»Klingt nett.«

»Schon, aber mit Kindern wäre es besser. So ist es am Ende einfach das, was Erwachsene eben machen. Gut essen, gut trinken, gut reden. Na ja, ist halt so. Du magst uns ja auch nicht mehr sehen.«

»Papa.«

»Ganz ehrlich«, sagte ich. »Ich fühl mich vernachlässigt von dir. Wann sehen wir uns denn mal wieder?«

»Wenn ihr mich besuchen kommt«, sagte sie. »Weiß nicht, wann ihr das geplant habt.«

»Ich auch noch nicht«, sagte ich, was gelogen war. Ich wusste es genau, die Tickets waren gebucht. In einer Woche würden Frauke und ich von Hamburg nach Heathrow fliegen und dann mit einem Mietwagen nach East Sussex düsen. Ein Überraschungsbesuch der Eltern, die es ohne ihre Tochter nicht länger aushielten. Ute hatte, als ich ihr am Telefon von unserem Vorhaben erzählte, mit der Zunge geschnalzt: »Ob das eine gute Idee ist?« (Aber die Peinlichkeit musste ich wohl ertragen, wenn ich Bea in absehbarer Zeit zu Gesicht bekommen wollte.)

»Wer ist eigentlich noch mal dieser Gero?«, fragte sie.

»Utes Neuer. Vielleicht seit eineinhalb Jahren. ITler. Der kümmert sich um irgendwelche Server in irgendeiner Firma, die irgendwas verkauft, was ich vergessen habe. Viel mehr weiß ich auch nicht. Oder doch – er ist Segler. Sieht ein bisschen aus wie Robert Redford.«

»Nett?«

»Manchmal. So genau haben wir ihn noch nicht kennengelernt.«

»Das könnt ihr ja dann dieses Wochenende nachholen«, sagte Bea und wollte damit das Ende unseres Telefonats einläuten. Unsere Zeit war vorüber. Wir sprachen stets nur wenige Minuten am Telefon miteinander, nicht nur, weil mein Handyakku es nicht länger machte, sondern vor allem, weil ich Bea nicht unnötig zur Last fallen wollte. An diesem Tag jedoch war ich nicht bereit, so schnell zum Ende zu kommen.

Ich wollte Beas Stimme länger als sonst hören, so lange wie irgend möglich.

»Erzähl doch mal, wie klappt es mit deinem Englisch? Sind die Leute da überhaupt zu verstehen?«

Bea zögerte einen Moment. »Gar kein Problem. East Sussex ist ja nicht Wales oder Schottland. Darüber haben wir doch auch schon gesprochen?«

»Haben wir das wirklich? Weiß ich gar nicht.«

Noch einmal bemerkte ich ein Zögern bei Bea. »Was ist denn los, Papa? Du hast doch was?«

Ach, meine immer so einfühlsame Tochter! Natürlich hatte sie bemerkt, dass etwas mit mir nicht stimmte, und obgleich ich selbst nicht begriff, was es war, verspürte ich doch den dringenden Wunsch, ihr jetzt am Telefon mein Herz auszuschütten. Ich wollte ihr von meinen Sorgen berichten, den großen und den kleinen. Von allem, was mich bedrückte. Was ich nicht verstand. Davon zum Beispiel, dass ich an diesem Tag mehrfach schon den Impuls verspürt hatte wegzulaufen, irgendwohin. Dass ich einen Fuchs nicht aus dem Kopf bekam, der vor uns über die Straße gehuscht war. Dass sich uns ein Kaninchen in den Weg gesetzt hatte, als wir zum Haus zurückgekehrt waren, so als ob es uns etwas mitteilen wollte. Dass ich mich vor den Hahnenkämpfen mit Gero fürchtete, auf die wir unvermeidlich zuzusteuern schienen. Dass ich Utes Verhalten heute nicht zu deuten wusste. Dass Frauke eigenartig reserviert war. Aber vor allem hätte ich Bea gerne meinen unangemessenen Bammel gestanden, den ich vor einem Briefumschlag empfand, der drinnen auf meinem Schreibtisch lag und auf mich wartete …

Aber da rief Frauke nach mir. Ich sah sie zusammen mit Ute und Gero, der den Pilzkorb in der Hand hielt, vor dem

Haus stehen und mir zuwinken. Frauke hatte sich meine Jacke über den Unterarm gelegt. Pantomimisch übermittelte sie mir Grüße an Bea und signalisierte, dass sie schon einmal mit den beiden anderen losziehen werde. Meine Jacke legte sie auf dem Rasen ab, und alle drei setzten sich langsam in Bewegung.

»Gar nichts ist«, sagte ich zu Bea. »Wirklich nicht. Ich vermisse dich wohl nur. Und jetzt muss ich Mama und den anderen beiden hinterher, damit ich sie im Wald nicht verliere. Wir hören dann morgen wieder voneinander? *Same procedure as today?*«

»*Same procedure as every day.*«

»Mama lässt dich grüßen ...« Aber da hatte Bea bereits aufgelegt.

Widerwillig beendete auch ich die Verbindung und starrte auf das abdimmende Display mit der angezeigten Gesprächszeit, so als erwartete ich jeden Augenblick den besorgten Rückruf meiner Tochter – »Nun erzähl aber mal wirklich, Papa. Was ist denn los?« –, steckte, als dieser ausblieb, das Tochterhandy in die Hosentasche, hob die Jacke vom Rasen auf und folgte den anderen in den Wald.

# 4

Mir war nicht ganz klar, welchen Weg Frauke einschlagen würde, um uns durch das Dickicht aus Farnen, Sträuchern und wild wuchernden Bäumen zu dirigieren, das gleich hinterm Haus begann. Der Wald, weitgehend unbeforstet, war von Schleichpfaden und verschlungenen Wegen durchzogen, die zufällig entstanden zu sein schienen, und jedes Mal, wenn ich hier ging, kam mir der Anfang eines Hamsun-Romans in den Sinn, der wie für diese Umgebung gemacht war: *Der lange, lange Pfad über das Moor in den Wald hinein – wer hat ihn ausgetreten? Der Mann, der Mensch, der erste, der hier war: Für ihn war noch kein Pfad vorhanden.* Diese Sätze, deren Rhythmus meine Schritte durch das Unterholz begleitete, hatte ich zum ersten Mal in dem Jahr gelesen, als ich mit meiner Familie auf der Insel gewesen war. (Die zerfledderte Taschenbuchausgabe musste eigentlich noch immer unten im Garderobenschrank liegen, gleich neben dem abgeklemmten Telefonapparat.) Bereits die erste Lektüre damals hatte genügt, dass mir der Einstieg in Hamsuns Roman wie eingebrannt war, und mittlerweile gehörten die Worte für mich zu diesem Ort dazu. Sie beschrieben, was es bedeutete, durch den Wald zu gehen; und dabei machte es gar nichts, dass das Moor als Ausgangspunkt auf der Insel fehlte. Wie bei Hamsun konnte man sich hier als Entdecker fühlen, als ein Suchender, der sich den Weg durchs Gestrüpp bahnt, den (fast) niemand vor ihm je gegangen ist.

Weil Frauke sich ihre Zeit auf der Insel gewöhnlich mit ausgedehnten, einsamen Wanderungen zur Küste vertrieb, um dort in Ruhe aufs Meer hinauszuschauen, hatte sie mit den Jahren ihre eigenen Routen durch den Wald entwickelt. Den Weg, den sie an diesem Tag einschlug, kannte ich daher nicht. Sie führte Ute und Gero zunächst die Auffahrt zurück in Richtung Straße, um dann in der Nähe von Jepsens Grundstück plötzlich ins Unterholz einzubiegen. Jepsens Terrier Krølle schlug hinter der Ligusterhecke an. (Mein Weg wäre ein anderer gewesen. Er hätte gleich hinter den Fichten im Garten begonnen.) Ich folgte der kleinen Gruppe in einigem Abstand und beschleunigte meine Schritte, als das Grün der Pflanzen sie verschluckte, und ich musste mich an den nachschwingenden Blättern orientieren, wenn ich sie in dem Gestrüpp nicht verlieren wollte.

Schließlich tauchten sie wieder vor mir auf. Sie standen an einer Stelle, an der sich zwei Pfade kreuzten, und warteten auf mich. Ute wischte sich gerade mit beiden Händen über die Beine und den Oberkörper.

»Ah, das kribbelt jetzt schon alles bei mir. Ich will gar nicht wissen, was hier so rumkreucht.«

Im Näherkommen sagte ich: »Jedenfalls nichts sonderlich Gefährliches.«

»Das will ich hoffen.«

»Ich wollte sowieso einen kleinen Wettkampf vorschlagen«, sagte ich. »Welches Paar bekommt die meisten Zecken zusammen? Gezählt wird, wenn wir wieder im Haus sind.«

»Zecken?« Ute richtete sich auf und schüttelte sich. »So weit kommt das noch.«

Ich schaute mich um. »Wo ist Gero eigentlich abgeblieben?«

Kaum hatte ich dies ausgesprochen, knackte es hinter uns

im Gestrüpp, und Gero brach wie der geborene Naturforscher aus einem der Büsche hervor.

»Hier, schau mal«, sagte er und reichte mir den Korb, in dem ich einige Pilze entdeckte, die er eben irgendwo im Unterholz gefunden haben musste, lila, eher klein. Die wuchsen hier manchmal. »Und? Hab ich da vorne gefunden. Ich kenne mich ja nicht aus. Du aber schon, oder?«

»Täublinge. Wahrscheinlich ungiftig. Aber wir wollen es lieber nicht darauf ankommen lassen. Das dürfen die Dachse und Wildschweine ausprobieren.«

»Wie du meinst«, sagte er, nahm die Pilze aus dem Korb und schmiss sie hinter sich in die Farne. »Und wo geht es jetzt weiter?«

»Keine Ahnung. Da müssen wir Frauke fragen. Diesen Weg kenne ich auch nicht.«

Frauke deutete auf den rechten der beiden Pfade. »Da entlang. Und dann erst mal immer der Nase nach.«

Ute und Gero marschierten voran, und ich bemerkte, wie sie sich automatisch bei den Händen nahmen, obwohl das auf dem schmalen Waldweg nicht ohne Umstände möglich war. Ute reichte Gero nach nur wenigen Schritten die Hand nach hinten, der diese mit den Fingerspitzen ergriff und im Weitergehen beständig streichelte. Mir entging dabei nicht, dass die Art, wie die beiden nacheinander fassten, nicht mehr ganz die Intensität von Frischverliebten ausstrahlte, die keine Gelegenheit auslassen, sich der körperlichen Nähe des Partners zu versichern; bei ihnen wirkte es vielmehr routiniert, um nicht zu sagen: gelernt, was nach eineinhalb Jahren Beziehung wohl unvermeidlich ist. Der erste Schwung der Verliebtheit ist meist dahin, jetzt beginnt das nächste Kapitel, das seine Tücken bereithält. Dauer und Verlässlichkeit sind sicher nicht jeder

Bitte ausreichend frankieren

**mare**verlag GmbH & Co. oHG

Vertrieb

Pickhuben 2

20457 Hamburg

Jan Christophersen
**Ein anständiger Mensch**
Roman
352 Seiten, gebunden
mit Schutzumschlag und Lesebändchen
€ 24,– [D] / € 24,70 [A]
ISBN 978-3-86648-607-2
Erscheint am 23. Juli 2019

Name (bitte in Druckbuchstaben)

Buchhandlung

Verkehrsnummer

Straße

PLZ / Ort

Schreiben Sie uns Ihre Meinung* zu **Jan Christophersen, Ein anständiger Menschen**

Datum, Unterschrift

................................................................

☐ Ich bin mit der Veröffentlichung
meiner Meinung einverstanden.

* Als Dankeschön erhalten Sie ein **mare**-Buch Ihrer Wahl (bitte ankreuzen):

☐ Ulrike Draesner,
*Kanalschwimmer*

☐ Line Madsen Simenstad,
*Königin-Maud-Land ist geheim*

☐ Herman Melville,
*John Marr und andere Matrosen*

Beziehung zuträglich. (Ich vermutete eh, dass die Sache zwischen Ute und Gero von beiden letztlich als Zwischenlösung begriffen wurde. Sie hatten gerade nichts Besseres zur Hand und genossen, was sie hatten. Und Utes Beziehungen waren nie von Dauer.) Aber was wusste ich schon von Beziehungsdingen? Ich sage dies nämlich alles mit der eingeschränkten Erfahrung einer einzigen jahrzehntelangen Partnerschaft im Rücken. Alles, was vorher und sonst in diesem Zusammenhang geschehen ist, war letztlich nicht der Rede wert.

Frauke und ich verhielten uns in Fragen des Händchenhaltens jedenfalls seit jeher nach Praktikabilitätsabwägungen, soll heißen: Wir mochten es beide, den anderen zu berühren, taten es auch, solange es nicht mit größerem Aufwand verbunden war, und wären deshalb auf diesem Pfad niemals auf die Idee verfallen. Umso erstaunter war ich, als Frauke, die vor mir ging, merklich ihre Schritte verlangsamte und hinter sich griff. Ich reichte ihr meine rechte Hand, und sie zog mich näher zu sich heran.

»Du hättest dir das Boot anschauen sollen«, sagte sie leise, den Kopf seitwärtsgedreht, damit ich sie verstehen konnte, ohne dass Ute und Gero etwas hörten.

»Ich weiß. Das hat Gero sicher gekränkt.«

»Hat es bestimmt. Aber das meine ich gar nicht.«

Frauke ließ sich weiter zurückfallen, sodass sich unser Abstand zu den beiden anderen vergrößerte und wir freier miteinander sprechen konnten. Es hatte etwas Heimliches, Vertrautes, sich so für einen Moment aus der Gemeinschaft herauszuziehen, was mir gefiel. Ich mochte es ohnehin, Frauke und mich als besondere Einheit zu erleben. Aber auch Ute und Gero schienen im Moment miteinander zu konferieren, und ich war beinahe sicher, dass es in ihrem Gespräch um uns ging. Es war die erste Chance für beide Paare, sich nach dem Zusammentreffen untereinander zu verständigen.

»Auf dem Boot hättest du einiges über Gero lernen können«, sagte Frauke. »Das war ziemlich interessant. Einmal ist das Ganze natürlich unglaublich protzig. Ich will gar nicht wissen, was so ein Boot kostet.«

»Ein kleines Vermögen, nehme ich an.«

»Eben«, sagte sie. »Die Jacht als manifestierte Schwanzverlängerung. Ich hätte gar nicht gedacht, dass er das nötig hat.«

Ich lachte leise über diese Spitzzüngigkeit, die Frauke manchmal an den Tag legte, allerdings nur, wenn sie mit mir allein war.

»Du kannst ja in so einem Frauengespräch mit Ute mal herausfinden, ob es bei Gero unterrum etwas zu beanstanden gibt«, sagte ich.

»Wird erledigt. Aber ich denke, da ist alles so weit im Durchschnitt. Auf weniger lässt Ute sich bestimmt nicht ein.«

»Das nehme ich an.«

Über die Schulter hinweg sah mich Frauke kurz grinsend an. »Interessanter noch fand ich im Übrigen die Zeitungen und Magazine, die Gero auf dem Kajütentisch gestapelt hatte. Ich würde denken, alle wichtigen Titel der letzten beiden Wochen lagen da.«

»Wie fleißig«, sagte ich.

»Ist es, nicht wahr? Und er hat sie richtig durchgeackert. Mit Textmarker. Einige Stellen hat er sich sogar auf einen Zettel notiert. Der lag ebenfalls auf dem Tisch. *Wichtiges* stand da drauf, zwei Mal unterstrichen.«

»Im Ernst?«

»Er war ihm sehr peinlich, dass ich es gesehen habe.«

»Warum das denn?«

Frauke wandte sich um und sah mich mit diesem selbstgewissen Psychologenblick an, der ihr mitunter zu eigen war. Ihre linke Augenbraue zog sie etwas geziert hoch und krauste die Nase. (Ich habe schon öfter versucht, selbst so zu schauen, sogar vor dem Spiegel, habe es aber noch nie besonders glaubwürdig hinbekommen.)

»Du verstehst das wirklich nicht?«

Da hatten wir es wieder. Aus Fraukes Sicht erwies ich mich einmal mehr als notorischer Nichtversteher, um nicht zu sagen, Holzklotz, der partout nicht begreift, wie andere Leute tickten. Dabei verdiente ich doch, wie sie in diesem Zusammenhang sonst gerne betonte, mein Geld damit, über und für andere Menschen zu schreiben und ihnen Ratschläge zu erteilen, wie man anständig leben konnte. (Zu meiner Verteidigung sei angemerkt, dass es Fraukes Job war, die Motivationen ihrer Patienten zu durchschauen; ich dagegen beschäftigte mich mit vollkommen anderen Fragen, etwa mit der Moral von Handlungen, was etwas Grundverschiedenes ist und erstaunlich wenig mit Psychologie zu tun hat.)

»Was denn?«, fragte ich leicht patzig, weil es mir zuwider war, derart aufzulaufen.

»Ich glaube«, sagte Frauke und lächelte mich milde an, »du schüchterst den lieben Gero gehörig ein.«

»Warum denn das?«

Frauke zog die Augenbraue erneut hoch. »Weil du das nun einmal tust, und nicht nur mit Gero.«

Zu meinem Leidwesen hatte Frauke damit recht. Ich selbst hielt mich zwar für vergleichsweise umgänglich und konnte es ganz und gar nicht leiden, wenn Typen andere durch ihre bloße Gegenwart einschüchterten, wusste jedoch, dass ich mitunter genau diese Wirkung auf meine Umgebung ausübte.

»Bin ich denn wirklich so schwer zu nehmen?«

»Ich finde es ganz einfach«, sagte Frauke. »Man muss nur akzeptieren, dass du in jeder Runde der Schlaueste sein musst.«

»Das stimmt gar nicht.«

»Stimmt doch. Und du magst es auch nur deshalb nicht zugeben, weil du das nicht richtig von dir findest. Aber so bist du halt, ein Schlaumeier. Das gehört zu dir.«

»Eben. Weiß ich selbst.«

Frauke drückte – nachsichtig, wie mir schien – meine Hand. »Jedenfalls könntest du es Gero etwas leichter machen. Sei nett zu ihm. Er ist vielleicht gar nicht so doof, wie du denkst. Ute mag ihn, und das könnte dich doch immerhin für ihn einnehmen.«

»Nett sein«, sagte ich und gab vor, angestrengt nachzudenken. »Wie geht das noch gleich?«

»Du schaffst das schon.«

Ein Trampelpfad kreuzte weiter vorne unseren Weg. Als Ute und Gero ihn erreichten, schauten sie sich nach uns um, und Frauke machte ihnen ein Zeichen, weiterzugehen. »Geradeaus«, rief sie. »Da kommt irgendwann eine Lichtung. Da könntet ihr vielleicht mal auf uns warten.«

Ute zog Gero weiter hinter sich her, und ohne eine Pause zuzulassen, sagte Frauke: »Du kannst ihn nicht ausstehen, oder?«

Ich war überrumpelt. »Was? Wen?«

»Gero«, sagte sie, »du findest ihn schrecklich. Warum eigentlich?«

»Wie kommst du denn darauf? Merkt man mir das an?«

»Etwas.«

Und genau in diesem Augenblick ließ Frauke meine Hand

los. Ich bemerkte es ganz bewusst; es war keine zufällige Sache, die einfach so passierte. Es gab einen Grund für dieses Loslassen, einen Zusammenhang mit der Situation, in der wir uns befanden. Nur verstand ich nicht, welchen.

»Ich kenne ihn ja kaum«, sagte ich. »Oberflächlich betrachtet verbindet uns nicht viel. Er ist einer dieser ITler. Und ich bin …«

»Was?«, fragte Frauke, als ich zögerte. Ihr war nicht verborgen geblieben, wie ungern ich das Wort in den Mund nahm.

»Du weißt schon«, sagte ich.

»Schlaumeier?«

Ich kniff ihr mit Daumen und Zeigefinger in den Nacken, und sie wand sich unter meiner Berührung weg.

»Es ist schon niedlich, wenn du bescheiden rüberkommen möchtest.«

»Das ist es nicht.«

»Was dann? Du bist Philosoph, herrje. Was ist so schlimm daran? Du hast das studiert, hast einen Doktor gemacht. Philosoph. Kannst du das wirklich nicht aussprechen?«

»In meinen Ohren klingt es immer falsch«, sagte ich. »Passt irgendwie auch nicht.«

»ITler passt unter Umständen auch nicht auf Gero?«

»Hab schon verstanden«, sagte ich. »Was bin ich dir schuldig für diese behutsame Aufklärung? Oder geht das auf Kassenrechnung?«

»Die geht für diesmal aufs Haus.«

»Oh, da sage ich aber mal besten Dank.«

Der Boden, über den wir gingen, war jetzt moosig und federte bei jedem unserer Schritte, gab etwas nach, und mit der Zeit stellte sich dadurch zwangsläufig das Gefühl ein, auf unsicherem Grund zu wandeln. Die ineinander verknoteten Stämme, die links und rechts oder auch quer über den Weg hinweg wuchsen, das abgestorbene Holz, die tellergroßen Baumpilze an den Stämmen, die wie Trittleitern wirkten, die Büsche und Farnfelder waren nie gleich und ähnelten sich in der Anhäufung dennoch. Überall gab es Dinge, die beides zugleich waren: vertraut und unbekannt. Ich war daher nicht sicher, ob mein gewohnter Weg auch durch diesen Teil des Waldes führte. Die Senke, die parallel zu unserem Pfad verlief, glaubte ich jedenfalls zu erkennen.

Ich blieb kurz stehen, ließ Frauke vorangehen und pinkelte gegen einen der Farne. Dann schloss ich wieder zu ihr auf.

»Müssen Männer das eigentlich immer machen?«, fragte sie.

»Was denn?«

»Überall hinpinkeln.«

»Bist ja nur neidisch«, sagte ich.

»Bestimmt. Und Händewaschen wird gewiss überbewertet.«

»Ach«, sagte ich, »Männer sind eben mit Hunden verwandt. Und das hier ist wohl eindeutig mein Revier, das sich obendrein gerade erweitert hat. Ich glaube nämlich nicht, dass ich hier schon mal gewesen bin.«

»Dann setz mal schön deine Marken überallhin.«

Wir gingen schweigend weiter, und ich bemerkte einige Schnecken vor uns auf dem Weg, orangerot, wie sie hier auf der Insel typisch waren. Ich hatte einmal gelesen, dass diese Schneckenart von irgendeinem Spaßvogel aus Spanien eingeführt worden war, der damit der Inselvegetation ein paar Farbkleckser verpassen wollte. Mit diesem Ansinnen war er äußerst erfolgreich gewesen. Ohne natürliche Fressfeinde hatte sich die neue Art in Windeseile verbreitet. Die Schnecken krochen quer über den Pfad, in Reih und Glied, als wollten sie eine Barriere bilden. Ohne ihnen größere Beachtung zu

schenken, machte Frauke einen Schritt über die Schnecken-
kolonne hinweg, und ich merkte, dass sie dabei leise vor sich
hin murmelte. Es waren keine ausgeformten Wörter, eher
Laute, die missbilligend klangen, so als ob sie ein Selbstge-
spräch führte, in dem sie sich ständig widersprach. Sie lachte
auf. Das war gar nicht ihre Art.

»Was ist denn so lustig?«, fragte ich.

»Nichts«, sagte sie, wie erschrocken. Dann blieb sie stehen,
ohne sich nach mir umzuwenden.

»Was ist denn?«

»Warum hast du Gero eigentlich eingeladen?«, fragte sie leiser als üblich, fast flüsternd.

Ich war verwirrt. Damit hatte ich nicht gerechnet. »Weil er
dazugehört. Zu Ute.«

»Und ich? Ich gehöre zu dir, oder wie?«

»Aber sicher. Was soll die eigenartige Frage?«

»Versteh mich nicht falsch«, sagte sie, immer noch flüsternd.
»Ich bin gerne hier mit euch zusammen und freue mich auf
die zwei Tage zu viert. Aber richtiger wäre es wohl gewesen,
wenn nur Ute und du euch getroffen hättet. Allein, meine ich.
Um euch geht es doch eigentlich bei der ganzen Sache. Oder
etwa nicht? So ist es doch. Es sei denn ...« Sie zögerte, begann
noch einmal: »Es sei denn, du hättest dir gedacht, dass ...«
Wieder brach sie den Satz ab.

»Hätte mir *was* gedacht?«

Leise lachte sie auf und winkte über ihre Schulter hinweg
ab. »Ach, gar nichts. Vergiss es einfach. Ich kann das eh nicht
sagen.«

Und spätestens da nahm dieser Tag eine Wendung, mit
der ich nicht gerechnet hatte. Ich begriff noch nichts Genaues, spürte jedoch ein Gefühl der Bedrohung in mir aufstei-

63

gen, das mir wie ein Schwamm augenblicklich den Mund austrocknete.

Frauke marschierte zügig weiter. »Da vorn ist die Lichtung«, sagte sie. »Da sollten wir ein paar Pilze finden können.«

Ich erkannte den Ort sogleich wieder, diese lang gezogene, leicht hügelige Waldlichtung, das Heidegras, die Bauminsel aus silbern schimmernden Birken in der Mitte, die Sträucher und sandigen Mulden ringsherum. Vor Jahren war ich schon einmal hier gewesen – zufällig, weil ich mich im Wald verirrt hatte –, und ich war mehr als überrascht, den Ort jetzt wiederzusehen. Ich hatte damals, nachdem ich zum ersten Mal hier gelandet war, mehrere Tage hintereinander versucht, zu dieser Lichtung zurückzugelangen, hatte sie jedoch nicht wiederfinden können. Mehrfach hatte ich den Wald durchstreift, dabei meine üblichen Bahnen verlassen, doch es war wie verhext gewesen: Der Ort war unauffindbar, wie vom Erdboden verschwunden, und mir fehlte jeder Anhaltspunkt, an den ich mich bei der Suche hätte halten können.

Beim ersten Mal, als ich hierhergelangt war, war ich zu sehr in meine Gedanken vertieft und vor allem aufgewühlt gewesen, als dass ich mir irgendetwas hätte merken können. Ich erinnere mich, wie ich vor mich hin geflucht hatte, als ich die Lichtung erstmals betrat. Gerade hatte ich versucht, den penetranten Fan aus meinem Wald zu vertreiben, unsanft, wie bereits erwähnt, was heißen soll: Ich hatte ihm Schläge angedroht für den Fall, dass er nicht sofort das Weite suchte. (Wörtlich hatte ich gesagt, dass ich ihm »gehörig die Fresse polieren« würde, falls er nach meinem Spaziergang noch da sein sollte, ganz egal, wie die Konsequenzen für mich dann aussähen.) So etwas hatte ich noch nie zuvor in meinem Leben zu jemandem gesagt; ich hätte es auch, kaum dass es raus war, gerne wieder zurückgenommen. Aber nun war es einmal geschehen, und ich musste eine Methode finden, um die aggressive Seite meines Wesens, die ich eben an mir entdeckt hatte, mit dem Bild zu vereinen, das ich selbst von mir hatte. Eigentlich war ich doch wohl anders.

Jedenfalls landete ich auf dieser Lichtung, und es war wie ein Paradies, das sich vor mir auftat. Pilze überall. Butterpilze, Steinpilze, sogar Pfifferlinge, was man nur wollte. Unglaubliche Mengen hätte ich einsammeln können, wenn ich denn beim Aufbruch daran gedacht hätte, wie üblich einen Korb mitzunehmen. Dafür aber war ich zu wütend gewesen, und so blieb mir nichts anderes übrig, als mir die Jackentaschen mit einigen wenigen mittelgroßen Steinpilzen vollzustopfen und den Rückweg anzutreten. Und als ich gerade aufbrechen wollte, verzagt und im Wissen darum, mich bei der Rückkehr meiner Ankündigung stellen zu müssen, war mir die Idee für meinen Krimi gekommen, den ich damals schreiben wollte. Der Krimi, den ich dann auch geschrieben *habe*.

Damit ist es gesagt. Bis jetzt ist es ein gut gehütetes Geheimnis, dass ich der Verfasser eines Krimis bin, von dem ich sagen kann, dass er zu einem der besser verkauften Bücher dieses Genres gehört. (Der Erlös hat nicht unwesentlich dazu beigetragen, dass mein Haus auf der Insel so bald umgebaut werden konnte.) Es war Ute gewesen, die mich dazu gebracht hatte, das Buch überhaupt in Angriff zu nehmen. Letztlich war es nichts weiter als eine nur halb ernst gemeinte Wette zwischen uns gewesen, die ich unter gar keinen Umständen verlieren wollte. (Nicht zuletzt wegen des Wetteinsatzes, auf den wir uns geeinigt hatten.) Ute hatte es einfach nicht länger ertragen wollen, dass ich mich ständig über die Skandinavienkrimis lustig machte, die sie tagtäglich auf ihren Touren von Buchhandlung zu Buchhandlung an den Mann brachte, mit einigem Erfolg natürlich, denn die Dinger verkauften sich bekanntlich wie geschnitten Brot. Aber was war von all diesen Kriminalbeamten mit Gewichtsproblemen zu halten, von diesen Quartalstrinkern und Diabetikern, Solomännern und Solofrauen mit psychischen Schräglagen, die ständig Alleingänge unternahmen, um das Böse zur Strecke zu bringen, das hinter wirklich jeder Ecke lauerte? Mir widerstrebte es, diese Bücher allzu ernst zu nehmen. Für meinen Geschmack war das alles zu offensichtlich nach Anleitung zusammengestrickt. Die kruden Geschichten spielten vor einer Postkartenlandschaft, die so anheimelnd war, dass sie zwangsläufig einen krassen Gegensatz zu den Verbrechen darstellte, die sich ereigneten. Allerschlimmste Dinge passierten da auf abgelegenen Bauernhöfen mit frisch gedeckten Strohdächern, verstörende Sadisten trieben ihr Unwesen, internationale Schlepperbanden entführten unbescholtene Dorfbewohner, der Filz erstreckte sich bis in die Vorzimmer der Mächtigen hinein und weiter; Drogenbosse, Mafiosi, Politiker und andere Ausbeuter konnten nur unter Einsatz der eigenen Karriere gestoppt werden. Und so weiter und so fort. Nichts, was nicht denkbar war in der skandinavischen Provinz.

»Dann mach es doch selber, wenn es so leicht ist«, hatte Ute irgendwann gesagt, als ihr meine Kommentare zu viel wurden.

»Gerne«, antwortete ich ihr. »Das könnte ich bestimmt. Im Schlaf sozusagen.«

»Dann red nicht nur. Mach es.« Und ich weiß noch, wie überrascht ich war, als ich erkannte, dass sie es ernst meinte. »Ich wette, du tust es eh nicht.«

»Und was kriege ich, wenn doch?«, fragte ich.

Ute musste nicht lange überlegen. »Meine Unschuld.«

»Was soll das heißen: Unschuld? Du hast zwei erwachsene Kinder.«

»Ein Nacktfoto von mir«, sagte sie, und ich merkte, wie sich meine Augen weiteten. »Du kannst dir sicher sein, das hat niemand sonst.«

»Im Ernst?«

»Niemand.«

»Und ich nehme an«, sagte ich, »du willst eins von mir haben, wenn ich verliere?«

»Will ich, ja. Das kriegt dann einen Extraplatz in meinem Portemonnaie, gleich neben den Fotos meiner Söhne. Oder gleich dahinter. Das habe ich dann immer bei mir.«

Ich sah Ute einen Moment fest an. »Du meinst das ganz ernst, oder?«

»Jepp. Bist du dabei?«

»Wie lange habe ich denn Zeit? Das schreibt sich nicht am Wochenende.«

»Ein halbes Jahr«, sagte sie. »Das muss doch reichen, wo es so leicht für dich ist.«

»In Ordnung«, sagte ich, und wir gaben uns die Hand darauf. »In einem halben Jahr hast du also den ersten und einzigen Friis-Krimi auf dem Tisch.«

»Schön«, sagte sie und grinste, »freue ich mich drauf.«

Aber wie so oft im Leben war es das eine, sich über Skandinavienkrimis lustig zu machen, und etwas ganz anderes, selbst einen zu schreiben. Nicht nur fehlte mir jede Erfahrung, wie man Charaktere erfand, sie miteinander agieren ließ oder wie man einen Dialog gestaltete, der nicht platt und aufgeschrieben klang; ich hatte mir auch noch nie Geschichten einfallen lassen müssen. (Mit Ausnahme der Prinzessin-Anna-Abenteuer, die ich Bea früher vor dem Einschlafen erzählt hatte, in denen kein wichtiges Detail sich je wiederholen durfte, was meine Fantasie doch vor arge Herausforderungen gestellt hatte. Eine Drachenentführung durfte es nur *ein Mal* geben. Und was konnte einer Prinzessin noch so passieren?) Mit dem Krimi sah ich mich vor ähnliche Probleme gestellt, denn um meinem inneren Anspruch zu genügen, war ich selbstverständlich verwegen genug, etwas Besonderes schreiben zu wollen, etwas, das nicht schon tausendfach zuvor geschrieben worden war. Wennschon, dennschon. Nur was?

Ich rätselte eine ganze Zeit lang daran herum, kam keinen Schritt voran und schaufelte mir schließlich mühsam zwei Wochen Inselzeit frei, die ich nur zur Lösung dieses Problems nutzen wollte. Aber es klappte nicht, sosehr ich mich auch anstrengte. Mein Kopf war wie blockiert, und der penetrante Fan, der sich damals in Sichtweite meines Hauses in seinem Zelt einquartiert hatte und den ganzen Tag hörbar auf der Schreibmaschine herumtackerte, tat ein Übriges, um meine angegriffenen Nerven reißen zu lassen. All meine Wut fokussierte sich schließlich auf ihn: Diesem Kerl da draußen in dem Zelt würde ich es zu verdanken haben, wenn ich bald nackt vor einer Kamera posieren durfte, um meine Wettschulden bei Ute einzulösen.

Hier nun aber, auf dieser Lichtung, war mir die erlösende Idee gekommen. Wie immer: Alles war längst da gewesen. Ich musste nur hinschauen und zugreifen. Mein Haus, der penetrante Fan, meine Wut. Das war es doch. Eine Stalkergeschichte musste ich erzählen, die – versteht sich – gehörig aus dem Ruder läuft und böse endet. Für wen, würde sich beim Schreiben schon noch herausstellen. Ha, das war es!

Wie aufgescheucht eilte ich durch den Wald zurück, begann unterwegs, die Geschichte zu entwerfen, erreichte irgendwann die Straße, fand so den Rückweg zum Haus und hechtete an meinen Schreibtisch, um die Story zu skizzieren. In der Eile vergaß ich sogar nachzusehen, ob das Zelt noch draußen stand. (Tat es *nicht*. Der Fan war nach meiner Drohung tatsächlich abgezogen und ließ sich nie wieder blicken, was ich in Anbetracht der Krimigeschichte, die ich mir gerade ausgedacht hatte, beinahe bedauerte. Jetzt hätte ich ihn gerne noch einmal genauer betrachtet. Aber wahrscheinlich war es besser für ihn und für mich, dass er weg war.) Wenig später schrieb ich los, ganz langsam und mit Bedacht. Es fiel mir alles andere als leicht, aber bald war ich zumindest sicher, die Wette zwischen Ute und mir gewinnen zu können. Was mir schließlich auch gelang.

Das Foto, das ich wenige Wochen nach Übergabe des Manuskripts von Ute erhielt, verwahrte ich noch immer in der Erstausgabe des Krimis in dem kleinen Buchschrank hier in meinem Inselhaus. Es war professionell aufgenommen worden, offensichtlich in einem Fotostudio: Ute auf der Seite liegend, auf ein weißes Seidentuch gebettet, leicht schräg von vorne porträtiert und mit Sepiatönung entwickelt. Sie war zurückhaltend geschminkt, das Haar trug sie offen. Ihre Brustwarzen, die etwas dunkler wirkten als die von Frauke, waren hinter den verschränkten Unterarmen nur ansatzweise zu sehen, ebenso der Hintern, ihr Schamhaar. Es war eine dezente, ja geschmackvolle Aufnahme, weit davon entfernt, pornografisch zu sein, und obgleich es einen anderen Eindruck machen könnte, habe ich mir das Foto tatsächlich nur ein oder zwei Mal angesehen, bevor es in dem Buch verschwand.

Ute übernahm damals die Vermittlungsarbeit fürs Manuskript, war meine Lektorin und Agentin in allen Krimibelangen (mit branchenüblichen fünfzehn Prozent am Erlös beteiligt) und handelte einen akzeptablen Vertrag mit meinem Verlag für mich aus, der absolute Diskretion zur Voraussetzung hatte. Auch wenn ich nicht unzufrieden mit dem Ergebnis war, konnte ich mich nicht dazu durchringen, den Krimi unter eigenem Namen zu veröffentlichen. Ein skandinavisch anmutendes Pseudonym war die Lösung, Vorname, Nachname, eine rätselhafte Initiale in der Mitte. Jede Anfrage, jeden Wunsch nach einem direkten Autorenkontakt schirmte Ute konsequent ab; alles musste über sie laufen. Selbst bei der Verfilmung, die nicht ganz passend auf einer schwedischen Schäreninsel entstand, blieb ich außen vor und war wie viele andere nur unauffälliger Besucher der Filmpremiere im Hamburger Abaton-Kino. Frauke, die keine Ahnung hatte von meiner Autorschaft, begleitete mich. Sie war nicht unzufrieden mit dem Film und bemängelte lediglich die so plötzlich aufkeimende Aggressivität der Hauptfigur, die ihr nicht recht einleuchtete. Zu den sprudelnden Einnahmen aus dem Krimi stellte sie erstaunlicherweise keine Fragen; sie rechnete diese vermutlich meinen Anstandsbüchern zu, die ebenfalls nicht ganz unerfolgreich sind, aber nie zu vergleichbaren Einkünften geführt haben. Der Anbau am Haus, die schicke Terrasse ließen sich in Fraukes Augen jedenfalls erklären, und selbst der ausgedehnte Australienurlaub, den wir damals machten – sechs Wochen lang, alle drei, mit allem Schnickschnack, den man sich vorstellen kann –, passte in ihr Bild unserer finanziellen Möglichkeiten. Ich war daher nie gezwungen, ihr etwas zu erklären und zu offenbaren, was ich niemandem offenbaren wollte (außer meinem Verlag und dem Finanzamt natürlich, das gegen zusätzliche Steuerzahlungen jedoch gar nichts einzuwenden hatte und keine Nachfragen stellte). Das Krimiexperiment hatte sich alles in allem also auf mancherlei Arten ausgezahlt. Und hier hatte alles begonnen.

»Das gibt's doch nicht«, sagte ich zu Frauke, als sich der Weg vor uns verbreiterte und wir die Lichtung betraten. Die Sonne hatte eben ihren höchsten Stand erreicht und strahlte direkt von oben auf uns herab.

»Was denn?«

»Ich war schon mal hier«, sagte ich. »Ist allerdings lange her.«

»Na, und?«

»Ob du es glaubst oder nicht, ich habe immer nach dieser Lichtung gesucht, aber ich hab sie nicht wiedergefunden. Hier gibt es jede Menge Pilze. So was hab ich noch nicht gesehen.«

»Weiß ich«, sagte Frauke. »Ich bin immer hier. Hättest mich mal fragen sollen.«

»Was denn? Ob du zufällig eine Lichtung entdeckt hast auf deinen Wanderungen durch den Wald?«

»Zum Beispiel. Oder wir hätten mal zusammen spazieren gehen können.«

»Hättest du das denn gewollt?«

»Wenn du mich gefragt hättest, bestimmt.« Und ich hatte den Eindruck, dass Frauke, als sie dies sagte, meinem Blick auswich.

Gero und Ute hatten sich ein schattiges Plätzchen am Rand der Birkeninsel gesucht, um auf uns zu warten, und sie hielten sich nicht mehr bei den Händen, was ich mit Genugtuung feststellte. Gero hatte mit seinem Handy zu tun und schoss mehrere Fotos von der Lichtung und von Ute, die sich leger an einen Baumstamm lehnte. Er knipste auch Frauke und mich, während wir uns näherten. Diesmal bekam ich es mit.

»Das ist ja herrlich hier«, sagte Ute, deren Blick wie meiner die Birkenwipfel absuchte. Dort hatte eben ein Specht gegen einen Stamm gepocht, einen Marschrhythmus, ratatan, ratatan. »Wir sind mitten im Wald«, sagte sie, »aber ich finde, es riecht schon fast etwas nach Meer.«

Damit zitierte sie, nur leicht verändert, eine Formulierung aus meinem Krimi und zwinkerte mir von den anderen unbemerkt zu. Als aufmerksame Person war ihr nicht entgangen, um welche Lichtung es sich hier handelte. Auf dieser Lichtung spielten Schlüsselszenen meines Krimis. Hier drehte das Stalkingopfer am Ende den Spieß um und rächte sich für alles, was sie in der Zeit zuvor an Scheußlichem hatte durchleben müssen. (Im Buch war das Stalkingopfer nämlich eine Frau, Stella mit Namen. Die Nähe zu meinem Vornamen war nicht einmal Ute aufgefallen.)

»Du hast recht«, sagte Frauke zu ihr. »Aber es ist auch gar nicht mehr weit bis zur Küste. Einige Hundert Meter höchstens. Ich zeig euch gleich den Weg. Der ist etwas geheimnisvoll. Wir müssen da hinten durch die Hecke klettern.« Sie zeigte zur anderen Seite der Lichtung. »Da hat man dann das Meer praktisch schon vor der Nase.«

»Aber ich hab hier gerade Pilze entdeckt«, sagte Gero, als würde er uns damit eine Neuigkeit mitteilen. »Eine ganze Menge sogar. Die wollen wir doch bestimmt erst mal einsammeln?«

»Unbedingt«, sagte ich. »Ich würde vorschlagen, wir sammeln alle fleißig drauflos. Ich schau mir das nachher dann in Ruhe an. Im Korb hab ich kleine Messer für uns. Alles, was lecker aussieht, einfach vorsichtig abschneiden und herbringen.«

»Abschneiden oder rausdrehen?«, fragte Gero. (Sicher hatte er irgendwo einmal etwas übers Pilzesammeln aufgeschnappt und konnte sich seine vermeintlich schlaue Frage nicht verkneifen.)

»Nach meiner Erfahrung ist das den Pilzen ziemlich egal«, sagte ich. »Einfach vorsichtig sein.«

Gero aber hörte mir gar nicht bis zum Ende zu. Er schnappte sich, während ich noch sprach, ein Messer und stapfte zwischen den Birken los. Frauke folgte ihm, und als er das bemerkte, bremste er ab, um mit ihr zusammen zu gehen.

»Kommt mir irgendwie bekannt vor, die Lichtung«, sagte Ute, die sich neben mich gestellt hatte. »Oder irre ich mich da?«

»Du irrst dich nicht«, sagte ich. »Aber ich bin genauso überrascht wie du. Ich kenne den Weg hierher auch nicht.«

»Du hast die Lichtung im Buch ja nicht so genau beschrieben, aber ich habe sie mir ganz ähnlich vorgestellt. Es fehlt eigentlich nur der große Baum in der Mitte, an den der Kerl gefesselt wird. Was ist es noch: eine Buche, die eine Eiche ist? Oder umgekehrt?«

»Buche.«

»Welcher Baum sollte es denn sein? Die Birken hier finde ich persönlich etwas mager.«

»Dichterische Freiheit«, sagte ich

Ute schaute sich um und schüttelte den Kopf. »Eine böse Fantasie, die du da gehabt hast. Ganz ehrlich. Ich bin immer noch erstaunt, dass du dir so was Abartiges ausdenken konntest.«

»Da hat das *Es* in mir wohl gedacht«, sagte ich.

»Wie abgründig.« Sie griff in den Korb, um sich das letzte Küchenmesser zu nehmen. »Einfach wild drauflospflücken, sagst du?«

»Ja, ich schau das später durch.«

»Dann mal los.«

Ute wollte sich gerade umwenden, als ich sie am Arm festhielt.

»Sag mal, hat Gero sich eigentlich wirklich auf unser Treffen vorbereitet? *Wichtiges* und so?«

Utes Miene verdüsterte sich, wurde beinahe ernst. »Das hat Frauke dir erzählt.«

»Hat sie, ja. Aber ich begreife es nicht ganz. Zeitungslektüre, damit uns der Gesprächsstoff nicht ausgeht? Oder warum?«

»Ich finde das gar nicht so unsinnig von ihm«, sagte Ute. »Er möchte einfach nicht dumm dastehen vor dir.«

»Aha«, sagte ich. »Ich selbst hab seit zwei Wochen in keine Zeitung geschaut. Da hat er mir dann was voraus.«

»Ist klar«, sagte sie und strich meine Hand von ihrem Arm. »Über dich stand ja auch was drin.«

Es war ein ganz bewusst gesetzter Stich von Ute, den ich nicht erwartet hatte. Schließlich wusste sie, wie sehr ich den Terhoven-Artikel, auf den sie natürlich anspielte, fürchtete, und auf ihre zurückgenommene Art führte sie mir so vor Augen, wie mimosenhaft-empfindlich ich mich an diesem Tag verhielt. Und das Schlimmste daran war, dass sie recht hatte. Ich stellte mich an und gab ein mickriges Bild ab. Insofern geschah es mir nur recht, wenn sie mich derart auflaufen ließ. Nachträglich begreife ich das alles und nehme es Ute nicht einmal übel, mich dort wie einen unartigen Bengel stehen gelassen zu haben. Damals allerdings brachte es mich gehörig aus dem Tritt. Ich musste mich anstrengen, nicht die Fassung zu verlieren, denn ich kam mir, während ich ihr nachschaute, belehrt und, ja, gescholten vor, und ein kindlich-trotziger Reflex war sofort zur Hand. Am liebsten hätte ich ihr irgendeine Gemeinheit hinterhergerufen, irgendetwas Fieses, Kränkendes. Es staute sich einfach zu viel in mir an, zu viel Frust, zu viel Unsicherheit, für die ich ein Ventil brauchte, und es war eine eigenartige Gewissheit in mir, dass ich diesem Druck, den ich ansteigen spürte, nicht mehr lange würde standhalten können. Etwas würde passieren. (Nur was?)

Wahrscheinlich erinnere ich die folgende Zeit auf der Lichtung auch deshalb bis heute nur schemenhaft und undeutlich. Es sind lose Momentaufnahmen, die wenig Verbindung zu haben scheinen. Hier sehe ich Frauke und Gero, wie sie sich unterhalten und sehr nahe beieinanderstehen. Dort sitzt Ute auf einem herumliegenden Ast und lässt sich die Sonne ins Gesicht scheinen. Ich sehe meine Füße, die über die Lichtung schreiten, meine Hände, die einige Pilze betasten. Mit meinem Spezialmesser, das ich immer dabeihabe, schneide ich einen Pilz knapp über dem Waldboden ab und bürste mit dem Pinselende auf der anderen Seite des Messers den Sand ab. Keine Ahnung, um welche Art Pilz es sich handelt. Ein Pilz, unbestimmt, so als wäre ich nicht imstande, Genaueres wahrzunehmen.

Jemand lacht, sehr laut. Ist es Frauke? Ich höre Geros Hollywoodstimme und erblicke alle drei zusammen neben dem Korb, wie sie die bisherige Ausbeute begutachten. Es ist bereits eine ordentliche Menge zusammengekommen. Gero weiß anscheinend Schlaues zu sagen und genießt die Aufmerksamkeit der Frauen, die ihm gebannt lauschen.

Dann wieder erkenne ich jeden einzeln: Frauke an einem Brombeerstrauch; Ute zwischen den Birken; Gero auf den Knien im Heidegras. Es ist eine einzige Abfolge von Momenten, die keine Reihenfolge haben und vor allem keine Zeit. Mir ist es unmöglich zu sagen, wie viele Minuten verstreichen, während wir die Lichtung und den angrenzenden Waldrand nach Pilzen absuchen. Es können wenige Minuten gewesen sein oder auch eine Viertel-, womöglich gar eine halbe

Stunde. In meiner Erinnerung ist und bleibt es eine vollkommen ungewisse Spanne. Zeit, die verrinnt. Momente, die geschehen.

Aber die Momente, in denen ich Gero und Frauke zusammen erblicke, häufen sich auffällig. Immer wieder blitzen Situationen auf, in denen beide miteinander agieren. Gero ruft Frauke etwas zu. Sie geht zu ihm. Er klaubt sich einige Brombeeren aus ihrer Hand und lacht, als er sie sich in den Mund schiebt. Vielleicht achte ich einfach zu sehr auf die beiden? Wo ist Ute in diesem Augenblick? Wo bin ich? Plötzlich hält mir Gero einen Pilz unter die Nase. Ich sehe sein Gesicht aus nächster Nähe, und es bewegt sich langsam auf und ab. Ich scheine zu nicken.

Das Geräusch, von dem all das untermalt wird, ist ein Rauschen, in unregelmäßigen Abständen von rhythmischem Spechtklopfen unterbrochen. Ratatan, ratatan. Irgendwo oben in den Wipfeln sitzt der Vogel und kann uns wahrscheinlich sehen. Aus seiner Sicht beschreiben wir vier weit unten auf dem Waldboden strahlenförmige Linien, streben auseinander, begegnen uns wiederholt auf unseren Bahnen. Der Pilzkorb scheint das Zentrum unserer Bewegungen zu sein. Wie ein Fixstern übt er eine Anziehungskraft auf uns aus, lässt uns nicht los. Ratatan, ratatan. Mal schnell, mal langsam. (Ob das ein geheimer Code ist? Eine Nachricht, die wir dechiffrieren könnten?)

Am Ende läuft alles auf die *eine* Situation hinaus, die mir in der Zeit danach wie in Dauerschleife durch den Kopf geistern wird. Als ich an der sonnenbeschienenen Seite der Birkeninsel vorbeigehe, erspähe ich eine kleine Gruppe von Pilzen im moosigen Gras, etwa fünf Meter von mir entfernt. Ein Baumstumpf befindet sich gleich daneben. Aus der Entfer-

nung denke ich, dass es Pfifferlinge sein könnten, was ich da
erblickt habe. Allerdings sind es größere Exemplare, drei oder
vier Stück, gelblich rot. In dieser Größe kommen die nur selten vor. Ich muss nachschauen, was ich da wirklich vor mir
habe, steige in die Birkeninsel und setze meine Füße vorsichtig auf den weichen Untergrund. Es knackt, als ich auf einen
Ast trete, der unter Laub verborgen liegt.

Aus dem Schatten sehe ich Frauke herankommen. Auch sie
hat anscheinend die Pilze entdeckt und stapft zwischen den
Stämmen heran. Ich hocke mich hin, um die Pilze zu unter-
suchen. Ein schneller Blick. Pfifferling? Könnte sein.

»Na«, sagt sie, »was haben wir denn hier?«

Sie stellt sich hinter mich, beugt sich dann ebenfalls hinunter und umarmt mich über meine Schultern hinweg. Ihre
Hände streichen über meinen Brustkorb.

»Ich weiß noch nicht«, sage ich.

Frauke drückt ihr Gesicht in meine Haare. Ich höre ihren
Atem direkt an meinem Ohr. »Ich hab da eine verrückte Idee
im Kopf«, sagt sie leise. »Aber ich muss dich erst fragen.«

»Aha.« Wieder dieses Schwammgefühl im Mund. Mein
Messer fährt am Waldboden entlang. Zu groß für Pfifferling.

»Zwischen uns soll sich dadurch gar nichts ändern.«

Ich schüttele den Kopf. »Was sollte sich ändern?«

»Nichts, das meine ich ja. Wir haben das auch schon mal be-
sprochen. Früher. Ich will nur wissen, ob das noch gilt.«

»Was denn?«

Sie drückt ihr Gesicht etwas stärker in meine Haare, ki-
chert. »Ach, Steen, du weißt schon.«

»Tut mir leid, aber ich weiß nicht.«

Ihr leises Kichern stoppt abrupt. Sie schweigt, als hätte ich
sie durch mein Nichtverstehen verletzt.

»Wirklich nicht«, sage ich, schneide einen der Pilze ab und drehe mich zu Frauke um, die mich anblickt. »Was meinst du denn?«

»Gero«, sagt sie, und mehr müsste sie eigentlich nicht sagen. Dennoch fährt sie fort: »An diesem Wochenende könnte sich da was ergeben. *Könnte.* Ich weiß nicht, *ob* es passiert. Aber ich würde schon gerne. Verstehst du?« Auf eine Reaktion von mir wartet sie gar nicht erst. »Mit uns hat das nichts zu tun. Es ist nur eine Gelegenheit. Gar nichts Schlimmes. Oder? Wir haben ja immer gesagt, dass das erlaubt sein muss. Damals. Du erinnerst dich doch?«

Ich sage nichts, für mich gibt es darauf nichts zu sagen, denn natürlich erinnere ich mich. Es ist zwar Ewigkeiten her, kaum noch wahr, aber damals – ganz zu Anfang unserer Beziehung – hatte ich tatsächlich Frauke gegenüber einmal voller Großmut verkündet, dass wir beide uns unbedingt alle Freiheiten nehmen sollten, die wir für nötig erachteten. Das Leben sei kurz, warum sich einschränken, Freiraum für Experimente müsse zwischen uns selbstverständlich sein … Das alles sagte ich, obgleich ich selbst keinerlei Bedürfnis verspürte nach anderen Frauen, nach Männern oder was weiß ich; damals wie heute nicht. Nichtsdestotrotz war es die Basis, auf der wir unsere Beziehung begannen, was einen einfachen Grund hatte. Insbesondere in den Anfangsjahren lebte ich in der ständigen Furcht, von Frauke verlassen zu werden, falls ich zu restriktive Forderungen an sie stellte. Als wir zusammenkamen, hatte sie gerade eine traurige Geschichte hinter sich, die sie tief verletzt hatte, und ich war mir ihrer Zuneigung und vor allem der Dauerhaftigkeit dieses Gefühls keineswegs sicher. Eigentlich änderte sich das erst mit der Geburt unserer Tochter Bea. Bis dahin lebte ich mit dem nagenden Zweifel, ob ich für Frauke letztlich nicht doch nur ein Trostpflaster darstellte, eine angenehme Ablenkung, um über ihren Ex hinwegzukommen. (Achim hieß er. Frauke und er waren verlobt gewesen, wenn auch nur kurz. Nach Jahren schwirrt mir dieser Name nun wieder durch meine Gedanken. Achim.) Es bleibt dabei: Ich sage nichts.

»Jetzt weißt du jedenfalls Bescheid«, sagt Frauke, ganz so, als hätte ich ihr geantwortet. Dann gibt sie mir einen Kuss auf die Wange, tätschelt mein Bein, steht auf und geht davon.

# 5

Ich kann es nicht anders als einen inneren Wetterumschwung nennen, was ich damals erlebte. Der Himmel verdunkelte sich von einer auf die andere Sekunde, ein nasskalter Wind kam auf, der durch die Bäume zog und die Temperaturen spürbar absenkte. (Nicht in Wirklichkeit natürlich. Da blieb alles wie gehabt. Kaum ein Wölkchen zeigte sich am Himmel, und ein angenehmer Altweibersommer herrschte das ganze Wochenende über. Was sich im Zweifelsfall nachprüfen ließe.) Mit einem Mal fröstelte mich, buchstäblich, ich zitterte, aber vor allem wurmte es mich, erneut auf dem falschen Fuß erwischt worden zu sein.

Frauke und Gero – das war vorsichtig ausgedrückt eine Überraschung für mich. Und selbst für den Specht oben in den Baumwipfeln schien es zu viel des Guten zu sein. Kein Ton war mehr von ihm zu hören.

Wahrscheinlich hätte ich vorbereitet sein müssen. Die dunkle Front am Beziehungshimmel hatte sich gewiss irgendwo angedeutet und war als dünner grauer Streifen am Horizont zu erkennen gewesen, der langsam wuchs und sich stetig näherte. Wie peinlich, so überrascht zu sein, wenn er jetzt als ausgewachsenes Unwetter über mich hinwegzog. Einem seglerisch, also vorausschauend denkenden Menschen wie Gero wäre dies, schätze ich, niemals passiert, nicht auf dem Wasser und deshalb auch nicht im Leben. Vor dem Einholen der

Taue hätte er den Blick in die Ferne gerichtet und eine Einschätzung vorgenommen oder seine Seewetter-App gestartet. Tief Gero im Anmarsch. Starkwindlage aus Südwest, Stärke 5, zunehmend bis 7. Eindeutig unruhige See dort draußen. Lebensgefährlich wird es wohl nicht sein, aber so viel ist einmal sicher: Unterwegs wird man gehörig durchgeschüttelt werden. Bevor man bei diesen Aussichten aufbricht, sollte man sich besser warm anziehen. Am schlauesten ist es, man bleibt gleich im Hafen ...

Die Schwierigkeit besteht nur darin, dass ich diese an Gero vermutete Voraussicht nicht in mir habe. Ich kann nicht behaupten, mir irgendwelche vorsorglichen Gedanken über Fraukes und meinen Beziehungsstatus gemacht zu haben. Warum auch? Alles war wie immer. Hätte ich gesagt. Oder auch nicht. Genau genommen hatte ich keine Ahnung. (Womöglich ist das ein Ausdruck für die sprichwörtliche männliche Ignoranz in diesen Belangen.) Sorgen hatte ich mir jedenfalls keine gemacht, obgleich mir nicht entgangen war, dass wir im Begriff standen, einen neuen Lebensabschnitt zu beginnen, der einige Herausforderungen mit sich bringen würde. Wir hatten bislang jedes Gespräch darüber vermieden, aber beide waren wir schlau genug zu erkennen, was los war: Seit Kurzem waren wir wieder zu zweit – Frauke und ich. Wie früher. Bea war so gut wie weg, verschwunden aus unserem häuslichen Zusammenleben, und sie würde, wenn sie den Absprung erst einmal geschafft hatte, so bald nicht wiederkommen. Das war eine Tatsache, mit der wir uns arrangieren mussten. Bea würde, aus England zurückgekehrt, ganz bestimmt in eine eigene Wohnung ziehen, vielleicht in Hamburg, vielleicht sonst wo in der Welt, also unter Umständen weit weg. In der Anfangszeit würde sie uns gelegentlich noch besuchen kommen, sodass wir – was die Sache vorläufig erleichterte – ihr Zimmer unangetastet lassen konnten; sie würde lange bleiben, um ihr Zuhausegefühl aufzutanken, aber das würde nicht anhalten. Wenige Jahre, dann wäre das vorbei, und der nächste Schritt würde folgen. Fester Freund, Schwiegersohn, ob mit oder ohne Trauschein, Enkelkinder … Meine Vorstellung endete noch bei den Enkeln und unserem zukünftigen Schwiegersohn, den ich mir aus unerfindlichen Gründen nur als schmalbrüstigen Nerd denken konnte, der einem mir vollkommen fremden Hobby frönte und eigentlich nur dann auflebte, wenn er davon erzählen konnte. (YouTube-Griller, Rollenspieler, Reggaefan, was weiß ich.) Weil Bea diesen Nerd aufrichtig liebte, würde auch ich ihn irgendwann mögen können. Und er würde der Vater meiner Enkel sein. Wir würden Weihnachten gemeinsam verbringen, nicht mehr bei uns in der Wohnung, sondern bei ihnen, wie man es richtigerweise macht. Frauke und ich als die mit Geschenken schwer bepackten Großeltern, die mit Beas neuen Schwiegereltern auf dem Sofa hocken und uns am Glanz in den Augen der Kinder erfreuen … Ach, Schluss damit.

Wir lebten bislang ohnehin so, als hätte sich nichts verändert. Zumindest für *mich* galt das sogar. Von mir aus durfte das allermeiste im Prinzip bleiben, wie es war, und ich versprach mir in diesem Zusammenhang wenig von amourösen Experimenten außerhalb des Ehebettes. (Im Bett lief es zwischen Frauke und mir sowieso seit jeher auf einem äußerst akzeptablen Level gut.) Darum ging es nicht. Frauke war mir nur wieder einen Schritt voraus und suchte bereits nach ihrer Art, sich auf die neue Lebenssituation einzustellen. Sie plante ihre Zukunft, so wie es ihre Angewohnheit war, und es schmerzte mich durchaus, dass die erste Handlung, die ihr dabei an-

scheinend in den Sinn kam, darin bestand, unsere gegenseiti-
ge Abhängigkeit voneinander (die manch einer als *Anhänglich-
keit* beschrieben hätte) durch Fremdfickerei aufzulösen.

Mit Gero ... Vielleicht ... Zwischen uns ändert das nichts ...

Na, schön wär's. Am Ende blieb mir sowieso nichts anderes, als zu akzeptieren, was immer Frauke sich ausdachte. (Jedenfalls dann, wenn ich mit ihr zusammenbleiben wollte. Und
das wollte ich.) Denn was hätte ich tun sollen? Es war Fraukes
Leben, das sie zwar mit mir teilte, aber auf ihre Weise führen musste. Ich hatte über sie nicht zu entscheiden. Vielleicht
konnte ich deshalb mit dem Gero-typischen Vorausschauen
auch so wenig anfangen. Wie hätte das Im-Hafen-Bleiben in
einer Beziehung denn praktisch aussehen können? Frauke
und mich zu Hause einsperren und den Schlüssel im Klo runterspülen? Ihr unvorteilhafte Kleidung schenken, um Männer von ihr fernzuhalten (und sicherheitshalber auch alle
Frauen, *just in case*)? Ihr eine Burka überwerfen? Das gesellschaftliche Leben stoppen? Es ergab alles keinen Sinn und
passte nicht zu uns. Mir blieb letztlich nur die Hoffnung, in
Fraukes neuem Leben, das sie anscheinend gerade zu entwerfen begann, weiterhin eine einigermaßen tragende Rolle zu
spielen.

Kurz und knapp: Während ich dort im Birkenwäldchen
stand und Frauke nachsah, wie sie in Richtung der anderen
ging, wirbelten meine Gedanken wild durcheinander. Ich war
überrumpelt und sprachlos. Manches hätte ich an diesem Wochenende erwartet, selbstverständlich auch Komplikationen,
die nie ausbleiben, wenn vier Leute längere Zeit miteinander
verbringen, aber ganz bestimmt nicht *das*. Es würde dauern,
bis ich wieder klar denken konnte.

Doch bis dahin war es schlecht möglich, mich zwischen

den Birkenstämmen zu verstecken und darauf zu hoffen, dass sich die Wolkenfront in mir wie durch Zauberhand auflöste. Ich musste mich wohl oder übel den dreien anschließen und eine möglichst unbeschwerte Miene aufsetzen, als wäre alles in bester Ordnung. Ute und Gero wussten bislang eh von nichts, und unter Umständen würde das im Verlauf ihres Besuches sogar so bleiben. (Womöglich überschätzte Frauke ihre Anziehungskraft auf Gero oder unterschätzte die Treuegefühle, die dieser Ute gegenüber empfand.) Es war noch alles beim Alten, und doch schien es mir, als gäbe es von hier an nur eine Richtung, in die sich unser wochenendliches Beisammensein entwickeln konnte.

Gero kam mir, als ich aus der Birkeninsel hinaustrat, mit dem Pilzkorb entgegen. Mit beiden Armen hielt er ihn vor seinem Bauch umfangen und präsentierte mir die Ausbeute, die sich darin befand, ganz so, als hätte er diese allein zusammengetragen.

»Guck mal«, sagte er, »gar nicht übel, was?«

Ich vermied es, ihm ins Gesicht zu schauen. (Die Klingen der Küchenmesser blitzten verführerisch in der Sonne.)

»Die Menge ist schon mal nicht verkehrt«, sagte ich, spähte in den Korb und legte den Pilz aus dem Birkenwäldchen, den ich noch immer in der Hand hielt, an die eine Seite. Dann begann ich zu wühlen. »Giftig«, sagte ich, als ich einige Faltentintlinge zwischen die Finger bekam, »zumindest, wenn wir Alkohol dazu trinken wollen, was wir wohl vorhaben«, und ich ließ die grauen Pilze auf den Boden vor Geros Füße fallen; »lecker«, sagte ich, als ich mehrere Maronen entdeckte (die ich selbst gesammelt hatte, ich war also nicht überrascht); »tödlich«, bei einer Reihe von Knollenblätterpilzen mit ihrer charakteristischen gelblich grünen Färbung, die ich ebenfalls

84

aussortierte, nachdem ich sie Gero genau gezeigt hatte; Butterpilze sah ich, einige Steinpilze, weitere Maronen, dann irgendwas, keine Ahnung, noch irgendwas. Ich war unkonzen-
triert. Zurück im Haus, würde ich mir den Korbinhalt noch
einmal genauer anschauen müssen.

»Zufrieden?«, fragte Gero.

»Sieht ganz gut aus.«

Zögerlich wagte ich es, ihn wieder direkt anzusehen. Er
lächelte und machte einen ausgesprochen freundlichen Eindruck auf mich, und da passierte etwas in mir, womit ich im
Leben nicht gerechnet hätte. Mit einem Mal nämlich verspürte ich den unheimlichen Drang, mich Gero in die Arme zu
werfen, jetzt, sofort, den Pilzkorb beiseitezuschmeißen und
meinen Kopf an seine Brust zu pressen. So eigentümlich es
klingen mag, wollte ich in diesem Augenblick nichts lieber als
seine Hände auf meinem Rücken spüren und herausfinden,
wie seine Hollywoodstimme auf mich wirkte, während mein
Ohr an seinem Brustkorb lehnte. Freundliches Rückenklop-
fen stellte ich mir vor, begleitet von den Worten: »Ist schon gut,
Steen. Alles ist gut. Mach dir keine Sorgen.« Dieser Wunsch,
der wie aus dem Nichts in mir auftauchte, war zu meiner eigenen Beruhigung ganz und gar asexuell; es war lediglich das
starke Verlangen nach körperlicher Nähe, das plötzlich über
mich kam. (Ob ich Frauke einfach zuvorkommen wollte?)
In dieser Form hatte ich das zumindest noch niemals erlebt,
und es verstörte mich. Ich musste mich zusammennehmen,
um ebenso freundlich wie Gero zu lächeln, war aber nicht sicher, ob es mir gelang. Er blickte mich mit zunehmender Ver-
unsicherung an.

»Ich hätte gar nicht gedacht, dass Pilzesammeln Spaß
macht«, sagte er, erkennbar in der Absicht, die Situation auf-

zulösen. »Ich dachte, das ist eher, wie beim Angeln zuzuschauen.«

»Ich mach das ja schon ewig«, sagte ich und bemühte mich, meine unerwartete Gefühlswallung in den Griff zu bekommen. »So habe ich mich hier zeitweilig ernährt, früher. Hab ich ja erzählt. Pilze und Kartoffeln.«

»Klingt nicht schlecht.«

»Ist es auch nicht. Jedenfalls dann nicht, wenn man Pilze mag.«

Gero nickte beiläufig, wie abgelenkt. Der gemeinsame Moment mit mir schien ihm nicht zu behagen, und zu seiner sichtbaren Beruhigung rief Frauke nach uns.

»Hey, ihr zwei! Kommt ihr dann auch mal? Hier geht es weiter.«

Sie stand am Rand der Lichtung neben der Brombeerhecke und winkte uns mit beiden Armen zu. Als sie sich unserer Aufmerksamkeit sicher war, schob sie ein paar Äste auseinander, stieg mit einem großen Schritt in die Hecke hinein und war verschwunden.

»Weg ist sie«, sagte Gero.

Gemeinsam gingen wir an der Birkeninsel vorbei zu der Stelle, an der Frauke durchs Gestrüpp gestiegen war, und ich war froh, dass meine Gefühle sich dabei auf ein normales Maß einpendelten. Ein, zwei Schritte Abstand zu Gero waren nun wieder die vollkommen richtige Entfernung.

Als wir die Brombeerhecke erreichten und nach dem Durchschlupf suchten, den Frauke genutzt hatte, konnten wir beide zunächst nichts erkennen. Auf Geros ratlosen Blick hin zuckte ich mit den Schultern. Die Hecke wirkte wie eine undurchdringliche Blätterwand; lediglich an einer Stelle war der Boden etwas lehmiger. Gero trat näher an die Stelle heran, untersuchte sie und betrachtete die Blätterwand, die darüber wuchs, als zwei Hände durch das Gestrüpp nach ihm fassten und ihn an den Schultern packten.

»Hab ich dich!«

Es war Frauke, deren Gesicht kurze Zeit später zwischen den Ästen auftauchte, die sie mit den Unterarmen auseinanderbog, anscheinend ohne sich zu piken oder an Dornen hängen zu bleiben.

»Herrje«, sagte Gero, »hast du mich erschreckt.« Er reichte ihr den Pilzkorb, kletterte schließlich ebenfalls in die Hecke, und nachdem sich die Blätterwand rauschend hinter ihm geschlossen hatte, hörte ich ihn sagen: »Das ist ja wirklich höchst seltsam hier.« Dann war auch er verschwunden.

Ich blieb allein auf der Lichtung zurück, und es war klar, dass dies meine Gelegenheit war, mich unbemerkt von den anderen abzusetzen. Denn genau das wollte ich in diesem Moment. Weg. Bloß weg. Doch bevor ich irgendetwas unternehmen konnte, wurden die Äste erneut auseinandergebogen, und Utes Gesicht zeigte sich zwischen den Blättern.

»Was ist denn, kommst du nicht? Wir warten.«

»Doch, klar.«

Also kletterte ich zu ihr in die Hecke hinein und fand mich zu meiner eigenen Verwunderung in einer Art Laube wieder, die groß genug war, um uns beiden problemlos Platz zu bieten. Schummriges grünes Licht flirrte durchs Blattwerk, das uns umgab. Durch eine Lücke konnte ich einen Sandweg erkennen, der auf der anderen Seite der Hecke entlangführte. Frauke und Gero standen dort und sprachen miteinander. (Worüber wohl?) Es war der Wanderweg, den ich bereits Hunderte Male entlanggegangen war, oberhalb der Steilküste, und nicht nur ich nutzte diesen Weg, alle gingen hier entlang.

Die Küste beschrieb an dieser Stelle ihren charakteristischen Bogen und erstreckte sich als Nase knapp hundert Meter weit ins Meer hinaus. Klintenæs, so hieß dieser Teil der Steilküste, den jeder Besucher der Insel mindestens einmal sehen musste, wenn sein Aufenthalt als vollständig gelten sollte. Um hierherzugelangen, nahmen die Leute eine ausgedehnte Wanderung in Kauf. Nirgends gab es praktische Parkplätze in der Nähe, dem Küsten- und Waldschutz sei Dank. Die Besucher mussten einmal um den Wald herumwandern, wenn sie diesen Flecken Insel erreichen wollten, der auf unzähligen Postkarten abgebildet ist, wie auch auf dem Aquarell in meinem Haus; oder sie kannten, wie Frauke, die Abkürzung schräg durch das verwirrende Dickicht. Klintenæs. Nie hätte ich vermutet, dass sich die Lichtung, die ich so oft gesucht hatte, in unmittelbarer Nähe befand.

»Wie siehst du denn aus?«, fragte Ute, als ich mich vor ihr aufrichtete. »Ist alles klar?«

Ich winkte ab. »Alles gut. Das erzähle ich dir ein andermal. Oder vielleicht auch nicht.«

»Wie geheimnisvoll. Muss ja was Spannendes sein.«

»Eher nicht.«

Wir schoben uns nacheinander durch die Lücke, traten auf den Wanderweg hinaus, und ich erwartete, hier die üblichen Menschenmassen anzutreffen, die im Grunde bei jedem Wetter auf der Küstennase herumspazierten, um von hier aus den ungehinderten Meerblick zu genießen. Außerdem nutzten Paraglider mit ihren quietschfarbenen Flugsegeln (trotz Verbots) üblicherweise die fabelhafte Thermik an der Steilküste, um einige Minuten lang wie die Möwen still über der Abbruchkante in der Luft zu hängen, bevor sie schleunigst landeten, ihr ganzes Zeugs einpackten und sich aus dem

Staub machten. Aber an diesem Tag war weit und breit niemand zu sehen, nicht einmal die üblichen Vogelnarren, die das Kliff sonst mit ihren hochmodernen Ferngläsern ständig im Blick behielten, auf der Suche nach dem Falkenpärchen, das hier lebte. Die Falken hatten auf einem Felsvorsprung ein Nest, das alles andere als beeindruckend war, einige Äste und Blätter, dazu ausgerupfte Federn, das genügte ihnen bereits; wahrscheinlich hatten sie das Nest einem anderen Vogelpaar abgeluchst, wie es diese Art gern machte. Touristen mit massigen Weitwinkelobjektiven knipsten stets, was das Zeug hielt, sobald sie meinten, einen der beiden Falken zu erblicken. Die Steilküste entlang gab es weitere Plätze, die von dem Vogelpaar bewohnt wurden. Nach Lust und Laune wechselten sie ihren Aufenthaltsort und hielten so alle auf Trab, vermutlich, um zumindest ab und zu den neugierigen Vogelkundler- und Touristenblicken zu entkommen. Genau wie ich schienen die Falken ihre Privatheit wertzuschätzen, was mir als Wesenszug an ihnen ausgesprochen gefiel.

»Das nenne ich mal beeindruckend«, sagte Ute, als wir uns zu den beiden anderen stellten. Sie machte eine präsentierende Geste mit den Armen. »Guckt nur: Wasser hier, Wasser dort – überall nur Wasser.«

»Und ein paar Segler, nicht zu vergessen«, sagte Frauke.

Gero legte Ute eine Hand auf die Schulter. »Diesen Vorsprung hier hab ich dir vorhin schon vom Schiff aus gezeigt. Erinnerst du dich? Die Küstennase ist ja berühmt-berüchtigt.«

»Hast du das?«, fragte Ute. »Da hab ich wohl nicht richtig aufgepasst.«

»Ganz schwierige Strömungsverhältnisse hier«, sagte Gero, jetzt nicht mehr nur an Ute, sondern an uns alle gerichtet, und er betonte es auf eine Art, als müsste er uns alle davor bewahren, selbst unser Glück vor der Küste versuchen zu wollen. »Die Winde, die sich vor dem Kliff verwirbeln, sind richtig heimtückisch. Hübsch anzuschauen ist es natürlich, aber für Segler ein verdammt schwieriges Gebiet. Da draußen muss es eine Sandbank geben, genau vor der Nase. Ich hab schon von mehreren Heinis gehört, die da aufgelaufen sind. Wochenendsegler eben. Vielleicht können wir die Sandbank ja von der Abbruchkante aus sehen.«

Er setzte sich in Bewegung, legte Ute einen Arm um die Schultern und schien nun, da das Meer in Sicht gekommen war, ganz selbstverständlich die Führung unserer Gruppe zu übernehmen. Das Meer war sein Metier, hier kannte er sich aus, und mir war es nur recht. Bevor ich mich den anderen anschloss, sah ich mich noch einmal nach der Hecke um, durch die wir eben an diese Stelle der Küste gelangt waren. Tatsächlich war von einem Durchschlupf nichts zu erahnen.

Frauke trat an meine Seite und schob mich vorsichtig an, damit wir den Anschluss nicht verloren, nahm meinen Arm und schmiegte sich seitlich daran, wie sie es manchmal machte, wenn wir in Gesellschaft unterwegs waren. Vor Überraschung zuckte ich zurück, und sie musterte mich ungläubig, als verstände sie nicht, was in mich gefahren war. (Hatte ich im Wäldchen irgendwas nicht richtig verstanden?) Einen Moment lang trafen sich unsere Blicke. Dann zwinkerte sie mir zu und lenkte meine Aufmerksamkeit mit einem Kopfnicken auf Gero, der anscheinend mit mir zu reden begonnen hatte. Einige seiner Sätze hatte ich bereits überhört.

»... bisher machen wir ja vor allem Schönheitsprodukte«, sagte er gerade.

»Entschuldige«, unterbrach ich ihn. »Den Anfang hab ich nicht ganz mitbekommen. Wovon sprichst du?«

»Von meiner Firma und den Cremes, die wir verkaufen. Ich mach da ja nur die IT, die Warenwirtschaft, europaweit. Wir haben mehrere Produktionen, deren Abläufe ich koordiniere. Die Software, die ich dafür programmiert habe, wollen wir bald unabhängig vermarkten. Das könnte für andere durchaus interessant sein. Jedenfalls, wir sind recht erfolgreich. ›Die Schönheit, die aus dem Meer kommt. Schöner mit Quallenextrakt.‹ Hast du bestimmt mal gehört.«

»Ist das euer Slogan?«

»Ja, und der geht letztlich auch in Ordnung. Es schwören gar nicht wenige auf unsere Quallen-Cremes. Ute hier zum Beispiel benutzt die.«

»Am Arsch«, sagte sie, und Gero lachte: »Der, wie ich bestätigen kann, wunderschön ist.«

Sie boxte ihm gegen die Schulter. »Blödmann.« Und an uns gerichtet: »Mal im Ernst: Er hat mir diese Creme zum Geburtstag geschenkt, aber ich hab die noch nie benutzt.«

»Ehrlich nicht?«, fragte Gero. »Warum?«

»Ich finde, dass die nach fauligem Meer riecht.«

»Das tut sie auch. Ein bisschen jedenfalls. Das muss so sein. Die Kunden wollen das. Wo Meer draufsteht, soll es nach Meer riechen.«

»Das mag ja sein, aber nicht an meinem Körper.«

»Seltsam«, sagte Gero, »ich war der Meinung, dass ich die Creme an dir gerochen hätte, also angenehm, nicht faulig oder so. Aber worauf ich eigentlich hinauswill: Seit Neuestem bieten wir unsere Produkte auch als Salbe an, bei Gelenkschmerzen etwa. Sie hilft sogar. Vier Mal schneller als eine Salbe ohne unseren Quallenwirkstoff.«

»Ohne Wirkstoff?«, fragte ich.

»Richtig. Nivea oder so. Die Hälfte der Probanden nutzt

unsere Salbe, die andere schmiert sich Nivea auf die Schultern.«

»Und die Probanden mit euren Cremes sind vier Mal schneller schmerzfrei?«

»Nicht schmerz*frei*. Aber *freier*. Die Schmerzen ließen schneller nach. Also eine spürbare Verbesserung. Das wurde unabhängig getestet, mehrfach. Und wir schreiben es jetzt auf jede Packung und haben überall Werbung geschaltet. ›Die Kraft des Meeres‹.«

»Hm«, sagte ich. »Vier Mal schneller als ein Placebo ist jetzt nicht gerade beeindruckend.«

»Finde ich auch«, sagte Ute.

»Genauso gut könnte man es lassen«, sagte ich.

Gero nickte. »Eben, so ist es. Wie gesagt, ich mach nur die IT. Aber ich frag dich trotzdem mal: Ist das anständig, was wir da machen?«

Darum ging es ihm also. Hier traf sein Arbeitsfeld auf meine Expertise. Ich hatte mich bereits zu fragen begonnen, wann er den Bogen schlagen würde, und machte es wie bei allen, die mir die Anstandsfrage stellten. Ich antwortete mit einer Gegenfrage: »Sag du es mir: Ist es das?«

»Na ja, es geht in eine Richtung, die mir nicht ganz behagt. Bei Schönheitsprodukten will ich nichts sagen. Obwohl da übrigens ebenfalls eine Wirkung nachgewiesen sein muss, sonst darf man die gar nicht bewerben. Aber wenn es um Gesundheit geht …«

»Ist es was anderes?«, vervollständigte ich seinen Satz.

»Irgendwie schon.«

»Weißt du«, sagte ich, »ich krieg diese Anstandsfrage ganz oft von Marketingfuzzis gestellt. Ausgerechnet diese Leute sorgen sich, ob sie mit ihrer Werbung etwas Unlauteres machen. Sie wissen, dass sie ein bisschen an der Wahrheit herumdoktern müssen, wenn sie ihre Produkte verkaufen wollen, hier was nicht erwähnen, dort was herausstellen, was eigentlich irrelevant ist, und dann hätten sie es am liebsten, wenn ich ihnen im Anschluss nachwiese, dass alles, was sie machen, schon in Ordnung geht. Sie hätten gerne so eine Art Absolution. Aber dafür sind sie bei mir nun wirklich an der falschen Adresse. Dafür sind andere zuständig.«

»Aber was denkst du darüber?«, fragte Gero. »Du hast doch eine Meinung.«

»Natürlich hab ich die, wie jeder.«

»Ich weiß jedenfalls noch«, sagte Ute, »welchen Satz Steen uns damals mit auf den Weg gegeben hat, als wir uns überlegt haben, wie wir sein erstes Buch am besten an die Leute bringen können. Damals, bei der Vertretersitzung im Verlag. Der Spruch war mit das Erste, was ich von dir gehört habe.«

»Und was habe ich da gesagt?«, fragte ich.

»Macht alles, was nötig ist, und bleibt anständig.«

»Da haben wir Steen in einem einzigen Satz«, sagte Frauke. »Habt ihr euch damals denn daran gehalten?«

Ute grinste. »Ich kann jedenfalls immer noch ruhig schlafen.«

»Da hast du es«, sagte ich zu Gero. »Ruhig schlafen können ist schon einmal ein guter Anhaltspunkt, finde ich …«

Ich sagte das wie nebenher, beiläufig, bemerkte jedoch mit leichtem Erstaunen, wie ich innerlich mehr und mehr in den Debattenmodus wechselte, der mir im Laufe der Jahre in Fleisch und Blut übergegangen war. Das passierte bei mir ganz automatisch. Sobald von Anstand und den damit verbundenen Fragen die Rede war, schaltete sich eine Hälfte meines Kopfes ein, die für diesen Komplex anscheinend zuständig war. War der Schalter umgelegt, konnte ich reden, ohne eigentlich denken zu müssen. Natürlich war das nicht ideal; echte, situationsbedingte Empfindungen und Gedanken wären sicher vorzuziehen gewesen. Aber mein Rückgriff auf vorgefertigte Wendungen war letztlich die unvermeidliche Folge, wenn man wie ich gezwungen war, sich regelmäßig öffentlich zu äußern. Hunderte Veranstaltungen zum Thema oder zu Variationen davon, dazu ungezählte Fernsehauftritte, Artikel, Interviews waren nicht spurlos an mir vorbeigegangen, und mittlerweile hatte ich fertige Erklärmuster im Kopf, die ich im Bedarfsfall mit wenigen Änderungen jeder Situation anpassen konnte. In einer Hochphase nach Veröffentlichung eines Buches, wenn ich mich auf Lesetour durch die Kulturtempel des Landes befand und allabendlich übers anständige Leben sprach, hätte man mich mitten in der Nacht wecken können, und ich hätte jede Frage mit dem passenden, idealerweise auch noch unterhaltsamen Vortrag beantwortet. Jede Menge Anekdoten hatte ich zu diesem Zweck parat, die ich auf Knopfdruck abspulen konnte. Ich war nie ein Freund theoretischer Erörterungen gewesen und glaubte fest daran, dass gute Anekdoten letztlich *das* Mittel zur Verständigung darstellten. In früheren Zeiten hatten sich die Menschen ihre Regeln fürs Zusammenleben bekanntermaßen mit Geschichten erklärt, am Lagerfeuer, auf dem Marktplatz, in den Kirchen und Tempeln. Warum sollte das nicht weiterhin funktionieren? Deshalb kam mir jetzt, als wir uns der Abbruchkante der Steilküste näherten, auch ganz selbstverständlich eine meiner Geschichten in den Sinn, die ich schon bei verschiedenen Gelegenheiten genutzt hatte: die Klintenæs-Sage. Vor Jahren hatte ich diese in einer Broschüre der Touristikzentrale gelesen, und sie eignete sich, wie ich fand, gar nicht schlecht, um einige Grundfragen zu veranschaulich. Dennoch war ich mir alles andere als sicher, weshalb ich die Geschichte ausgerechnet jetzt hervorkramte. (Wen wollte ich denn beeindrucken? Wem etwas beweisen?) Noch während ich sprach, schüttelte ich innerlich den Kopf über mich selbst. Steen R. Friis, der Geschichtenerzähler – hatte den wirklich jemand von uns vieren einbestellt?

Wie dem auch sei: Der Sage nach soll es hier auf der Insel einst einen mächtigen Riesen gegeben haben, einen von der grimmigen Sorte, böse, aufbrausend, intellektuell eher minderbemittelt. Von einer Riesenfrau an seiner Seite, die seine gröbsten Charaktermängel liebevoll hätte ausgleichen können, ist in der Erzählung keine Rede. Denken wir uns einfach, dass sie ihn verlassen hat, nachdem sie seiner Griesgrämigkeit überdrüssig geworden war, denn dass es sie gegeben haben muss, steht außer Frage. Die Sage weiß nämlich von einem Riesensohn zu berichten, der etwas verträumt war und wenig zupackend. Aus Sicht des Riesenvaters konnte man sich für den verweichlichten Riesensohn nur schämen. Der war sich doch tatsächlich nicht zu schade, Freundschaft mit den Bewohnern der Insel zu schließen. Ein Riese, der mit den Inselkindern Verstecken spielt? Hatte man so was schon gehört? Es war dem Riesenvater im höchsten Grade peinlich, und vermutlich, um Abstand zwischen sich und den Riesensohn zu bringen, schenkte er diesem eine eigene, mickrige Insel, die der eigentlichen Rieseninsel vorgelagert war.

Es war ein trauriger Flecken Land, draußen vor der Küste. Ein Stück Sandstrand gab es, Felsen und eine große Grasfläche, wohin die Bauern sommers ihr Vieh brachten, damit dieses sich bis zum Herbst, wenn sie es wieder zurückholten, rund gefressen hatte. Sonst gab es dort nichts und niemanden.

Und ausgerechnet hier sollte der Riesensohn beweisen, was in ihm steckte.

»Diese Insel soll dein sein, mein Sohn«, verkündete der Riesenvater eines Tages. (Wahrscheinlich allerdings auf Dänisch, also: »*Denne ø skal være din, min søn!*«)

»Was soll ich damit tun?«, fragte der Riesensohn. *(»Hvad skal jeg bruge den til?«)*

»Alles, was du willst!«, sprach der Riesenvater. *(»Lige hvad du vil!«)*

Damit ließ der Riesenvater seinen Riesensohn stehen und lachte sich ins Fäustchen. Diese Sorge war er los.

Dachte er. Allerdings hatte er nicht damit gerechnet, dass in seinem Sohnemann ein ausgefuchster Macher schlummerte, der es fertigbrachte, einige Bauern davon zu überzeugen, mit ihm auf die Viehinsel zu ziehen, um eine neue Siedlung zu begründen. Die Bauern folgten ihm und errichteten mit ihm ein Dorf und in dessen Mitte eine Kirche. Morgens und abends schallte der Glockenklang fortan über das Wasser.

Als der Riesenvater das Läuten hörte und nach einem genaueren Blick erkannte, was sein Sohnemann da in so kurzer Zeit zustande gebracht hatte, übermannte ihn eine dermaßen ungezügelte Wut, dass er sich den nächstbesten Felsen schnappte und diesen kurzerhand auf die Insel seines Sohnes schleuderte. Der Felsen traf, die Insel versank und mit ihr alle Bewohner, das Vieh und der Riesensohn. Die Wassermassen schlugen über der untergehenden Insel zusammen. Zurück blieb nur eine sandige Spitze, die bei entsprechenden Wetterbedingungen bis zu diesem Tag aus dem Wasser hervorlugt, der Klintesand.

»*Sådan, min søn*«, sagte der Riesenvater und wischte sich die Hände an der Hose ab, »*det var dét!*«

Sein Glücksgefühl jedoch hielt nicht lange an. Im Angesicht seines ertrinkenden Sohnes, der untergehenden Bewohner und des Viehs, das vor der Küste schreiend herumpaddelte, bis es von einem Strudel in die Tiefe gezogen wurde, blieb dem Riesenvater das Herz stehen.

»*Hvad har jeg dog gjort?*«, rief er und versteinerte, wortwörtlich, kippte ins Meer, und seine Nase, die ein ziemlicher Zinken gewesen sein muss, ragt bis zum heutigen Tag an dieser Stelle aus dem Wasser hervor.

So in etwa lautete die Sage. In verschiedenen Zusammenhängen hatte ich diese in der Vergangenheit genutzt, in einigen verstreuten Artikeln etwa, aber vor allem in meinem letzten Buch, in dem ich das Riesenschicksal und dessen übertragene Bedeutung in der Einleitung lang und breit erzählt hatte: *Das gute Ich oder Warum anständige Menschen erfolgreicher leben.* In dem Buch hatte ich Aspekte der Moderne auf ihre zugrunde liegenden ethischen Probleme hin untersucht, beginnend mit Zwischenmenschlichem wie der Eifersucht und dem Rachetrieb über die Unsitte des Wegbeißens im Turbokapitalismus, vom *Shitstorm* – wie ich ihn selbst einmal hatte durchstehen müssen – über die Gen-Debatte mit ihren unabsehbaren Auswirkungen, von *Political Correctness* bis hin zu den Snowden-Enthüllungen und der Frage nach dem Recht auf Geheimnisse. Ich hatte auf unterhaltsame Weise zu zeigen versucht, dass es keineswegs angeraten sei, auf Anstand und Sitte zu pfeifen, um im Leben etwas zu erreichen. Ganz im Gegenteil. Gemeinsinn und Aufrichtigkeit brachten einen, so meine These, auf lange Sicht weiter. Das galt nach meinem Dafürhalten im Großen wie im Kleinen. Neid und Missgunst konnten zwar mächtige Motivatoren sein, Rachegelüste befähigten einen mitunter zu erstaunlichen Dingen – sie alle aber trafen mit einiger Sicherheit auf Widerstand, was zu letztlich vermeidbaren Auseinandersetzungen mit ungewissem Ausgang führte. Häme und Rücksichtslosigkeit bewirkten selten anhaltende Zufriedenheit und Erfüllung. Wie bei dem Riesenvater. Er starb vor Gram über sein mordendes Wüten. Und genau das berührte einen Teil der Anstandsfrage, der mir nach all den Jahren der Beschäftigung damit beinahe der wichtigste geworden war: Wir alle müssen mit dem, was wir tun, leben können.

Oder eben *schlafen*. Das war mein zugegeben eher dünner Aufhänger, um von Utes Bemerkung zunächst zur Sage und dann zu den eher allgemeineren Überlegungen aus meinem Buch überzuleiten, die ich aus unerfindlichen Gründen an diesem Tag unbedingt anbringen wollte. Sehr weit kam ich dabei jedoch nicht. Während wir die Abbruchkante erreichten und uns nebeneinander aufstellten, pärchenweise, sodass wir Männer die Mitte einnahmen, war ich in meinem improvisierten Vortrag lediglich bis knapp zur Hälfte der Klintenæs-Sage vorgedrungen, bis zu dem Moment, als der Riesenvater seinem Sohn mit großer Geste die Insel schenkt. Die dänischen Dialoge erzielten das erhoffte Schmunzeln. Dann aber wurde ich von gleich mehreren Dingen in meinem Erzählfluss unterbrochen und verlor darüber mehr und mehr den Faden.

Zunächst waren da die vier gelb umrandeten Falkenaugen, die uns, kaum dass wir an der Kante auftauchten, erspähten und fixierten. Aufrecht, aber reglos saßen die beiden Vögel auf dem Felsvorsprung in ihrem Nest und sahen zu uns hoch.

»Da sind ja die Falken«, sagte Frauke. »Seht ihr?«

»Wie schön«, sagte Ute.

Einer der Vögel ließ sich aus dem Nest gleiten, stieg in die Höhe und kreiste über uns. Es war der kleinere, also entgegen der naheliegenden Vermutung das Männchen. Ich sah die langen, beinahe dreieckigen Flügel, die charakteristische Zeichnung, den Bartstreifen am schweren Kopf, den halbrunden Schwanz. Keine Sekunde ließen die Falkenaugen uns aus dem Blick, weder die oben in der Luft noch die unten im Nest.

»Ich hätte nicht gedacht, dass wir die heute zu Gesicht kriegen«, sagte Frauke. »Da habt ihr wirklich Glück.«

Gero schoss, sobald er die Vögel entdeckt hatte, mehrere Fotos mit seinem Handy, und jedes Auslösen wurde von einem eigentümlich unecht wirkenden Klicken begleitet. Anschließend begann er, den Flug des Falken zu filmen, und folgte den kreisenden Bewegungen am Himmel mit seiner Hand.

Ich bemühte mich derweil, den Faden meiner Erzählung wieder aufzunehmen, und erzählte von der erfolgreichen Besiedlung der kleinen Viehinsel, mit der der Riesenvater in seinem Übermut nicht gerechnet hatte. Mittendrin zeigte ich hinaus zu der Stelle, wo die Insel einst gelegen haben soll.

»Aha«, sagte Gero und filmte auf einmal mich. »Dort liegt dann also die Sandbank, von der ich gesprochen habe.« Sein großes Handy, das er in meine Richtung hielt, verdeckte die Hälfte seines Gesichtes. »Aber heute sieht man sie nicht. Schade eigentlich. Deshalb ist sie natürlich auch so gefährlich.«

»Ich nehme an«, sagte ich und schob das Handy aus meinem Gesicht, »dass es durchaus möglich wäre, in die Seekarten zu gucken, um sicherzugehen, nicht irgendwo aufzulaufen. Und die Bojen da draußen haben bestimmt auch was zu bedeuten.«

»Klar haben sie das«, sagte Gero. »Aber diese Badewannenkapitäne haben eben keine Ahnung.«

Ich schüttelte den Kopf und spürte deutlich, wie eine Gereiztheit in mir aufstieg, gegen die ich dringend etwas unternehmen musste. Ich wollte vorankommen mit der Sage und meinen Punkt rüberbringen, damit das erledigt war und sich die Gereiztheit nicht womöglich noch zu etwas Größerem auswuchs. Also redete ich einfach weiter und fuhr Gero über den Mund, der vermutlich gerne sein Seglerwissen angebracht hätte, um vor uns allen zu brillieren. Aber jetzt war ich dran. Es musste sein. Ich musste sprechen, und noch während ich sprach, ging mir auf, woher meine Angespanntheit, die ich den ganzen Tag schon gespürt hatte, sehr wahrscheinlich kam und was sie zu bedeuten hatte. Die Einsicht traf mich wie ein Schlag in die Magengrube.

Ich hatte einfach keine Lust mehr auf all das hier, diesen Eiertanz, nicht nur in diesem Moment, sondern generell. Was redete ich da bloß über Anstand und Riesen und Lebenkönnen und was weiß ich? Wen interessierte das denn? Mich nicht mehr. Wie mancher an Süßigkeiten oder Weißbrot, an Erdbeeren im Sommer oder Spargel im Frühjahr hatte ich mich offensichtlich an meinem Anstandsthema satt gegessen. Nach vielen Jahren der Beschäftigung wusste ich, was ich hatte wissen wollen, und wenn ich ehrlich war, schien mir seit Längerem alles, was ich öffentlich wie auch privat sagte, nichts als ein Wiederkäuen zu sein, ein ewiges Echo von mehrfach Gedachtem. Die Sache war erledigt, lange schon. Ausgelutscht. Verdaut. Und wenn ich also weiterhin daran festhielt, mehr und mehr schrieb, redete, hatte es letztlich nur damit zu tun, dass ich keine Ahnung hatte, was ich stattdessen tun sollte. Welchem anderen Feld wollte ich mich zuwenden? Etwa der Gerechtigkeit? Der Digitalisierung, von der ich letztlich keinen Schimmer hatte? Dem Klimawandel, vor dem alle anderen Fragen auf lange Sicht verblassten? Wo gab es Probleme, die ich nicht nur deshalb anging, weil ich es konnte, sondern weil ich es selbst, ganz persönlich, *musste*? Ohne dass ich es mir bislang eingestanden hätte, waren alle meine Unternehmungen der letzten Zeit, meine Texte, die Interviews, einfach alles von diesem Grundzweifel unterlegt gewesen, und ich musste zugeben, dass mir Teile meines letzten Buches bereits Unbehagen bereitet hatten. Ich dachte die Dinge nicht mehr zu Ende, sondern glaubte stets nur Bekanntes vor mir zu haben. Die Sache mit dem Anstand war für mich wohl erledigt. Ich war so was von durch damit.

Die Einsicht traf mich wie ein K.-o.-Schlag. So klar und deutlich hatte ich mir das alles noch nicht eingestanden. Meine Atmung geriet darüber durcheinander. Ich sprach immer schneller, achtete kaum noch auf meine Worte und bemerkte gleichzeitig aus den Augenwinkeln, wie Frauke und Gero Blicke tauschten. Frauke krauste ihre Stirn, verdrehte die Augen und setzte ein bedauerndes Lächeln auf, als müsste sie sich bei Gero für mich und mein umständliches Gerede entschuldigen.

Und das war einfach zu viel für mich. Ich sah den Falken oben am Himmel kreisen, schloss die Augen und dachte unwillkürlich, dass wir vier, so wie wir in diesem Moment hier standen, ein ausgezeichnetes Motiv für ein Gemälde abgegeben hätten. Ich stellte mir da etwas Ausdrucksstarkes vor, Expressionismus, Munch, reichlich Farbe, vielleicht von hinten porträtiert. Für ein Bild hätte das Meer unter uns sicherlich etwas stärker brausen können. Aufgewühlte See, ein paar einsame Segelschiffe in der Ferne, darüber ein dramatischer Himmel, und im Vordergrund stehen wir vier und schauen zum Falken auf, der über uns kreist und uns beobachtet. Seine Augen dürften gerne spukartig leuchten. Der Falke weiß und sieht schließlich mehr als wir. Hinter unseren Rücken nämlich wird über die Paargrenzen hinweg Händchen gehalten.

Da greifen Hände nacheinander, die nicht zusammengehören. Oder eben doch. Ganz gewiss wäre es kein fröhliches Bild, nichts, um es über den Kaminsims zu hängen, damit es ständig in Sichtweite wäre. Eine Bedrohung ginge davon aus und eine Schwere, die am eigenen Leib zu spüren ist, ohne dass sie ganz zu begreifen wäre. Titelidee: *Alte Freundschaft.*

Ich kicherte etwas albern, als ich mir dies ausmalte, warf Gero einen Blick zu, und danach passierte alles wie in Zeitraffer. Schlag auf Schlag. Es dauerte nur einige Sekunden, doch ich nahm jeden einzelnen Schritt des Vorgangs glasklar wahr.

Ganz ruhig trat ich ein Stück beiseite und schubste Gero mit beiden Händen fest gegen die Schultern, hin zur Klippe. Er kippte vorwärts, drehte sich dabei erstaunlich geschickt zur Seite, strauchelte, während er mit der einen Hand, in der er sein Handy hielt, in der Luft herumfuchtelte, um das Gleichgewicht zurückzuerlangen, und mir gleichzeitig mit der anderen Hand albernerweise den Pilzkorb hinhielt, als müsste dieser unbedingt und unter allen Umständen gerettet werden. Geros Augen starrten mich an, panisch, fassungslos. Noch hatte er den Halt nicht ganz verloren, noch fiel er nicht, und trotzdem wirkte es so, als würde er den Schwebezustand, in dem er über der Klippe hing, für einen Moment sogar genießen. Ich hielt den Rand des Pilzkorbes fest. Das gab ihm Sicherheit. Dankbarkeit schien ihn zu überfluten. Er lächelte verkrampft und begann, Hoffnung zu schöpfen. Alles war vielleicht nur ein Missverständnis? Schließlich aber ließ ich den Rand des Korbes los. Gemeinsam beobachteten wir, wie ich erst den einen, dann den nächsten Finger ausstreckte. Ein letzter Blick. Gero fiel.

Ich hätte erwartet, einen Schrei zu hören. »Sag mal, spinnst du …« Aber nichts dergleichen. Alles blieb still. Gero verschwand geräuschlos aus unserem Blick, sauste nach unten weg, und es dauerte eine gefühlte Ewigkeit, bis ein dumpfer Aufschlag ertönte. Ironischerweise schien sich der Sturz der Pilze zu verzögern, als liefe ein Film in Zeitlupe ab. Sie hingen noch in der Luft, während Gero mit dem Korb bereits nach unten verschwunden war. Endlich wurden auch sie von der Erdanziehung ergriffen und fielen langsam zu Boden.

Ich schaute nur einmal kurz über die Abbruchkante, als müsste ich mich vergewissern, ob Gero auch wirklich unten angekommen war, doch er musste zu nahe an der Steilküste aufgeschlagen sein. Von ihm war nichts zu sehen. Ich bemerkte nur einige Pilze, die wie Flummis nach dem Aufschlag abfederten und durcheinanderkullerten, bevor sie im Strandsand liegen blieben.

»*Sådan, min Gero*«, sagte ich, seltsamerweise auf Dänisch, »*det var dét.*«

Die beiden Frauen mussten in Schockstarre verfallen sein. Statt Gero zu Hilfe zu kommen und ihn festzuhalten, hatten beide wie choreografiert zwei Schritte zurück gemacht. Hatten sie Sorge, mit in die Tiefe gerissen zu werden? Ich drehte mich ihnen zu.

»Sag mal, Steen, was ist in dich gefahren?«, schrie Frauke.

Ich blieb ganz ruhig, blickte mich noch einmal um, ob nicht irgendwo an der Küste jemand war, der beobachtet haben könnte, was sich hier zugetragen hatte. Nirgends eine Menschenseele.

»Sei bloß still«, sagte ich.

Der Falke über uns kreischte, quiekte vielmehr, ein hohes, lang gezogenes Geräusch. Eek-eek. Es war der Alarmruf dieser Vögel, ein unschönes Geräusch, wie Fingernägel, die über eine Tafel kratzen. Wie es schien, waren die Falken neben den

Frauen die einzigen Zeugen meiner Tat, aber das kümmerte mich jetzt nicht weiter. Später könnten die Vögel ihrer Brut ja gerne einmal davon berichten, wie sie einst diese Gruppe an der Steilküste beobachtet hätten, aus der ein Mensch die Klippe hinuntergeschubst worden war. »Damals hat Papa oben in der Luft gekreist. Und ich hab die Eier beschützt. Verrückt, diese Menschen. Einfach verrückt.« Eek.

»Bist du vollkommen übergeschnappt!«, rief Ute.

»Seid still, hab ich gesagt.«

Wieder dieses Eek-eek über mir. Es war näher dran jetzt, als hätte der Vogel seine Flughöhe verändert, um einen genaueren Blick aufs Geschehen werfen zu können.

»Du hast Gero umgebracht, Steen. Ist dir das klar?«

Es war Ute, die das sagte, oder aber Frauke. Ich konnte es kaum hören. Das Falkengeschrei störte mich, und ich machte einen Schritt auf die Frauen zu.

»Ein Wort noch von einer von euch, und ihr fliegt beide hinterher. Verstanden? Ich lass nicht zu, dass dieser Arsch da unten meine Beziehung zerstört. Damit das klar ist. Und jetzt gehen wir ganz ruhig zurück zum Haus und machen alle keinen Aufstand.«

Die Szene verschwamm vor meinem Blick … Dann öffnete ich die Augen. Meine Arme waren angespannt, zitterten und begannen die Bewegung auszuführen, die ich vorausgedacht hatte, doch auf einmal kreischte der Falke über uns, noch näher diesmal. Beide Frauen duckten sich instinktiv, und ich hörte Gero neben mir, der sagte: »Was macht denn der verrückte Vogel da? Achtung! Passt auf!«

Der Falke stürzte knapp vor uns die Abbruchkante hinunter, stieg wieder auf. Gero hatte ihn mit wild fuchtelnden Händen abgewehrt. Das Tier schien es auf Geros Handy abgese-

hen zu haben, als hätte es sich entschieden, das ewige Fotografieren und die Filmerei nicht länger tatenlos hinzunehmen.

Ich fühlte mich wie durchgeschüttelt, erwacht aus einem
Traum. Die Muskeln in meinen Armen waren weiterhin angespannt, bereit, die Bewegung auszuführen, die ich im Sinn
gehabt hatte.

»Weg hier«, rief Frauke. »Der Falke kommt gleich zurück.
Der hat es auf uns abgesehen.«

Geduckt liefen die drei von der Abbruchkante weg und
lachten dabei wie Schüler auf einem Ausflug, wenn sich endlich einmal etwas ereignete, das nicht das übliche Einerlei war.
Ich sah, wie sie flüchteten, und blickte zu dem Falken, der erneut aufstieg und dessen umrandete Augen mich fixierten. Er
wirkte wütend, aufgebracht, sein Schnabel war halb geöffnet.

»Komm, Steen«, rief Gero. »Der Vogel ist nicht ganz dicht.«

Ich hörte das deutlich, doch mein Kopf war zu sehr damit
beschäftigt, die Dinge klarzurücken, die ich gerade erlebte.

Langsam drehte ich mich um und folgte den Frauen und
Gero weg von der Abbruchkante. Mein Atem raste. Die Kehle
war wie zugeschnürt. Ich ging den dreien hinterher Richtung
Wald und kam mit jedem Schritt mehr zu mir. Leise sagte ich
im Gehen: »Gerade noch mal Glück gehabt.« Und dann schlug
ich mir, um die Anspannung in meinen Armen zu lösen, kräftig mit den Fäusten auf meine Oberschenkel, einmal, zweimal.

»Beeil dich«, rief Frauke. »Worauf wartest du denn?«

»Ich komme schon. Geht ruhig vor. Den Weg kenne ich
jetzt ja.«

Manch einer würde wohl sagen, nichts sei an der Abbruchkante passiert, nichts Wirkliches. Aber für mich fühlte es sich
ganz und gar nicht so an.

# 6

E s sind schwierige Zeiten. Wer wollte das bestreiten? Niemand. Zumindest nicht, wenn er noch ganz bei Trost ist. *(Ungenau formuliert. Welcher ER ist gemeint? Alle oder nur ich?)* Genau genommen ist es sogar eine Untertreibung, die Zeiten schwierig zu nennen. Überall Katastrophen, mit deren Folgen wir alle zu tun haben werden.

Die fürs Weltpublikum inszenierten Enthauptungsvideos etwa, die uns derzeit mit grauenhafter Regelmäßigkeit aus dem Nahen Osten erreichen, sind in ihrer an uns gerichteten Botschaft eindeutig. So sehen unsere Gegner aus. Das sind ihre Methoden. *(Wirklich? Und muss ich mir deshalb diese Videos auch anschauen?)* Die Krimkrise, die noch keineswegs ausgestanden ist, verdeutlicht, wie wenig wir uns auf beruhigende Gewissheiten verlassen können. *(Da hat er mal recht. Tabubruch.)* Der Syrienkrieg lässt die Diplomatie an ihre Grenzen kommen, während Ebola uns dazu verurteilt, erneut hilflose Zuschauer des Elends anderer zu sein. *(Oh, wir Armen! Die Betroffenen werden begreifen, welche Zumutung sie für uns darstellen.)* Außerdem zeichnet sich bereits ab, dass sich bald mehr und mehr Menschen aus den Krisenregionen der Welt aufmachen werden, um ihr Glück woanders zu suchen. Bei uns nämlich. Die Schlepper haben ihre Schiffe gechartert. Sie werden gut verdienen. Nicht mehr lange, dann kommt die große Welle, die uns unvorbereitet überrollen wird. *(Reichlich geschmacklos.)* Die Klimakatastrophe schließlich wird uns alle gleichermaßen betreffen. Angenehm warme Sommertage und weniger kalte Winter sollten uns darüber nicht hinwegtäuschen. Der nächste Sturm lässt mit Sicherheit nur kurz auf sich warten. *(Hohle Phrasen.)*

Was also tun? Wie kann es weitergehen? *(Bin gespannt.)* Die Einschläge kommen uns bedrohlich nahe, und es ist nicht anzunehmen, dass die nächsten Jahre weniger schlimm ausfallen werden und uns eine Atempause gönnen. *(Schon klar. Komm zum Punkt.)* Was wir derzeit erleben, ist fraglos unsere Bewährungsprobe, der Lackmustest dieser Generation. *(Oha.)*

Unwillkürlich fragt man sich da, ob es nicht doch irgendwo jemanden gibt, der uns eine Lösungsidee in diesen schwierigen Zeiten präsentieren könnte. Einen Plan gar, wie man die Situation wieder in den Griff bekommt. *(Die Spannung steigt.)* Und es ist – wenig überraschend – mein alter Kollege Steen R. Friis, der sich vor wenigen Tagen in dieser Angelegenheit zu Wort gemeldet hat. Was für eine Entlastung! Friis nämlich hat, wie wir erfahren durften, tatsächlich eine genaue Vorstellung, auf welche Art man die ganze Chose anpacken müsse. *(Ach ja?)* Wir können uns wahrlich freuen, jemanden wie ihn zu haben.

Zum Glück müssen seine Ideen hier nicht erst umständlich vorgestellt werden. Die sind ja weithin bekannt. Sie haben sich schließlich auch noch nie groß verändert. *(Wumms.)* Wie könnte es bei Friis anders sein: Der liebe Anstand soll es richten. Wieder einmal. Seinem sprichwörtlichen Ruf als Anstandsonkel der Nation bleibt dieser Denker selbst in Krisenzeiten unbeirrt treu. Seit jeher sieht er im anständigen Leben die jedes Problem lösende Therapie. Schaden ist bei der Anwendung auch nicht zu erwarten. Und zu Risiken und Nebenwirkungen lesen Sie einfach die dutzendweise verfassten Artikel oder Bücher, in denen Friis Ihnen erklärt, wie er sich das vorstellt mit dem Anstand und den Herausforderungen des Tages. Oder schauen Sie sich, falls Sie so etwas eher ungern lesen, das letzte große Fernsehinterview dieses Populärphilosophen an, mit dem wir gerade erst wieder beglückt worden sind. Darin erklärt er Ihnen zum hundertsten, ach was: tausendsten Mal seine Sicht der Dinge, stets die Ruhe selbst, ein angedeutetes Lächeln auf den Lippen, das zu sagen scheint: »Vertrauen Sie mir, dann wird Ihnen nichts passieren.« *(Gehässigkeit steht Hannes eher nicht zu Gesicht.)*

Der Ablauf wie der Inhalt dieser Interviews, die zu einer jährlichen Routine zu werden drohen, sind immer gleich. Der spätsommerlich gebräunte Denker sitzt im Garten seines dänischen Inselhauses und empfängt ein Fernsehteam zum Diktat, das ihm die Vorlagen liefert für seine immer gleichen Thesen. Früher hätte einer wie Friis bei dieser Gelegenheit unter einer Baskenmütze Selbstgedrehte geschmökt oder gemütlich ein Pfeifchen gepafft; heute hält es der öffentliche Intellektuelle eher mit einer Tasse Tee und, in Friis' Fall, mit der angedeuteten Hippiematte, die sein Markenzeichen ist. So kennt ihn jeder, das strahlt Vertrauen aus. Deshalb darf er auch überall zu allem etwas sagen. *(Einfach nur blöd. Niveaukontrolle!)*

Da sitzt Steen R. Friis also im Garten der Dichtervilla im dänischen Wald und erklärt uns gebetsmühlenartig, dass die Welt zwar erkennbar aus den Fugen geraten sei, wir im Umgang mit all den anstehenden Problemen aber bitte schön das rechte Maß nicht aus den Augen verlieren sollten. Gelassenheit sei angebracht. Das sagt er wohlgemerkt mit Blick auf die dümpelnden Jachten vor der Küste. *(Eben, Hannes war nie hier:*

*Jachten – wo? In Sichtweite?*) Niemandem, so dieser Großdenker, sei damit gedient, wenn unsere Reaktionen auf die gegenwärtigen Herausforderungen zu energisch ausfielen. Formulierungen, die das Beiwort »zu« verwenden, behagen Friis seit jeher nicht: zu schnell, zu früh, zu hart, zu zögerlich. Alles nicht sein Ding. *(Zu dumm.)*

Wir, als gebannte Zeugen seiner Worte, sind selbstverständlich gewillt, ihm ohne Umschweife zuzustimmen, wenn er uns zum Maßhalten aufrufen möchte. Das alles ist ja ein ehrenwerter Zug von ihm. Da will jeder gerne mit dabei sein. Anständig bleiben – na klar. Gelassenheit – keine Frage, immer wünschenswert. Dennoch kommt hier Einspruch, Euer Ehren! Wie schon ein Friedrich von Logau im 17. Jahrhundert wusste, gibt es durchaus Umstände, in denen die Ausnahme die Regel ersetzt. »In Gefahr und grosser Noth«, schrieb dieser schlesische Barockdichter, »bringt der Mittel-Weg den Tod.«

Logaus Worte passen heute besser denn je. Schließlich stecken wir gerade knietief in solchen Ausnahmezeiten. Andere Umstände erfordern eben andere Maßnahmen, und es wäre deshalb fahrlässig, weiterhin wie Friis aufs immer gleiche Pferd zu setzen. Die Tools müssen den Aufgaben schon angemessen sein. *(Ausgesprochen modern: Tools.)* Friis weiß das, stört sich aber nicht daran. Er bleibt stur bei seinen einmal gewonnenen Einsichten und lässt sich nicht aus der Reserve locken. Mit seinen Inselgeschichten leiert er uns in den Schlaf, aus dem es ein womöglich böses Erwachen geben wird. Er meint, uns weiterhin mit Anekdoten über Riesen und Götter und Höhlenmenschen kommen zu dürfen, doch fragen wir uns: Was soll uns das? Vor allem: Wollen wir das von ihm hören?

Um es klipp und klar zu sagen: Ganz bestimmt nicht. Wir

schalten das Interview deshalb auch gleich wieder ab. Es reicht. In unseren Augen nämlich begeht Steen R. Friis, der berühmte »Intellektuelle«, indem er unbeirrbar den Ausgleich propagiert und den vermeintlich sicheren Mittelweg als Königsweg preist, ein gedankliches Vergehen an der Zeit, das wir nur als intellektuelle Unanständigkeit bezeichnen können. Diese Weichwascherei eines Friis kann wirklich niemand gebrauchen. Es ist Luxusdenken, typisch für dänische Inselurlauber. *(Oh, jetzt kriegen sogar die Dänemark-Urlauber ihr Fett weg.)*

Wieso nur, fragen wir uns, diese Risikoscheu? Ist es Angst vor den Konsequenzen? Angst ist bekanntlich alles andere als ein guter Ratgeber. Wo bleibt die Courage? Wo der Mut, der den Herausforderungen gewachsen wäre? *(Blablabla.)* Muss man denn tatsächlich selbst mit Schleppern Mitleid empfinden, nur weil auch sie wahrscheinlich ein schweres Leben hinter sich haben? Hat der Anstand in diesem Fall nicht seine Grenzen? Ist Gelassenheit wirklich angebracht, wenn die Gegner uns ihre stumpfen Messer an die Kehle drücken? Dürfen wir unsere Werte und unser Leben etwa nicht mehr verteidigen? Friis scheint genau so zu denken. Augen zu und auf das Beste hoffen. Aber so läuft es eben nicht. Geradeheraus gesagt, ohne jeden Versuch, die Etikette zu wahren: Steen R. Friis betreibt Hosenschisserdenke …

Und so weiter und so fort. Hannes' Text war noch ein ganzes Stück länger; die Redaktion hatte ihm erstaunlich viel Platz eingeräumt, um seinen Sermon abzusondern. Beim Überfliegen der folgenden Absätze entdeckte ich einige Signalwörter, die mir verdeutlichten, dass ich mir den Rest ersparen konnte: *Gutmensch, Pseudophilosoph, nervige Klammersätze.* Mir war jedenfalls die Lust vergangen, launige Kommentare an den Rand zu kritzeln und es als Triumph zu empfinden, dabei mit meinem Tintenstift über Hannes' Artikel hinwegzuschreiben. Mit jedem gelesenen Satz war mir schlechter geworden, und ich hatte ein extrem flaues Gefühl im Bauch. Womit nur hatte ich diesen geballten Groll verdient? Die ganze Angelegenheit war mir schleierhaft. Was hatte ich Hannes angetan, um diesen Ausbruch zu provozieren? Unwillkürlich hatte ich während der gesamten Lektüre den Kopf geschüttelt, was einen seltsamen Eindruck gemacht haben muss, falls einer ins Haus geblickt und mich am Schreibtisch sitzend über dem Artikel gesehen haben sollte.

Aber die anderen drei gingen mir vorerst aus dem Weg. Es war ihnen wohl nicht entgangen, dass an der Steilküste etwas mit mir passiert war. Keiner von ihnen hatte danach ein Wort an mich gerichtet. Sie waren durch den Wald vorausgegangen, während ich ihnen in einigem Abstand gefolgt war. Wahrscheinlich hatte ich allzu sichtbar das Bedürfnis ausgestrahlt, in Ruhe gelassen zu werden. Als ich durch die Hecke kletterte, um zurück auf die Lichtung zu gelangen, hatte ich gehört, wie Frauke sagte: »Macht euch mal keine Sorgen. Der braucht nur seine Auszeit. Das ist manchmal so bei ihm. Ganz plötzlich muss er für sich sein.«

Wie immer dauerte der Weg zurück gefühlt nur halb so lang wie der Hinweg. Es war ein Klacks, von der Steilküste durch den Wald zu meinem Haus zu gelangen, sodass es nachträglich umso rätselhafter erscheint, weshalb ich damals so viel Zeit damit verschwendet hatte, nach der Lichtung zu suchen, obendrein erfolglos. (Vielleicht hatte ich sie einfach nie finden wollen?) Kaum hatten wir das Haus erreicht, setzte ich mich an den Schreibtisch und nahm mir Hannes' Artikel vor, so als erhoffte ich mir von der Beschäftigung damit erholsame Ablenkung. Bereits auf dem Magazinumschlag war auf

den *Essay* hingewiesen worden, wie Hannes' Text etwas hoch-
mütig bezeichnet wurde, nicht groß, in der oberen Ecke: *Terhoven vs. Friis – Jetzt reicht es aber!* Einmal bemerkte ich, dass
Frauke hereinkam, um Gläser und etwas zu trinken zu holen,
doch ich ignorierte ihre Gegenwart, so gut es ging, und wid-
mete meine ganze Aufmerksamkeit Hannes' Artikel.

Das Ganze war schon wirklich ein starkes Stück, verfasst
in einem Miesepeterton, für den ich keine Erklärung wusste.
Fast alles an dem Text widerstrebte mir, sowohl inhaltlich als
auch stilistisch. Diesen so unangenehm vereinnahmenden
Gebrauch von »uns« und »wir« etwa, von dem Hannes' Text
nur so strotzte, hatte ich noch nie leiden können. Schrecklich war das. Selbst die abgemilderte und vornehm klingen-
dere »Man«-Konstruktion, auf die so viele zurückgreifen, war
ganz und gar nicht meine Sache. Ich tendiere in meinen Tex-
ten dazu, »ich« zu sagen, wenn von mir die Rede ist, und »du«,
wenn ich die Lesenden meine. Oder aber »Sie«. Eigentlich aber
schon eher »du«, worin sich wahrscheinlich die vielen Jahre
auf der dänischen Insel niederschlagen, durch die ich zwischenzeitlich selbst im Privaten das Siezen beinahe verlernt
habe. Ein wenig hat das Dänische dann doch auf mich abge-
färbt, obgleich mein Kontakt zur hiesigen Bevölkerung eher
begrenzt ist und sich auf das gelegentliche, radebrechende
dänisch-deutsche Kurzgespräch mit Nachbar Jepsen und den
Einkauf beim *Købmand* am Inselhafen beschränkt. Nach all
den Jahren, in denen ich dort mein Brot oder gelegentlich
meine Brötchen kaufe und immer ganz korrekt *»et franskbrød,
tak«* oder *»tre grovbirkes, tak«* bestelle, nennt mir die Kassiere-
rin den Zahlbetrag unbeirrbar und nachsichtig nickend auf
Deutsch, so als fände sie meinen Versuch, dänisch zu sprechen,
zwar löblich, aber letztlich unnötig. Immerhin duzt sie mich.

Zunächst hatte Hannes' Artikel tatsächlich eine Art sportlichen Ehrgeiz in mir geweckt. Während ich las, Teile unterstrich und kommentierte, suchte ich in meinem Hinterkopf nach einem Zitat oder einem Gedanken, den ich nutzen konnte, um meiner Replik, um die ich nicht herumkommen würde, den nötigen Nachdruck zu verleihen. Dafür ist es immer gut, einen großen Geist zu zitieren. Nicht Logau natürlich, das wäre zu naheliegend, etwas anderes musste es schon sein. Zum Beispiel Wolfgang Pauli, den Atomphysiker: »Das ist nicht nur nicht richtig, es ist nicht einmal falsch.« Diesen Satz hat Pauli seinen Studenten angeblich häufiger an den Kopf geschmissen, sobald diese ihm mit unausgegorenen Theorien kamen, und ich hatte ihn mir innerlich seit einer geraumen Zeit für eine besondere Gelegenheit reserviert. Aber wenn ich ihn nutzen wollte, dann musste der Satz natürlich ins Schwarze treffen, und ob er in diesem Fall passend war, konnte ich im Moment nicht entscheiden. Vielleicht war Bill Gates ja treffender: »Es gibt keinen Zweifel daran, dass die Welt heute besser als jemals zuvor ist.« Mit diesem Satz bekommt man jedes noch so laue Partygespräch in Gang. Da gehen nach meiner Erfahrung alle verlässlich auf die Barrikaden. Kann gar nicht sein! Und Hannes würde bei dem erwartbaren Protest sicher in erster Reihe voranmarschieren. Ihre Parolen konnte ich schon beinahe hören: Nieder mit den Gutmenschen, den Beruhigern! Hört nicht auf sie! Sie wollen uns nur einlullen! Aber wollte ich das? Wollte ich einen öffentlichen Streit provozieren? Alles in mir sträubte sich dagegen, und ein Summen in meinem Kopf, das ich unterschwellig seit der Steilküste hörte, machte jeden klaren Gedanken ohnehin unmöglich.

Sehr bald hatte ich genug von der ganzen Sache und klappte das Magazin entnervt zu. Riesengroß prangte die Hauptschlagzeile auf dem Cover: *Ebola – Die entfesselte Seuche.* Darüber war ein dunkelhäutiger Mensch zu sehen, wahrscheinlich ein Mann, im Schutzanzug, mit Atemmaske; nur die Augenpartie war zu erkennen, durchdringende Pupillen, die einen entweder verzweifelt oder anklagend ansahen, je nach persönlicher Stimmungslage vermutlich. Mein Blick glitt nach oben zu Hannes' Essay-Ankündigung, und auf einmal hatte ich das Gefühl, den Titel des Textes bereits zu kennen: *Jetzt reicht es aber!* An anderer Stelle hatte ich das schon einmal von Hannes gelesen, nicht wortwörtlich, aber ähnlich. Wie gesagt: Mein Kopf arbeitete bedauerlicherweise eher gegen mich.

Dann hörte ich ein Kreischen, einen Aufschrei, draußen auf der Terrasse. Es war Ute, die dort unverständliche Worte rief. Gero lachte, es gab einen Tumult, ein Stuhl fiel um und knallte auf den Boden, noch einmal kreischte Ute, und ich hörte Frauke sagen: »Ganz ruhig. Halb so schlimm. Geh schnell rein zu Steen, der hilft dir.«

Schon stand Ute neben mir im Wohnzimmer, fassungslose Verzweiflung im Gesicht. Ihre Oberarme presste sie an den Körper, zog die Schultern hoch und ballte ihre Hände unterhalb des Kinns zu Fäusten. Mit geschlossenen Augen, den Kopf schräg nach oben gerichtet, zischte sie: »Ich hab da eine Zecke.«

»Oh, Glückwunsch«, sagte ich. »Wo denn?«

»Da hinten, an der Hüfte.« Sie ekelte sich sichtbar. »Gero hat die entdeckt, als wir uns draußen abgesucht haben.«

Ich schob ihre Strickjacke und das Oberteil etwas beiseite und sah den Übeltäter sofort, ein schwarzer Fleck.

»Mach die bitte ganz schnell weg«, sagte Ute.

Erst beim Näher-Herangehen war das Tier als Ganzes zu erkennen, wie es mit dem Vorderteil in Utes Haut steckte, dann auch die winzigen, langsam zappelnden Hinterbeine, der heraustehende Rücken. Um die Bissstelle herum war eine leichte Rötung entstanden.

»Die ist ja noch ganz klein«, sagte ich. »Das haben wir gleich.«

»Kriegst du das hin?« Ute schüttelte sich.

»Keine Sorge. Ich muss nur meine Zeckenkarte finden.«

Ich zog die Schreibtischschublade auf und wühlte ein wenig darin herum, bis ich die scheckkartengroße Plastikscheibe fand, die ich auf der Insel sozusagen immer in Griffnähe hatte. Beinahe jeder Waldspaziergang konnte zu Zeckenbissen führen, da war es gut, ordentlich ausgestattet zu sein. Zwar war die Insel kein Risikogebiet für irgendwelche unangenehmen Folgeerkrankungen, aber niemand wollte so ein Tier länger als nötig in sich stecken haben. (Nach der Rückkehr aus dem Wald hatte ich mich bereits routinemäßig abgesucht und nichts gefunden, was ich angesichts unserer Wette beinahe etwas bedauert hatte.) Die Karte besaß zwei unterschiedlich geformte, eingekerbte Ecken für kleinere oder größere Zecken. Für Utes Exemplar war sogar die kleinere Ecke eigentlich zu groß. Das Tierchen war extrem winzig, wenig mehr als ein schwarzer Punkt auf der rechten Hüfte, sodass ich mich auf meinem Stuhl vorbeugen musste, um zu entscheiden, wie ich vorgehen wollte. Ute stellte sich rücklings und leicht vornübergebeugt vor meinem Schreibtischstuhl auf und hielt dabei ihre Kleidung hoch, damit ich beide Hände frei hatte. Mit dem Zangengriff meiner Linken umfasste ich die Bissstelle und setzte die Karte an.

»Sieht ganz so aus, als hättet ihr die Wette gewonnen«, sagte ich.

»Das ist mir scheißegal. Mach schnell.«

»Halt still«, sagte ich, beugte mich etwas weiter vor und

lehnte dabei meine Stirn aus Versehen an Utes Rücken. Kaum spürte ich ihre Wärme, ließ ich die Zecke Zecke sein, schmiegte mich an Ute und schlang meine Arme um ihren Bauch. Ich roch den süßlichen Geruch ihres Parfüms, und ohne es zu wollen, entfuhr meiner Kehle ein gurgelndes Schluchzen, das mir ausgesprochen peinlich war. Aber was sollte ich tun? Ich war einfach zu durcheinander, um mich zusammenzureißen. Auf der einen Seite tat ich mir selbst unendlich leid, und auf der anderen konnte ich mir den inneren Amoklauf von der Steilküste, der Gero gegolten hatte, nicht verzeihen. Einer verqueren Logik folgend, trauerte ich sozusagen stellvertretend für Ute um Gero, den ich in Gedanken vor gar nicht langer Zeit in den Tod gestoßen hatte.

»Ist es Terhoven?«, fragte Ute.

Ich lachte leise auf. »Kann sein, weiß nicht. Bestimmt.«

»Du bist wirklich ein Idiot, weißt du das? Ich hab dir doch gesagt, dass du den Text nicht lesen sollst.«

»Ging nicht anders.«

»Tja, und da haben wir jetzt also den Salat.« Ute strich mir einmal übers Haar, und ich schloss die Augen. »Ach, mein Lieber«, sagte sie, »ich würde dich jetzt wirklich gerne trösten, aber könntest du erst mal bitte dieses Mistvieh aus meiner Hüfte entfernen?«

»Selbstverständlich.« Ich setzte mich wieder aufrecht hin. »Entschuldige.«

Bereits beim zweiten Versuch bekam ich die Zecke zu packen. Ich breitete ein Taschentuch auf dem Schreibtisch aus, setzte das Tier darauf ab und untersuchte es. Alles war noch dran, Vorder- und Hinterteil. Unkoordiniert zappelten die Beinchen in der Luft, und ich knüllte das Taschentuch zusammen, damit uns das Tier nicht abhandenkam.

»Geschafft?«, fragte Ute.

»Ja, aber du hast noch ein zweites Exemplar, um das ich mich kümmern sollte.«

»Was? Wo?«

»Bisschen weiter oben«, sagte ich. »Komm her, das haben wir gleich.«

Ute sog Luft zwischen den Zähnen ein, stellte sich erneut vor mir auf und ließ mich machen. Diesmal ging es ganz schnell, ich nahm mich zusammen, und die zweite Zecke landete ebenfalls in dem Taschentuch.

»Das ist ein eindeutiger Sieg für dich und Gero«, sagte ich.

»Aber wir haben gar nicht ausgemacht, was es zu gewinnen gibt.«

»Lass gut sein«, sagte Ute. »Dafür will ich gar nichts haben. Allerdings hab ich mittlerweile doch Hunger. Wie war das noch mit *frokost*? Ist es nicht langsam Zeit dafür?«

»Du hast recht«, sagte ich. »Höchste Zeit. Ganz vergessen.«

Ute strich ihre Kleidung glatt, schüttelte sich noch einmal, und ich stand von meinem Stuhl auf und ging mit dem zusammengeknüllten Taschentuch in Händen in Richtung Badezimmer.

»Was machst du denn jetzt mit denen?«

»Im Klo runterspülen«, sagte ich.

»Die armen Viecher.«

»Hast du eine bessere Idee?«

Ute schüttelte den Kopf. »Übrigens habe ich vorhin noch einmal über diesen Terhoven-Artikel nachgedacht«, sagte sie. »Ich glaube, ich weiß jetzt, warum Hannes den geschrieben hat.«

»Na. Und warum?«

»Eigentlich ist es viel zu naheliegend, aber ich denke, er

nutzt dich und den Artikel, um Werbung für sein neues Buch zu machen. Der Artikel ist sozusagen eine prominent platzierte Anzeige für sich selbst.«

»Ein neues Buch?«, fragte ich. »Von Hannes? Das ist mir wohl entgangen.«

»Kann nicht sein«, sagte Ute. »Du hast das doch gelesen.«

Ich schüttelte den Kopf. »Hab ich nicht.«

»Hast du doch.«

»Nein«, sagte ich, »das wüsste ich wohl.«

Ute überlegte und zeigte dann mit dem Finger auf mich. »Ich kann dir beweisen, dass ich recht habe.«

»Äußerst interessant. Und wie?«

»Ich zeige es dir.«

»Du hast das Buch dabei?«

»Mein Lieber, ich muss das Ding verkaufen. Seit diesem Herbst bin ich auch für Hannes' Verlag unterwegs. Wie wär's, wenn du dich erst mal um die Zecken kümmerst und ich das Buch hole. Dann sehen wir, wer recht hat. Nebenbei können wir was kochen.«

»In Ordnung«, sagte ich und ging ins Badezimmer.

Eigentlich wollte ich das Licht in dem fensterlosen Raum, der nur eine Belüftungsluke nach draußen hatte, gar nicht erst einschalten, um möglichst zügig die Angelegenheit mit den Zecken hinter mich zu bringen, aber nachdem ich den Toilettendeckel hochgeklappt und das Taschentuch in die dunkle Schüssel geworfen hatte, entschied ich mich doch um und knipste die Beleuchtung an. Wie immer roch es im Badezimmer harzig nach Holzvertäfelung, nach Seife und dem Shampoo, das Frauke benutzte. Sie hatte am Morgen nach mir geduscht, und ihr Handtuch hing zum Trocknen an einem Wandhaken. In der Ahnung, dass es bald an der Zeit sein könnte, Abschied zu nehmen von solchen Zeichen unseres gemeinsamen Lebens, strich ich einmal mit den Fingern darüber, fand diese Handlung dann aber selbst etwas melodramatisch und schob sie wie alles andere, was ich heute Seltsames dachte oder tat, auf das Summen in meinem Kopf, das noch immer nicht abgeklungen war. Aus dem Nebenraum, gleich hinter dem Handtuch, hörte ich, wie Ute das Gästezimmer für wenige Sekunden betrat, bevor sich ihre Schritte in Richtung Wohnzimmer entfernten. Hannes' Buch musste offen auf dem Nachttisch oder dem Bett gelegen haben, so schnell, wie sie es gefunden hatte, und dieser Gedanke war mir auf eigentümliche Art unangenehm.

Das Taschentuch in der Kloschüssel hatte sich, kaum dass es mit Wasser in Berührung gekommen war, vollgesogen und auseinandergefaltet, und ich glaubte, in dem Papier eine der beiden Zecken zu erkennen, die ruhig herumpaddelte. Ich betätigte die Spülung, das Wasser rauschte, und ein Strudel entstand, in dem das Taschentuch und mit ihm die Zecken verschwanden. Viele Dutzende Male hatte ich bereits Zecken auf diese Art beseitigt, aber jedes Mal wieder faszinierte mich der Vorgang. Die Tiere taten mir nicht eigentlich leid, vielmehr spiegelte ich mich bei dieser Gelegenheit auf verwirrende Weise in ihnen und sah mich selbst aus der Kloschlüssel heraus, wie ich die Spülung betätigte. Obwohl es seltsam klingen mag, konnte ich am eigenen Leib empfinden, wie es sich anfühlen musste, den Abfluss hinuntergespült zu werden. Insofern war es kein Mitleid, das ich mit den Zecken empfand, sondern etwas anderes, etwas Zugewandteres, Verbundenheit womöglich – und als mir dieses Wort in den Sinn kam, erinnerte ich mich plötzlich an die Mail, die Hannes' Verlag mir vor einiger Zeit geschickt hatte.

Es war bestimmt Wochen her, Monate. *Eine Empfehlung von Ihnen?*, hatte der etwas kryptische Betreff gelautet. Ich kannte weder den Namen der Mitarbeiterin, die mir im Auftrag des Verlages geschrieben hatte, noch machte die Mail den Eindruck, als wäre sie speziell an mich gerichtet worden. (*Sehr geehrter Herr XY* – die Mitarbeiterin, vermutlich eine dieser eifrigen Praktikantinnen, an denen es in Verlagshäusern nie mangelt, hatte es tatsächlich versäumt, meinen Namen vor dem Absenden in den Text einzufügen.) Auf diese missratene Anrede folgte ein Blabla, das ich mehr als oberflächlich überflog. Es wurde auf einen Anhang hingewiesen, den ich nicht öffnete, und ohne mich länger damit abzugeben, löschte ich die Mail sofort, und die Angelegenheit war erledigt. Obwohl ich also nicht behaupten könnte, die Nachricht genauer gelesen zu haben, hatte ich irgendwo in meinem Hinterkopf dennoch abgespeichert, worum es darin gegangen war. Um ein Buch von Hannes eben. Auf einmal konnte ich mich daran erinnern. Ich sollte irgendwas darüber schreiben, eine Empfehlung für die Rückseite, und weil ich so etwas grundsätzlich ablehne und auch noch niemals gemacht habe, war der Klick auf den Papierkorb so schnell getan. Die Schlussformel der Mail, an die ich mich wundersamerweise noch genau erinnerte, lautete: *Mit herzlichem Dank für Ihre Hilfe, vor allem im Namen von Herrn Terhoven, der Sie in alter Verbundenheit grüßen lässt.* Genau so hatte es da gestanden: *in alter Verbundenheit.*

Ich gab ein knurrendes Geräusch von mir, klappte den Klodeckel zu, schaltete das Licht aus und ging zurück ins Wohnzimmer.

Ute putzte gerade hinter der Anrichte die Pilze, die ich nach der Rückkehr wie immer auf einem Tuch ausgebreitet hatte. (Ich hatte nur einen kurzen Blick auf die Ausbeute geworfen, bevor ich mich kurz entschlossen an den Schreibtisch gesetzt hatte.) Mit einem Messer schabte sie erstaunlich gewandt die sandigen Stellen ab, schnitt Teile heraus, die ihr missfielen – und ging dabei für meinen Geschmack etwas großzügig vor –, bevor sie die Pilze mit zwei, drei Schnitten in passende Stücke zerteilte. Hübsch drapiert lag der größte Teil bereits neben ihr auf einem Brett, sie würde gleich damit fertig sein; ein Päckchen mit salziger dänischer Butter hatte sie aus dem Kühlschrank geholt, und auf dem Herd heizte eine Pfanne vor. Für mich blieb nichts mehr zu tun.

»Das wollte ich doch eigentlich alles machen«, sagte ich.

Ute lächelte. »Ich esse zwar keine Pilze, aber putzen und anbraten kann ich die schon. Riecht ja auch irgendwie sehr gut. Nach Wald. Oder hattest du was Besonderes damit vor?«

»Nein, nein. Mach ruhig.«

Nur halb hinschauend, gab sie mit ihrem Pilzmesser Butter in die Pfanne und schwenkte diese herum, bevor sie sich den letzten Pilzen zuwandte.

»Und hier hast du im Übrigen den neuen Terhoven.«

Das Buch hatte sie auf der Anrichte abgelegt. Quietschgelb war der Umschlag, darauf breite grüne Schrift. Ein kindlich-naiv gezeichneter Apfelbaum war im unteren Drittel zu sehen, an dessen Stamm ein Mann lehnte, der einen angebissenen Apfel in der Hand hielt. (Sollte das Newton sein, nachdem ihm der berühmte Apfel auf den Kopf gefallen war? Oder ganz generell jemand, der sich Zeit nimmt zum Denken und dabei einen Apfel verspeist?) Ich fand die Zeichnung ausgesprochen albern, aber letztlich diente sie nur der Verzierung. Den Größenverhältnissen nach zu urteilen, war der ausladende Buchtitel unter Hannes' Namen zweifelsfrei das Allerwichtigste. Damit glaubte der Verlag – glaubte vielleicht sogar

Hannes –, das Publikum ködern zu können. *SCHLUSS MIT LUSTIG* stand da und darunter, etwas kleiner: *Vom Ende der Rücksichtnahme.*

»Klingt ja äußerst kämpferisch«, sagte ich und nickte. Ich hatte schließlich recht gehabt mit meinem Gefühl. Ich hatte die Überschrift von Hannes' Artikel bereits vorher einmal gelesen, eben nicht wörtlich, sondern dem Prinzip nach. *Jetzt reicht es aber – Schluss mit lustig.* Das waren doch nur Variationen einer Idee. Anscheinend hatte ich den Titel im Anhang der Verlagsmail gesehen und weit hinten in meinem Gedächtnis abgespeichert. »Und wie kommt es so an?«

»Die Leute finden es klasse«, sagte Ute. »Könnte sicher noch besser sein, im Verkauf, meine ich. Aber so was findet in der Regel ja ein Publikum.« Mit dem Messer schob sie die zerkleinerten Pilze vom Brett in die Pfanne, sodass es zischte, und es dauerte keine Sekunde, bis sich dieser typische erdige Duft in der Küche ausbreitete. »Ich halte das Ganze allerdings für ziemlichen Käse«, fügte sie noch hinzu. »Aber das Cover gefällt mir.«

»Warum eigentlich ein Apfelbaum?«, fragte ich. »Wie passt der zum Titel?«

Ute sah mich an. »Tja, kann ich dir auch nicht sagen. Keine Ahnung. Es ist einfach hübsch, oder?«

»Hm«, machte ich, setzte mich auf einen der Stehhocker vor der Anrichte, nahm das Buch hoch und wog es in meiner Hand. Es war nicht besonders umfangreich. »Tut mir sehr leid«, sagte ich, »aber ich sehe das tatsächlich zum ersten Mal. Ich hab wohl gewonnen.«

»Guck mal auf die Rückseite«, sagte Ute.

In aller Ruhe drehte ich das Buch um. Auch der Umschlagtext war kämpferisch, geradezu wütend, und bestand aus einigen hintereinander weggeschriebenen Parolen: *Erst denken, dann aber auch handeln. Prinzipien erkennen und entsprechend agieren. Der Lackmustest unserer Generation.* Etc. pp. Dann las ich das kursiv gesetzte Zitat in der Mitte der Seite: *Ein erfrischend durchdachter Coup,* stand da. *Unbedingt lesenswert!* Darunter mein Name.

»Das darf ja wohl nicht wahr sein«, sagte ich und wartete innerlich darauf, wütend zu werden, aber es blieb bei herablassender Verwunderung.

»Ich hab dir ja gesagt, dass du es gelesen hast«, sagte Ute.

»Habe ich aber nicht.« Mit den Fingerspitzen massierte ich meine Stirn. Das Summen hatte sich in den letzten Sekunden zu einem ausgewachsenen Kopfschmerz entwickelt. »Außerdem habe ich noch nie ein Zitat für einen Kollegen geliefert. Und vor allem würde ich hoffentlich nicht so einen Mist verzapfen.«

»Aber wie kommen die dann dazu, das zu drucken?«

»Wenn ich das wüsste.«

Gero und Frauke waren in der Zwischenzeit von der Terrasse hereingekommen. Laut schnüffelnd begab Gero sich hinter die Anrichte und blickte über Utes Schulter in die Pfanne.

»Hab ich doch gewusst, dass ich richtig gerochen habe«, sagte er und streute etwas Salz und Pfeffer über die Pilze. »Riecht klasse. Essen wir hier in der Küche?«

Es wurde wuselig um mich herum. Alle drei kümmerten sich gemeinsam um das Aufdecken, schnitten Baguette, holten die Salate aus dem Kühlschrank, steckten Löffel in die Schälchen, stellten die Teller vor mir auf die Anrichte, legten das Besteck dazu und brachten mich mit alldem beinahe um den Verstand. Unbeirrt hielt ich Hannes' Buch in Händen, als fürchtete ich mich, es loszulassen. Frauke holte die Weingläser, Gero öffnete mit Kennermiene eine Flasche aus der Weinkiste, hielt Frauke den Korken hin, damit sie daran roch, und schenkte ein.

»Was hältst du denn da so fest?«, fragte Frauke, als sie mir das Weinglas reichte und Hannes' Buch in meinen Händen entdeckte.

Ich reichte ihr das Buch wortlos hin, und Frauke las, nachdem sie kurz das Cover in Augenschein genommen hatte, den Text auf der Rückseite.

»Hast du das wirklich gesagt?«

»Was glaubst du?«, fragte ich.

»Klingt überhaupt nicht nach dir.« Sie schmiss das Buch hinter sich aufs Sofa, drehte sich mir zu und stieß mit dem Weinglas an. »Zum Wohl!« Nachdem sie einen Schluck getrunken hatte, sah sie noch einmal zum Sofa, als wäre ihr eine Idee gekommen, dann schüttelte sie den Kopf. »Wenn du es nicht geschrieben hast, dann muss es doch wohl Hannes selbst gemacht haben. Oder der Verlag. Aber was ich nicht begreife: Wenn die so ein Zitat aufs Buch drucken, warum haut dich Hannes dann wenige Wochen später mit diesem Blödsinnsartikel in die Pfanne?«

»Ausgezeichnete Frage«, sagte ich.

»Redet ihr von dem Terhoven?«, fragte Gero, der gleichzeitig mit Ute angestoßen hatte. »Hab ich auch gelesen. Der hat doch eine Vollmeise, oder? Nimmt den überhaupt jemand ernst?«

Gero stieß mit mir an, und wieder überkam mich dieser eigenartige Drang, ihn umarmen zu wollen. Diesmal war es nur ein winziges Aufflackern verglichen mit der Gefühlswallung, die mich auf der Lichtung überkommen hatte, und es verwirrte mich nicht, sondern amüsierte mich vielmehr.

»Du triffst den Nagel auf den Kopf«, sagte ich.

»Wollt ihr alle drei von den Pilzen haben?«, fragte Ute, die aus der Pfanne Portionen auf den Tellern verteilte.

»Ich nur ganz wenig«, sagte Frauke.

»Und du willst gar nicht, Ute?«, fragte Gero. »Bist du sicher?«

»Danke, nein. So bleibt mehr für euch.«

»Du verpasst bestimmt was.«

»Ist klar. Ich weiß, dass du nur das Beste für mich willst.«

Ute gab Gero einen Kuss auf die Wange, und auf einmal merkte ich, dass das Summen in meinem Kopf verschwunden war. Ich betrachtete das Weinglas in meiner Hand, blickte auf die Teller mit den geschmorten Pilzen, sah nacheinander Frauke, Ute und Gero an und musste lachen.

»Wisst ihr, was«, sagte ich. »Es gibt wohl niemanden, mit dem ich jetzt lieber hier wäre als mit euch. Was nur heißen soll: Lasst es euch schmecken.«

# 7

Da stehen sie nun also alle drei nebeneinander vor dem größten und vermutlich ältesten Hünengrab der Insel und blicken entweder sonnenbebrillt oder leicht geblendet in die Kamera. Frauke ist diejenige ohne Sonnenbrille und nimmt die Mitte ein. Sie lächelt mit zusammengekniffenen Lidern und macht gerade eine Kopfbewegung, um ihr blondes, knapp schulterlanges Haar aus dem Gesicht zu bekommen, das vom Fahrtwind zerzaust ist. Neben ihr lehnt Ute den Kopf an ihre Schulter und grinst fröhlich. Beide halten sich eingehakt, und Ute umfasst zusätzlich Fraukes Arm und streichelt ihn. Gero, auf der anderen Seite und mit Abstand der Größte dieses Ensembles, hat den Arm um Frauke gelegt und steht mit lässig überkreuzten Beinen da, als hätte er nie woanders gestanden. (Seine Hand dürfte er für meinen Geschmack ruhig etwas weiter nach oben bewegen; es ist schon nicht mehr Hüfte, sondern Hintern, auf dem seine Finger wie selbstverständlich ruhen.) Sein aschblondes Haar ist an den Schläfen schweißnass, das Redford-gebräunte Gesicht dagegen lässt keine Anstrengung erkennen. Jeans und weißes T-Shirt trägt er und hat offensichtlich kein Kilo zu viel auf den Rippen. Aber was ist das: Prangt da tatsächlich ein Tattoo auf seinem linken Oberarm? Es scheint etwas Pflanzenartiges zu sein, eine Ranke, die sich um einen Stab schlängelt. Das Ergebnis einer Teenagereskapade wahrscheinlich. Mir ist das

Tattoo an Gero zuvor nie aufgefallen, und ich hätte darauf
gewettet, dass er diese schwierige Jugendphase, in der jeder
einmal von einem derart verzierten Oberarm träumt, schlicht
übersprungen hat.

Alle drei haben, wie sie da stehen, erkennbar gute Laune
und wirken ausgelassen. Die Räder haben sie hinter sich direkt neben dem Hünengrab abgestellt, dessen Namen ich mir
nie merken kann. Store Klintjættestue oder Klints Tvillingsjættestue – ich weiß es beim besten Willen nicht. Weil dieses
Grab für normaldimensionierte Menschen viel zu groß bemessen ist, heißt es, dass hier der besagte Riese aus der Klintenæs-Sage begraben liegt, womöglich neben seiner Gattin, über
die die Sage bekanntermaßen nichts zu erzählen weiß. Ich halte das allerdings für Unsinn. Die Riesennase soll schließlich
die weithin bekannte Steilküstenform herausgebildet haben,
auf die sich hier alle so viel einbilden. Es wurde dem armen
Kerl sicher nicht erst die Nase amputiert, bevor er standes-
gemäß im Riesengrab unter mächtigen Findlingen zur letzten
Ruhe gelegt wurde. Aber so ist es mitunter bei diesen alten
Geschichten. Eine gewisse Unlogik, die sie nicht selten aus-
zeichnet, beweist immerhin, dass sie uns nicht von höheren,
unfehlbaren Mächten eingeflüstert, sondern von Menschen
für Menschen erdacht worden sind.

Auf Radtouren über die Insel ist das Hünengrab gleich hinter dem Waldausgang stets unser erster Anlaufpunkt. Von dieser höchsten Erhebung der Gegend aus bietet sich einem ein
ausgesprochen hübscher Blick über das Inselinnere, das sich
abfallend Richtung Westen vor einem ausbreitet: linker Hand
der Inselhafen mit den Schuppen und der Ansammlung von
Kapitänshäusern, in der Mitte der Zentralort an einer Art
Fjord, ein mittelalterlicher Kirchturm überragt alles, und

rechter Hand schließlich der schmale, lange Sandstrand und die Dänemark-typischen Ferienhaussiedlungen; dazwischengetupft kleinere Wäldchen, Felder mit Grabhügeln darauf, Bauernhöfe und einsame Häuschen wie meines, gar nicht wenige mit den weitverbreiteten *Til salg*-Verkaufsschildern davor, mit denen oft über Jahre hinweg potenzielle Käufer angelockt werden sollen. (Mittlerweile ist es kein Geheimnis mehr, dass die strikte Beschränkung auf dänische Käufer es Hausbesitzern arg erschwert, ihr Eigentum in wirtschaftlich angespannten Zeiten wie diesen abzustoßen.) Weit hinten ist gerade noch die Brücke zu erahnen, die aufs Festland hinüberführt, benannt nach einer dänischen Prinzessin, an die sich ohne diese Brücke vermutlich niemand erinnerte, und auch ich kann mir den Namen nie merken. Wahrlich ein schöner Blick, der sich einem von hier aus bietet. Eigentlich zeigt sich erst an dieser Stelle – meinen Wald und die Steilküste im Rücken –, wie abgeschieden und für sich die Insel doch liegt. Tatsächlich ist sie nur ein bescheidenes Fleckchen Land inmitten des viel größeren Meeres, kaum der Rede wert.

Die Fahrt geht üblicherweise an der Strandseite weiter, mit angenehmem Gefälle, und alle hundert Meter führt der Weg an winzigen, aus verblichenen Holzkisten errichteten Verkaufsständen vorbei, die selbstverständlich mit *Dannebrog*-Flaggen geschmückt sind. Eier, Kartoffeln und Zwiebeln gibt es hier zu kaufen, manchmal auch Honig, Marmelade und die großartigen Erbsen, von denen Frauke nie genug kriegen kann. Natürlich hält sie bei der erstbesten Gelegenheit an, legt ein Zwanzigkronenstück in die Geldschatulle und nimmt sich zwei Tüten *ærter* mit, entweder zum Roh-Naschen für unterwegs oder aber fürs Abendessen. (Erbsenpalen ist, neben einsamen Spaziergängen und Nüsseknacken, eine von Fraukes

Hauptbeschäftigungen bei ihren eher seltenen Inselaufenthalten.)

Ganz und gar zufällig führt die Route dann auch an dem hübschen Häuschen des Rauschebarts vorbei, das sich, etwas zurückgesetzt von der Strandlinie, direkt an der kleinen Holzbrücke befindet, die über den Fjord führt; auf der anderen Uferseite liegt ein Vogelschutzgebiet. Tatsächlich sitzt der Rauschebart an diesem Tag draußen in seinem Garten, pafft ein Pfeifchen und blättert in den aktuellen Zeitungen und Magazinen, die er sich – anders als ich – auf die Insel nachschicken lässt. (Mit etwas Glück wird er den Terhoven-Artikel noch nicht gelesen haben; er wäre aber ohnehin zu feinfühlig, um diesen zur Sprache zu bringen.) Gero hält an, als er den berühmten Mann erblickt, grüßt ihn freundlich, lehnt sich, ohne vom Rad zu steigen, mit dem Fuß an der Gartenpforte ab und lässt sich so mit dem Rauschebart zusammen fotografieren, der extra aufsteht und an den Zaun kommt. Beide schauen in die Kamera und winken. Der Rauschebart lässt mir Grüße ausrichten.

Ich bin auf dieser Radtour nämlich gar nicht dabei, die ganze Zeit schon nicht. Nach unserem verspäteten *frokost* und einer anschließenden Pause sind Frauke, Ute und Gero ohne mich mit den Rädern aufgebrochen. Obwohl sich meine Stimmung durch den Wein und das gute Essen – bei dem vor allem Gero und ich mächtig zugelangt hatten – durchaus gebessert hatte, fühlte ich mich körperlich doch so unwohl, dass ich mir eine ausgedehnte Radtour, wie Frauke sie vorschlug, nur schwer vorstellen konnte. Aber es wären sowieso nicht genügend Räder für uns alle da gewesen. Gero bekam mein Rad, Ute das von Bea, und kaum waren alle Reifen frisch aufgepumpt und die drei radelnd aus meinem Blick verschwunden, stellte ich eine Liege und ein Tischchen im Garten auf und legte mir den aufgeschlagenen Collegeblock und einen Stift bereit. Ich wollte es zumindest nicht unversucht lassen, eine angemessene Antwort auf den Terhoven-Artikel zu formulieren, die im Idealfall das Problem ein für alle Mal aus der Welt schaffte, doch es vergingen nur wenige Minute, bis ich, beschattet von den die Lichtung umgebenden Bäumen, einschlief, tief und fest und lange. Diese Pause schien ich mehr als nötig zu haben.

Welche Route die anderen drei währenddessen zurücklegten, habe ich mir erst viel später zusammengereimt, aus eigener Erfahrung (so viele unterschiedliche Strecken gibt es auf der Insel nicht) und mithilfe der Fotos, die ich auf Geros Blog entdeckt habe. Einige waren mit Selbstauslöser aufgenommen, andere hatte er oder eine der Frauen geknipst. Er hatte sich wie immer die Mühe gespart, einen Text zu verfassen, und einfach mehrere Aufnahmen zu einer Bilderreihe zusammengefügt und kurze beschreibende Titel daruntergesetzt, z. B.: *Zu dritt am Hünengrab, Blick über die Insel, Einkauf* und *Überall berühmte Männer*. Auf diese Reihe folgte nur noch ein weiteres Foto, das zwar zeitlich zu den anderen gehörte, aber eine gesonderte Platzierung verdient zu haben schien. (Vielleicht gefiel es Gero einfach besser als die anderen? Vielleicht war es Zufall?) Es war ein Selfie von Ute und ihm, im Hintergrund sein Schiff, die *Thor*, die weiterhin sicher und fest im Hafen vertäut lag, und es ist das letzte Foto überhaupt in Geros Blog. Ich nehme an, dass er es noch an diesem Nachmittag von Bord aus mit den anderen Aufnahmen hochgeladen hat.

Dass Ute und er um diese Zeit zum Schiff geradelt waren, ohne Frauke, die sich bereits auf dem Rückweg zu mir befand, davon ahnte ich nichts. Ich lag im Garten und schlief. Natürlich wäre es reizvoll, von irgendwelchen tiefenpsychologisch ergiebigen Träumen zu berichten. Es ließe sich da einiges vorstellen. Meine Mutter etwa, die mir im Traum erscheint, einen Tee und zerbröselten Zwieback bringt und mir im Weggehen über meinen Scheitel streichelt, wie sie es früher immer gemacht hat, wenn ich krank mit Fieber oder Husten im Bett lag. (»Das wird schon wieder, mein Steen. Keine Sorge.«) Oder aber ein Wolf taucht mit einem Mal hinter mir aus dem Wald auf und fletscht seine schwefelgelben Zähne, nähert sich wie in Zeitlupe, während ich unfähig bin, irgendeine Regung zu tun, um schleunigst ins Haus zu flüchten, und schließlich begreife ich: Der Wolf ist Terhoven, ganz klar. *»Det var dét«*, sagt der Wolf mit Hannes' Stimme, und ich schreie und schreie, bis ich aufwache. Oder aber etwas verstörend Sexuelles ereignet sich, das meine Gefühlswelt vollends durcheinanderwirbelt. Gero, der in meinen Boxershorts wühlt und mich mit verführerischem Unterton in der Stimme fragt, welche davon er für mich denn einmal anprobieren solle. (»Wie findest du die?«) Dann folgt ein tabuloser Vierer. Ich küsse, schlecke und sauge, wo und was ich will. Es ist wilde, hungrige Lust, die sich da entlädt. Wie gesagt, da wäre manches denkbar.

Aber nichts dergleichen. Ich schlief einfach, mehr nicht. Einmal nur wachte ich auf und ging ins Haus, um mir ein Glas Wasser einzuschenken, das ich in einem Zug austrank. Ich hatte auf einmal schrecklichen Durst. Zur Sicherheit nahm ich eine Flasche Mineralwasser mit nach draußen, als ich mich zurück auf meine Liege begab, wo ich nach wenigen Augenblicken erneut in einen traumlosen und tiefen Schlaf fiel. Zwei, womöglich sogar drei Stunden lang war mein Bewusstsein wie ausgeschaltet.

Ich erwachte erst wieder, als ich die Stimme meines Nachbarn Jepsen hörte, der meinen Namen rief. Er war schon halb im Haus, hatte die Eingangstür geöffnet und war durch den Flur bis zum Wohnzimmer gegangen, um nach mir zu suchen. Als er mich durch die Fenster im Garten erblickte, winkte er, machte kehrt und kam außen um das Haus herum. Ein massiger Mittfünfziger, dem das Gehen schwerfiel; er zog sein linkes Bein etwas nach. Blaumann und Turnschuhe trug er wie eine Uniform und glich so dem Idealbild eines dänischen Fischers. Um das Klischee zu komplettieren, fehlte eigentlich nur das rötlich blonde Strubbelhaar. Jepsen aber verbarg eine blanke Glatze unter einem beigen Cap, dessen Schirm vorne links schmuddelige Abdrücke aufwies, weil er dort mit seinen Fischfingern andauernd für den korrekten Sitz sorgte.

»*Hej, Steen*«, rief er.

Wie immer folgte ihm sein Terrier Krølle auf den Fersen, die Nase exakt auf Höhe der Plastiktüte, die Jepsen zusammengewickelt in einer Hand trug, aber der Hund kam gar nicht erst bis in meine Nähe. Als hätte er eine Fährte aufgenommen, schnüffelte er mit einem Mal auf dem Rasen herum und verschwand urplötzlich im Unterholz. (Ob er eines der Kaninchen erlegen würde, die sich dort mit Sicherheit versteckt hielten?)

»*Hej*«, sagte ich und streckte den Rücken durch.

»Oh, hab ich dich geweckt?«

Ich war noch ganz benommen und setzte mich auf. »Macht aber nichts. Wird Zeit, dass ich hochkomme.«

Jepsen reichte mir seine schwielige Hand und legte die Tüte neben mir auf dem Tisch ab. Aus der Entfernung wäre zu vermuten gewesen, dass dieser Mann ungefähr so röche, wie er aussah, also leicht fischig, abgearbeitet, etwas schmuddelig, aber weit gefehlt: Jepsen strömte vielmehr eine Wolke von Wohlgerüchen aus, wenn er sich einem näherte. Ihn umwehte Rasierwasserduft, nach Deo und Cremes roch er. Wenn er nicht auf seinem Schiff war, schien er in der Hauptsache mit Körperpflege beschäftigt zu sein.

»*Din bestilling*«, sagte er und zeigte auf die Tüte.

»*Tak*«, sagte ich, »*mange tak*.« Zwei Fischkörper zeichneten sich in dem Zeitungspapier ab, mit dem die Tiere umwickelt waren. »Was ist es denn diesmal Schönes?«

»*Torsk*.«

»Dorsch? Wie schön. *Tak for det. Tusind tak*. Freu ich mich wirklich.« (Mir hätte ein einmaliges Dankeschön eigentlich gereicht, doch mit den Jahren hatte ich gelernt, dass es im Dänischen eigentlich niemals zu viel sein konnte.) »Sind es zwei Stück?«

Jepsen nickte und kratzte sich am linken Ohr, wobei sich seine gesamte Gesichtshälfte auf und ab bewegte. »Sind nicht so groß.« Dann ruckelte er sein Cap zurecht, das sich verschoben hatte.

»Keine Filets?«

»*Nej*«, sagte er, »wolltest du?«

»Zwei ganze Fische passen, glaube ich, nicht in meinen Ofen.«

»So?«, fragte er mit spitzem S am Anfang. »Passt das nicht?«

»Kleiner Ofen«, sagte ich. »Ich wollte die Filets heute in Alufolie machen, so als einzelne Pakete mit Kräutern drin.«

»Aha.«

»Könntest du das vielleicht noch machen?«

»Filets? *Selvfølgelig*.« Ohne lange zu zögern, nahm Jepsen die Tüte auf und ließ die umwickelten Fischpakete auf den Tisch rollen. »Hab nur nicht ganz das richtige Messer dabei.«

Anschließend schnappte er sich mit beiden Händen eins der Pakete und knallte es, wie ich fand, mit übertriebenem Nachdruck auf den Tisch, als wollte er sicherstellen, dass dieser auch stabil genug war für die anstehende Operation. Aus der Brusttasche seines Blaumanns holte er ein Klappmesser, packte den Fisch aus und klopfte mit dem Messer gegen den Fischkörper.

*»Du ved ikke, hvordan –«*, er unterbrach sich, als ihm auffiel, dass er ganz ins Dänische gefallen war, »du weißt nicht, wie man das hier tut?«

»Filetieren?«, fragte ich. *»Nej,* ich verstümmele die Fische bloß.«

»Okay.« Er klappte das Messer aus, richtete den blassgrünen Fisch auf dem Zeitungspapier auf und setzte direkt hinterm Kopf zum ersten Schnitt an. *»Så, pas nu lidt på.«*

Mit Nachdruck versenkte er das Messer im Rücken des Tieres, fuhr dann, den Fisch auf die Seite gelegt, mit mehreren kräftigen Zügen durch das Fleisch – es knirschte, als er mit der Messerschneide über die einzelnen Wirbel fuhr –, und so schnitt er in gerader Linie bis zum Schwanz entlang. Dabei musste das Messer an einer Stelle einen Nerv oder ein Gelenk getroffen haben, denn der Fischschwanz schlug einmal aus, als wäre noch Leben in dem Tier. Knapp hinter der Brustflosse trennte Jepsen die eine Filetseite ab, nahm den Fisch in die Hand und zog mit einem kräftigen Ruck das Filetstück von der Gräte herunter.

»Fast fertig«, sagte er, und während er das Stück zurechttrimmte und sich daranmachte, die Haut abzuschneiden, schob er unbewusst den halb filetierten Fischkörper etwas beiseite, sodass dessen Kopfteil auf meinem Collegeblock landete.

»Mensch, pass doch auf«, sagte ich und zog den Block schnell unter dem Tier hervor. »Mein Papier.«

»Oha«, sagte Jepsen, »das wollte ich nicht.«

Ich winkte ab, als wäre es eine Lappalie. »Halb so schlimm. *Det er okay.*«

Dabei war gar nichts okay, zumindest nicht für mich. Etwas Fischblut war auf meinem Block gelandet, ein hellroter, daumengroßer Fleck, dazu irgendwelches durchsichtiges Geschmonz von dem Fisch, und meine Verärgerung darüber, die wie ein Rausch über mich kam, konnte ich nur mit Mühe im Zaum halten. Es kostete mich einige Überwindung, Jepsen nicht sofort wie ein Berserker anzublaffen. Ich sog Luft durch die Nase ein, wischte einmal mit einem Finger über den Fleck und schnupperte an dem Blatt. Ganz leicht roch es nach Fisch.

»*Undskyld*«, sagte Jepsen.

»Ist schon gut. Wirklich. So was passiert.«

Natürlich war mir bewusst, dass meine Reaktion auf Jepsens Missgeschick reichlich übertrieben war, nur konnte ich leider nicht aus meiner Haut. Dieses Blatt würde ich nicht mehr für meine Terhoven-Replik gebrauchen können, für die ich es ursprünglich vorgesehen hatte, und dieser profane Umstand ging mir auf eine Art gegen den Strich, die mich nur mühsam die Fassung wahren ließ. Ich kannte das von mir. Überall war ich für meine notorische Knickrigkeit bekannt, wenn es um Papier ging. An verschiedenen Stellen hatte ich diese bereits in meinen Büchern thematisiert und zu ergründen versucht, sodass sie bei Lesungen gerne zum Thema wurde, weil die Leute sich damit identifizieren konnten oder eben nicht. Wieso regte ich mich bei Papierverschwendung nur so über die Maßen auf? Zwischen Frauke und mir kam es regelmäßig zu Auseinandersetzungen, weil sie halb beschriebene Blätter zerriss und in den Papierkorb schmiss. Ich gehörte zu der Spezies Mensch, die Vorder- *und* Rückseiten beschrieb, und nutzte jedes noch so kleine Fitzelchen, das mir in die Finger kam, um darauf etwas zu notieren. Meine Handschrift war zudem winzig, als dürfte ich auf keinen Fall unnötig Platz vergeuden. Die wahrscheinlichste Erklärung für diese Eigenart war meines Erachtens, dass sie ein Erbteil meines Vaters darstellte, der sich als Ostpreußenflüchtling in den unmöglichsten Zusammenhängen als geizig herausgestellt hatte, während er ansonsten ein eher lockeres Verhältnis zum Konsum pflegte. Er war fast in jeder Lebenslage spendabel, ja geradezu großzügig gewesen, es sei denn, irgendwelche alten Mangelerfahrungen wurden getriggert, was passieren konnte, wenn es um Papier, Bücher, Essen oder Wohnraum ging. Dann erwies er sich plötzlich als bis zur Verstocktheit sparsam, und bei Schreibwaren hatte ich diese Eigenart ganz offensichtlich ungefiltert von ihm übernommen.

»Nummer eins«, sagte Jepsen schließlich, als er mit dem Filet fertig war, und zeigte mir das weiße Stück Fisch. *»Ren og pæn, ikke?«*

»Was?«, fragte ich.

»Sauber und ordentlich«, sagte er und grinste.

»Stimmt, ja, ganz toll. *Tak for det.«*

Und während ich den Collegeblock auf meinem Schoß sicher verwahrte und Jepsen dabei zusah, wie er sich die zweite Fischseite vornahm, wirkten seine letzten Worte auf eigenartige Weise in mir nach. Eine saubere Sache. Diese Wendung ließ etwas in mir anklingen, und es dauerte eine ganze Weile, bis ich dahinterkam, was es war. Dann aber war es auf einmal ganz klar: Genau so, wie Jepsen mit den Fischen verfuhr, würde auch ich mit Terhoven verfahren müssen. Ich war überrascht, wie naheliegend mir dieser Zusammenhang mit einem Mal erschien. Eine saubere Sache musste das zwischen Hannes und mir am Ende werden und kein unschönes Gemetzel, wie ich es – um im Bild zu bleiben – selbst einmal veranstaltet hatte, als ich fröhlich eine Tüte Stinte vom Hamburger Fischmarkt mit nach Hause gebracht und erst beim Ausnehmen der winzigen Fische gemerkt hatte, was für eine ekelhafte Angelegenheit das sein konnte. Ich saute sowohl die Küche als auch mich von oben bis unten ein und hatte tagelang den Eindruck, den Fisch an meinen Händen und in meinen Klamotten riechen zu können, was ganz unmöglich war, weil ich meine gesamte Kleidung selbstverständlich sofort gewechselt hatte und unter die Dusche gestiegen war. Das Essen hatte zwar geschmeckt, war aber alles andere als eine Freude gewesen; noch stundenlang danach hatte ich ein flaues Gefühl im Magen verspürt.

So sollte die Sache zwischen Hannes und mir ganz gewiss nicht ablaufen. Ich musste es anders angehen. Nicht wild zurückstechen und um mich schlagen, es ihm mit gleicher Münze zurückzahlen, sondern möglichst elegant mit klaren Schnitten das ganze Problem hübsch sauber filetieren.

»Du hast also Besuch?«, fragte Jepsen.

»Freunde, ja«, sagte ich abwesend, »übers Wochenende.«

Er war weiterhin eifrig zugange und schnitt mit geübten Bewegungen an den Fischen herum. »Schmuckes Boot, mit dem die gekommen sind. Ein Colin Archer, oder?«

»Glaube schon.«

»*Ja, den er flot.* Hätte ich auch gern, so was. Ein Lotsenboot. Das war bestimmt teuer.«

»Bestimmt.«

Mittlerweile war Jepsen mit dem zweiten Fisch beschäftigt und entsorgte die Reste in der Plastiktüte, die er mitgebracht hatte. Offenbar bemühte er sich nun darum, besonders ordentlich zu arbeiten. Die fertigen Filets breitete er sorgsam auf einem Blatt Zeitungspapier aus. Ich schrieb derweil an meiner Replik. Es waren nur ein paar schnell hingekritzelte Sätze. Mehr würde meiner Ansicht nach nicht nötig sein, und es bereitete mir eine innere Genugtuung, die Antwort auf Hannes' Entgleisung, für die er sich erkennbar ins Zeug gelegt hatte, so ganz und gar nebenbei zu formulieren. Dass das Papier, auf dem ich meine Replik niederschrieb, obendrein mit blutigen Fischspuren verdreckt war, machte die Sache in diesem speziellen Fall nur umso unterhaltsamer für mich.

»Da kommt ja deine Frau«, sagte Jepsen auf einmal und wischte sich die Finger an den Hosenbeinen ab. »Da vorn!«

Er strahlte begeistert, als er Frauke von der Straße heranradeln sah, während ich an ihr vorbei nach Ute und Gero Ausschau hielt, von denen nichts zu sehen war. Frauke winkte mir zu, was wohl heißen sollte, dass ich mir keine Sorgen um die beiden zu machen brauchte. Alles war in Ordnung, gleich würde ich Genaueres erfahren.

»Hier«, rief Jepsen und fuchtelte mit den Armen.

Wieder einmal konnte ich Zeuge werden, wie sich an Jepsen eine verstörende Wesensänderung vollzog, sobald er auf Frauke traf. Es war allzu deutlich, dass er seit Langem für sie schwärmte, was ihn immer wieder in tiefe Konflikte stürzte. Vor allem bewirkte seine Schwärmerei nämlich, dass er bei jeder Begegnung mit ihr zum schüchternen Jungen mutierte, der grundlos herumzappelte, seine Gliedmaßen nicht unter Kontrolle hatte und kaum ein Wort herausbekam, wenn sie einmal so nett war, sich mit ihm zu unterhalten. Eingeschüchtert von ihrer Präsenz, trat er stets übereilt die Flucht an, vermutlich um sich und ihr die Peinlichkeit seines Verhaltens zu ersparen, obgleich er erkennbar nichts lieber wollte, als in ihrer Nähe zu bleiben. Auch jetzt beeilte er sich, seine Sachen einzusammeln, um die Szenerie zügig verlassen zu können. Er konnte einem in seiner Unbeholfenheit wirklich nur leidtun.

Frauke radelte in aller Ruhe die Auffahrt herauf und knirschte mit den Reifen über die Kiesel, als plötzlich Krølle neben ihr aus dem Unterholz geschossen kam. Sie kreischte auf, bremste mit schräg gelegtem Lenker ab und wäre beinahe gestürzt. Dabei hatte Krølle es keineswegs auf sie abgesehen. Der Hund raste nur in einem Affenzahn an ihr vorbei, ohne sie überhaupt eines Blickes zu würdigen. Im Jagdfieber hatte er irgendwas in die Nase bekommen und stürzte über die Auffahrt, um auf der anderen Seite des Weges in den Farnen zu verschwinden.

»*Nå da*«, rief Jepsen. »*Er du okay?*«

»Kein Problem«, sagte Frauke und lehnte das Rad gegen die Hauswand.

»Was sollst du denn eigentlich für den Fisch haben?«, fragte ich Jepsen, um ihn auf andere Gedanken zu bringen.

Er schien verwirrt, blickte mich leer an und schüttelte langsam den Kopf. »Nichts, gar nichts.«

»Bist du sicher? Umsonst will ich nicht.«

»Das verrechnen wir später einfach mit deinem Haus«, sagte er und lächelte, ein unzweideutiges Zeichen dafür, dass er wieder zu sich kam. Wenn ich Fisch von ihm erhielt, konnte er es nie lassen, zum Schluss noch spielerisch um mein Haus zu feilschen, auf das er seit Ewigkeiten ein Auge geworfen hatte. Er wollte daraus – wenig überraschend – ein Ferienhaus machen, das sich gewiss als Goldgrube erwiese. Laut Jepsen müsste kaum etwas daran verändert werden. So, wie es war, strahlte es genau den richtigen Charme von Rustikalität aus, und es gäbe sicher haufenweise Deutsche, die dafür ordentlich zu zahlen bereit wären. »Du könntest mir nach all den Jahren im Übrigen schon etwas beim Preis entgegenkommen.«

»Das kannst du vergessen«, sagte ich. »Zwei Millionen. Darunter verkauf ich es nicht.«

»Dann zieh schon mal hundert Kronen ab.«

»Gerne, aber es sind Euro«, sagte ich. »Nicht Kronen. So billig kommst du nicht davon.« (Wir wussten beide, dass mein Haus im Leben nicht so viel wert war, aber der Preis sollte am Ende nur zeigen, dass ich unter normalen Umständen nicht gewillt war, mich jemals davon zu trennen.)

»Gut«, sagte Jepsen, »dann sind es jetzt knapp fünfzehn Euro weniger.«

»Schreib ich mir auf«, sagte ich, und er trat mit der Tüte und den Fischabfällen in der Hand den Rückzug an.

Im Vorbeigehen schaffte er es immerhin, einige kommunikative Gesten in Richtung Frauke zu schicken. So hielt er im Näherkommen die Tüte mit den Fischabfällen hoch, deutete in meine Richtung, um zu erklären, weshalb er hier gewesen war, und zeigte begeistert auf die Papiertüten mit den Erbsen, die Frauke aus dem Fahrradkorb nahm. Artig lehnte er ab, als sie ihm eine Handvoll anbot. Seine Schultern und den Kopf hielt er die ganze Zeit über wie ein Welpe eingezogen, beinahe kriecherisch wirkte das, als wollte er Unterwürfigkeit signalisieren, und kaum war er an Frauke vorbei, zappelte er mit schnellen Schritten davon. Krølle schien ihm auf seinem eigenen Weg zu folgen, es knackte irgendwo im Unterholz. Mit jedem Schritt, den Jepsen sich entfernte, nahm er eine aufrechtere Haltung an, und nachdem er endlich seine übliche Statur wiedererlangt hatte, klopfte er herrisch gegen seinen Oberschenkel und kommandierte in den Wald hinein. *»Krølle, kom nu, for helvede!«* Es dauerte nicht lange, bis der Hund neben ihm auftauchte und ihn die Auffahrt entlang begleitete. (Kein Kaninchen zappelte zwischen den Zähnen des Hundes.)

Mit einem Lächeln auf den Lippen kam Frauke auf mich zu. Sie schien sehr erfreut, mich wiederzusehen, was sie mir auch zeigen wollte. Ihre Hüften wippten auffällig beim Gehen.

»Na, mein Hübscher«, sagte sie.

Verwirrt über diese Begrüßung, die Signalwirkung hatte, lachte ich auf. So nannte Frauke mich sonst nur, wenn wir uns einige Tage nicht gesehen hatten und klar war, was sie als Allererstes mit mir im Sinn hatte. (Aber jetzt? Heute? Nach ihrer Eröffnung auf der Lichtung?) Sie schob den Bund ihrer Hose mit den Fingerspitzen etwas nach unten, sodass ein Streifen Unterwäsche zum Vorschein kam. (Und sie wusste genau, was ihre Hüftknochen bei mir in Gang setzen konnten.)

»Guck nur«, sagte sie und tänzelte weiter. »Verschwitzt bin ich auch schon.«

Mir war nicht entgangen, dass Jepsen, sobald er sich außer Sichtweite wähnte, auf dem Weg zur Straße stehen geblieben war und uns von dort aus beobachtete, und er schien seinen Augen nicht zu trauen, als er Fraukes aufreizenden Gang sah. Selbst aus der Entfernung konnte ich erkennen, wie seine Augenbrauen das Cap hochschoben. (Da würde er für die nächste Zeit einiges zu träumen haben.) Als Frauke meinen an ihr vorbei gerichteten Blick bemerkte, drehte sie sich um, und Jepsen duckte sich schnell hinter einem Baumstamm weg.

»Uh, wie peinlich«, sagte sie und hielt sich kokett eine Hand vor die Lippen.

»Tja«, sagte ich und nickte in Richtung Auffahrt. »Da spaddelt nun dein heimlicher Verehrer davon.«

»Sei doch nicht so gemein«, sagte sie.

»Bin ich gar nicht. Es ist ja ein Glück, dass er bei deinem Anblick nicht wie sein Hund zu sabbern beginnt.«

»Was ist denn mit dir los?«, fragte sie.

»Gar nichts ist los.«

Im Vorbeigehen legte sie die zwei Erbsentüten auf dem Tisch ab, setzte sich zu mir auf die Liege und blickte auf den Block in meinen Händen. Sie nahm sich die Mineralwasserflasche vom Boden und trank mehrere große Schlucke.

»Und du hast also was geschrieben?«

»Gerade eben, ja«, sagte ich. »Als Antwort auf diese Terhoven-Sache. Das sollte die Angelegenheit eigentlich beenden. Hoffe ich.«

Frauke wiegte den Kopf, stellte die Flasche weg und nahm sich eine Schote aus einer der Tüten. Sie griff nach dem Block in meinen Händen und fragte: »Darf ich mal sehen?«

»Klaro.«

Ich verfolgte, wie sich ihre Lippen beim Lesen meiner Replik bewegten, als würde sie jeden Satz mitsprechen, und schließlich blickte ich über ihre Schulter und überflog den Text selbst noch einmal zügig:

*In Sachen Terhoven*
*Mit Interesse habe ich den Essay meines verehrten Kollegen*
*Hannes Terhoven in Ihrer letzten Ausgabe gelesen, der mei-*
*ne Person zum Gegenstand hatte. Dazu gibt es von meiner*
*Seite nur Folgendes anzumerken: Hiermit möchte ich mich*
*in aller Form und mit der gebotenen Zerknirschung für mein*
*Versäumnis entschuldigen, Hannes Terhovens Verlag frist-*

*gerecht einen Werbesatz für das neueste Buch dieses von mir*
*so hoch geschätzten Autors geliefert zu haben. Wären mir*
*die Folgen bewusst gewesen (und hätte ich das besagte Buch*
*überhaupt gekannt), hätte ich gewiss genau die Worte ge-*
*wählt, die mir in Bezug auf das Werk jetzt zugeschrieben*
*werden. In derart schlimmen Zeiten, wie wir sie momentan*
*erleben, ist mein Verhalten zweifellos unentschuldbar.*
*Hochachtungsvoll*
*Steen R. Friis*

Frauke legte den Block beiseite, öffnete die Schote in ihrer Hand und schob mir eine Erbse in den Mund.

»Du glaubst aber wohl nicht ernsthaft, dass sie das abdrucken?«

»Keine Ahnung, ist mir eigentlich auch egal«, sagte ich. »Hauptsache, die Angelegenheit ist vom Tisch.«

Sie steckte sich ebenfalls einige Erbsen in den Mund und lächelte mich kopfschüttelnd an. »Du bist ganz schön bissig heute.«

»Aber nicht zu sehr, oder doch?«

»Passt schon.«

Sie lehnte sich seitlich gegen mich und legte ihren Kopf auf meiner Schulter ab, sodass ich dort die langsamen Kaubewegungen ihres Kiefers spürte. Nach der Anstrengung der Radtour strömte ihr Körper eine ganz spezielle Wärme aus, und in ihren Parfümduft mischte sich ein dezenter Schweißgeruch. (Eine Mischung, die ich sonst aufreizend fand.) Genau diese Art von ausströmender Wärme sowie der erdige, leicht salzige Geruch waren mir an Frauke sehr vertraut. So roch sie, wenn ihr Körper in Aktion gewesen war, mit mir; meistens also, wenn wir miteinander geschlafen hatten. Ich genoss das langsame, atemlose Ausdampfen und Nachglühen immer sehr, wenn ich Frauke mit spürbar pochendem Herzschlag unter der Brust in meinen Armen hielt. Von mir aus hätte ich diesen Moment gerne ausgedehnt, doch Frauke verschwand stets umgehend unter die Dusche, um kurze Zeit später sauber und wohlduftend zu mir zurückzukehren. (Aus meiner Sicht war das vollkommen unnötig. Von mir aus hätten wir die Nacht ungewaschen und nach Sex riechend nebeneinander verbringen können. Duschen konnten wir am nächsten Morgen, und eine Waschmaschinenladung Bettwäsche war ab und zu wohl auch drin.)

An diesem Tag jedoch reagierte ich auf die so vertraute olfaktorische Wahrnehmung ganz und gar anders. Fraukes Geruch war mir unangenehm, ja beinahe zuwider. Ich mochte sie nicht in meiner Nähe haben. Innerlich war ich immer noch gereizt, fühlte mich hintergangen und trug ihr die Eröffnung von der Lichtung und die Kränkung, die sie mir damit zugefügt hatte, durchaus nach. Hatte sie das alles etwa schon wieder vergessen? Das würde nur schwerlich zu ihr passen. Meine Gedanken kreisten auf unsteten Bahnen. Womöglich glühte sie ja in diesem Moment nicht wegen der Anstrengung der Radtour, sondern weil es zwischen ihr und Gero bereits passiert war. Gerade eben, irgendwo unterwegs. Ute hatten sie abgehängt und waren in einem Gebüsch verschwunden. Jetzt suchte Gero nach Ute, während Frauke sich an meine Schulter lehnte und … Ach, Unsinn. Innerlich badete ich in Frust und Selbstmitleid, weil beides mir zupasskam. Und ja, meinetwegen: Das machte mich bissig.

»Was ist denn eigentlich aus den anderen beiden geworden?«, fragte ich. »Hast du die auf der Fahrt verloren?«

»Nee, hab ich nicht«, sagte sie, griff nach einer weiteren

Erbsenschote und versorgte uns beide. »Gero hat auf der Fahrt mehrere Anrufe von seiner Firma bekommen. Da ist irgendwas passiert. Ich habe auch nicht verstanden, was. Ein Server ließ sich nicht hochfahren. Oder runterfahren. Oder so. Jedenfalls musste er an Bord seines Schiffes, um von dort aus eine Fernwartung zu machen.«

»Fernwartung? Im Ernst? Und das hast du geglaubt?«

»Warum sollte ich das nicht glauben?«

Leider konnte ich in der Position, in der wir saßen, Frauke nicht direkt ins Gesicht sehen. Allzu gerne hätte ich ihr jetzt den Psychologenblick entgegengeworfen, den sie selbst seit Ewigkeiten perfektioniert hatte, diese hochgezogene linke Augenbraue, dazu eine krause Nase: Das begreifst du nicht?

»Weil ich in Geros und Utes Fall eher davon ausgehen würde, dass sie eine Gelegenheit gesucht haben, um allein zu sein.«

»Aha«, sagte sie. »Und warum?«

Genüsslich sagte ich: »Ist doch klar.«

»Das glaubst du doch nicht wirklich?«, fragte sie. »Jetzt?«

Ohne ihren Gesichtsausdruck sehen zu können, hörte ich ihr die Überraschung über diesen Gedanken an und genoss den Triumph, sie darauf gebracht zu haben.

»Warum denn nicht? Du schienst eben doch Ähnliches im Sinn gehabt zu haben. Und wenn ich Ute richtig einschätze, kommt sie ohne einmal Sex am Tag nicht zurecht. Das braucht sie wie die Butter aufs Brot.«

»Also wirklich«, sagte Frauke, »ein saublöder Vergleich.«

»Warum so spröde?«, fragte ich.

»Was heißt das nun wieder? Spröde? Ich halte das nur für sehr unwahrscheinlich. Ich hab es dir gesagt: Geros Firma hat angerufen. Mehrfach. Ständig. Die brauchen da seine Hilfe.«

145

»Mach dir mal keine Sorgen«, sagte ich, und Frauke rückte etwas von mir ab.

»Worüber?«

»Ute wird deinen Gero schon nicht auffressen. Ein bisschen was bleibt übrig für dich. Er ist gut trainiert. Der schafft es bestimmt zweimal am Tag. Oder öfter.«

»Findest du, das ist das Niveau, auf dem wir das austragen sollen?«

»Niveau?«, fragte ich. »Was hat das mit Niveau zu tun? Ich hab nicht angefangen mit diesen Gedankenspielen. Wenn du anscheinend so einen großen Bedarf an Sexpartnern hast, prima, dann würde Jepsen dir sicher gerne behilflich sein. Brauchst nur zu ihm rüberzugehen und mit den Hüften zu wackeln. Ute ist ebenfalls für manche Schandtat zu haben. Ach, und ich bin ja auch noch da. Bediene dich ruhig. Alles nur für dich.« Ich breitete meine Arme aus und präsentierte ihr meinen Körper. »Da soll noch jemand sagen, dass es auf so einer Insel von allem zu wenig gibt.«

»Albern ist das«, sagte sie und stand auf. »Was redest du da für einen Schwachsinn? Das kenne ich so gar nicht von dir. Warum denkst du auf einmal nur an Sex?«

»Ich?«, fragte ich. »Du denkst an nichts anderes, seit Gero da ist.«

»Na und? Darf ich nicht?«

»Du darfst machen, was du willst. Kann ich eh nicht mitreden. Es ist ja dein Leben.«

Frauke fuhr sich mit den Händen durch die Haare. »Ich fass es einfach nicht«, sagte sie. »Wie platt ist das denn? Der edle Steen R. Friis schaut gnädig zu, wie seine Frau eigene Entscheidungen trifft. Na, besten Dank. Als müsstest du mir das erlauben.«

»Ich habe nichts von *erlauben* gesagt.«

»Fein«, sagte sie, schnappte sich die beiden Erbsentüten und sah mich an. Sie sagte nichts und presste die Zähne aufeinander.

»Was?«, fragte ich. »Schlechtes Gewissen?«

»Wenn du es genau wissen willst: Nein. Hab ich nicht. Du tust mir nur leid. Und damit du es weißt: Ich hatte nicht vor, die Sache mit Gero durchzuziehen, seit ich gesehen habe, wie sehr es dich trifft. Ich hatte ja beinahe Angst, dass du von der Klippe springst, nur um mir eins auszuwischen.«

»Keine Angst«, sagte ich. »Selbstmordgedanken hege ich keine.«

»Wie erfreulich.« Sie schüttelte den Kopf. (Waren das Tränen in ihren Augen?) Und bevor sie ins Haus verschwand, sagte sie noch: »Bin ich wenigstens die Sorge los. Ich würde mir an deiner Stelle nur Gedanken machen, wie theatralisch du noch vor dich hin leiden möchtest. Das will nämlich wirklich niemand sehen.«

# 8

Natürlich hatte Frauke recht gehabt und nicht ich, denn als eine knappe Dreiviertelstunde später Ute und Gero nebeneinander über die Auffahrt geradelt kamen, sprach nichts dafür, dass die beiden mit ihrem Abstecher zum Hafen etwas anderes bezweckt hatten als Geros Arbeit. Gero fuhr mit nur einer Hand am Lenker und hielt mit der anderen immer noch oder schon wieder sein Telefon ans Ohr, um Instruktionen an seine Firma durchzugeben. Ute war darüber sichtbar genervt. Nachdem sie ihr Fahrrad an der Hauswand abgestellt hatte, kam sie zu mir an die Liege und verdrehte die Augen, als sie mitbekam, dass Gero ihr nicht folgte, sondern weiterhin auf dem Sattel saß und telefonierte.

»So geht das jetzt schon die ganze Zeit«, sagte sie. »Dabei hat er versprochen, dieses Wochenende einmal *nicht* erreichbar zu sein für seine Typen da in Rostock. Als ob die nicht ohne ihn auskommen könnten mit ihrem Quallengedöns.«

»War es denn wenigstens schön unterwegs?«, fragte ich.

Sie lachte hämisch. »Ja, klar. Wenn wir wirklich Rad gefahren sind und der gute Herr nicht gerade mit seinem Handy beschäftigt war. Wirklich saublöd. Ich nehme ihm das Ding gleich weg und schmeiß es dahinten in die Büsche.« Um den Titel des Buches zu lesen, das ich in Händen hielt, schob Ute es mit einem ausgestreckten Finger etwas hoch. »Hamsun?«, fragte sie. »Bist du sicher?«

»Warum denn nicht?« (Die Ausgabe hatte tatsächlich wie vermutet im Garderobenschrank gelegen, unangetastet seit einigen Jahrzehnten.)

»Der war doch wohl eine etwas zweifelhafte Persönlichkeit.«

»Stimmt«, sagte ich. »Hat aber toll geschrieben. Hör nur mal den ersten Satz. Den habe ich immer im Kopf, wenn ich durch den Wald gehe …«

Ich wollte gerade den Anfang des Romans vorlesen, als wir Gero bei den Fahrrädern fluchen hörten: »So eine verflixte Scheiße aber auch!« Er hielt sein Handy in die Luft und rief: »Empfang ist hier praktisch gleich null, oder?«

»Da hinten geht es manchmal.« Ich zeigte auf die Gartenecke mit dem Nussbaum.

»Ach, ist jetzt auch egal.« Er lehnte sein Fahrrad neben die anderen an die Hauswand und kam zu uns in den Garten.

»Und?«, fragte Ute. »War es das denn jetzt mit deiner Firma? Lass den Lokus doch ruhig mal merken, wie es ohne dich wäre. Vielleicht bezahlen die dich für deine Arbeit dann endlich angemessen.«

»Lokus?«, fragte ich.

»So nennt Ute meinen Chef«, sagte Gero. »Eigentlich heißt er Brutus.«

»Nicht wirklich, oder?«

Gero zuckte mit den Schultern. »Wirtschaftsadel eben. Die haben alle so seltsame Namen in der Familie. Seine Brüder heißen Gottlieb, Morten und Anselm. Er heißt eben Brutus. Das fällt daneben fast nicht auf.«

»Jedenfalls ist das ein Riesenarsch, wenn du mich fragst«, sagte Ute. »Der lässt dich nicht mal am Wochenende in Ruhe, wohlgemerkt dem *einzigen* Wochenende in diesem Jahr, an dem du *nicht* rund um die Uhr für ihn zur Verfügung stehst.«

»Ist ja schon gut. Jetzt läuft die Sache jedenfalls wieder einigermaßen.«

»Was war da denn eigentlich los?«, fragte ich, und Gero warf einen überraschten Blick auf mich.

»Kennst du dich etwa aus?«, fragte er.

Bevor ich antworten konnte, ging Ute dazwischen: »Oh, nein, nein, nein – ihr wollt jetzt aber nicht im Ernst über Computer reden?«

»Warum denn nicht?«, fragte Gero. »Wenn Steen Ahnung hat.«

»Na ja, eher nicht. Ich weiß, wo mein Laptop an- und ausgestellt wird und was ich machen muss, um Texte zu schreiben. Und meine Homepage kann ich bespielen.«

»Bestimmt ein CMS, oder?«

»Wie bitte?«

»Content Management System?«

»Ich fasse es nicht«, sagte Ute. »Da geh ich doch lieber rein zu Frauke und erzähl ihr was über diese großartige Aleppo-Seife, die ich vor Kurzem entdeckt habe.« Geziert ergänzte sie: »Ein bisschen fragwürdig ist es natürlich, im Moment handgeschöpfte Seife aus Syrien zu kaufen. Man weiß ja nicht, wen man da mit seinem Kauf unterstützt. Aber die Haut ist danach immer so unglaublich weich …« Plötzlich unterbrach sie sich: »Aber das interessiert euch beide wahrscheinlich nicht?«

Gero sagte: »Im Moment gerade nicht, nein.«

»Okay. Wo ist Frauke?«

»Drinnen, unter der Dusche«, sagte ich. »Glaube ich zumindest.«

»Sehr gut, da passt Aleppo-Seife ja genau hin. Und sollte ich bei der Gelegenheit diesen Fisch hier in den Kühlschrank bringen, oder ist das eine neue Garmethode von dir, die du austestest?«

»Würdest du das machen? Das wäre großartig«, sagte ich, und Ute faltete das Zeitungspapier um die Filetstücke und nahm das Paket mit ins Haus.

Drinnen huschte Frauke gerade barfuß und in ein übergroßes Badetuch gehüllt vom Anbau durch die Stube, und als sie Ute am Kühlschrank bemerkte, unterhielt sie sich einen Moment mit ihr und zog sie dann hinter sich her ins Schlafzimmer. Dort standen jetzt also Frauengespräche auf dem Plan, während Gero und ich uns draußen im Garten tief in typisch männliche Gefilde begaben. Computer, Geld, Erfolge – alles Dinge, die mich höchstens peripher interessierten. Gero aber erzählte munter drauflos, und ich beteiligte mich sogar am Gespräch, so gut ich es konnte. Dabei war ich alles andere als ein Freund dieses geschlechtsspezifischen Verhaltens. (In letzter Konsequenz hielt ich es für eines der größeren Übel der Menschheit.) Ich kam nicht umhin, mich darauf einzulassen, weil es am Ende die einzige Art war, meinem angefressenen Gewissen etwas entgegenzusetzen. Es war sozusagen ein Opfer, das ich brachte. Es mochte weit hergeholt sein, doch hoffte ich durch mein Verhalten Gero gegenüber, Frauke einen Schritt entgegenzukommen. Immerhin hatte sie mich vor einigen Stunden im Wald gebeten, nett zu ihm zu sein. Das versuchte ich nun und wünschte, dadurch manches bei ihr ins Reine zu bringen.

Unstimmigkeiten zwischen Frauke und mir ertrug ich nie gut. Obwohl unsere gemeinsamen Jahre mich hätten beruhigen können, weil sie immerhin bewiesen, dass wir beide lieber mit dem anderen zusammen als von ihm getrennt waren, fühlte ich nach einem Streit doch jedes Mal diesen ätzenden

Stachel der Ungewissheit in mir. Ich machte mir nichts vor: Es konnte jederzeit aus sein zwischen uns, jederzeit, und mich schauderte allein bei der Vorstellung. Nach unserer unschönen Auseinandersetzung hatte ich daher bei der Lektüre des Hamsun-Romans Zuflucht gesucht, den ich heimlich aus dem Haus geholt hatte. Die Saga von Isak, dem einsamen Siedler, der inmitten der allergrößten Wildnis ein neues Leben beginnt, indem er sich einen Flecken Erde sucht, auf dem er sich niederlässt und eine Hütte errichtet: Das war exakt die Art Geschichte, die ich jetzt brauchte. Wo kommt dieser Isak her? Was hat er vorher getan? Niemand weiß es. Er taucht einfach auf und beginnt von vorne, ganz von vorne. Und – das war das Tröstliche – er bleibt nicht lange allein. Eine Frau kommt herbei, Inger mit der Hasenscharte, die bei ihm bleibt und zu allem Überfluss eine Kuh in den Hausstand einbringt. *Sie ging nie wieder fort. Inger hieß sie, Isak hieß er.* Das Glück scheint kein Ende zu kennen für diese beiden. Ja, so kann es gehen. Isak und Inger. Steen und …

Aber dauerhaft beruhigen konnte ich mich damit natürlich nicht. (Zumal das Glück auch bei Hamsun sehr bald an seine Grenzen kommt.) Dafür hatte ich mich doch zu sehr vor Frauke zum Affen gemacht, und es lag zweifellos auf der Hand, wer als moralischer Sieger aus unserem Streit hervorgegangen war. (*Nicht* ich.) Obendrein war ich geradezu beschämt von Fraukes angekündigtem Verzicht auf etwas, das ihr einiges bedeutet haben musste. Für mich war sie bereit, sich bei Gero zurückzuhalten, weil sie spürte, dass ich andernfalls darunter leiden würde. (Wobei mir der Gedanke kam, dass Ute in ihrer Überlegung überhaupt nicht vorkam, als wäre sie nicht Teil dieses Spiels.) Mit diesem Entgegenkommen von Frauke hatte ich ganz und gar nicht gerechnet, und ihr Verzicht fühlte sich wie eine unerwartete Bestätigung unserer Zusammengehörigkeit an, was mir im Moment mehr bedeutete, als ich vermutet hätte.

Ungefähr auf diesen Bahnen bewegten sich meine Gedanken, während Gero vor meiner Liege auf und ab schritt, regelmäßig aus meiner Mineralwasserflasche trank und erzählte. Worüber? Über sich und seine Arbeit, über seine Chefs und all das. Es war ihm anzumerken, wie wohl er sich bei diesem Thema fühlte. Hier war er vollkommen zu Hause. Es war wie ein Wortschwall, der sich über mich ergoss, und ich bemühte mich, seinen Ausführungen, so gut es ging, zu folgen. Für Frauke ließ ich Gero erzählen und hörte zu, damals wie heute …

… Also: Ihm, Gero, könne wirklich niemand weismachen, warum ein Online-Shop für Quallencremes unbedingt eine direkte Anbindung an all diese Social-Media-Kanäle benötige. Oder ob ich da eine Idee hätte?

Eben. Quatsch mit Soße. Als ob die Damen, die sich eine Faltenglättungscreme bestellten, dies umgehend via Twitter der Welt bekannt geben wollten. Brutus aber stelle sich das genau so vor. Das sei modernes Einkaufsfeeling. Und als kleine Firma müssten sie immer am Puls der Zeit sein. Ganz vorne mit dabei. Gerade als Beautyfirma, die sich auf Direktvermarktung spezialisiert habe. Und die Implizierung dieses Social-Media-Blödsinns habe natürlich nicht bis zur nächsten Woche warten können. Keineswegs. Da habe Brutus lieber eigenmächtig am Wochenende irgendwelche Software gekauft und auf den Server hochgeladen, Plug-ins installiert und – was Wunder! –: Nichts gehe mehr. Alles down, der ganze Online-Shop …

Lokus, genau. Der glaube, er verstehe was von Computern,

weil er vor einigen Jahren ein paar Kurse Wirtschaftsinfor-
matik belegt habe. Lächerlich. Wenn es hoch kommt, dann
könne der Excel-Tabellen und Kundendatenbänke anlegen,
mehr aber nicht. Jedenfalls: Plötzlich werde er, Gero, jetzt
ganz dringend in der Firma gebraucht, um dafür zu sorgen,
dass zumindest die Grundfunktionen des Shops funktionier-
ten. Weil niemand sonst Ahnung habe. Die Back-up-Routine
habe Brutus – sprich: Lokus – beim Rumbasteln selbstverständlich gleich mit zerschossen ...

Sein Reden: Man dürfe nicht jeden Menschen auf hilflose
Maschinen loslassen.

Aber ob er mir überhaupt schon einmal erzählt habe, wie
er an seinen jetzigen Job gekommen sei? Nicht? Einige Jahre
sei das her, da habe er, Gero, an einem x-beliebigen Freitag-
abend im Rostocker Hafen an seinem Boot herumgewerkelt,
um alles für einen Wochenendtörn klarzumachen. Stürmisch
sei es gewesen, aufziehendes Schmuddelwetter. Eigentlich das
Gegenteil von dem, was man sich als Segler für einen kleinen
Törn so vorstelle. Damals aber habe er die *Thor* erst kurze Zeit
besessen und jede Gelegenheit genutzt, ihre Segeleigenschaf-
ten kennenzulernen. Und als er gerade die Leinen habe lösen
wollen, um auszulaufen, seien dann diese beiden Jungs auf
seinem Steg erschienen.

Studenten, Mittzwanziger. Smart gekleidet der eine, der
andere eher schluffig. Brutus lief damals schon in diesem al-
bernen Business-Allerweltslook rum. Anzug, Schlips, dicke
Uhr am Handgelenk. Morpheus daneben habe in seinem Ledermantel beinahe schäbig gewirkt ...

Morpheus, richtig. Wie der Typ aus *Matrix*. Runder Kopp,
Sonnenbrille, Glatze, Ledermantel ...

Seine Idee, der Name, ja. Lustig, oder?

Mit Kescher, Eimer und Laptop seien die beiden im Hafen aufgetaucht, hätten ihn im Vorbeigehen gegrüßt und dann am Steg munter im Wasser rumgefischt. Der aufziehende Sturm habe einige Quallen in den Hafen getrieben. Das komme gar nicht so oft vor. Und Brutus und Morpheus hätten nicht jede Qualle genommen. Sie hatten es auf eine spezielle Art abgesehen: *Cyanea capillata* ...

Was: Unbekannt? Die Gelbe Haarqualle? Nie Sherlock Holmes gelesen? Es gebe da doch diese Geschichte: *Die Löwenmähne*. Eine späte Episode, ganz ohne Dr. Watson. Darin lebe Sherlock Holmes nicht mehr in der Baker Street, sondern in Sussex an der Küste, um in Ruhe Bienen zu züchten ...

Bienen, ja. Das Ganze sei schnell erzählt. Spaziergang an der Steilküste. Sherlock Holmes treffe einen Bekannten, der vom Strand heraufkomme und vor ihm zusammenbreche. Seltsame Sache. Und mit letzter Kraft schreie dieser Bekannte ein Wort, mit dem niemand etwas anzufangen wisse: »Löwenmähne«. Bei der Untersuchung des armen Kerls, der tatsächlich zu Füßen von Holmes sterbe, werden schlimmste Verletzungen auf dessen Rücken entdeckt. Auf den ersten Blick sieht es so aus, als ob jemand den armen Kerl mit einer Peitsche verdroschen hätte. Mysteriös. Eine ausgiebige Untersuchung folge. Ein sich seltsam benehmender Freund gerate ins Visier, sterbe auch beinahe. Eine unglaublich hübsche Frau spiele eine Rolle ...

So ist es: Kein Mord, klar, sondern die Verletzungen durch die Tentakel der Haarqualle. Das Nesselgift, natürlich. Nicht die beste Holmes-Geschichte, aber eine der wenigen, in denen der Mann selbst erzähle und nicht Dr. Watson. Krimis seien wohl nicht so meine Sache?

Wie auch immer: Auf die beiden Studenten im Rostocker

Hafen sei er jedenfalls erst dann wirklich aufmerksam geworden, als der eine von ihnen – Morpheus, der Biologe – begeistert ausgerufen habe: »*Cyanea!* Da. *Cyanea!*« Das habe ihn
nämlich an die Sherlock-Holmes-Geschichte erinnert. Etwas
Ähnliches rufe Holmes da auch. Er habe die beiden daraufhin
etwas eingehender beobachtet, aber es sei nicht zu erkennen
gewesen, was sie eigentlich vorhatten. Mit dem Kescher hätten sie die Haarqualle aus dem Wasser geholt, und Morpheus
habe – mit Handschuhen geschützt – ein Gerät mit einer Art
Nadel an der Spitze in das Tier gesteckt. Daraufhin hätten
beide fasziniert auf den Laptop gestiert. Morpheus habe eine
weitere Probe genommen. Wieder der Laptop. Dann seien
sie plötzlich wütend geworden. Warum funktioniere das nun
wieder nicht? Das teure Zeugs extra gekauft, und jetzt gehe
nichts?

Er, Gero, sei daraufhin zu den beiden an die Stegspitze
gegangen. Ob er vielleicht helfen könne? Er habe die Ge-
sichtsausdrücke der beiden noch heute vor Augen, wie die ihn
aus der Hocke sitzend beinahe treudoof angesehen hätten. Helfen? Wie zwei kleine Jungs hätten sie ihn angeguckt und ihm
brav das Gerät ausgehändigt. Für ihn war schnell erkennbar,
dass es sich dabei um irgendeine Art Messgerät handelte, das
sich wahrscheinlich via Bluetooth mit dem Laptop verbinden
sollte, um Ergebnisse zu übermitteln. Nichts Weltbewegen-
des. Er habe sich also auch den Laptop reichen lassen und ein
paar Dinge überprüft. Alles easy-peasy. Einige Services habe
er neu gestartet und dem Messgerät eine feste IP-Adresse verpasst. Schon sei die Sache geflutscht. Auf dem Bildschirm – im
Übrigen tatsächlich eine stinknormale Excel-Tabelle – seien
nach und nach Zahlenreihen erschienen …

Klar. Großes Staunen bei den beiden. Zauberei! Unfassbar.

Das funktioniere ja. Wie er das denn bitte schön hinbekommen hätte?

Und da sei Brutus aufgestanden und habe sich vor ihm aufgebaut, ganz der Geschäftsmann. Ob man sich einmal kurz mit ihm unterhalten könne? Da hinten beim Italiener zum Beispiel? Und was solle er lange reden: Aus dem Stand habe Brutus ihm ein Jobangebot unterbreitet, das er schlecht ausschlagen konnte …

Richtig: Nicht mehr ganz jung gewesen sei er und habe das Geld gebraucht …

Nein, nein, Miteigentümer sei er nicht. Das Angebot hätten ihm seine Chefs zwar mehrfach unterbreitet, aber er wolle das nicht. Ihm sei die Option wichtig, jederzeit einigermaßen problemlos aussteigen zu können. Er brauche die Gewissheit, einfach lossegeln zu können, weg, auf große Reise. Er und sein Boot, auf und davon …

»Apropos Boot«, sagte ich und erregte damit offenbar Geros Aufmerksamkeit, denn erstmalig unterbrach er seinen Redefluss für längere Zeit und schaute mich fragend an.

Ich atmete auf. So hatte das Ganze schließlich keinen Sinn. Mir war nämlich aufgefallen, dass im Haus niemand etwas von unserem Gespräch registrierte. Nicht ein einziges Mal waren die Frauen an einem der Fenster aufgetaucht, um nach uns zu sehen. Sie mussten sich weiterhin im Schlafzimmer aufhalten und sich dort über Aleppo-Seife austauschen oder über was weiß ich. Dabei hätte ich es nur allzu gerne gehabt, wenn sie es sich – meinetwegen mit einer Tasse Kaffee oder Tee ausgerüstet – auf dem Sofa gemütlich gemacht und uns Männer draußen ins Gespräch versunken beobachtet hätten. Frauke sollte sehen, wie nett ich sein konnte, wenn ich nur wollte. Dafür machte ich das Ganze doch überhaupt.

Aber glücklicherweise war mir eben eine Idee gekommen, wie ich Frauke vermutlich noch besser als durchs bloße Zuhören beweisen konnte, was für ein aufmerksamer Mensch ich eigentlich war – eben einer, der kein Problem damit hatte, jemandem wie Gero auf Augenhöhe zu begegnen.

»Was ist denn mit meinem Boot?«, fragte Gero zurück.

»Da hast du doch Internet, oder?«

»Aber ja, via Satellit. Das ist zwar teuer, aber so kann ich wenigstens immer los und trotzdem den Laden in Rostock im Blick behalten.«

»Sehr gut. Dann könntest du bestimmt eine Mail für mich verschicken? Hier klappt das mit dem Funknetz nämlich nicht.«

»Kein Problem. An wen denn?«

»An den *Spiegel*.«

»Oh.« Schon allein der Name flößte Gero Ehrfurcht ein. »Wegen dieser Terhoven-Sache, oder was?«

»Richtig. Ich hab eine Antwort auf diesen Unsinn verfasst. Die könnte ich natürlich in die Post werfen, aber das dauert, bis die von der Insel runter und nach Hamburg gebracht ist.«

»Du könntest doch anrufen bei denen und die Sache schnell diktieren.«

»Könnte ich, will ich aber lieber nicht. Hier auf der Insel bin ich nicht zu erreichen. Für niemanden. Jedenfalls nicht beruflich. Außer ganz selten mal für ein Interview, weil es praktisch ist. Aber das ist dann lange im Voraus geplant. Die sollen nicht denken, dass sich daran etwas ändert.«

»Verstehe.«

Gero straffte sich und drückte seinen Rücken durch, als müsste er bei einer so wichtigen Sache wie der, um die ich ihn bat, die korrekte Haltung einnehmen. Das Ganze imponierte ihm augenscheinlich sehr, was genau meinen Zielen entsprach.

»Wo hast du denn deine Antwort?«

Ich reichte ihm den Collegeblock, er überflog meine paar Zeilen und wischte unwillkürlich mit einem Finger über den Blutfleck.

»Ganz lustig«, sagte er. »Haben die wirklich, ohne zu fragen, ein Zitat von dir aufs Buch gedruckt?«

»Haben sie.«

»Idioten, alle.« Er schüttelte den Kopf, irgendwie verschwörerisch. »Soll ich das denn abtippen? Oder willst du es als Foto schicken?«

»Foto wäre großartig«, sagte ich.

»Dafür bräuchten wir dann allerdings besseres Licht.«

Ich überlegte kurz. »Vielleicht können wir das auf meinem Schreibtisch fotografieren. Da habe ich dann auch die Adressen, an die das Ganze gehen soll.«

Und so machten wir es. Noch während wir uns ins Haus begaben, begann Gero, an dem Anschreiben zu feilen, mit dem er meine Antwort an das Magazin schicken wollte. Erstaunlich gewandt wischte er über das Display, tippte einen Text ein und behielt nebenbei den Weg nach drinnen im Auge. Weder stolperte er über die erhöhte Holzterrasse noch über die Türschwelle. Mir wäre das unmöglich gewesen.

»Wie findest du das?«, fragte er und las vor: »Im Anhang ein gepflegter Arschtritt von Steen R. Friis für Ihren Autor Hannes Terhoven, hochachtungsvoll (im Auftrag) G.«

»Weiß nicht«, sagte ich. »Zeig mal her.«

Er reichte mir sein Handy, und natürlich stand etwas weitaus weniger Flapsiges in dem Entwurf, den er sich ausgedacht hatte: *Antwort auf, im Auftrag von* etc.

»Passt«, sagte ich, setzte mich an meinen Schreibtisch und suchte die entsprechenden Adressen heraus – den Redakteur beim *Spiegel*, meine Lektorin im Verlag; Hannes ließ ich nach kurzem Überlegen weg, der würde früh genug davon erfahren –, und beide Adressen hatte Gero, über meine Schultern blickend, blitzschnell eingetippt. »Hast du das etwa alles schon?«

»Jawoll, und jetzt mach mal Platz, damit wir das Foto schießen können.« Er schob meinen Laptop beiseite, knipste die Tischlampe an und legte meinen Collegeblock in den Lichtschein. »Was ist das überhaupt für ein Fleck? Sieht übel aus. Und riecht irgendwie.«

»Fischgeschmonz.«

»Na toll.«

Zwei, drei Mal knipste er, das Handy knapp über den Collegeblock haltend, und brauchte wieder nur Augenblicke, bis er mir ein passend zugeschnittenes Foto präsentieren konnte.

»Perfekt«, sagte ich.

Während er das Handy in der Hosentasche verschwinden ließ, sah er mich zufrieden an und sagte: »Damit düse ich dann besser gleich zum Schiff. Damit das unterwegs ist und du dich entspannen kannst.«

Ich nickte nur.

»Was macht ihr zwei da eigentlich Geheimes?«

Keiner von uns hatte Ute bemerkt, die uns vom Sofa aus beobachtet hatte. Mit an den Körper gezogenen Beinen saß sie unter einer Wolldecke, in der einen Hand eine Teetasse und in der anderen ein Buch. Das gelbe Cover mit dem Apfelbaum erkannte ich sofort.

»Mensch«, sagte Gero. »Konntest du dich nicht früher bemerkbar machen?«

Ute schlürfte an ihrer Teetasse. »So in etwa?«

»Zum Beispiel.«

Grinsend stellte sie die Tasse auf dem Tisch ab, gleich neben das Papptablett mit den Blätterteig-Gebäckstreifen, die Frauke und ich am Morgen beim *Købmand* am Inselhafen besorgt hatten. *Kanelstænger.* (Wie immer hatte mich die Verkäuferin gezwungen, das dänische Wort mehrfach zu wiederholen, so als wäre es vollkommen unverständlich gewesen, was ich da von ihr verlangte, bis sie schließlich lächelnd auf den Kuchen gezeigt hatte: »Ach, den hier? Gerne.«) Ute hatte sich ein schmales Stück abgebrochen, das am Rand des Tabletts lag. Nichts war ansonsten aufgedeckt, keine Teller, keine Kuchengabeln, was ich instinktiv als schlechtes Omen für Fraukes und meine Versöhnung deutete. Insbesondere für Frauke stellten Servietten und Teller, selbst wenn sie nicht zwingend erforderlich waren, das Mindeste dar, was sie aufbot, wenn wir Gäste zu Besuch hatten. In ihrer Wut über mich hatte sie sich offenbar nicht einmal dazu durchringen können, ein Messer bereitzulegen, um den Kuchen zu schneiden.

»Also, was treibt ihr da Geheimnisvolles?«

»Ich fahre gleich zum Schiff und schicke Steens Antwort auf diesen Idiotentext von Terhoven per Mail an den *Spiegel*«, sagte Gero.

»Oh.« Ute sah mich erstaunt an.

»Jaja, da hilft technischer Fortschritt einmal der humanistischen Debattenkultur auf die Sprünge«, sagte ich. »Du hast unsere Erlaubnis, begeistert zu sein.«

»Das bin ich.«

»Hat Steen aber auch gut gemeistert«, sagte Gero. »Ich an seiner Stelle wäre um einiges wütender gewesen.«

»Steen und wütend?«, fragte Ute, und ich grinste in mich

hinein. (Hatte sie eine Ahnung. Meistens hatte ich diese Seite meines Wesens ja nur knapp im Griff.) »Jedenfalls wird die Sache Terhoven weitere Aufmerksamkeit bescheren. Was ihn sicherlich freut. Und mich natürlich auch. Da kann ich das hier noch leichter verkaufen.« Sie hob das Buch an, das sie in Händen hielt, und Gero schüttelte den Kopf.

»Musst du den Quatsch jetzt wirklich lesen?«

»Das ist mein Job. Und Steen wird es nicht weiter stören. Oder?«

»Natürlich nicht«, sagte ich. (Obwohl ich mir zugegebenermaßen so viel Feingefühl von Ute gewünscht hätte, das Buch in meiner Gegenwart nicht zu lesen.)

Auf einmal hob Ute eine Hand in die Höhe und deutete mit dem Zeigefinger zur Decke. »Da ist es wieder, dieses Geräusch. Hört ihr das auch?«

Ganz leise war ein Knistern zu vernehmen, ein leichtes Rascheln.

»Ach, das sind nur meine Wespen«, sagte ich. »Die haben im Gebälk ein Nest gebaut. Wenn die Sonne auf die Stelle scheint, knistert es. Ich glaube, das sind die Wespenkinder, die nach Essen verlangen oder so. Hab ich gelesen.«

»Wespenkinder?«, sagte Ute. »Und du machst nichts dagegen?«

»Nicht nötig. Wespen sind bloß eine Saison da. Im Herbst sterben die alle, und die Königin fliegt los und sucht sich ein neues Plätzchen. Die kommen nicht zurück. Und mich stören sie nicht.«

Ute lauschte und verzog das Gesicht. »Mich würde es verrückt machen. Das ist doch schaurig, dieses Knistern. Wie Geister in der Wand.«

»Also, ich hör das kaum«, sagte Gero und legte den Kopf

schief. »Und bald wird es eh Herbst und kalt. Dann hat Steen da oben einen hübschen Wespenfriedhof im Dach. Das hat doch was.«

Ute schüttelte sich. »Ekelhaft. Erst Zecken, dann Wespen. Ich bin für diese Insel wirklich nicht gemacht.«

»Viel gefährlicher wird es aber nicht«, sagte ich.

Gero trat an den Tisch, brach sich ein Kuchenstück ab und schob es sich bis zur Hälfte in den Mund. Kauend sagte er: »Ich fahr wohl besser gleich los zum Schiff, damit die Mail weggeschickt ist. Gibst du mir die Wagenschlüssel?«

Ich klopfte gegen meine Hosentaschen. »Die müsstest du eigentlich noch haben. Dachte ich.«

»Ich? Nein.« Einen Moment schaute Gero mich ratlos an und fuhr sich dann mit der flachen Hand an die Stirn. »Ach ja, jetzt weiß ich. Die hab ich Frauke gegeben.«

Als hätte sie auf der anderen Seite der Wand gelauscht und nur auf das passende Stichwort gewartet, öffnete sich in diesem Moment die Schlafzimmertür einen Spalt, und Fraukes Hand, in der sie den Wagenschlüssel zwischen zwei Fingern baumeln ließ, tauchte in Zeitlupentempo auf.

»Sucht ihr vielleicht den hier?«

Ich bemerkte ihre in dunklem Rot lackierten Fingernägel sofort und begriff das Signal, das sie mir damit sandte. Wir befanden uns weiterhin auf Konfrontationskurs. Meine Geduld mit Geros Ausführungen war für die Katz gewesen. Die Nägel waren eindeutig. Nie hatte ich Frauke gegenüber verheimlicht, wie sehr ich derart hergerichtete Mannequin-Hände verabscheute. (Tatsächlich landeten Frauen mit übertrieben gemachten Nägeln bei mir ausnahmslos in der Kategorie »oberflächliche Blödschnalle«, sosehr mir bewusst war, dass das ein arges Vorurteil meinerseits war.) Das Lackieren ihrer Nägel, auf das Frauke selbst gar nichts gab, kam insofern einer subtilen Attacke gleich, die sie sich üblicherweise für Gelegenheiten aufhob, bei denen sie stummen Protest demonstrieren wollte. Das passierte etwa bei Anlässen, auf denen zwar unser beider Anwesenheit erwünscht war, Frauke aber keine andere Funktion als die der hübschen, bescheidenen Begleiterin auszuüben hatte. »Blumentopf-Veranstaltungen« nannte sie diese Gelegenheiten, Debatten, Lesungen, Fernsehauftritte, bei denen eigentlich nur ich eingeladen war, von ihr jedoch erwartet wurde, dass sie sich möglichst unauffällig an meiner Seite oder im Publikum zeigte, lächelnd, stumm, einfach da. Die attraktive Frau Friis als moralische Stütze ihres berühmten Mannes. (»Die Frau als Blumentopf«, sagte sie immer. »Hübsch anzusehen, macht kaum Arbeit, und die Leute erfreut's.«)

»Da schau an«, sagte Gero. »Wenn man vom Teufel spricht.«

»Na ja, Teufel?«

Mit der Hand gab Frauke der Tür einen Stoß und trat ins Wohnzimmer, frisch geföhnt, Augen und Lippen geschminkt. Eine fast durchsichtige Bluse hatte sie sich angezogen, darunter ein enges Top. Barfuß trippelte sie herein, ließ sich einen Moment betrachten und lächelte zufrieden, als Gero leise pfiff.

»Hej, hej«, sagte Gero. »Ich nehme es zurück. Kein Teufel, ein Engel.«

Ute schlug ihm gegen das Bein. »Und was ist mit mir?«

Er streichelte ihr mit dem Handrücken über die Wange. »Du sitzt gerade mit Buch und Tee unter einer Wolldecke. Das ist zwar süß, aber im Moment sticht dieses hübsche Wesen da vorn dich doch etwas aus.«

»Lüstling!«

Frauke wehte heran und tippte mir mit ihren Fingernägeln

auf die Schulter, dass es mich fröstelte. Kalt blickte sie mir in die Augen, und ich erkannte sie hinter ihrer geschminkten Fassade kaum wieder. Eine Ritterrüstung, ging es mir durch den Sinn. Nichts anderes war dieser Aufzug.

»Was ist denn los?«, fragte ich. »Alles klar?«

»Aber sicher«, säuselte sie. »Was soll nicht stimmen?«

Leise flüsterte ich: »Tut mir leid, was ich vorhin gesagt habe.«

»Ach, schon vergessen.« Sie schwebte weiter durch das Wohnzimmer und reichte Gero den Wagenschlüssel.

»Danke sehr«, sagte er. »Aber könnte ich denn wohl diesen bezaubernden Engel für einen zweiten Ausflug zum Schiff begeistern? Als Schutzengel sozusagen. Das wäre mir eine außerordentliche Ehre.«

»Oh nein, oh nein.« Frauke trippelte an ihm vorbei in die Küche, stellte sich hinter den Tresen und kippte die Erbsenschoten auf die Arbeitsfläche. Mit spitzen Fingern nahm sie eine Schote in die Hand, öffnete sie und palte die Erbsen in eine bereitgestellte Schüssel. Wieder fröstelte mich, als ich ihre Mannequin-Nägel sah, mit denen sie die Schoten auseinanderbrach. Sie lächelte. »Leider habe ich zu tun.«

»Wirklich schade«, sagte Gero. »Nur was mach ich, wenn ich mich ohne Schutzengel verfahre?«

»So ist das halt im Leben«, sagte Frauke und versuchte, meinen Blick einzufangen. »Manchmal muss es ohne Schutzengel gehen.«

Es war ein äußerst eigenartiger Satz, der fremd aus ihrem Mund klang und ihr, kaum dass sie ihn ausgesprochen hatte, auch erkennbar unangenehm zu sein schien, so als wäre sie im Eifer des Gefechts zu weit gegangen. In ihrer bedeutungsschwangeren Art hatten die Worte wie eine Prognose über unsere gemeinsame Zukunft geklungen. (Wobei die Betonung zweifelsfrei auf dem Wort *ohne* gelegen hatte.) Ich begriff das sofort, gestand mir ein, dass mir die Dinge offensichtlich entglitten waren, und begann mich etwas bange zu fragen, worauf das alles am Ende wohl hinauslaufen würde.

Gero hatte kein Ohr für solche Untertöne. Er war unbeirrt damit beschäftigt, Frauke zu überzeugen, ihn zum Hafen zu begleiten. Selbst eine noch so freundlich vorgebrachte Absage konnte er nicht auf sich sitzen lassen.

»Na, komm schon«, sagte er und nickte Frauke aufmunternd zu, und das allein genügte, um ihre Fassade der Unberührbarkeit brüchig werden zu lassen. Die Beharrlichkeit, mit der Gero um sie warb, schmeichelte Frauke wohl einfach zu sehr. Entschuldigend blickte sie mich an. Ich sah weg.

»Wenn du unbedingt meinst«, sagte sie schließlich und wischte ihre Mannequin-Hände an einem Küchentuch ab.

Gero war über diese Entwicklung hocherfreut, er kam Frauke entgegen und hielt ihr den Arm hin, sodass sie sich bei ihm unterhaken konnte, und beide lachten. Ohne uns andere noch eines Blickes zu würdigen, verschwanden sie gemeinsam nach draußen und gingen zum Auto.

Ich schaute ihnen nicht einmal nach. Stattdessen trat ich kurz entschlossen in die Küche, schnappte mir eine der Barolo-Flaschen aus dem Karton, dann einen Korkenzieher und ein Glas und machte mich auf den Weg in den Garten. Im Vorbeigehen schaute ich Ute an, die amüsiert wirkte.

»Du weißt aber schon, dass Saufen nichts bringt?«

»Das hängt vom erhofften Ziel ab.«

Sie lachte. »Auch wieder wahr.«

Ich hielt ihr die Flasche hin. »Machst du denn mit? Zusammen ist schöner.«

»Jetzt nicht«, sagte sie. »Später vielleicht.«

# 9

Und nun wird es Abend. Ohne Vorankündigung verdunkelt sich die Terrasse von einer auf die andere Minute, die Sonne verschwindet hinter den Baumwipfeln, und nur die Gartenecke mit dem Nussbaum wird noch von einem letzten Lichtstrahl erfasst. So ist es hier immer; so war es auch an diesem Tag. Kaum dass sich Schatten über den Wald gelegt hatten, verstummten die Vögel, und bis sich die nachtaktiven Bewohner zu Wort meldeten, würde etwas Zeit verstreichen. Alles wartete ab, pausierte. Es war der Moment, in dem der Tag sich verabschiedet und die Nacht heraufzieht, eine Zwischenzeit, die nur wenige Augenblicke andauert. Der Übergang ist unauffällig, jedoch instinktiv spürbar. Wenn ich abends auf meiner Terrasse saß und in einem Buch las, schaute ich jedes Mal auf, nicht, weil etwas Besonderes zu hören war, sondern im Gegenteil, weil der Wald, die Tiere, die Pflanzen die Luft anzuhalten schienen und alle Geräusche für kurze Zeit verstummten. Manchmal erwischte ich mich dabei, wie ich nach dem Ausatmen länger als üblich wartete, bis ich erneut Luft einsog, die bereits nachtkalt zu werden begann. Durch die Kühle war ein Meereshauch zu erahnen, ein salziges Rauschen. Irgendwo regte es sich dann im Gestrüpp, es knackte. Bald würden die ersten Fledermäuse lautlos durch die Luft flattern und ihre Mückenjagd aufnehmen, und mitunter bildete ich mir ein, ihre eigentlich unhörbaren Gespräche als Knistern wahrzunehmen. (Ob sie mir wohl etwas zu sagen versuchten?)

Auch an diesem Tag horchte ich wie üblich auf und hielt den Atem an. Dieser Übergang vom Tag zur Nacht war ein ganz spezieller Inselmoment, den ich sehr mochte. Das kurze Innehalten, das Dazwischensein gehörte zu meinen Aufenthalten dazu, weshalb ich, ohne es je bewusst darauf anzulegen, meistens wie zufällig im Garten war, wenn es sich ereignete. Diesmal jedoch spürte ich in der so vertrauten Stille etwas Unheilvolles heraufziehen, eine Gefahr, die sich mit dem Schatten über die Lichtung zu legen schien, und die Frage war nur mehr, *wann* die Gefahr sich ganz zeigen würde und vor allem *wie*.

»Mensch«, sagte Ute und strich sich mit den Händen wärmend über die Oberarme, »das ist hier ja fast wie in den Bergen. Plötzlich wird es dunkel. Und kalt.«

Gero nahm das als Aufforderung, sich um die Feuerschale zu kümmern, die er auf dem Rasen vor der Terrasse aufgebaut und mit Ästen aus dem Wald ausstaffiert hatte. Das Holz qualmte heftig, als er es entzündete. Es roch nach Brennspiritus und Rauch, der sofort von einem schwachen Luftzug von unserem Esstisch weg in den Garten geweht wurde.

»Dank dir«, sagte Ute und rückte ihren Stuhl näher an das qualmende Feuer heran. »Jetzt wird es bestimmt bald besser.«

»Also, noch mal von vorn«, sagte Gero, als er sich wieder zu uns an den Tisch setzte und sich eine Handvoll Lakritz nahm, »die Leute haben damals wirklich geglaubt, dass du ausnahmslos alle Wirtschaftsbosse, Banker und Politiker als Nazis bezeichnet hast? Im Ernst?«

»Tja«, sagte ich, »die Tücken der Übersetzung.«

Die Nazi-Anekdote war eine meiner üblichen Geschichten,

die ich in kleiner Runde gerne zum Besten gab, eine erprobte Nummer, bei der ich keine Überraschungen zu befürchten brauchte. Unter den gegebenen Umständen schien es mir das Beste zu sein, bei der Unterhaltung auf Nummer sicher zu gehen. Nach dem Essen und vor allem der Menge an Wein, den ich seit dem Nachmittag beinahe ohne Unterbrechung getrunken hatte, war mein Kopf derart watteweich, dass ich nicht sicher sein konnte, was meine Zunge anstellen würde, wenn ich erst einmal den Mund aufmachte. Ich musste aufpassen, was ich sagte. Oder fragte. Schließlich gab es das ein oder andere, was mir an diesem Abend in den Sinn hätte kommen können. (Warum zum Beispiel hatte der zweite Hafenausflug von Frauke und Gero so lange gedauert? Was war passiert? Hemmungslose Liebe auf dem eilig freigeräumten Kartentisch in der Kajüte? Und was hatten die Blicke zu bedeuten, die sie sich immer wieder zuwarfen? Glaubten die beiden, dass ich das nicht mitbekam? Oder Ute – hielten die beiden uns für blind?) Das hätte ich fragen können. Doch ließ ich es besser bleiben und griff stattdessen auf eine meiner sicheren Anekdoten zurück, wenn ich schon an der Reihe war, etwas zu erzählen.

Länger als bis zu diesem Augenblick hatte ich mich nicht aus dem Gespräch heraushalten können, das bisher nett, aber oberflächlich dahingeplätschert war. Natürlich war zunächst ausgiebig und lange übers Essen geredet worden (großartig, der Dorsch, gar nicht fade, und die herrlichen Erbsen, dazu die letzten in Butter gebratenen Pilze vom Mittag, über die Gero sich hergemacht hatte, die selbst gezogenen Kartoffeln, die Salate, das dänische Brot); schließlich hatten wir über kochende Männer im Alltag gesprochen (mittlerweile ja nicht mehr die Ausnahme, selbst bei Gero und Ute war der Mann für die Töpfe zuständig, täglich, nicht nur sonntags); dann übers Trinken und Rauchen (nachdem Gero, kaum dass die Rote Grütze mit Sahne abgetragen war, eine dieser E-Zigaretten herausholte und Vanilleduft verbreitend daran herumnuckelte und wir alle zum Wein den extra besorgten Talisker tranken, mit dem Ute und ich an dem Abend angestoßen hatten, als wir uns vor vielen, vielen Jahren kennenlernten); Gero hatte vom Segeln erzählt, klar; und schließlich war es um Filme und Serien gegangen (wobei Einigkeit herrschte, wie großartig die dänischen Serien der letzten Jahre waren; »Sarah Lund«, hatte Gero vieldeutig in die Runde geworfen, weil die Schauspielerin in ihren dicken Wollpullovern seinen Puls, wie er es ausdrückte, »jedes Mal ziemlich nach oben trieb«). Angetrunken, wie ich war, hatte ich wohlweislich in der Hauptsache geschwiegen, doch irgendwann war meine Zurückhaltung aufgefallen, und Frauke hatte mich aufgefordert, endlich etwas Substanzielles zur Unterhaltung beizutragen.

»Na, komm schon«, hatte sie gesagt, »du weißt doch immer was zu erzählen. Woran zum Beispiel hast du vorhin herumgedacht, als du allein durch den Wald getigert bist? Wir haben dich richtig etwas vermisst. Oder etwa nicht, Ute?«

Ute hatte mit der flachen Hand auf den Tisch geklopft und ihr Weinglas in meine Richtung erhoben. »Aber hallo. Eigentlich waren wir zum gemeinsamen Trinken verabredet.«

Mit leichter Verwunderung hatte ich Frauke angesehen. Ob sie wirklich wissen wollte, was mir durch den Sinn gegangen war? Konnte sie sich das nicht vorstellen? Sie mit all ihrer Psychologenmenschenkenntnis, auf die sie sich sonst so viel einbildete?

»Gedacht?«, hatte ich ihr geantwortet. »Gar nichts eigentlich.« Was sogar stimmte. Während ich meine üblichen Pfade durch den Wald abgeschritten war, hatte ich lediglich wie ein Mantra den Hamsun-Anfang vor mich hin gemurmelt: *Der lange, lange Pfad über das Moor in den Wald hinein – wer hat ihn ausgetreten?* Das hatte ich getan, um möglichst *nicht* denken zu müssen, weil ich ahnte, in welche Gefilde ich dabei unweigerlich abgedriftet wäre. Natürlich wollte ich das in dieser Runde nicht ausbreiten, sodass ich schließlich die Nazi-Anekdote herauskramte, um alle wie gewünscht zu unterhalten. Auf diese Geschichte war erfahrungsgemäß Verlass.

Das geschilderte Ereignis lag einige Jahre zurück. Damals war ich, weil es sich so hübsch einrichten ließ, extra von meiner Insel runter ins nahe gelegene Kopenhagen gefahren, um anlässlich der dänischen Ausgabe eines meiner Bücher ein Fernsehinterview zu geben. Das war alles andere als eine große Sache, wenige Stunden Aufwand höchstens. Autofahrt aufs Festland, weiter in die Hauptstadt, ins Fernsehstudio, dort fünfzehn Minuten auf irgendeinem kräftig farbigen Sofa sitzen und die Fragen der Moderatorin beantworten, die – so hatte mir mein dänischer Verleger hoch und heilig versprochen – mein Buch tatsächlich gelesen haben würde. Ich fand keinen Grund, dem Verleger diesen Gefallen auszuschlagen. Für ihn war es schwierig genug, das Buch eines deutschen Autors in Dänemark zu verkaufen, und ein Fernsehinterview zu guter Stunde wäre sicherlich hilfreich. Die einzige Herausforderung, die mir im Voraus etwas Kopfschmerzen bereitete, war die Sprache, in der das Interview geführt werden sollte. Weil mein Dänisch für diese Zwecke keinesfalls ausreichte und die Moderatorin sich ein Gespräch auf Deutsch nicht zutraute, mussten wir wohl oder übel aufs Englische ausweichen, was schwierig, aber wohl machbar war. Mein Englisch war immerhin besser als mein kaum vorhandenes Dänisch, wenn auch die Aussprache einiges zu wünschen übrig ließ.

Doch wie es beim Fernsehen stets zu sein pflegt: Irgendwas läuft am Ende immer schief. Als ich zur abgemachten Zeit beim Sender eintraf, musste alles ganz schnell gehen. Keine Zeit für die Maske. Eilends wurde ich ins Studio geschoben, der Moderatorin vorgestellt, gepudert, mikrofoniert, Test, Test. Als ich kurz vor Aufzeichnungsbeginn die Moderatorin fragte, was denn eigentlich los sei, flüsterte sie mir zu: »*The President is coming.*« Daran also lag es: Der Ministerpräsident des Landes – einer dieser Rasmussens, dessen Vornamen ich vergessen habe – hatte seinen Besuch im Studio zugesagt, und bei seinem vollen Terminkalender durfte man den guten Mann selbstverständlich nicht warten lassen. (Ich war etwas verstimmt über diese klare Hierarchie in der Behandlung, konnte wahrscheinlich aber schon froh sein, nicht unverrichteter Dinge nach Hause geschickt worden zu sein und umsonst einen Inselnachmittag geopfert zu haben.) An der Studiotür sammelten sich bereits Leute. Rasmussen war anscheinend zu früh eingetroffen. Eine Redakteurin winkte der Moderatorin hektisch zu, mit dem Interview zu beginnen. Schon leuchtete die rote Lampe an der Hauptkamera auf. *And go!*

»*Godaften*«, sagte die Moderatorin und strahlte. »*I dag har vi en gæst fra Tyskland …*«

Unser Gespräch verlief in der Hauptsache ereignislos. Zum lockeren Einstieg plauderten wir über mein Haus und weshalb es mich denn seit vielen Jahren immer wieder auf die Insel verschlug.

»*Hotdogs*«, antwortete ich und erzielte ein Lachen der Moderatorin. »*Og lakrids.*«

Anschließend klapperten wir die Themen des Buches ab

und streiften dabei auch die Bankenkrise und meine Einschätzung der Lage. Ich hatte keine große Lust, mich damit lange abzugeben, war am Ende auch alles andere als bewandert in Wirtschaftsfragen und beließ es daher bei dem Allgemeinplatz, dass Wirtschaft und Politik zweifellos schmutzige Geschäfte seien.

Die Moderatorin blickte mich erkennbar besorgt an. Sie war erstaunt. *»Really?«*

*»Oh, for sure«*, sagte ich.

*»That's very interesting. Do you care to explain?«*

Ich war verwirrt und wiederholte mit leicht abgewandelten Worten, was ich bereits gesagt hatte, und die Moderatorin wiegte den Kopf. Aus irgendeinem Grund war sie unzufrieden. Sie blickte zur Redakteurin, die sich im Hintergrund hielt und mit den Fingern in der Luft rollte. Weitermachen, zum Ende kommen. Ich schaute mich um und erkannte Rasmussen an der Tür, der in meine Richtung sah und ein grimmiges Gesicht aufgesetzt hatte. Wir kamen zum Schluss.

*»Så siger vi tak til Steen Friis og tak for i aften ...«*

Ich probierte einen letzten Satz auf Dänisch: *»Det var så lidt.«*

Ein Nicken der Moderatorin, ein Lächeln. *Cut.* Schnell reichte sie mir die Hand, verabschiedete sich und eilte zum Rasmussen-Tross hinüber, um den wichtigen Mann in Empfang zu nehmen. Die Redakteurin führte mich vom Sofa zur Studiotür, erwähnte einen Sendetermin in der folgenden Woche. Dann wurde ich meinem Schicksal überlassen, trottete zum Auto und düste zurück auf meine Insel und in mein Haus. Für mich war die Sache damit erledigt und vergessen.

In der folgenden Woche allerdings ging es erst richtig los.

Kaum zu Hause angekommen, trat mir Frauke auf dem Flur entgegen. (Keine Begrüßungszeremonie diesmal.) Sie zeigte auf den blinkenden Anrufbeantworter. Mein Mail-Postfach war, wie ich beim Aufklappen des Laptops sah, ebenfalls übervoll.

»Die wollen alle was wegen deines Fernsehinterviews in Dänemark. Was hast du da bloß gesagt?«

»Keine Ahnung«, antwortete ich, und so war es auch: Ich hatte keinen blassen Schimmer. Das Interview war aus meiner Sicht ganz und gar harmlos verlaufen, und die Aufregung, die es nun anscheinend verursachte, war mir ein Rätsel. Schnell startete ich eine Suche im Netz und entdeckte wenige Sekunden später die DPA-Meldung, die den ganzen Wirbel verursacht hatte und überall Verbreitung fand. Da stand tatsächlich – und ich blinzelte und kniff mir in den Arm, weil es so absurd war –: *Steen R. Friis vergleicht im dänischen Fernsehen Wirtschaft und Politik mit Nazis.*

»Wie bitte?«, sagte ich damals.

»Wie bitte?«, fragte an diesem Abend auch Gero, als ich die Geschichte erzählte. »Wie kann denn so was sein?«

»Nuschelige Aussprache meinerseits«, sagte ich. »Ich hab selbst einen Moment gebraucht, bis ich es verstanden habe.«

»*Nasty Nazis*«, sagte Ute.

Frauke lachte auf (obwohl sie die Geschichte natürlich mehrfach gehört hatte). Gero begriff nicht.

»Ich hab das damals wohl leider etwas undeutlich ausgesprochen«, erklärte ich. »Gesagt habe ich: *Economy and politics – it's nasty business.* Das aber hat anscheinend für die Ohren der Dänen anders geklungen. *Nazi business.*«

»Lustig«, sagte Gero.

Damals aber war es überhaupt nicht lustig gewesen. Als ich

von der DPA-Meldung hörte, war die Aufregungsmaschinerie bereits in vollem Gange. Der Pressesprecher des Finanzministers hatte sich »äußerst verwirrt« über mein »generelles Urteil« geäußert; der Vorsitzende der Liberalen, der sich aus irgendeinem Grund persönlich angegriffen fühlte, war im Frühstücksfernsehen aufgetreten, um seiner Verwunderung über den Nazivergleich Ausdruck zu verliehen, wobei er nicht vergaß, seinen Großvater zu erwähnen, der als Banker mit dem Stauffenberg-Attentat zu tun gehabt habe; und ein Vorstandsvorsitzender eines Dax-Unternehmens hatte auf Nachfrage angemerkt, dass ich wohl »der Allerletzte« sei, der sich ein Urteil über die Wirtschaft erlauben dürfe, womit er genau genommen sogar recht hatte. Auf allen Kanälen schlug mir ein Shitstorm des Unverständnisses entgegen, der sich unter der Oberfläche seit Langem zusammengebraut haben musste. Einige Kommentatoren schienen regelrecht erleichtert, endlich einmal gegen mich loslegen zu können.

»Und wie habt ihr das wieder aus der Welt geschafft?«, fragte Gero.

»Überhaupt nicht«, sagte ich. »Natürlich habe ich eine Erklärung abgegeben. Blödes Missverständnis. Schlechte englische Aussprache. Aber das glaubt einem ja niemand. Und im Netz findest du noch heute haufenweise Bezüge auf die Schlammschlacht.«

»Gab es eigentlich auch irgendwen, der auf deiner Seite war?«, fragte Ute. »Irgendwelche Ultras oder so? Das funktioniert für die doch bestimmt ganz wunderbar. Wirtschaft, Politik – keine Frage, alles Nazis. Kann ich mir gut vorstellen.«

»Das macht es ja nicht besser«, sagte ich. »Das Schlimmste ist eh, dass gar nicht wenige bis heute davon überzeugt sind, ich würde wirklich meinen, was ich *nie* gesagt habe. Die glauben wohl, ich würde mich nur nicht trauen, es auch weiterhin zu bekennen. Da kann ich noch so sehr widersprechen und erklären, wie es in Wahrheit abgelaufen ist. Es ist da und kann nicht ungeschehen gemacht werden. Ich bin am Ende nicht mal unschuldig. Ohne mich und meine nuschelnde Aussprache wäre es nicht zu diesem Missverständnis gekommen. Nur Absicht kann ich mir nicht unterstellen. Schuldlos schuldig sozusagen. Ganz seltsame Erfahrung. Danach wurde ich – und bin es eigentlich bis heute – extrem vorsichtig, was ich öffentlich sage, um nicht unbeabsichtigt einen Orkan loszutreten.«

»Aber Terhoven ist dir damals gleich zur Seite gesprungen«, sagte Frauke. »Erinnerst du dich? Wie war das noch: Er könne bezeugen, dass sein Freund Steen R. Friis ein grundanständiger Mensch sei.«

»Wunderbar«, sagte Ute, die alles wie immer höchst amüsant fand.

Ich nickte. »Terhoven, stimmt, das muss ich verdrängt haben. Vielleicht tut es ihm nachträglich sogar leid, mir bei dieser Gelegenheit beigestanden zu haben. Jetzt hätte er sich das mit Sicherheit verkniffen.«

»Wer weiß«, sagte Frauke.

»Sagt mal, ist euch eigentlich auch so kalt?«, fragte Ute. Sie zitterte mit hochgezogenen Schultern und schüttelte den Kopf, als könnte sie unsere Unempfindlichkeit ganz und gar nicht begreifen.

»Nee«, sagte ich und nippte an meinem Talisker. »Whisky hilft.«

»Mir nicht. Ich hol mir lieber was Warmes von drinnen.«

Sie stand auf, und ich blickte zu Gero, der sich nicht regte und so die Gelegenheit verpasste, sich als Kavalier alter

Schule zu beweisen, wie er es sonst gerne tat. An seiner Stelle fragte ich: »Soll ich etwas für dich holen?«

Ute streichelte mir über die Wange und lächelte. »Nicht nötig, mein Lieber.« Dann ging sie ins Haus.

Gero beachtete Utes Verschwinden gar nicht. Er war, wie es schien, tief in Gedanken versunken, grübelte sichtbar über etwas nach und hielt dadurch das Gespräch auf, das gerade erst in Gang gekommen war. Frauke und ich warteten ab, was er wohl sagen würde, und um die Zeit zu überbrücken, schenkte ich allen Wein nach und ihm und mir zusätzlich etwas vom Talisker. Er nahm sich wortlos das Whiskyglas, tippte damit gegen seine Unterlippe und grübelte demonstrativ weiter. Frauke wandte derweil ihren Blick gen Himmel, an dem sich wie ein dunkler Blitz die erste Fledermaus zeigte. Gero holte Luft. Zögerte. Dachte weiter. Und ich spürte erneut das dräuende Unheil über der Lichtung und schloss für Sekunden die Augen. Ruhig bleiben, Steen. Nicht aufregen.

»Das ist doch interessant«, sagte Gero plötzlich, ganz der große Denker, den er eben gemimt hatte. »*Nasty Nazis.* Die haben sich ja auch immer wieder auf ihren Anstand berufen. Stimmt doch, oder? Wenn sie ihre Taten rechtfertigen mussten, meine ich. Anständig, trotz all der schweren Verbrechen, die sie verübt haben. War es nicht der dicke Göring, der das gesagt hat? Oder dieser Hitler-Nachfolger – wie hieß der noch gleich: Domitz? Dölitz?«

»Dönitz«, sagte Frauke, die erstaunlicherweise zugehört hatte. Wenn es um Nazis ging, schaltete sie sonst innerlich sofort ab und stellte ihre Ohren auf Durchzug. Meiner Geschichte war sie höchstens nebenbei gefolgt, und zwar nicht, weil sie diese bereits kannte. Während ich erzählte, hatte sie mit ihren weiterhin geschminkten Lippen mehrfach am Wein genippt und Gero über den Glasrand hinweg zugelächelt. Mir war das durchaus nicht entgangen.

»Genau, Dönitz«, sagte er. »Dieser U-Boot-Mann. Hat der das nicht gesagt? Irgendwas von anständigen Nazis? Du weißt es sicher am besten, Steen.«

Ach herrje. Nun verfolgten mich die angeblich anständigen Nazis doch tatsächlich bis auf meine Insel. Irgendwo musste Gero das aufgeschnappt haben, in einer Kritik oder in einem Kommentar. Wenn den Kritikern nichts Besseres gegen mich einfiel, brachten sie gerne die Nazis ins Spiel, und der Gestus war immer der gleiche: Hier, anständige Nazis – nimm das, du Friis! Ob ich nicht einmal erklären könne, wie sich mein Anstandsbegriff von dem der Nazis unterscheide, die sich doch auch darauf berufen hätten? Himmler zum Beispiel. (Eben nicht Dönitz oder Göring.) Der habe in seiner berüchtigten Posener Rede doch ebenfalls den Anstandsbegriff für sich und seine Schergen in Anspruch genommen. Aber vermutlich habe er etwas anderes gemeint als ich? Oder etwa nicht? – Es war immer das Gleiche.

»Das stammt von Himmler«, sagte ich und musste es ertragen, von Gero mit kritischem Blick fixiert zu werden. »Aber was willst du da denn von mir hören?«

»Na, was du dazu sagst.« Er nahm einen ordentlichen Schluck von seinem Whisky. Offensichtlich war er zufrieden mit sich. »Wenn man von Anstand redet wie du, dann darf man doch nicht ignorieren, wer sich alles auf den Anstand beruft. Oder? Das sagt doch was über den Begriff aus.«

»Was denn?«

»Weiß nicht, dass er unklar ist.«

»Inwiefern?«

»Also, die Nazis hielten sich für anständig«, sagte Gero.

»Aber wir können uns ja auch anständig einen hinter die Binde kippen. Dein Dorsch vorhin war ein anständiges Essen. Immer das gleiche Wort in den unterschiedlichsten Zusammenhängen. Und dann kommst du und machst den Anstand zur Parole?«

»Mach ich gar nicht.«

»Jedenfalls ist es dein Ding.«

»Unser Anstandsonkel der Nation«, sagte Frauke und grinste.

»Eben«, sagte Gero. »Den Namen hast du doch nicht von ungefähr.«

»Gut und schön«, sagte ich und atmete durch. »Einigen wir uns darauf, dass es ein Wischiwaschi-Begriff ist. Was *ich* meine, wenn ich von Anstand rede, ist Aufrichtigkeit, moralisches Wohlverhalten, das nicht nur für einen selbst gilt, sondern für jeden gelten könnte. Kierkegaard also: *Jeder Mensch kann, wenn er will, ein paradigmatischer Mensch werden.* Ein Vorbild. Am Ende geht es vor allem darum, dass wir mit dem, was wir tun, leben können. Das Ganze ist eine Art Instanz, vor der wir unser Handeln beurteilen können. Der Einfachheit halber sage ich dazu Anstand. Wenn dir das nicht gefällt – was schlägst du als Ersatz vor?«

»Woher soll ich das wissen?«, fragte Gero.

Nachdenken – hätte ich beinahe gesagt, schluckte den Gedanken jedoch, bevor er ausgesprochen war, hinunter.

»Meine Vermutung ist eh«, sagte Frauke, und ihr Psychologenton, den ich nur zu gut kannte, bewirkte, dass mir augenblicklich übel wurde, »dass bei Steen letztlich hinter allem nichts anderes als eine tief sitzende Angst steckt.«

»Ohauaha«, sagte ich (und meine linke Augenbraue zuckte).

»Aber ja. Anders als anständig weißt du nicht, wie du mit

dem Leben zurande kommen sollst. Es ist ein Motto, das dir erlaubt, möglichst ungeschoren durchzukommen. Verhalte dich anständig, und du wirst niemandem absichtlich auf die Füße treten. Und – ganz wichtig – dir wird auch nicht auf die Füße getreten.« An Gero gewandt, erklärte sie: »Weil Steen sichergehen will, hält er sich an den Anstand.«

Gero beugte sich über den Tisch und inspizierte mich. »Angst? Wie interessant. Bist du ängstlich, Steen?«

Ich stöhnte auf. Mir war es körperlich unangenehm, von diesen beiden so in die Zange genommen zu werden.

»Kleine Aufzählung von Steens Ängsten gefällig?«, fragte Frauke. »Mal sehen, was mir da einfällt. Angst vor Streit zum Beispiel. Das sitzt ganz tief bei ihm. Er vermeidet Streit wie der Teufel das Weihwasser, obwohl er ein streitsüchtiger Typ ist. Und Angst vor Wasser hat er. Was verrückt ist. Seit Jahren ist er ständig auf dieser Insel, aber er würde niemals mit einer Fähre herfahren. Er guckt nur immer aus sicherem Abstand kurz aufs Wasser hinaus, und nicht mal gerne. Immer nimmt er den Umweg über die Brücken. Irgendwie muss er schließlich auf die Insel kommen. Ich hab manchmal richtig Hochachtung vor ihm, dass er immerhin dieses kleine Risiko eingeht. Das hat eigentlich wenig mit Anstand zu tun, zeigt aber seine Angst vor dem Ungewissen, der Tiefe, dem Unbekannten. Das Große verunsichert ihn. Da verhält er sich besser korrekt, sprich: anständig, um nicht Gefahr zu laufen, dem allzu Großen ausgesetzt zu sein. Dann die Angst, nicht für voll genommen zu werden. Schließlich ist er kein echter Philosoph, aber auch kein echter Ratgeberautor, sondern irgendwas in der Mitte. Was noch? Angst vor Armut. Angst vor Hunger und Durst. Deshalb diese Selbstversorger-Ader bei ihm. Auch sehr anständig. Beeren pflücken, Pilze sammeln.«

»Bist du gleich mal fertig?«, fragte ich.

»Nicht ganz«, sagte sie. »Deine größte Angst ist natürlich die vor dem Zurückgelassenwerden.«

»Du spinnst doch.«

»Überhaupt nicht. Ich kenne dich nur gut.«

»Na, herzlichen Glückwunsch«, sagte ich. »Da hast du dir aber einen ziemlichen Brocken ans Bein gebunden, als du mich geheiratet hast. So ein Angstbündel muss schwer zu ertragen sein. Du kannst einem richtig etwas leidtun. Vielleicht aber irrst du dich auch und kennst nicht einmal die Hälfte meiner Abgründe. Ich bin in Wahrheit ein Bergmassiv voller Geheimnisse.«

Frauke grinste und nickte, als würde sie mir Anerkennung zollen.

»Geheimnisse, umso besser«, sagte Gero, der offensichtlich witzig sein wollte, »dann hat sie mit dir immer was zu tun.«

»Genau, ich muss schließlich in Übung bleiben. Falls du mal wirklich über deine Ängste sprechen möchtest, Steen, melde dich einfach bei meiner guten Nele in der Praxis. Die gibt dir ganz bald einen Termin. Zeitnah, wie man heute sagt.«

»So weit kommt das noch.«

»Schade«, sagte Frauke. »Wirklich.«

»Oh, aber vielleicht dürfte *ich* bei dir in der Praxis vorbeischauen?«, fragte Gero. »Ich hab auch das eine oder andere Problemchen. Ich träume zum Beispiel manchmal von ...«

Er unterbrach sich, weil in diesem Moment Ute auf die Terrasse hinaustrat. Sie sah uns erstaunt an. »Störe ich?«

»Ganz im Gegenteil«, sagte ich. »Gero wollte uns gerade von seinen psychischen Problemen erzählen.«

»Wie spannend«, sagte Ute und setzte sich. Sie hatte sich komplett umgezogen, trug jetzt Pullover, Jeans und eine

Windjacke, deren Kragen sie hochgestellt hatte. »Sprecht ruhig weiter.«

Weil Gero zögerte und mit einem Mal verlegen wirkte, fragte ich: »Genau, erzähl – wovon träumst du denn so?«

»Lass gut sein, Steen.« Frauke legte ihre Hand auf meinen Unterarm, und ich zuckte zusammen. Die gemachten Nägel kamen mir in diesem Moment beinahe passend an ihr vor. (Oberflächliche Blödschnalle, schoss es mir durch den Kopf.) »Wenn du schon einen Traum hören möchtest, dann erzähle ich lieber meinen von letzter Nacht. Der war was Besonderes. Da war ich mit einem Typen im Bett, den ich erst gar nicht erkannt habe. Übrigens nicht hier, sondern zu Hause, also früher, bei meinen Eltern.«

Gero beugte sich vor, er war ganz Ohr. »Und weiter?«

»In meinem Kinderzimmer war das, ganz keusch unter der Bettdecke. War richtig schön. Und als der endlich sein Gesicht unter der Bettdecke zeigt, kann ich es kaum fassen, aber der Typ ist tatsächlich Brad Pitt.«

»Sieh an«, sagte ich.

Ute nickte. »Den würde ich auch nicht von der Bettkante stoßen.«

»Ich auch nicht«, sagte Gero.

»Was du nicht sagst.« Frauke lächelte Gero zu. »Jedenfalls waren wir beide mächtig bei der Sache, als meine Mutter ins Zimmer kommt. Ohne Anklopfen, einfach so. Sie hat einen Haufen Wäsche im Arm, bemerkt uns erst gar nicht. Als sie mich dann mit Brad im Bett sieht, schaut sie erst etwas pikiert, ist dann aber, nachdem sie den Typen erkannt hat, richtig stolz auf ihre Tochter. Wir nicken uns zu, und während sie leise die Tür schließt, zeigt sie mir noch den erhobenen Daumen.«

182

Ute lachte und wiederholte die Geste. »Finde ich auch. Gut gemacht, Frauke.«

»Da hätte meine Mutter sicher anders geguckt, wenn sie mich mit einem Kerl in der Kiste erwischt hätte«, sagte Gero. »Egal, wer das ist.«

Dies war meine Gelegenheit, unser Gespräch umzulenken. Ich sagte: »Ja, dann erzähl du doch endlich mal. Eigentlich waren wir gerade bei dir angelangt. Wenn hier schon Fraukes und meine Abgründe ausgebreitet worden sind, können wir doch gleich noch schauen, was du so zu bieten hast.«

»Oh, bestimmt so einiges«, sagte Ute, griff unter ihre Jacke und zog ein Buch hervor, das sie in die Mitte des Tisches legte, zunächst aber mit ihren Händen verdeckt hielt. »Ich finde allerdings, wir kommen noch einmal kurz auf dich zurück, Steen.« Sie zwinkerte mir zu. Anscheinend hatte sie etwas Amüsantes im Sinn. Dann hob sie wie eine Zauberin ihre Hände an und gab den Blick aufs Buch frei. »Das ist mir gerade ins Auge gesprungen, als ich am Bücherschrank vorbeigegangen bin. Hätte nicht gedacht, dass du das hier so offen rumstehen hast.«

Es war der Krimi, *mein* Krimi. Wie jedes Mal dauerte es eine Weile, bis ich das Buch überhaupt erkannte. Das düstere, bedrohlich dunkle Cover wirkte fremd und nicht zu mir gehörig. Eine nebelverhangene Lichtung bei Nacht, schräg einfallendes Mondlicht, im Vordergrund ein Baumstamm, an den eine Gestalt gefesselt ist, von der nur die Schultern und die Hände zu sehen sind. Keines meiner sonstigen Buchcover hatte auch nur entfernt Ähnlichkeit mit diesem Motiv. Darunter stand in Giftgrün der Titel: *Gerächt*. (Damals hatte es tatsächlich eine Anfrage des Verlages gegeben, die mir so unsinnig erschienen war, dass ich zunächst nicht wusste, ob wir überhaupt darauf reagieren sollten. Es gab die Idee, dem »ä« im Titel ein durch Schrägstrich abgesetztes »e« beizufügen, um eine doppelte Bedeutung zu assoziieren – eine Geschmacksverirrung, die Ute als meine Agentin glücklicherweise zu verhindern gewusst hatte.) Ganz oben, kleiner gehalten als der Titel, beinahe nebensächlich, stand schließlich das skandinavisch anmutende Pseudonym, unter dem das Buch erschienen war. Vor- und Nachname, dazwischen eine Initiale. Auch dieser Name war mir fremd und ließ nichts in mir anklingen. Ich hatte ihn nie auf mich bezogen, und bis in meine innerste Wahrnehmung hinein war es im Grunde ein anderer gewesen, der diesen Krimi verfasst hatte.

Ute und ich sahen uns einen Moment an.

»Das kenn ich doch«, sagte Gero. »Ganz böses Buch. Richtig fies, wie der Kerl da auf der Waldlichtung fertiggemacht wird. Wie war das noch? Mit Stricknadeln?«

Frauke zog das Buch zu sich heran, und ich beobachtete sie aus den Augenwinkeln. Anscheinend hatte sie noch nicht verstanden, weshalb Ute es hervorgeholt hatte.

»Ich glaube, ich kenne nur den Film«, sagte sie. »Wir haben den damals im Kino gesehen. Stimmt doch, oder? Bisschen zu brutal für meinen Geschmack. Stricknadeln in den Gehörgang? Im Ernst? Und wie diese Brutalität in der Hauptfigur ausbricht, das fand ich ganz schön überhastet. Aber vielleicht ist das im Buch besser motiviert?«

»Überhastet?«, fragte Gero. »Gar nicht. Ich war richtig froh, als das Opfer den Spieß endlich umgedreht hat. Dieser Stalkertyp war nun wirklich nicht zu ertragen. Wundert mich nur, dass Steen so ein Buch bei sich stehen hat. Ich dachte, du magst keine Krimis?«

Ich schaute Gero an, und unwillkürlich kam mir der Gedanke, dass Robert Redford damals eigentlich die Idealbesetzung für die Rolle des Stalkers abgegeben hätte. Vor meinem inneren Auge liefen einige der Filmszenen ab, in denen jedoch nicht Redford, sondern Gero den Stalker spielte. Nachts sitzt er plötzlich auf der Bettkante der Frau. »Schlaf ruhig weiter. Im Zelt war es mir zu ungemütlich. Ich schau dir nur etwas zu. Wenn es dich nicht stört.« Es ist Frauke, die unter der Bettdecke liegt und sich schlafend stellt, im Übrigen bewaffnet mit einem Baseballschläger, den sie aber nicht zu benutzen wagt. Irgendwann verschwindet Gero lächelnd, um Nacht für Nacht wiederzukommen. »Hörst du die Nachtigall?«, fragt er jedes Mal noch, bevor er verschwindet. Dann, als Frauke es nicht länger erträgt, lockt sie Gero mit säuselnder Stimme aus seinem Zelt und nimmt ihn mit auf die Lichtung. Gero, der nichts ahnt, sondern vielmehr hofft, am Ziel seiner Träume angelangt zu sein, wird dort ordentlich von Frauke zur Brust genommen, aber anders, als er es sich erhofft hat. Sie schlägt ihn mit dem Baseballschläger nieder. Fesselt ihn an den Baum. Quält ihn mit besagten Stricknadeln. Gero brüllt. Später folgt noch die Gerichtsverhandlung, in der Frauke dem ertaubten Peiniger erstmals wieder gegenübertritt. Der stilisiert sich zum Opfer einer wild gewordenen Furie, und Frauke wird schließlich verurteilt, obwohl alle Mitleid mit ihr haben.

»Was ist denn?«, fragte Frauke, weil ich bei der Vorstellung lachen musste.

»Nichts«, sagte ich. »Gar nichts.«

Ute beugte sich vor und sah die beiden nacheinander an. »Ihr begreift es nicht, oder?«

»Was denn?«, fragte Gero.

»Ich komme mir beinahe doof vor, das auszusprechen«, sagte sie. »Liegt das nicht auf der Hand?«

Da begriff Frauke endlich. Sie fixierte mich von der Seite. »Nicht im Ernst, oder?«

»Sagen wir mal so: Ohne dieses Buch sähe das Haus hier nicht ganz so schick aus. Und nach Australien wären wir damals auch nicht geflogen.«

Ute klatschte in ihre Hände. »Hab ich doch gewusst, dass es noch ein lustiger Abend wird.«

»Ja, vielen Dank auch«, sagte ich.

Frauke schwieg. Ihr Mund stand offen.

»Ich verstehe nur Bahnhof«, sagte Gero.

»Mensch, Liebster«, sagte Ute. »Du bist wirklich schwer von Begriff. Der Name auf dem Buch ist nur ein Pseudonym. Den Autor gibt es nicht, jedenfalls heißt er nicht so.« Mit beiden Armen deutete sie auf mich und sagte: »Tata!«

Gero zögerte. »Das hat Steen geschrieben?« Er schnappte sich das Buch vom Tisch und betrachtete es eindringlich. »Du bist das?«

»Sieht so aus«, sagte ich. »Schuldig in allen Anklagepunkten.«

Er schlug das Buch auf, blätterte über die ersten Seiten und überflog ein paar Zeilen. »Entschuldige, aber das kriege ich nicht ganz zusammen. Du hast dir solch einen Krimi ausgedacht? Alle Achtung. Ich meine, der hat mir wirklich gefallen.«

»Freut mich«, sagte ich. »Eigentlich war es nur eine Wette zwischen Ute und mir. Sie hat nicht geglaubt, dass ich so was schreiben kann. Also hab ich's getan.«

»Ute wusste davon?«, fragte Frauke. »Interessant. Wirklich.«

Gero schaute sich um. »Jetzt fällt mir das erst auf: Das Haus hier könnte ja fast das Haus dieser Frau sein, dieser Stella.«

»Blitzmerker«, sagte Ute. »Und die Lichtung, auf der wir vorhin waren …«

»Stimmt. Mensch, Mensch. Finde ich ja klasse.« Gero hob sein Whiskyglas, um mit mir anzustoßen. »Ich bin begeistert! Ganz ehrlich. Das hättest du doch ruhig unter deinem Namen veröffentlichen können.«

»Oh«, sagte Frauke, »mir fielen da durchaus noch ein paar andere Dinge ein, die Steen *hätte* machen können.«

»Du hast ihr nichts davon erzählt?«, fragte Gero. »Gar nichts? Dolles Ding.«

Erneut schüttelte Gero das Buch und nickte mir zu. Dann stand er auf, um etwas Holz in die Feuerschale zu werfen. Er schnalzte mit der Zunge und wollte das Buch eben zurück auf den Tisch legen, als Utes Foto zwischen den Seiten hervorrutschte und wie in Zeitlupe auf den Tisch glitt. (Ich hatte nicht daran gedacht, dass es noch immer zwischen den Buchseiten gesteckt hatte, sonst wäre mein Puls schon deutlich früher in die Höhe geschossen.)

»Was ist das denn?«, fragte er.

Ich fasste mir an den Kopf, massierte meine Stirn und lachte.

Ute griff schnell nach dem Foto. »Du hast das aufbewahrt?«

»Aber klar«, sagte ich. »Was denkst du denn? Dass ich es wegwerfe?«

»Im Buch?«

»Tut mir leid. Wo denn sonst? Ich kann so was ja schlecht auf den Schreibtisch stellen.«

Gero beugte sich zu Ute hinüber, die das Foto reflexhaft an ihren Oberkörper presste. Er fasste danach, doch Ute ließ nicht los.

»Darf ich das nicht sehen?«

»Mir ist das etwas peinlich«, sagte sie. »Das war nur ein Witz damals. Als wir hier zusammen über eines seiner Bücher gesprochen haben, kam die Idee auf, weil Steen die ganze Zeit blöde Sprüche über die Krimis gemacht hat, die ich vertrete.« Und als hätte es keinen Sinn, sich länger aufzulehnen, legte sie das Bild vorsichtig in die Mitte des Tisches, gleich neben das Buch.

Geros Blick wanderte ungläubig von mir zu Ute. »Steen hat so ein Bild von dir? So was hab nicht mal ich. Was ist das eigentlich zwischen euch beiden?«

»Überhaupt nichts«, sagte Ute. »Das war der Wetteinsatz. Wettschulden sind Ehrenschulden. Oder etwa nicht? Hätte Steen es nicht geschafft, dieses Buch zu schreiben, hätte ich ein Foto von ihm bekommen. Ziemlich albern, ich weiß, aber damals fand ich das lustig.«

»Wirklich extrem lustig«, sagte Gero.

In diesem Moment beugte Frauke sich vor, nahm das Foto wie etwas Gefährliches zwischen zwei Finger, schaute einmal prüfend darauf und legte es wortlos zurück.

»Dürften wir dann vielleicht mal erfahren, was ihr zwei hier so allein gemacht habt?«, fragte Gero. »Davon wusste *ich* nämlich nichts. Und du, Frauke?«

Frauke schüttelte den Kopf.

Ute stöhnte auf. Anscheinend bemerkte sie erst jetzt, dass sie sich verplappert hatte. »Wir haben uns hier getroffen, um über eines seiner Bücher zu sprechen«, sagte sie. »Ganz harmlos.«

»Und das sollen wir glauben?«, fragte Gero. »Sagt mal, denkt ihr eigentlich, wir sind bescheuert?«

Frauke erhob sich, griff nach meinem Whiskyglas und kippte den gesamten Inhalt in einem Schluck hinunter. »Du hast recht«, sagte sie, ohne mich anzusehen, aber nur ich war angesprochen. »Ich weiß wenig über dich. Ich bin auch nicht sicher, ob ich viel mehr wissen möchte. Das alles ist so was von verlogen.« Das letzte Wort spuckte sie wie etwas Ekelerregendes aus, drehte sich dann um, zögerte, in welche Richtung sie sich wenden sollte, und stapfte schließlich in die Dunkelheit des Waldes davon.

»Frauke«, sagte ich noch, aber sie reagierte nicht.

»Eigentlich hab ich dich gerade was gefragt«, sagte Gero, den es nicht zu kümmern schien, dass Frauke in die Dunkelheit verschwand. »War das hier euer Liebesnest, oder wie?«

Ich winkte ab und starrte Fraukes Schatten nach, der zwischen den Farnen verschwand.

Ute griff nach Geros Unterarm, und seine Muskeln entspannten sich. »So ein Quatsch. Da war nichts. Zwischen uns ist noch nie was gelaufen. Und das mit der Wette war ganz und gar meine Idee. Steen hat nur mitgemacht.«

»Na und? Nennt er das etwa anständig? Moralisches Wohlverhalten – dass ich nicht lache. Frauke hat schon recht.«

»Vielleicht hältst du jetzt besser den Mund«, sagte Ute.

»Gerne, wenn Steen seinen endlich aufmacht.«

Ich starrte Gero an. »Ich jedenfalls weiß, dass es nicht in Ordnung ist, sich an die Frau eines anderen ranzumachen. Da brauche ich keine Nachhilfe von dir. Warum plusterst du dich überhaupt so auf? Da liegt ein harmloses Bild von Ute auf dem Tisch, ein schönes Bild. Das solltest du dir lieber in Ruhe angucken, statt dich hier so künstlich aufzuregen. Das hat sie machen lassen, bevor du überhaupt in ihrem Leben aufgetaucht bist. Und jetzt soll sie sich dafür rechtfertigen? Wohl kaum. Ich glaube, wir atmen jetzt besser alle mal tief durch.«

Bevor jemand noch etwas sagen konnte, stand ich auf, wandte mich um und ging ins Haus. Ich brauchte dringend einen Moment für mich allein. Mein Kopf dröhnte, mein

Magen rebellierte eigenartig, krampfte sich zusammen, und meine Hände, von deren Wünschen ich normalerweise nichts wusste, wollten in diesem Augenblick nichts lieber, als sich einen Stuhl zu packen, um damit alles um mich herum kurz und klein zu schlagen.

## 10

Zunächst wusste ich mit dem Geräusch wenig anzufangen. Dieses von gleichmäßigen Pausen unterbrochene Surren war nichts, was in meine Küche passte, zumindest nicht um diese Uhrzeit. Vormittags gegen elf Uhr hätte ich wahrscheinlich keine Sekunde gezögert, bevor mein Blick zur Anrichte gewandert wäre, um Beas täglichen Anruf entgegenzunehmen; jetzt dagegen brauchte es eine ganze Weile, bis ich meinen Oberkörper überhaupt aufrichtete. Gerade lehnte ich über dem Waschbecken und hatte mir Wasser ins Gesicht geklatscht, um auf klarere Gedanken zu kommen. Aus der Handfläche schlürfte ich eiskaltes Wasser, das unangenehm metallisch schmeckte. Meine Zunge wehrte sich ganz entschieden gegen diesen Geschmack. Obwohl ich durstig war, spuckte ich das Wasser kopfschüttelnd ins Becken. Erneut surrte es, und endlich schaute ich zur Anrichte auf. Dort lag zwar das Ladegerät, nicht jedoch das Tochterhandy, dessen Vibrationsalarm ich inzwischen erkannt hatte. Ich musste es am Vormittag auf lautlos gestellt haben. Wo hatte ich es bloß hingelegt? Mit dem Ärmel meines Oberhemdes tupfte ich mir den Mund trocken und wartete auf das nächste Surren. Es kam überraschenderweise aus meiner Hosentasche.

Einen Moment lang hoffte ich, dass es meine Schwester Gudrun sein würde, die sich nach ausgedehnter Funkstille wieder bei mir meldete – nur: warum? –, doch als ich das

Tochterhandy hervorzog, entzifferte ich im Halbdunkel der Küche Beas Namen auf dem Display, und augenblicklich stellte sich meine Gefühlswelt auf den Kopf. Wenn ich bis zu diesem Moment noch einen aufgebrachten inneren Monolog geführt und mir darin vor allem selbst leidgetan hatte, stieg ich nun ohne Verzögerung um auf die Vaterwelt, in der jeder ungeplante Anruf der Tochter einen Grund zur Sorge darstellte. Im Bruchteil einer Sekunde begann meine Fantasie, den plötzlichen Anstieg des Adrenalinspiegels zu unterfüttern. Auch in England war es jetzt Abend. Die Einstandsfeier der neuen Kollegin, dieser Koreanerin, kam mir in den Sinn. Vielleicht war die Feier aus dem Ruder gelaufen, und jemand hatte Bea sexuell belästigt? Vielleicht die Koreanerin? Oder Bea war in einen Verkehrsunfall verwickelt worden, weil sie die Sache mit den verkehrten Fahrbahnen durcheinandergebracht hatte? Gleich würde mir eine Krankenschwester mitteilen, dass es meiner Tochter »den Umständen entsprechend gut« gehe. (Was hieße das bloß auf Englisch?) Womöglich war dies auch Beas letzter Anruf, gnadenvollerweise von einem maskierten Jihadi gewährt, der ihr das Messer an die Kehle drückt? »Ich wollte nur noch mal deine Stimme hören, Papa …« Als ich endlich die grüne Taste drückte, um das Gespräch anzunehmen, fühlte ich mich kurz vor einer Panik.

»Bea, hallo?«, sagte ich in das Handy. »Was ist denn los?«

Ihre Stimme kam nur verzerrt und abgehackt durch. »Papa … Kann dich kaum …«

»Moment«, sagte ich, ging um den Küchentresen herum und eilte zurück in den Garten. Auf der Terrasse nahm ich aus den Augenwinkeln Gero wahr, der in Richtung Wald verschwand – ob Ute ihn wohl geschickt hatte, Frauke zu suchen? –, hechtete zum Nussbaum und starrte aufs Display. Der Empfang war gut, die Batterieanzeige dagegen blinkte.

»So, jetzt«, sagte ich. »Kannst du mich hören?«

»Ja, viel besser.«

Ich versuchte, meinen Atem unter Kontrolle zu bekommen. Die wenigen Meter von der Küche in den Garten hatten mich so sehr angestrengt, dass ich Seitenstiche hatte. Außerdem krampfte mein Magen sich zusammen. Ich stöhnte auf, lauter als gewollt.

»Was ist denn mit dir?«, fragte Bea.

»Nichts, alles gut.« Ich drückte eine Hand in meine Seite. »Ich fürchte nur, mein Akku gibt gleich den Geist auf. Hab das Handy heute die ganze Zeit über dabeigehabt und nicht aufgeladen. Muss mir gelegentlich ein neues besorgen. Also, sag schnell, warum rufst du an? Ist alles gut bei dir?«

»Aber ja. Ich gehe gleich zur Einstandsfeier runter. Die neue Kollegin hat gekocht, für alle. Am ersten Tag. Die ist sehr nett. Aber isst man in Südkorea immer so spät?«

»Keine Ahnung.«

»Mir knurrt jedenfalls seit sechs der Magen.«

»Wir haben schon gegessen«, sagte ich. »Wir leben von dir aus gesehen ja aber auch mindestens eine Stunde in der Zukunft.«

»Was gab's denn?«, fragte sie.

»Dorsch. Aber weshalb rufst du an?«

»Nur so«, sagte sie, was erkennbar beiläufig klingen sollte. »Ich wollte hören, wie es dir geht. Heute Vormittag klangst du seltsam.«

Obwohl ich es nicht wollte, traten mir Tränen in die Augen. Es rührte mich zutiefst, dass meine Tochter sich um mich sorgte. (In meinem Küchenselbstgespräch hatte ich nicht zuletzt darüber geklagt, wie einsam ich mich mit allem fühlte, mit buchstäblich allem.) Ich presste die Augenlider zusammen, um die Rührung nicht überhandnehmen zu lassen.

»Ehrlich gesagt fühle ich mich auch etwas seltsam«, sagte ich.

»Warum denn?«

»Weiß nicht.«

»Wegen des Artikels?«

»Wegen Hannes?«, fragte ich. »Nein. Aber wer weiß. Vielleicht doch. Wie kommst du überhaupt darauf? Hast du den Unsinn etwa gelesen?«

»Hab ich, ja. Aber von so was lässt du dich hoffentlich nicht ärgern.«

»Wo kämen wir da hin.«

»Eben«, sagte Bea. »Wie geht es Mama?«

Ich zögerte. »Gute Frage.«

»Was heißt das nun wieder?«

»Das heißt, dass ich gerade nicht weiß, wie es ihr geht. Muss ich sie fragen.«

»Hm«, sagte Bea. »Irgendwie klingt das alles gar nicht gut. Und ich hatte gehofft, dass ich mir weniger Gedanken um euch machen würde, wenn ich noch mal mit dir rede.«

»Es ist wirklich alles okay hier«, sagte ich und nahm mir vor, in der Beziehung zwischen Bea und mir so bald wie möglich für Klarheit zu sorgen. Unsere angestammten Rollen sollten nicht frühzeitig vertauscht werden. Bis auf Weiteres war ich der Vater, der sich um *sie* Sorgen machte und von *ihr* um Rat (und/oder Geld) gefragt wurde; Bea war die Tochter, die mir gegenüber zu nichts verpflichtet war. So durfte das gut und gerne noch einige Jahrzehnte lang bleiben, bevor Bea irgendwann zur Trösterin und Kümmerin werden konnte, wenn ich einstmals auf ihre Hilfe angewiesen sein sollte. Unter Umständen würde es dazu sogar niemals kommen, weil sich die Sache mit einem rechtzeitigen Ableben meinerseits erledigte. (Obwohl, ganz ehrlich gesprochen: Tief in mir drin war es nicht die schlimmste Vorstellung, von Bea umsorgt zu werden.)

»Das klingt nicht sehr überzeugend.«

»Dann versuche ich es anders«, sagte ich. »Wir kommen schon klar.«

Kurz blieb es still in der Leitung. Dann sagte Bea: »Papa, ich hör dich auf einmal nicht mehr.«

»Bea?« Ich wartete. Meine Worte schienen nicht zu ihr durchzudringen. Ich blickte aufs Handy. Der Empfang war eigentlich gut genug. »Bea?«

»Weg«, sagte sie. »Aber falls du mich noch hörst: *Talk to you tomorrow and take care.*«

Sie legte auf. Es war ein hässlicher, klickender Ton, mit dem die Verbindung beendet wurde, und wie immer betrachtete ich nach unseren Gesprächen das abdimmende Display meines Handys, das nach einem letzten Aufflackern schwarz wurde. Ich schaute zu Ute hinüber, die, kaum dass ich mich umdrehte, ihren Blick abwandte. Anscheinend hatte sie mich beim Telefonieren beobachtet, wollte aber nicht, dass ich das merkte.

»Weißt du, wer das eben war?«, fragte ich im Näherkommen, schenkte mir einen Whisky ein und trank. Das musste als Medizin gegen das Magendrücken vorerst genügen.

»Wer denn?«, fragte Ute, obwohl es sie kaum zu interessieren schien.

»Bea. Schon zum zweiten Mal heute. Sie hat sich wohl Sorgen um mich gemacht. Wegen Hannes.«

»Wie nett von ihr.«

»Ja, nicht? Jetzt ist es so weit gekommen, dass meine Tochter sich bei mir meldet, wenn irgendjemand etwas Gemeines über mich verlauten lässt.«

Ute schien mir gar nicht zuzuhören. Sie wirkte eigenartig schroff und abgelenkt, und ich bemerkte erst jetzt, dass sie weiterhin das Foto vor sich auf dem Tisch liegen hatte. Sie sah mich an und tippte mit einem Finger darauf.

»Weißt du eigentlich, wie viel Überwindung es mich gekostet hat, das Foto hier aufnehmen zu lassen?«

»Kann ich mir vorstellen«, sagte ich, aber Ute schnaubte nur durch die Nase.

»Das bezweifle ich.«

»Na, hör mal, ich hab mich in den Wochen, als ich an dem Buch geschrieben habe, mehrfach selbst nackt irgendwo liegen sehen, um dir ein Foto von mir zu schicken, falls ich die Wette verliere. So sicher war ich mir da zwischenzeitlich nicht. Das hätte genauso gut in die Hose gehen können.«

Sie lächelte, schüchtern, beinahe mädchenhaft. »Das hätte ich gerne gesehen, so ein Foto von dir. Nur so zum Spaß.«

»Ich war jedenfalls außerordentlich erleichtert, dass ich das nicht machen musste«, sagte ich. »Und so schön wie die Aufnahme von dir wäre es sowieso nicht geworden.«

Jetzt strahlte Ute, als hätte sie nur auf diesen Satz gewartet. »Ist schön geworden, oder?«

»Oh ja.«

Beiläufig strich sie mit den Fingerspitzen über das Foto. »Trotzdem hast du nie was dazu gesagt. Kein Sterbenswort.«

»Ich weiß«, sagte ich, aber mehr fiel mir dazu im Moment auch wirklich nicht ein. Ich wollte gerne noch etwas Weiteres sagen, etwas Nettes, Freundschaftliches, wusste jedoch auf

Gedeih und Verderb nicht, was. Mein Kopf arbeitete, wie ich einsehen musste, nicht länger verlässlich und ließ mich zusehends im Stich. Spätestens daran konnte ich merken, dass der Alkohol der letzten Stunden Wirkung zeigte. Ich kannte das. Bei mir schaukelte und drehte sich nichts, wenn ich ernstlich betrunken war; das Denken wurde nur merklich langsamer, weich und zäh zugleich. Ich musste jedes Mal an Wellen denken, wenn ich mir zu veranschaulichen versuchte, wie mein Gehirn im betrunkenen Zustand funktionierte. Überschlug sich eine Welle und lief träge über den Strand aus, dauerte es stets eine Weile, bis sich die nächste aufbaute, zusammenbrach und klackend über den steinigen Sandstrand strömte. (Einfach Welle mit Gedanken ersetzen, dann passt es ungefähr zu den Vorgängen in meinem betrunkenen Kopf.)

Ute schaute zum Waldrand hinüber, dorthin, wo Gero Frauke in die Dunkelheit gefolgt war. »Das dauert jetzt aber schon eine ganze Weile«, sagte sie. »Ob Gero Frauke nicht finden kann?«

»Um Frauke würde ich mir keine Sorgen machen«, sagte ich.

»Du bist gut. Die hat nicht mal Licht dabei. Und es war bestimmt alles andere als schön für sie, was sie da eben alles erfahren musste. Ein bisschen viele aufgedeckte Geheimnisse für einen Abend. Tut mir leid, dass ich so unheilvoll mitgewirkt habe.«

Ich winkte ab. »Ach, Quark. Frauke hat ganz andere Dinge im Kopf.«

»Umso schlimmer«, sagte Ute. »Vielleicht solltest du ihnen besser hinterhergehen. Wie ich Gero kenne, verläuft der sich auch noch. Und mich kriegen jetzt keine zehn Pferde in den Wald. Was da für Tiere herumkreuchen.« Sie schüttelte sich.

»Wie du meinst«, sagte ich. »Weit können die ja eigentlich nicht sein. Dafür ist es zu dunkel.«

»Du bist ein Retter«, sagte sie. »Wirklich. Genau das bist du.«

Also machte ich mich auf und ging über den Rasen zum Waldrand, und es war beinahe schockierend, wie anders es sich anfühlte, diesen Weg bei Nacht zurückzulegen. Ich hatte das in all den Jahren hier auf der Insel noch nie getan. Wenn es dunkel wurde, begrenzte sich mein Areal ganz selbstverständlich auf die Terrasse, wenige Meter Garten und das Haus. Um nach Sonnenuntergang von hier wegzukommen, wäre ich immer ins Auto gestiegen; zu Fuß durch den stockfinsteren Wald zu streifen, wäre mir nie in den Sinn gekommen.

Wie ich jetzt merkte, glich in der Dunkelheit auch kaum etwas dem Erlebnis vom Tage, wenn die Sonne zwischen den Blättern hindurchschimmert und ringsherum Dutzende Tierlaute zu vernehmen sind, Vogelgezwitscher oder Insektensumm. Natürlich war es zu dieser Stunde nicht vollkommen lautlos, aber doch erdrückend still. Jedes noch so leise Geräusch wirkte wie ein Dröhnen. Ein Knacken neben mir, ein Zischen, viel zu laut. Dann lärmte ein Rauschen durch das Unterholz, das womöglich vom Meer durch die Bäume kam. Außerdem roch es vollkommen anders im nächtlichen Wald, modrig und beinahe muffig, ungefähr so, wie der Kompost im Garten meiner Eltern gerochen hatte, der mir mit all dem Getier, das ihn bevölkerte, immer suspekt gewesen war. Ich schüttelte heftig den Kopf, behielt einen leichten Schwindel zurück und stapfte weiter, hinein ins Ungewisse. Mein Handy, das ich erst jetzt einschaltete, warf ein funzeliges Licht auf den Boden vor mir.

Um im Dunkeln Bedrohliches zu vermuten, war es durchaus nicht nötig, an Werwölfe, Monster oder andere Unwesen zu glauben. Hier wurden tief eingepflanzte Urängste aktiviert, die uns von der Natur sicher nicht von ungefähr eingepflanzt worden waren. Dunkelheit war keineswegs nur fehlendes Licht, sie war Gefahr, und das spürte ich mit jeder Faser meines Körpers, während ich in den Wald vorrückte. Behutsam setzte ich meine Schritte auf den trotz Handy erschreckend dunklen Waldboden, tastend und stets bereit, meinen Fuß zurückzuziehen, sobald ich etwas Verunsicherndes zu erspüren meinte. Ganz langsam begannen meine Augen, Umrisse in dem Schwarz auszumachen, das mich umgab, Baumstämme und Büsche, den Trampelpfad, über den ich immer in den Wald hineinging. Über meinem Kopf strich ein Tier vorbei, womöglich ein Kauz oder eine Eule (oder ein Drache oder Greif, an die ich nicht glaubte), vielleicht auch nur eine aufgescheuchte Fledermaus.

Ich blieb stehen und lauschte. Nichts. Wie tief hatten die beiden sich nur in den Wald hineingewagt? Nach ihnen zu rufen, kam mir nicht in den Sinn. Es wäre mir fahrlässig vorgekommen, ganz so, als würde man, von einem nächtlichen Einbruch im Bett aufgeschreckt, die Diebe auf sich aufmerksam machen, um ihnen die Arbeit zu erleichtern. (»Hier sind wir, falls Sie uns suchen, liebe Einbrecher.«) Ich lauschte noch einmal. Nichts.

Mein Gefühl sagte mir, dass ich trotz meiner tastenden Schritte ein ganzes Stück in den Wald vorgedrungen sein musste, tiefer, als mir eigentlich lieb war, doch als ich mich umschaute, erblickte ich durchs Gestrüpp einen Lichtschein im Dunkel. Es musste die Terrassenlampe sein, was bedeutete, dass ich kaum mehr als fünfzig Meter zwischen den Bäumen zurückgelegt haben konnte, und ich wägte ab, wie tief ich mich noch in den Wald hineinwagen sollte, um sicher den Rückweg zu finden. Mein Handy gab gerade restlos den Geist auf, und wie aus dem Nichts kommend, spürte ich, dass mir übel wurde, womöglich von der Anspannung, vom Alkohol, von der Dunkelheit, von allem. In Sekundenschnelle baute sich das Gefühl in meinem Rachen auf, war einfach nur widerlich, und ich schluckte es weg und atmete mehrmals beruhigend dagegen an.

Als ich ein Knacken vor mir im Gebüsch hörte, fuhr ich zusammen und kauerte mich hin. Angespannt horchte ich in die darauffolgende Stille. Nichts passierte, und ich schüttelte den Kopf über meine extreme Schreckhaftigkeit. (Immerhin hatte ich mich nicht flach hingeschmissen. Nicht auszudenken, worin ich auf diesem dunklen Waldboden gelandet wäre, Nacktschnecken, Blindschleichen oder Schlimmeres.) Gerade wollte ich mich wieder aufrichten, als es noch einmal knackte und raschelte. Ich hörte Stimmen im Dunkel. Leise Anweisungen. Frauke gab ihre Kommandos.

»Gut so«, flüsterte sie. »Bist du so weit? Da, genau, ja.«

Das kam von direkt vor mir, und nicht einen Augenblick lang bestand ein Zweifel, was dort wohl vor sich ging. Diese ruhigen, aber bestimmten Kommandos kannte ich von Frauke nur zu gut. So dirigierte sie sich und üblicherweise mich durch unsere sexuellen Eskapaden, bei denen sie nie aus den Augen verlor, dass wir beide, aber doch vor allem sie selbst auf unsere Kosten kamen. Niemals ließ sie es zu, beim Sex nicht zu bekommen, was sie wollte, und mit überraschender Abgebrühtheit bemühte ich mich, aus ihren Worten herauszuhören, wie Gero sich denn nun schlug. Lief es mit ihm so, wie sie es sich erhofft hatte? Ich zog meine Schlüsse und registrierte mit einiger Verwunderung, wie wenig es mich aus der Fassung brachte, Gero und sie hier miteinander zu ertappen. Es war keine Überraschung, sondern letztlich der folgerichtige Schritt nach allem, was bereits geschehen war.

Ruhig und konzentriert waren die beiden bei der Sache. Hier waren keine unreifen Teenager am Werk, die vor Aufregung und Anspannung nicht wussten, wohin mit sich, vielmehr lief alles zielstrebig und geordnet ab. Allerdings schien es Gero nicht zu genügen, nur zu *wissen*, was geschah; er wollte auch *sehen*, was er tat, und knipste die Taschenlampe seines Handys an. Plötzlich flackerte es hell vor mir auf, der Lichtschein strahlte in meine Richtung, ich duckte mich weg. Dann legte Gero das Handy neben sich auf den Waldboden, und es ging weiter.

Aus meiner kauernden Perspektive heraus konnte ich die beiden nun durch eine Farnpflanze hindurch beobachten. Frauke kniete auf dem Boden, ihre Jeans hing ihr zwischen Kniekehlen und Fersen. Ich sah ihren nackten Oberschenkel und den Hintern, den sie langsam kreisend hin und her bewegte. Ihren Slip hatte sie mit einer Hand beiseitegezogen, während Gero, mit aufrechtem Oberkörper hinter ihr kniend, den Blick nach unten gerichtet und das eigene T-Shirt mit dem Kinn fixierend, seine Vorbereitungen traf. Er fummelte an seiner Hose herum, die widerspenstig zu sein schien. Ich konnte eine Seite seines leicht behaarten Hinterns sehen, ein Grübchen über dem Steiß. Frauke atmete hörbar, als er in sie eindrang.

»Gut, ja«, flüsterte sie. »Genau so.«

Rascheln, tiefes Atmen und das Geräusch zusammenklatschender Haut. Frauke hielt ihren Kopf gesenkt, Gero starrte auf ihren halb entblößten Hintern, und es dauerte keine Minute, bis das monotone Stoßen und Schieben für mich als

Beobachter jeden Reiz verlor. Sex anzusehen ist nach dem ersten aufregenden Moment letztlich ja doch eher langweilig und irgendwie absurd. Ich habe das immer gedacht. Für diejenigen, die es tun, mag es großartig sein; Tausende Nervenenden werden gleichzeitig stimuliert. Beim Beobachter dagegen sind lediglich die Augen und der Kopf involviert – solange man nicht selbst masturbierte, was in meinem Fall außer Frage stand. (Es regte sich, wie ich beruhigt feststellte, ohnehin nichts bei mir, gar nichts.) Unbewegt betrachtete ich, was die zwei dort trieben, bemerkte, wie Geros Bewegungen mechanisch wurden und an Nachdruck verloren. Er schien nicht bei der Sache zu sein. Frauke blickte hinter sich und fasste nach seiner Hand, als wollte sie ihn ermahnen, endlich richtig loszulegen.

»Was ist denn?«, fragte sie. »Stimmt was nicht?«

»Doch, doch. Alles gut. Mir ist nur …« Schnell entzog Gero ihr seine Hand und hielt sie vor seinen Mund. »Ich verstehe das auch nicht. Ich glaube, ich muss …«

»Was?«

Er beugte sich zur Seite, schien zu würgen.

»Sag mal, kotzt du?«, flüsterte Frauke. »Ist das dein Ernst?«

»Ich weiß auch nicht. Zu viel getrunken vielleicht. Geht gleich wieder.«

Er würgte noch einmal, und es fehlte nicht viel, dass ich prustend aufgelacht hätte. Was für eine grundlächerliche Situation war das denn auch! Nur mit allergrößter Mühe schaffte ich es, mich zu beherrschen, und mein kontrollierter Lachreflex bewirkte immerhin, dass ich plötzlich zur Besinnung kam. Ja, war ich denn noch ganz bei Trost, hier im Gebüsch zu hocken und meiner Frau seelenruhig dabei zuzusehen, wie sie mit einem anderen Typen Sex hatte? Wieder wurde mir schlecht, Wut baute sich in mir auf, und ich spürte, wie ich meine Lippen schmerzhaft aufeinanderpresste.

Frauke hatte sich inzwischen umgedreht, hockte auf ihren Knien und wartete darauf, dass Gero sich ihr wieder zuwandte.

»Was ist jetzt?«, fragte sie. »Mir ist irgendwie auch nicht gut. Den ganzen Abend schon nicht.« Sie kicherte. »Aber so was hab ich ja noch nie erlebt.«

»Geht schon wieder«, sagte Gero und wandte sich ihr zu.

Sie sahen sich an, lange. Dann grinsten sie. Frauke schlang einen Arm um Geros Hals und küsste ihn.

Da sprang ich auf. Ich stand nur wenige Meter von ihnen entfernt in der Dunkelheit und wusste nicht, was zu tun war. Noch immer hielt ich das Tochterhandy in der Hand, so als könnte ich mich daran festhalten, und bevor ich verstand, was ich tat, holte ich aus und schleuderte es mit aller Kraft nach den beiden. Ich verfehlte sie nur knapp, und mit einem Fauchen verschwand das Handy hinter ihnen im Gebüsch.

Gero schreckte auf und blickte sich verwirrt um. »Was war das denn?«, fragte er, nahm sein Handy, leuchtete in die Dunkelheit und ließ den Lichtstrahl durch den Wald kreisen.

Ich drehte mich um und stampfte davon. Mir war es egal, ob die beiden mich bemerkten oder nicht. Der Lichtstrahl traf mich von hinten, doch ich kümmerte mich nicht darum. Sollten die beiden ruhig wissen, dass und von wem sie erwischt worden waren. (Sie konnten von Glück reden, dass ich anders als mein Onkel kein Luftgewehr zur Hand hatte.) Das Licht verschwand.

»Das war doch Steen«, sagte Gero. »Oder etwa nicht?«

»Egal«, sagte Frauke, die sich keine Mühe mehr gab, leise zu sein. »Wo waren wir stehen geblieben?«

Die Stille danach war bedrückend. Am liebsten hätte ich geschrien, so sehr schmerzte mich die Wut in meinem Bauch, und ich stöhnte auf, während ich den Wald verließ, und kümmerte mich einen feuchten Kehricht darum, was mir im Dunkeln unter die Füße geriet. Auf einmal war mir das vollkommen einerlei. Idealerweise hätte ich jetzt ohne langes Überlegen meine Sachen gepackt und schleunigst das Weite gesucht. Es war beileibe genug geschehen, um mir für die nächste Zeit zu denken zu geben, und während ich zurückging, stellte ich es mir bildlich vor: Steen nimmt Reißaus, auf und davon macht er sich, genau so, wie er es von Anfang an gewollt hatte. Einiges wäre mir erspart geblieben, wenn ich am Vormittag genügend Courage aufgebracht hätte, meinem Instinkt zu trauen und zu flüchten. Nachträglich hatte sich mein Zaudern als schwerer Fehler erwiesen. Seltsam zu sagen: Ich hatte tatsächlich geahnt, dass sich etwas Ungutes ereignen würde, vom ersten Moment an. (Was aber half es, rückblickend recht gehabt zu haben?) Womöglich war nun die Gelegenheit gekommen, endlich meinem Bauchgefühl nachzugeben. Ich würde meine Sachen in den Kofferraum schmeißen und losbrettern durch die Nacht, so wie ich es unzählige Male in Filmen gesehen hatte. Eine einsame Autofahrt, abwechselnd heulend und fluchend. Bloß weg. Nach Süden, nach Hause – obwohl mir am Ende jede Himmelsrichtung recht gewesen wäre. Hauptsache, ich brachte Land zwischen mich und all das, was hier passiert war und weiterhin passierte.

Meine Gedanken kreisten und überhäuften mich mit Ideen. Ich könnte doch auf meiner Flucht einen Umweg über den Hafen einlegen, um mich als gehörnter Gatte an dem abzuregen, was meinem Gegenspieler das Wichtigste auf der Welt war. Genau. Die *Thor* würde dran glauben müssen. Ich würde sie einfach im Hafenbecken versenken. Schon sah ich es vor mir, wie der Mast seitlich wegbrach und im Wasser verschwand. Ich malte mir aus, wie ich das Schiff demolierte. Mit all meiner Kraft würde ich Löcher in den Rumpf kloppen, den Mast kappen, die Segel zerreißen. Es tat gut, der Fantasie freien Lauf zu lassen. Die schönste Variante wäre ohnehin gewesen, die *Thor* eigenhändig aufs offene Meer hinauszumanövrieren, um sie dort zu versenken, ganz gleich, ob ich selbst dabei draufginge oder nicht. Es wäre die perfekte Schlussszene: Ich, weinend an der Ruderpinne, der das Schiff aus dem Hafen hinaussteuert, um Richtung Klintenæs loszusegeln. Dort würde ich die *Thor* an ihre letzte Ruhestätte begleiten, und an der Hafenmauer würden Gero und Frauke auftauchen und mir nachrufen: »Steen, tu das nicht! Komm zurück!« Ich jedoch segele anscheinend seelenruhig weiter, bis ich mich schließlich umwende und ihnen mit sich überschlagender Stimme zubrülle: »Fickt euch doch! Das habt ihr nun davon!«

Natürlich war keine dieser Fantasien in die Wirklichkeit übertragbar, schließlich setzten sie voraus, dass ich mich an Deck des Schiffes wagte und vor allem wusste, wie ich es in Gang brachte. Daraus konnte nichts werden, was am Ende nur eine weitere Enttäuschung an diesem an Enttäuschungen nicht armen Tag bedeutete. Die Einsicht war ernüchternd und bremste meine Rachegelüste schlagartig aus. Eigentlich hatte ich noch nicht einmal vor, das Weite zu suchen. Wieso auch? Es war schließlich *mein* Revier hier, *mein* Haus, *meine* Insel. Sollten die anderen drei doch sehen, wo sie blieben. (Am Ende wäre ich eh zu betrunken gewesen, um mein Auto sicher von der Insel zu steuern.) Vielleicht sollte ich sie alle drei vor die Tür setzen. Punktum. Sollten sie es sich meinetwegen zu dritt auf Geros Schiff gemütlich machen. Dort konnten die beiden Liebhaber Ute dann mal erklären, was im dunklen Wald zwischen ihnen passiert war. (»Ja, wir haben es getan. Aber jetzt reg dich nicht auf. Wir können das doch wohl wie Erwachsene klären.«) Utes vernichtenden Blick, mit dem sie Gero daraufhin förmlich erledigte, konnte ich mir genau vorstellen.

Noch während ich mir diese Variante ausmalte, fiel mir ein, wie unfair es wäre, Ute in den Schlamassel hineinzuziehen. Was konnte sie dafür, dass Gero meiner Frauke nicht widerstehen konnte? Oder andersrum? Richtiger wäre wohl, wir beide würden unsere untreuen Partner gemeinsam vor die Tür setzen, Ute und ich zusammen. Raus mit euch! Und sobald wir sie vertrieben hätten, konnten wir beginnen, uns gegenseitig unsere Wunden zu lecken. Schließlich waren wir beide Opfer. (Oder etwa nicht?)

Da sah ich Ute auf der Terrasse sitzen, eingehüllt in eine Decke, die sie sich aus dem Haus geholt haben musste. Ratlos schaute sie mir entgegen, und mich überkam Mitleid mit ihr. Noch war sie vollkommen ahnungslos und lebte in einer Welt, in der alles geordnet und im Lot war. Gero und sie, Frauke und ich.

»Was ist denn?«, fragte sie, als ich an ihr vorbei auf die Terrasse ging. »Hast du die beiden nicht gefunden?«

Ich blieb einen Moment stehen, zögerte. Dann sagte ich: »Doch, hab ich. Und wie. Frag sie selbst, wenn sie zurückkommen.«

»Wieso?« Sie richtete sich auf dem Stuhl auf. Ich sah ihr an, dass sie mich verstand. »Was ist denn passiert?«

»Wie gesagt: Frag sie selbst.«

Ich eilte ins Haus, stand einen Moment unschlüssig im Wohnzimmer herum und raufte mir etwas theatralisch die

Haare. Was sollte ich sonst tun? Am liebsten hätte ich jetzt mein Tochterhandy in der Nähe gehabt, um mich bei Bea auszuheulen – »Du glaubst nicht, was passiert ist. Deine Mutter hat ...« –, aber für Bea wäre es zweifellos ein mehr als schockierender Anruf geworden. Zu unser beider Glück war das Tochterhandy im Wald geblieben, mit restlos leerem Akku.

Draußen hörte ich Ute. Sie rief nach Gero, mehrfach, immer wieder, und ich nickte zustimmend. Ihr Geschrei würde den beiden im Wald den Spaß verderben, sodass es nicht mehr lange dauern konnte, bis sie zurückkehrten, und diese Rückkehr würde filmreif ausfallen. Ich fragte mich, mit welcher Haltung die beiden Turteltauben uns gehörnten Partnern wohl unter die Augen treten würden, nachdem sie wussten, dass ihr Fremdgehen kein Geheimnis geblieben war. Schuldbewusst oder erhobenen Hauptes? Womöglich gar mit Unschuldsmiene, als wäre nichts passiert? Wie auch immer: Ich wollte auf gar keinen Fall dabei sein. Von mir aus durfte Ute sich die beiden erst einmal alleine zur Brust nehmen. Ich flüchtete lieber, zwar nicht in die Ferne, dafür aber ins Schlafzimmer.

Ordentlich gestapelt lag Fraukes getragene Kleidung auf einem Stuhl; ihr Koffer stand daneben auf dem Boden. Ohne lange nachzudenken, raffte ich alles zusammen, schmiss es ins Wohnzimmer, schleuderte auch noch Bettdecke und Kopfkissen hinterher und knallte die Tür zu. Zwei Mal schloss ich ab, bevor ich mich auf die Bettkante setzte und mich mit ausgebreiteten Armen rückwärts fallen ließ. Alles drehte sich um mich, mein Gleichgewichtssinn schien durcheinander. Ich schloss die Augen, atmete bewusst gleichmäßig, doch der Schwindel ließ und ließ nicht nach.

# II

Es klopfte, wiederholt und laut. Ich spürte das mehr, als dass ich es hörte, schreckte auf und nahm wie in Trance die ruckende Bewegung der Klinke wahr, die sich am Rande meines Blickfeldes auf und ab bewegte. Jemand musste von außen an der Tür rütteln, schon wieder, und ich rollte mich zusammen und presste die Bettdecke von beiden Seiten gegen meine Ohren, um von weiteren Geräuschen verschont zu bleiben. Wie oft wollten sie es denn noch probieren? Irgendwann musste es denen da draußen doch klar werden, dass ich sie nicht sehen wollte, jedenfalls nicht jetzt. Auf Dauer würde es sich nicht vermeiden lassen, dass wir uns alle wieder gegenübertraten, aber erst später, morgen, irgendwann in der Zukunft, möglichst weit weg von jetzt. (War das so schwer zu begreifen?)

Bis auf Weiteres wollte ich für mich allein sein. Mir war hundeelend zumute, mein ganzer Unterleib schmerzte. Es war jetzt nicht mehr mein Magen, den ich spürte, der Schmerz saß seitlicher, war schwer zu lokalisieren. Er strahlte in alle Richtungen gleichzeitig aus und schien Wirbel für Wirbel durchs Rückenmark nach oben zu wandern. Etwas Vergleichbares hatte ich noch nicht erlebt, und nur langsam ging mir auf, wie verdreht ich auf dem Bett lag. Nach und nach schalteten sich die einzelnen Regionen meines Körpers ein und brachten sich, einer Art Checkliste folgend, in Erinnerung.

Hier die Beine: taub; der Unterleib: seltsam verbogen; der Rücken: verdreht; die Arme: ineinander verknotet; das Herz: rasend; der Kopf: schräg; das Kinn: fest an den Oberkörper gepresst. Von überall her strömten Meldungen auf mich ein, die alle bestätigten, dass etwas mit mir ganz und gar nicht stimmte, und ich registrierte es, ohne darüber in Panik zu verfallen, beinahe so, als wäre ich nur ein Betrachter und höchstens indirekt betroffen. Wie seltsam, dachte ich oder versuchte es zu denken. Meine Sinne waren, obwohl ich die Augen geöffnet hatte, weiterhin wie betäubt; ich war wach und dennoch halb dämmernd. Wie lange hatte ich denn geschlafen? Einige Minuten nur? Stunden? Im Moment war es unmöglich, das zu bestimmen.

Was ich jedoch klar erinnerte, war, dass es nicht lange gedauert hatte, bis das erste Mal an meiner Tür gerüttelt worden war. Keine zehn Minuten nachdem ich mich im Schlafzimmer verbarrikadiert und aufs Bett gelegt hatte, war ein Wortwechsel vor dem Haus zu hören gewesen, dann im Wohnzimmer. Frauke und Gero waren zurückgekehrt, und Ute knöpfte sich Gero vor. »Du saublöder Idiot«, keifte sie. »Kannst du dich nicht ein Mal zusammennehmen? Ein Mal nur?« Ihre Stimme wurde leiser, wahrscheinlich trieb sie ihn vor sich her durchs Haus ins Gästezimmer.

Eine Stille folgte, bis ich ein Rütteln am Türgriff vernahm. Dann ein leises Klopfen.

»Mach auf«, sagte Frauke.

Ruhig und gefasst klang sie, ganz so, als gebe es keinen Grund für irgendeine Form von Aufregung, und ich hätte augenblicklich platzen können. (Mit der pubertierenden Bea hatte Frauke früher auf genau die gleiche Art gesprochen, wenn die beiden aneinandergeraten waren und Bea sich zeternd in ihr Zimmer zurückgezogen hatte. Frauke hatte ihr stets einige Minuten Zeit gelassen, bevor sie ihr gefolgt war, um dann durch die Tür mit ihr zu sprechen: »Fein, jetzt hast du gezeigt, dass du sauer bist. Nun ist es Zeit, dass wir reden. Mach auf.«) Erneut klopfte es. Frauke wartete.

»Was soll das denn, Steen? Das ist so kindisch.«

Mittlerweile hatte ich mich aufgesetzt, blickte zur Tür und bemühte mich, möglichst leise zu atmen. Sofort war der Schwindel wieder da.

»Willst du mich hier wirklich stehen lassen? Was bringt das denn?«

Ich ließ mich aufs Bett zurücksinken. Es gab nichts, was ich hätte sagen wollen.

»Ganz wie du meinst.«

Ich konnte mir vorstellen, wie Frauke sich in diesem Moment im Wohnzimmer umblickte, zuerst das Sofa begutachtete, dann den Sessel. Mit einer dieser beiden Möglichkeiten würde sie in dieser Nacht wohl vorliebnehmen müssen.

»Ich finde, du benimmst dich wahnsinnig albern«, sagte sie, weiterhin in gefasster Tonlage. »Aber na ja, ist deine Sache. Ich weiß jedenfalls nicht, weshalb ich mich vor dir schlecht fühlen sollte. Ich habe immer mit offenen Karten gespielt. Ganz anders als du im Übrigen.«

Dann war sie verschwunden. Ich hörte noch, wie sie das Bettzeug vor der Tür zusammenraffte, bevor es still wurde. Einmal kreischte Ute auf, rasend vor Zorn. »Du Arsch«, rief sie. »Du dämlicher Arsch!« Anschließend wurde es endgültig still im Haus, ich schloss die Augen, spürte erneut, wie mein Magen sich zusammenkrampfte, drückte die flache Hand in meine Seite und schlief halb liegend, die Füße auf den Boden hinabhängend, vom einen auf den anderen Moment ein.

Meinem Gefühl nach konnten seitdem nur wenige Augenblicke vergangen sein. Ohne mir darüber klar zu werden, was das zu bedeuten hatte, überlegte ich, wie eigentümlich sich dieses Aufwachen doch anfühlte. Es war anders als sonst und so, als müsste ich aus verborgenen Abgründen ans Licht zurückfinden, aus tiefer Schwärze, sodass es sich kaum wie Wachwerden anfühlte, sondern eher wie ein Auftauchen aus dem Nichts. Waren es nun Minuten oder doch Stunden gewesen, die ich geschlafen hatte? Hatte ich überhaupt geschlafen?

Durch den Spalt zwischen Decke und Matratze erkannte ich, dass ich ans Kopfende hochgerückt sein musste. Eine Schüssel stand dort neben dem Bett auf der Kommode, ein Handtuch lag zusammengeknüllt daneben. Wie war beides dorthin gekommen? War ich etwa aufgestanden, um Schüssel und Handtuch zu holen?

Dann krachte es. Wie in Zeitlupe wanderte mein Blick zur aufspringenden Tür, und ich sah einen beschuhten Fuß auf Höhe der Klinke, der dort in der Luft zu verharren schien. Ich spürte einen unwiderstehlichen Lachreflex in mir aufsteigen. Wie albern war das denn, dachte ich. Jetzt treten sie dir die Tür ein.

»Seid ihr denn bekloppt geworden«, sagte ich oder wollte es sagen.

Die Tür federte zurück, schlug gegen den Schuh. Etwas Holz war vom Türrahmen abgesplittert und ragte spitz ins Zimmer. Jemand kam herein, und ich nahm unter der Decke Verteidigungshaltung an. Irgendetwas hatte ein Programm in meinem Kopf gestartet, Warnsätze durchschossen mich: Sie kommen. Sie haben deine Tür eingetreten. Kämpfen, Steen, kämpfen musst du. So leicht sollen sie dich nicht kriegen.

»*For helvede*«, sagte der Mann, der vorgab, wie Jepsen auszusehen. Er trug einen Blaumann, kam an mein Bett heran, und ich trat mit den Füßen in seine Richtung, sträubte mich. (Das ergab alles keinen Sinn. Jepsen, in meinem Schlafzimmer?) »*Er du okay?* Steen? Hallo?«

Der Mann, der Jepsen sein wollte, zog mir die Bettdecke weg und schüttelte mich. Als ich erneut versuchte, mich zu wehren, drückte er mich fest in die Matratze.

»Er ist hier«, rief er, und Ute kam herein. Sie schluchzte fassungslos auf, als sie mich erblickte, und führte eine Hand zum Mund.

»Herrje, bei ihm sieht es ja genauso aus«, sagte sie zu dem Jepsenmann und zeigte auf die Schüssel an meinem Bett. »Das darf doch alles nicht wahr sein.«

Der Jepsenmann fixierte mich an den Schultern und sprach zu mir. »Steen, wo ist Frauke?«

»Mir doch egal«, wollte ich sagen, schlug die Jepsenhände von meinen Schultern weg und beugte mich zur Schüssel vor, um mich zu übergeben. Ich würgte, röhrte wie ein Tier, doch nichts kam. Mein Körper übte wohl noch. Erschöpft sank ich in die Kissen zurück.

Ute kam näher und beugte sich über mich: »Steen, wir müssen Frauke finden. Irgendwas ist los mit euch. Gero geht es wie dir. Der Krankenwagen ist schon unterwegs. Aber wir können Frauke nicht finden. Wo ist sie denn?«

»Die alte Schlampe«, sagte ich, aber meine Worte schienen auf wenig Verständnis zu treffen. Selbst für mich hatte es sich nicht wie meine eigene Stimme angehört, eher wie ein Gurgeln.

»Was sagst du da? Wo ist sie? Verdammt noch mal, Steen, jetzt reiß dich zusammen.«

Ute schüttelte mich, packte mein Kinn mit ihren Fingern

und starrte mir direkt in die Augen. Ich schob ihre Hand weg und stand auf, als wäre nichts. Es war die pure Bockigkeit, die mich befähigte, das Bett überhaupt zu verlassen und schwankend ins Wohnzimmer zu gehen. Innerlich fluchte ich vor mich hin. Ja, waren die denn alle bescheuert? Musste ich denn wirklich alles alleine machen?

»Ich verstehe das nicht«, sagte der Jepsenmann, als ich an ihm vorbeitorkelte. »Der Fisch war ganz frisch. *For helvede.*«

Ich lachte ihn an. »Ha, sehr lustig. Wie der Fischmann bei Asterix. Wie heißt der noch? Verleihnix? Ganz frisch aus Lutetia. *Præcis!*«

Der Jepsenmann schien mich nicht zu verstehen.

Ich winkte ab, baute mich dann demonstrativ vor dem Sofa auf und zeigte den beiden, was doch wohl offensichtlich war. Da lag Frauke. Oder etwa nicht? – Wo war sie? Ich raffte die Kissen und Decken beiseite, als ob sie sich darunter versteckt haben könnte, und begriff die Welt nicht mehr.

»War sie die ganze Nacht nicht bei dir?«, fragte Ute.

Ich sah sie kurz an, dann schlug ich beide Hände vor den Mund und eilte in die Küche, beugte mich über das Waschbecken und kotzte hinein. Mit Mühe schaffte ich es, den Wasserhahn aufzudrehen, um die Sauerei wegzuspülen, und schlürfte etwas Wasser gegen den ekelhaften Geschmack im Mund. Ich konnte gar nicht genug trinken und hätte heulen mögen, so elend fühlte ich mich.

»Ganz frisch«, sagte der Jepsenmann, und da hörte ich aus dem Gästezimmer ein Röhren. Gero stöhnte. Er rief nach Ute, die durch das Wohnzimmer zu ihm eilte. »Ganz frisch.«

Ich schnaufte Jepsen spöttisch an, tippte mir an die Stirn und starrte aus dem Küchenfenster auf die Auffahrt vorm Haus. Dort saß ein Kaninchen auf dem Rasen, direkt neben

Fraukes Renault, und ich war mir sicher, dass es das gleiche Kaninchen war, das sich uns gestern in den Weg gesetzt hatte. Frauke und dieses Kaninchen hatten sich gemocht. Das war unschwer zu erkennen gewesen. So gut ich es konnte, schaute ich zu dem Tier hin. Grauschwarz war es, kleine Ohren, und ich hätte schwören können, dass es versuchte, mir Zeichen zu geben. Irgendwie lenkte es meinen Blick auf Fraukes Renault, dessen Scheiben beschlagen waren.

»Ist sie etwa da drinnen?«, fragte ich durch die Fensterscheibe das Kaninchen, und das Kaninchen nickte mir zu. Dann hoppelte es davon und verschwand im Unterholz. Seine Arbeit war erledigt.

Ich wandte mich dem Jepsenmann zu, der verzagt wirkte, zeigte aufs Küchenfenster und sagte: »Da draußen. In ihrem Wagen. Frauke.«

Diesmal verstand der Jepsenmann mich. Er zögerte nicht lange und spurtete los.

Ich blieb allein in der Küche zurück, erschöpft und aufgewühlt, und obwohl es keinen Sinn machte, konnte ich meinen Kopf nicht davon abhalten, alles verstehen zu wollen. Ich grübelte und dachte, ohne zu einem Schluss zu kommen, während ich gleichzeitig damit beschäftigt war, irgendwie bei Sinnen zu bleiben. Ich drückte meinen Rücken durch und nahm Haltung an.

Was war hier los? Jetzt mal systematisch, Steen. Anscheinend hatten mindestens Gero und ich uns den Magen verdorben. Lebensmittelvergiftung, klar, und natürlich war Jepsen schuld, vielmehr sein angeblich so frischer Fisch. Frisch, dass ich nicht lache! Jepsen würde sich noch umsehen, wenn wir alle erst mal wieder auf den Beinen waren. Dem würde ich gelegentlich etwas über Hygienevorschriften erzählen. Er war

214

eben doch ein stinkender Fischhändler, da halfen auch Parfüm und andere Duftwässerchen nichts.

Im Stehen schwankte ich vor und zurück, hielt mich sicherheitshalber am Wasserhahn fest und sah Jepsen durchs Küchenfenster zu Fraukes Auto eilen. Er rüttelte an der Tür, er rief wohl auch nach ihr, aber sie öffnete ihm nicht.

Das hätte ich ihm auch vorher sagen können. Frauke tat ganz recht daran, sich vor Jepsen in Acht zu nehmen. Wer wusste denn, wozu dieser Fischmann noch fähig war.

»Lass ihn nicht rein«, sagte ich gegen das Fenster.

»Was ist?«, rief Ute aus dem Gästezimmer, die mich gehört haben musste. »Bin gleich bei dir, Steen. So eine Scheiße. Wo bleibt nur dieser Rettungsdienst? Gero? Hörst du mich? Verflixt.«

Ich schüttelte unwillig den Kopf. Ute verstand das alles eh nicht. Ihr ging es viel zu gut. Aber warum eigentlich? War ihr Verlagsvertreterinnenmagen vom vielen Auswärtsessen derart gestählt und unempfindlich, dass ihm selbst verdorbener Fisch nichts anhaben konnte? Das war doch wohl mal eine berechtigte Frage. Gerade als ich mich zum Gästezimmer umwenden wollte, um sofortige Aufklärung in dieser Sache von Ute zu verlangen, sah ich den Jepsenmann draußen auf der Auffahrt, wie er mit einem Stein auf das Beifahrerfenster des Renaults eindrosch. Es war einer der Steine, die Frauke von ihren Wanderungen mitgebracht hatte und mit denen sie die Auffahrt verzierte, größere Flintsteine, gerne mit durchgehendem Loch. Frauke mochte diese Dinger gerne. Schwungvoll schleuderte der Jepsenmann den Stein gegen das Fenster, das Glas zerplatzte. Vorsichtig klopfte er die in tausend Splitter gesprungene Fensterscheibe ins Auto, griff durch die Öffnung und zog die Wagentür auf.

»Sag mal, spinnst du denn, Däne!«, rief ich, als er seinen Oberkörper in den Wagen beförderte. »Nicht ganz dicht, oder was? Lass meine Frauke in Ruhe!«

Er zerrte und zog, nur sein Hinterteil war zu sehen. Dann hob er Frauke aus dem Auto und trug sie wie ein Fischer eine Ertrunkene auf den Unterarmen, während er sich Hilfe suchend umblickte. Frauke war bewusstlos, ihr Oberhemd verschmiert. Weinerlich schaute der Jepsenmann zum Küchenfenster und hob die Schultern.

»Ganz frisch«, sagte er anscheinend.

Da durchzuckte mich ein Geistesblitz, traf mich wie ein Schlag. Pilze. Es waren die Pilze gewesen, verdammt noch mal.

Plötzlich drehte der Jepsenmann sich um und schaute zur Auffahrt. Ein Krankenwagen kam herangefahren, Blaulicht blitzte, doch ich sah das nur wie durch einen Schleier.

Pilze. Klar. Nur wir drei hatten davon gegessen.

Mein Atem stockte, ich schwankte, die Beine wollten mich nicht länger tragen, und im Fallen fasste ich nach dem Wasserhahn, verfehlte ihn jedoch und schlug unsanft auf dem Küchenboden auf. Da lag ich nun und schluchzte. Unfähig, mich zu regen, kotzte ich im Liegen auf den Küchenboden, das eklige Zeug suchte sich seinen Weg zwischen den Fliesen entlang, und während mir wie in Zeitlupe schwarz vor Augen wurde, dachte ich klipp und klar: Nicht der Jepsenmann war schuld, ich war es. *Ich*. Und jetzt, mein lieber Steen, wirst du bewusstlos …

Keine Ahnung, wie viel Zeit bis zu meinem nächsten erinnerbaren Gedanken verstrich. Wie in Schüben kam ich wieder zu mir und nahm, noch bevor ich meine Sinne nach außen richten konnte, alles Innere meines Körpers wahr. Schmerzen überall, vor allem in der Bauchgegend, außerdem im Rücken und im Kopf. Bei meinem Sturz musste ich mir den Hinterkopf gestoßen haben. Ich krümmte mich zusammen, wollte es zumindest tun, konnte mich jedoch nicht einen Zentimeter rühren und stöhnte auf. Jemand rüttelte an meiner Schulter. Gelbe Jacke, ein Mann, der sich über mich beugte.

»*Hej*«, schrie er. »*Hej, Steen! Stay with us.*«

Die Stimme war schrill und kaum zu ertragen; zudem dröhnte es höllisch in meinen Ohren. Ich spürte einen Wind, der über mich strich, und blickte mich nach allen Seiten um. Das war nicht mehr mein Haus, in dem ich auf dem Küchenboden lag. Stattdessen befand ich mich auf einer Liege, irgendwo draußen, unter einer knisternden Wärmedecke, festgeschnallt. Und dieser Grashügel neben mir – das musste das Hünengrab sein, das wir immer besuchten. Wie hieß das noch? Store Klintjættestue oder Klints Tvillingsjættestue? Darüber zermarterte ich mir den Kopf, während ich mehr und mehr das Bewusstsein zurückerlangte. (Streng dich an, Steen. Denk nach. Du weißt den richtigen Namen.) Ein Helikopter stand mit drehenden Rotorblättern abflugbereit auf dem Grasplatz neben dem Hünengrab. Wo waren die anderen? Gero? Frauke?

»Wo sind die anderen?«, fragte ich.

»*Den er okay*«, schrie der Sanitäter. »*They are in good hands. We will take care of you all. Just stay awake.*«

Er sagte noch etwas von »*Hospital*« und »*another Helicopter*«, doch ich verstand den Sinn nicht. Immerhin aber schaffte ich es, das Namensschild an seiner Jacke zu entziffern, und ich habe den Namen nicht wieder vergessen: *Troels*. Troels also wollte mich retten. Wie nett von ihm. Ich war regelrecht gerührt und hätte weinen mögen.

Auf einmal jedoch durchzuckte mich ein Schmerz, der derart durchdringend und allumfassend war, dass ich aufschrie. So musste es sich anfühlen, wenn einem jemand ein Messer in den Bauch rammt. Zunächst zieht es nur an einem Punkt, eine Schrecksekunde lang spürt man nichts, ist taub für jede Empfindung, doch dann breitet sich der Schmerz aus, ist einen winzigen Augenblick lang sogar schön, ein wohliges Erschauern, bevor ein Brennen und Stechen alles überschattet. Der reine Schmerz gewinnt die Überhand. Ich brüllte auf wie ein Ochse und hätte schwören können, dass in dieser Sekunde etwas in mir starb. Noch war es nicht der ganze Körper, aber ein Teil. Ich fühlte, dass mir etwas abhandengekommen war, etwas, dessen Präsenz ich nie zuvor bewusst gespürt hatte, und mich überflutete Traurigkeit. Ich hatte ja nicht geahnt, was einem alles verloren gehen konnte, und wäre es möglich gewesen, hätte ich mich nun schützend über alle übrig gebliebenen Teile meines Körpers geworfen, über die Organe, Knochen, Sehnen und Knorpel. Das alles bekam auf einmal einen unschätzbaren Wert für mich. Aufhören, dachte ich, bitte, ich brauche das alles noch. Doch mit dem nächsten Schub, der nächsten Schmerzwelle, die mich überrollte, wurde mir klar, dass ich nichts ausrichten konnte, gar nichts. Etwas in mir kämpfte gegen mich an, ohne dass ich eine Chance hatte, mich dagegen zu wehren. Und offensichtlich war ich dabei zu verlieren.

»Selbst schuld«, sagte ich oder dachte es. »Das hast du dir alles ganz allein eingebrockt.«

Dann schwebte ich. Die Liege wurde angehoben. Jetzt wollten sie mich in den Helikopter verladen, aber ich zuckte hin und her, was mir einen strafenden Blick von Troels einbrachte. Es war dieser Arztblick, diese professionelle Enttäuschung über Patienten, die nicht wissen, wie sie sich zu benehmen haben, damit ihnen geholfen werden kann. Ein umfassendes schlechtes Gewissen überkam mich. Ich schämte mich meiner selbst, und in einer wirren Rede, die wahrscheinlich nur ich verstand, bat ich meine Helfer, mich doch bitte, bitte hier liegen zu lassen.

»Kümmert euch um die anderen«, sagte ich. »Werft mich ruhig in die Grabkammer zum Riesen. Das geht schon in Ordnung. Neben ihm ist doch Platz genug. Lasst mich einfach verrecken. Es ist doch alles meine Schuld. *Det er min skyld.* Versteht ihr? *I am to blame.*« Sie reagierten nicht, als hörten sie nicht, was ich sagte. »Lasst mich hier, verdammt noch mal! Hört mir überhaupt jemand zu?«

Ich gab es auf. Niemand schien zu beachten, was ich sagte, und vermutlich sagte ich es auch nicht, sondern dachte es nur. Mit eingeübten Handgriffen verluden sie mich in den Helikopter. Leute waren über mir, neben mir. Die Türen wurden geschlossen. Ich konnte das alles kaum sehen, hatte mit meinem Inneren zu tun, und als wir abhoben, plötzlich, durchfuhr mich ein weiterer Schmerz. Ich legte den Kopf zur Seite und kotzte einen breiten Schwall auf den Helikopterboden.

»*Shit.*« Troels schob mir ein Gefäß unter das Gesicht und wischte mit einem Papiertuch über die Liege.

»*Undskyld*«, sagte ich. »*Undskyld.*«

Und dann sah ich aus dem Fenster neben mir die Brücke, die meine kleine Insel mit dem Festland verband. Vermutlich flogen wir in diesem Moment einen sanften Bogen. Nach Norden? Nach Süden? Von oben betrachtet, wirkte meine Insel vollkommen unerheblich, ein winziger Flecken im Meer, eigentlich kaum der Rede wert. Genau das hatte ich schon öfter empfunden, aber noch nie so tief und ernst wie in diesem Augenblick, und gerade jetzt war ich mir obendrein nicht sicher, ob ich mit dieser Empfindung tatsächlich die Insel oder nicht am Ende doch vor allem mich selbst meinte.

Danach

# I

Ich sehe es vor mir: die Waldlichtung, die Birkeninsel in der Mitte und meine Schuhe auf moosigem Grund. Jeder meiner Schritte schwankt und federt, als bewegte ich mich nicht über ein sicheres Stück Waldboden, sondern über einen mit nur dünner, wattiger Erdschicht überzogenen Schlund. Ich fürchte, dass das Moos jeden Moment unter meinem Gewicht nachgeben und aufreißen wird. Und natürlich geschieht genau dies. Gerade als sich meine Hand mit einem Messer dem Pilz nähert, den ich entdeckt habe – gelblich, beinahe handtellergroß, ein wahrer Prachtkerl –, verliere ich den Halt und knicke seitlich weg. Ein Loch tut sich unter mir auf und verschluckt mich mit Haut und Haaren. Kein Schrei, kein Laut entweicht meiner Kehle. Es ist ein stilles Verschwinden, auf das weitere Stille folgt, und im Sturz sehe ich, wie das Erdloch sich langsam über mir schließt, als wäre nichts gewesen. Ein Specht sendet mir noch Klopfzeichen nach, die zwischen den Schlundwänden hin und her geworfen werden und mich als unverständliches Durcheinander erreichen. (Was soll das bedeuten, Specht? Ein Morsecode? S.O.S.? Als ob ich das nicht längst begriffen hätte.) Ungebremst stürze ich in die Tiefe, die unverkennbar nach Kompost riecht, feucht und modrig. Ich falle und falle, denn der Boden, den ich undeutlich zu erahnen meine, weicht unter mir ständig weiter zurück. Ein Ende ist nicht in Sicht, und anders als in manchen Geschichten und Erzählungen werde ich in dieser Situation nicht wach, um erlöst aufzuatmen. Nein, für mich geht es weiter, immer weiter. Der Sturz und die damit verbundene Angst dauert an, eine unerlaubt lange Zeit, sodass ich irgendwann kraftlos werde und wie Alice, als sie hinter dem Kaninchen her ins Wunderland stürzt, im Fallen beinahe einschlafe. Da erst wache ich auf.

Dies war ein wiederkehrender Traum von mir, der mich in den Wochen und Monaten nach dem Inselunglück ständig zu ereilen drohte. Überall und jederzeit schien er auf eine Gelegenheit zu lauern, sich in mein Bewusstsein einzuschmuggeln, und die Auswirkungen auf meinen Gemütszustand, die diese ununterbrochene Bedrohung mit sich brachte, waren verheerend. Zeitweilig fürchtete ich mich so sehr vor diesem Traum, dass ich es mir schlichtweg untersagte einzuschlafen, bloß weil ich müde war. Müde sein allein genügte nicht als Grund. Es musste schon mehr dazukommen, im Idealfall totale Entkräftung und Gefühlstaubheit. Wenn es mir nämlich gelang, so ausdauernd wach zu bleiben, dass ich schließlich vor Erschöpfung gewissermaßen unbemerkt einschlief, bestand immerhin Anlass zur Hoffnung, dass ich vom gerade noch Wachsein in eine traumlose Schwärze abdriftete, in der mich keine Waldlichtung erwartete, kein Moos, gar nichts.

Das war der Zustand, nach dem ich mich eigentlich sehnte. Mein Wunderland war ein Garnichtsland, in dem ich von allem und jedem in Ruhe gelassen wurde. In dieses Garnichts wollte ich mich verkriechen; nichts anderes wünschte ich mir. Die Alternativen zum Garnichts, sprich: das Träumen wie das Wachsein, waren mir zu dieser Zeit fast gleichermaßen unerträglich und verhasst – wobei Letzteres immerhin den Vorteil besaß, dass ich zumindest die theoretische Möglichkeit hatte, Einfluss auf die Geschehnisse zu nehmen, weshalb ich es dem Ersteren doch vorzog. Aber es blieb eine Wahl zwischen Pest und Cholera.

An die ersten Tage auf der Intensivstation der Kopenhagener Klinik habe ich nur wenige klare Erinnerungen; alles scheint wie hinter einem Gazevorhang stattgefunden zu haben, durch den ich nur unscharf erkannte, was um mich herum vor sich ging. Übertrieben ruhige Ärzte und Ärztinnen, Krankenschwestern und Pfleger hantierten an mir und meinem Körper herum, den ich wie etwas Außenstehendes wahrnahm, das kaum mit meinem eigentlichen Ich verbunden zu sein schien. Frauke und Gero lagen, wie mir mitgeteilt wurde, gar nicht weit entfernt in den benachbarten Zimmern, was mir angesichts der zurückliegenden Ereignisse doch wie eine Ironie des Schicksals vorkam. Durch das Unglück blieben wir als Dreiergespann verbunden, jeder mit den jeweils eigenen, ganz persönlichen Komplikationen ringend.

Die eigentliche Diagnose war schnell erstellt gewesen. Schwere Vergiftungserscheinungen nach dem Verzehr von Pilzen. Troels hatte das noch während des Fluges klar erkannt – »*Mushrooms, yesterday*«, hatte ich wohl gestammelt, woraufhin sich für einen Moment besorgniserregende Falten in seine Stirn gegraben hatten. Ekelhafte Kohlebrühe wurde zunächst verabreicht, um die letzten Spuren des Giftes aus dem Darm zu spülen; eine Maßnahme, die eher zur Gewissensberuhigung stattfand, da mehrere Stunden nach Verzehr der Pilze in dieser Sache sowieso kaum noch etwas auszurichten war. Das Gift war längst im Blut gelandet und verrichtete dort sein nierenschädigendes Werk. Es handelte sich um sogenanntes Orellanin – eines dieser Wörter, die mir bis dahin vollkommen unbekannt gewesen waren und die nun in meinen aktiven Wortschatz übergingen. (Genauso wie all die anderen Wörter, die in der Folgezeit hinzukamen: Hämodialyse, Fistel, Urämie, Kreatinin …) Ich erinnere mich an mörderische Bauchschmerzen, aber das kann später gewesen sein. Als wichtigste Maßnahme wurde mir ein Katheter an die Halsvene gelegt, um so schnell wie möglich mit der Blutwäsche zu beginnen. Das Dialysegerät lief pausenlos neben meinem Bett, tags wie nachts, leise rauschend. Nach und nach wurden die gemessenen Werte angeblich akzeptabel.

Zu Anfang war ich ein guter Patient, pflegeleicht und bereit, mich auf alles, was vorgeschlagen wurde, einzulassen. Kein Jammern von meiner Seite. Kein übermäßig depressives Verhalten. Nachdem mir der dänische Oberarzt die Nachricht über den vollständigen Verlust meiner Nierenfunktionen überbracht hatte, was mich naturgemäß schockierte (umso mehr, da es sich bei Frauke wie Gero genauso verhielt), klammerte ich mich für kurze Zeit an die beiläufige Bemerkung, es sei durchaus möglich, dass die Nieren sich teilweise oder ganz wieder erholten. Das waren doch immerhin Aussichten. Wenn es schon bei mir nicht aufwärtsging, so konnte es wenigstens bei Frauke und meinetwegen auch bei Gero besser werden. (Aber die Hoffnung bewahrheitete sich nicht, bei keinem von uns.) Mit aller Redlichkeit, zu der ich fähig war, bemühte ich mich zunächst um Zweckoptimismus, weil Selbstheilungskräfte schließlich aller Erfahrung nach den Ausschlag geben über Erfolg oder Nichterfolg einer Therapie. Also, lieber Steen, konzentriere deine geringen Denkkapazitäten auf gute Aussichten. Alles kann besser werden. Deine Aufgabe ist es jetzt, zurück auf die Beine zu kommen. Nur Mut!

Aber meine Stimmungen schwankten und schlugen bei kleinsten Veränderungen in alle Richtungen aus. Und das schlauchte. Ich spürte meine Kräfte schwinden und döste bald nur noch wie in Trance vor mich hin. Zwar war ich weiterhin ansprechbar und zweifelsfrei bei Bewusstsein, aber wirklich erreichbar war ich nicht. Wenn Krankenhauspersonal mit mir sprach und mir die Lage erklärte, begriff ich kaum etwas. (Krankentransport nach Hamburg? Wie denn? Wann denn? Und die anderen? Und was will Gero überhaupt in Hamburg? Der muss doch wohl woanders hinkommen?) Meine Verwirrtheit muss ich allerdings derart erfolgreich kaschiert haben, dass sich alle Welt zufrieden mit mir zeigte. Oder aber niemand erwartete überhaupt ein Verständnis von mir, dem Patienten, und alle kamen, indem sie mich über meinen Zustand oder die erforderlichen Schritte in Kenntnis setzten, lediglich einer lästigen Pflicht nach.

Ein Tiefpunkt, der mir deutlich in Erinnerung geblieben ist, war ein Besuch von Ute, die auf einmal neben meinem Bett saß und meine Hand hielt. Es muss am ersten Abend gewesen sein, Stunden nach Einlieferung in die Klinik, als sich alles noch in der Schwebe befand. Ich hatte geschlafen und war mehr als froh, dem Traum zu entkommen, von dem ich erstmals heimgesucht worden war. Ute führte meine Hand an ihre Wange, die nass war von Tränen.

»Mensch, Steen«, sagte sie, und noch einmal: »Mensch, Mensch.«

Mich übermannte ein Gefühl, das ich erst später zu benennen lernte, eine Rundumempfindung, die jede andere Regung erstickte, so raumgreifend belegte sie mein Gemüt. (Der Einfachheit halber taufte ich dieses Gefühl schlicht »die Große Traurigkeit«.) Ich war unfähig, etwas zu äußern, und sogar Ute, die sonst in jeder Lebenslage patent und zupackend wirkte, schien von einer Ratlosigkeit ergriffen zu sein, die ihr so weltzugewandtes Wesen verstummen ließ. Wir schwiegen beide, betroffen davon, keine Worte für diese Gelegenheit zu haben.

Dann durchfuhr mich ein Gedanke. Ich schreckte förmlich hoch, versuchte, mich im Bett aufzusetzen, und spürte schmerzhaft das Ziehen an meinem Hals, als der Venenzugang unter Spannung geriet.

»Bea«, sagte ich. »Jemand muss …«

»Schon geschehen«, sagte Ute und drückte mich sanft in die Kissen zurück. »Ich hab sie angerufen. Sie war ganz ruhig und gefasst.«

Ich schluckte, und selbst das schmerzte in diesem Augenblick, nicht körperlich, sondern eher als Ereignis, das eine Endlichkeit erhielt, die ich damit niemals zuvor in Verbindung gebracht hatte. Mit welchem Recht schluckte ich überhaupt? Und wie oft würde ich noch schlucken können?

»Bea hat mich darum gebeten, sie auf dem Laufenden zu halten«, sagte Ute. »Ich soll mich bei ihr melden, sobald raus ist, wie es mit euch weitergeht. Ich glaube, sie würde am liebsten herkommen.«

»Herkommen?«, fragte ich. »Aus England? Das ist doch nicht nötig.«

Ute biss auf ihre Unterlippe und sog Luft ein. Ich verstand, und wie eine plötzlich hereinbrechende Flut überströmte mich das Verlangen, meine Tochter zu sehen, einmal noch, bevor … Weiter dachte ich nicht und umfasste Utes Hand.

»Du musst mir versprechen, dich um Bea zu kümmern …«

Wieder führte Ute meine Hand an ihre Wange. »Sei nicht verrückt. Ihr kommt schon alle wieder auf die Beine. Wirst sehen. Und Bea kann außerdem sehr gut auf sich selbst achtgeben.«

»Versprich es mir«, sagte ich.

Diese Aufforderung erst führte mir vor Augen, *wie* schlecht es um mich stehen musste. Ich glaubte eigentlich nicht an die Sinnhaftigkeit solch erzwungener Zusagen. In Filmen oder Romanen schienen Menschen sich zwar ständig die allergrößten Versprechen zu geben oder abzunehmen. (Ich hole uns hier raus – versprochen! Du lässt mich niemals allein – versprochen? Papa kommt bald wieder – versprochen ...) Ich dagegen hatte in meinem ganzen Leben niemals zuvor das Bedürfnis verspürt, mich selbst oder jemand anderen derart an eine Aussage zu binden – außer vielleicht Frauke, als wir heirateten. Die Situation hatte meine Haltung in dieser Frage anscheinend grundlegend verändert.

»Das ist doch selbstverständlich«, sagte Ute.

Ich wollte mich auf die Seite drehen, um ihr den Anblick meiner tränenunterlaufenen Augen zu ersparen, aber der Schlauch an meinem Hals verhinderte es. Ein umfassendes Leid überfiel mich, ein Lebensschmerz. Dazu die Sorge um Bea, um Frauke, um Ute, womöglich um Gero und zuletzt, ganz zuletzt um mich selbst. Es war zum Heulen. Und was soll's: Ich heulte.

Ute beugte sich über mich und schmiegte ihr Gesicht an meines, während die mir mit einer Hand durch die Haare strich. »Ist schon gut, mein Steen. Das wird alles wieder. Wirst sehen.« Die üblichen Plattitüden, die in derartigen Situationen gerne von sich gegeben werden, offenbar aber aus gutem Grund, denn sie verfehlten auch bei mir ihre Wirkung nicht. Ich beruhigte mich und atmete gleichmäßig.

»Es ist alles so fürchterlich«, sagte ich. »Was hab ich nur getan?«

»Getan?«, fragte Ute und richtete sich auf. »Nichts. Red dir das bloß nicht ein.«

229

Von da an ging es abwärts, stetig und unaufhaltsam. Mein anfängliches Bemühen, eine konstruktive Haltung zu wahren, konnte ich nicht lange aufrechterhalten, und eine Reise ins Dunkel begann, deren Ende nirgends erkennbar war. Kein heller Strahl in Sicht, nirgendwo ein Licht, an das ich mich hätte halten können. Die Große Traurigkeit packte mich immer fester, was die Notwendigkeit ergab, mich auf irgendeine Art von allem zu distanzieren, um trotz der Schwärze, die ich empfand, durchzuhalten. Was mit mir, mit uns geschah, rückte ich innerlich in möglichst weite Ferne. Ich ließ es einfach über mich ergehen, als wäre ich von alldem unbetroffen. Verlegung nach Hamburg – bitte schön, wenn ihr meint, dass das der richtige Zeitpunkt ist. Einzelzimmer für Frauke und mich – mir egal, wenn Frauke darauf besteht. Macht einfach, was ihr für nötig haltet. Ich bin fürs Erste einmal weg. Abgetaucht. Wir sehen uns irgendwann wieder, später. Weiß noch nicht, wann. Ich melde mich. Bis dann denn, Euer Steen R. Friis.

Die Unantastbarkeit, die ich damit anstrebte, blieb auf Dauer jedoch nur ein hehrer Wunsch. Tief in mir drinnen war ich verletzlich wie eh und je. Das Einzelzimmer in der Altonaer Klinik, das ich nach rumpelnder Transportfahrt bezog, war wie ein Schlag ins Gesicht. Frauke, die ich auf dem Transport wiedergesehen hatte – »Hallo«, hatte sie gesagt und sich Kopfhörer in die Ohren gestopft, um auf der ganzen Fahrt kein weiteres Wort mit mir zu wechseln –, hatte sich nicht einmal von mir verabschiedet, bevor sie in ihrem Zimmer verschwunden war, das schräg über den Klinikflur lag. Ich hätte auf der Stelle zusammenbrechen mögen, schaffte es aber, mich zusammenzureißen und in mein Zimmer zu gehen. Dort stellte ich die Tasche in den Schrank, die Ute für mich gepackt hatte, wie sie es auch für die anderen beiden getan hatte; sie war noch vor uns zusammen mit Gero in einem weiteren Krankentransport gestartet, der ihn nach Rostock bringen würde. (Es wäre durchaus gelogen zu behaupten, dass ich unglücklich darüber gewesen wäre, Gero nicht noch einmal begegnet zu sein.) Unser Dreiergespann hatte sich in seine Einzelteile aufgelöst, und ich begann mich zu fragen, ob es eine Zweisamkeit danach überhaupt noch geben konnte.

Mein Verlag hatte Blumen geschickt, die in einer viel zu großen Vase auf einem Tischchen in der Zimmerecke standen. Auf einem Kärtchen las ich, dass meine Schwester Gudrun um Rückruf bat, sobald ich mich besser fühlte. Ich ließ mich auf dem Stuhl neben dem Tisch nieder, schaute auf das unbenutzte Bett, die Laminatschrankwand, den Fernseher und heulte los. Schon wieder. Das schien zu einer Marotte zu werden, an die ich mich wohl gewöhnen musste.

Und die Zeit stand still. Stundenlang döste ich antriebslos in meinem Bett herum, obwohl ich genauso gut hätte aufstehen können – aber wozu? –, und war nur damit beschäftigt, auf gar keinen Fall einzuschlafen. Der Fernseher lief; ich schaute nicht einmal hin. Das Telefon hatte ich nicht angemeldet, um keine Anrufe zu erhalten, besorgte Nachfragen von Freunden oder Kollegen, wie nett auch immer sie gemeint waren. Eine Ewigkeit lang starrte ich aus dem Fenster in den bekannten Altonaer Himmel. Immer wieder Untersuchungen, Behandlungen, regelmäßig Dialyse. Allein die Visiten von Dr. Beermann und seinem Team fleißiger Bienchen, wie er sie nannte (obgleich es vor allem schlaksige Drohnen waren, die ihm auf dem Fuß folgten, männliche Aspiranten, die vermutlich alle planten, eines Tages ebenfalls als Professor Dr. Dr. mit zugehörigem Anhang in die Patientenzimmer zu rauschen), waren in ihrer streng gehaltenen Kürze eine Art Ablenkung. Dr. Beermann gefiel mir ausnehmend gut mit seiner Physiognomie eines alten Seebären und seinen rot-blau geäderten Hängebacken. Die dünnen, verästelten Äderchen schienen jedes Mal eine andere Landkarte auf seine Wangen zu zaubern, ein Umstand, der mich anhaltend faszinierte. Er war ein hochverdienter Nephrologe, dessen Expertise weithin bewundert wurde, eine Koryphäe der Nierenheilkunde mit kleiner Privatpraxis, die er mir geschäftstüchtig sogleich ans Herz legte für die weitere Behandlung, wenn ich erst einmal das Gröbste überstanden hätte und »aus dem Bums« hier raus wäre. Er war belesen, ein Literaturmensch, der gerne und viel redete.

»Guter Mann«, sagte er etwa, wenn er im weißen Kittel mit Werbekugelschreiber seiner Praxis in der Reverstasche hereinwehte, »wie ist das werte Befinden heute? Gut oder sehr gut? Na, Sie halten sich jedenfalls anständig, wie ich sehe. Sie verstehen schon: anständig. Kleine Anspielung. Kann aber noch nicht behaupten, dass wir mit Ihnen schon ganz zufrieden wären.« Er ließ sich die Unterlagen reichen und warf einen Blick hinein. »Aber wir geben die Hoffnung nicht auf, was? Die Hoffnung stirbt immer noch zuletzt. Also, Kopf hoch. Da sind schon ganz andere Angelegenheiten wieder ins Reine gekommen. Aber jetzt will ich erst mal Ihrer lieben Frau meine Aufwartung machen, wenn Sie erlauben. Da liegt auch noch so einiges im Argen.«

Sobald die Mannschaft das Zimmer verlassen hatte, rief ich mir bei geschlossenen Lidern das Landkartenbild von Dr. Beermanns Wangen in den Sinn und rätselte, woran mich das Geäst diesmal erinnert hatte. Italien meinte ich einmal erkannt zu haben, die Rheinmündung, Sylt. Für zwei, drei

Minuten war ich davon unterhalten, bevor ich erneut in meine Döserei verfiel und aus dem Fenster starrte. Graublauer Himmel. Wolken. Manchmal einige Möwen, Krähen, Spatzen, die den Himmelsausschnitt kreuzten.

In diese Döserei hinein, kaum in Hamburg angekommen – unmöglich, es exakter zu benennen, denn zum ersten Mal erlebte ich am eigenen Leib, wie sich die Zeitbegriffe als Patient änderten: gleich, später, übermorgen, alles wurde ein und dasselbe –, irgendwann also öffnete sich die Tür zu meinem Zimmer, nachdem die Klinke mit einem Knall heruntergedrückt worden war, und ein Blumenstrauß trat ein. Das Papier knisterte.

»Bin ich hier auch richtig?«, hörte ich jemanden laut draußen rufen. »Zimmer 117? Friis, Steen Friis, genau?« Eine Schwester bestätigte das. »Na, dann vielen Dank, sehr nett.«

Die Tür wurde vollends geöffnet, nun aber leise und beinahe zögerlich, als wäre meinem Besucher erst verspätet aufgegangen, dass Rücksichtnahme und eine gewisse Gedämpftheit in einer Klinik das angemessenere Verhalten waren. Damit war auch klar, wer dort vorhatte, bei mir einzutreten: Terhoven, Hannes. Kein Zweifel. Wahrscheinlich hätte ich nicht einmal seine auffallend sonore Stimme hören müssen, um ihn in dem polternden Platzhirschgehabe zu erkennen, mit dem er sein Ankommen begleitete. So war er einfach. Erst der große Auftritt, mächtiges Aufstampfen, hier bin ich, dann die Zurücknahme, die Einschränkung: Natürlich nur, wenn es nicht stört ...

»Steen?«, fragte er noch in der Tür. »Darf ich reinkommen?« Ich stöhnte auf. »Warum nicht.«

Sein beigefarbener Trenchcoat und der schwarze Schal, beides seine Markenzeichen, umwehten ihn, als er mit schwung-

233

vollen Schritten ins Zimmer kam. Er blickte sich um, verschwand mit Blumenstrauß und Vase im Bad; ich hörte das Wasser im Becken rauschen. Schon kam er zurück, zeigte mir im Vorbeigehen die Blumen – Margeriten, ein bisschen Grünzeug, wohl eher ein Friedhofsstrauß –, stellte die Vase auf dem Tischchen in der Ecke ab und zog sich einen Stuhl ans Bett heran, auf dem er sich lautstark niederließ.

»Entschuldige, dass ich hier so reinplatze«, sagte er und schnappte sich dabei meine Hand.

»Kein Problem, hatte gerade eh nichts vor.«

»Wo ist denn eigentlich Frauke?«, fragte er. »Die Blumen waren eigentlich für sie gedacht.«

»Zimmer schräg gegenüber.«

»Soso … Für dich hab ich was zu lesen mitgebracht. Lege ich hier auf den Nachttisch. Nichts Schweres. Ein Roman. Schwedisch, glaube ich. Fast ein Krimi, aber nicht dumm. Krankenhauslektüre eben. Ich fand das Buch ganz gut. Der Zahnarzt ist der Mörder. Aber darauf kommt es nicht an. Merkt man eh sehr schnell.«

»Danke dir.«

Damit schien ihm der Gesprächsstoff bereits ausgegangen zu sein. Mehr hatte Hannes sich anscheinend nicht zurechtgelegt, sicher in der Hoffnung, dass die Situation ihm die Ideen liefern würde, und er schaute sich im Zimmer um, als könnte ihm die karge Innenausstattung einen Anknüpfungspunkt liefern für eine den Umständen angemessene Unterhaltung. Ich wartete ab und schwieg. Von mir hatte Hannes keine Hilfe zu erwarten, und es dauerte erstaunlich lange, bis er auf das Naheliegendste kam.

»Wie geht es dir denn eigentlich, Steen? Besser, wie ich sehe. Das hat mir jedenfalls die Schwester gesagt. Freut mich.

Freut mich sogar sehr. Du glaubst nicht, was für einen Riesenschrecken ich bekommen habe, als ich von eurem Unfall erfuhr.«

»Von wem hast du das überhaupt gehört?«

»Ach, von mehreren Seiten. Reden alle drüber. Das läuft
gerade durch die Kanäle.«

»Was?«

»Dass euch was passiert sein soll auf deiner Insel da oben.
Krankenhaus, Lebensgefahr.«

»Auf *meiner* Insel?«

»Du weißt schon«, sagte er und blickte mich kurz an. »*Die*
Insel halt. Ist doch egal. Jedenfalls wurde davon berichtet. In
einigen Zeitungen, online. Ich hab das erst gar nicht glauben
wollen. Steen und eine Pilzvergiftung? Da kann etwas nicht
stimmen.«

Ich antwortete nicht.

»Was waren das denn für Pilze?«, fragte er, als würde er sich
damit auskennen.

»Keine Ahnung«, sagte ich, obwohl das nicht der Wahrheit
entsprach. Ich wusste den Namen sehr wohl, hatte ihn bis zu
diesem Zeitpunkt aber niemals ausgesprochen und wollte ihn
auch nicht aussprechen.

»Ob du es glaubst oder nicht, daraus ist für die Zeitungen
nun ein Aufhänger für allerlei Pilzstorys geworden«, sagte
Hannes und verstellte seine Stimme zum Nachrichtenspre-
cher: »Achtung: Gefahr Giftpilz!«

»Ich glaube, ich will das gar nicht wissen«, sagte ich.

»Verständlich. Dann ist es wohl gut, dass ich dir den Nach-
ruf gar nicht erst mitgebracht habe, den da jemand etwas voreilig über dich verfasst hat.«

Ich zuckte unwillkürlich zusammen.

»Halb so wild«, sagte er. »War sogar ganz nett geschrieben. Von irgend so einem Online-Redakteur, der der Erste sein wollte, der sich äußert.«

»Meine Güte.«

»Ein bisschen gruselig, was? Andererseits –«, Hannes versuchte ein Lächeln, das ihm ungewohnt zu Gesicht stand, »jetzt wissen wir wenigstens, wie der Abgesang klingen würde, den man landauf, landab auf dich anstimmt, wenn es mit dir tatsächlich einmal zu Ende geht. Zum Beispiel seist du mit dafür verantwortlich, dass in der Öffentlichkeit überhaupt wieder über so etwas wie moralische Fragen gesprochen wird. Du hättest den Anstand, dieses altmodische Wort, als Kriterium zurück ins öffentliche Leben gebracht. Da ist manchem Promi wahrlich Übleres nachgerufen worden.«

»Ich glaube, mir ist schlecht«, sagte ich und zauberte mit diesem Satz eine Panik in Hannes' Miene, die mich erheiterte. Fahrig schaute er sich um, die Hände fuchtelnd neben seinem Gesicht.

»Musst du etwa kotzen? Soll ich die Krankenschwester holen?«

»Kannst du machen oder auch nicht«, sagte ich übertrieben gelassen. »Ich könnte dir auch einfach direkt in den Schoß kotzen, wenn das für dich in Ordnung geht … Oder ich reiße mich etwas zusammen.«

Nach und nach wich die Panik aus Hannes' Gesicht, er nickte. »Mannomann, Steen. Wenn du hier hinreiherst, weiß ich aber jetzt schon, was passiert. Da kann gleich die Putzkolonne anrücken. Dann mache ich nämlich mit. Da kenne ich nix. Ist seit meiner Kindheit so.« Er führte den Handrücken vor seinen Mund, als käme es ihm bereits hoch.

»Du bist so ein empathiebegabter Mensch«, sagte ich. »Da

solltest du wirklich auf dich achtgeben. Nicht dass du noch zu stark mit denen leidest, die es schlechter getroffen haben als du, und deine eigenen Sorgen darüber vergisst. Aber wahrscheinlich kannst du einfach nicht aus deiner Haut. Eigentlich ein ganz feiner Zug von dir.«

Hannes nickte wieder. »Kann mir schon denken, dass du sauer auf mich bist.«

»Kannst du das?«, fragte ich. »Ich sag ja – Empathie.«

Theatralisch sog Hannes Luft durch die Zähne. Ich fixierte ihn. Hatte ich ihn verletzt? Wenn ja, dann machte es mir wenig aus; es war vielmehr genau das, was ich beabsichtigt hatte, und über diese Angriffslust, die ich Hannes gegenüber empfand, war ich durchaus erstaunt. Seit dem Inselunglück hatte ich für solche Regungen eigentlich keine Kraft gehabt. Jetzt hatte ich einen Anflug meiner bekannten Wut in mir gespürt, aber es blieb bei einem kurzen Aufflackern. Zu mehr war ich im Moment nicht fähig. Es fühlte sich eh so an, als stünde mir Verärgerung über das Verhalten anderer nach allem, was geschehen war, nicht mehr zu.

Hannes erhob sich von seinem Stuhl und blickte sich nachdenklich um. Unruhig tigerte er am Fußende meines Bettes herum und hielt dabei in Goethe'scher Manier die Hände hinter seinem Rücken verschränkt, ganz so, als müsste er eine Beichte zu Protokoll geben, an der er sorgsam formuliert hatte. Dabei war es nur knappes, unzusammenhängendes Gestammel, das aus seinem Mund kam.

»Was ich dir sagen wollte«, begann er. »Mein Artikel ... Na, du weißt schon. Dieser Essay, den ich geschrieben habe ... Über dich und mich ... Hast du den eigentlich gelesen? Auf der Insel? Siehst du, das dachte ich mir ... Ganz blöde Sache ...«

Ich schnaubte verächtlich durch die Nase und dachte an

das befriedigende Gefühl zurück, das ich empfunden hatte, als ich meine Replik auf einem mit Fischgeschmonz versauten Zettel notierte. Davon schien Hannes nichts zu wissen. (Ob Gero nicht dazu gekommen war, sie wegzuschicken? Oder ob sich angesichts des Inselunglücks niemand dafür interessiert hatte?)

»Ich hab den eigentlich nur geschrieben«, fuhr Hannes fort, »um die öffentliche Auseinandersetzung zu fördern … Debattenkultur. Meinung gegen Meinung. Übrigens war es die Redaktion, die mich auf die Idee gebracht hat. Eindeutige Positionierung. Das sei jetzt gefragt … Dagegen habe ich auch gar nichts einzuwenden. Finde ich sogar richtig. Immer noch. Aber ich will die Sache jetzt nicht auf die Redaktion abwälzen. Nur die Reihenfolge klarstellen. Ich hab den Text geschrieben, jetzt muss ich dazu stehen … Und das tue ich. Damit das festgehalten ist. Was ich geschrieben habe, bereue ich nicht. Aber *das* hier hatte ich nun wirklich nicht im Sinn …«

»Was meinst du?«, fragte ich, als er seinen Monolog plötzlich unterbrach.

»Das hier alles«, sagte er und machte eine fuchtelnde Geste. »Dich im Krankenhaus. Und Frauke. Und diesen Freund von euch. Ich hätte doch niemals so was geschrieben, wenn ich geahnt hätte, dass …«

Er stockte erneut, und ich richtete mich im Bett auf.

»Halt mal«, sagte ich. »Immer mit der Ruhe. Was soll das Ganze denn bitte schön mit dir zu tun haben? Du warst doch nicht auf der Insel – noch nie, im Übrigen, um auch das einmal festzuhalten.«

Hannes wiegte den Kopf. »Nett, dass du das so sagst. Aber das Zusammenfallen der Ereignisse ist ja wohl etwas merkwürdig. Oder etwa nicht? Da erscheint mein Artikel, und prompt ereilt dich dieses Unglück. Ich fühle mich da irgendwie involviert. Mitschuldig sozusagen.«

»Den Zahn kann ich dir ziehen«, sagte ich. »Mit deinem Textchen hat das alles nicht das Geringste zu tun.«

»Bist du sicher?« Er wirkte überrascht, gleichzeitig aber auch erlöst. »Das sagst du hoffentlich nicht nur so.«

Ich schwieg. Noch einmal würde ich das für Hannes nicht klarstellen. Mehr Freispruch konnte er von mir nicht erwarten.

»Ich sehe schon«, sagte er. »Du musst dich ausruhen, was?«

Ich nickte schlaff, obwohl ich mich alles andere als müde fühlte, eher ausgelaugt und gleichzeitig kampfbereit, eine eigentümliche Mischung. Und ich bemerkte den dazu durchaus konträren Wunsch in mir, mich möglichst schnell mit Hannes zu versöhnen. Ich war überzeugt, ihm nach allem, was geschehen war, nichts nachtragen zu dürfen.

»Kein Problem«, sagte er, hob seine Hände und wich dabei langsam zurück zur Tür. »Ich wollte sowieso nur ganz kurz nach dem Rechten sehen und nicht weiter stören. Eins nur noch vielleicht …« Er holte ein Blatt aus der Innentasche seines Trenchcoats und faltete es auseinander.

»Was ist das?«, fragte ich.

»Zuspruch von der falschen Seite.« Er lächelte gequält. »Du glaubst gar nicht, wie viele Leute mir nach dem Artikel geschrieben haben, die meinen, dass ich jetzt zu ihnen gehöre.« Mit Blick auf den Zettel las er vor: »Endlich traut sich einmal jemand, Tacheles zu reden. Wir müssen hart durchgreifen. Gutmenschen wie dieser Friis werden ihr blaues Wunder erleben.« Kopfschüttelnd schaute er auf. »In der Art habe ich mehrere Zuschriften bekommen.«

»Herrlich«, sagte ich und wurde von dem Gefühl überrumpelt, Hannes ehrlich zu bemitleiden. »Das ist nicht schön.«

»Allerdings nicht. Vor allem gibt es mir wirklich zu denken. Wie kommen die Leute bloß auf die irrsinnige Idee, dass ich zu ihnen gehören könnte?« Er lachte. »Aber das ist vielleicht meine gerechte Strafe. Schließlich hätte ich vorhersehen müssen, wie man das, was ich geschrieben habe, missverstehen kann. War es nicht der alte Böll, der gesagt hat, dass man für die Missverständnisse, die man liefert, selbst verantwortlich ist?«

»Ach, lass dich nicht verrückt machen«, sagte ich. »Gar nicht drauf reagieren.«

»Das ist bestimmt das Beste.« Hannes öffnete die Tür und winkte mir mit dem Zettel zu. »Mach's jedenfalls gut, Steen. Wir hören bald voneinander.«

Damit war er draußen, und ich ließ meinen Kopf in die Kissen sinken und lenkte meine Aufmerksamkeit zurück auf den Himmelsausschnitt vor dem Fenster. Wieder verfolgte ich den Flug der Möwen, der Spatzen und Wolken und bemerkte nach wenigen Sekunden, dass meine Augen darüber zuzufallen drohten. Ich war sofort aufs Höchste alarmiert. Jetzt bloß nicht einschlafen, Steen. Hannes' Stippvisite hatte mich offensichtlich mitgenommen, aber für meine gesteigerten Ansprüche keineswegs genug. Noch war ich eindeutig zu wach, um mich in den Schlaf wagen zu können. Ich kämpfte mit meinen Lidern, die ich massierte, wischte wiederholt über Stirn und Schläfe und fühlte bestürzt, dass das alles nicht ausreichen würde, um mich vom Einschlafen abzuhalten. Also setzte ich mich im Bett auf, angelte mir meinen am Fußende bereitliegenden Bademantel und zog ihn noch im Sitzen ungeschickt über. Es musste doch möglich sein, den Moment hinauszuzögern, an dem ich erschöpft genug sein würde, um wirklich ermattet und unbemerkt einzuschlafen. Einige Schritte wollte ich durchs Zimmer machen, vielleicht etwas frische Luft hereinlassen oder mir im Badezimmer Wasser ins Gesicht klatschen, etwas trinken. Irgendetwas musste mir einfallen, um das Unvermeidliche in die Zukunft zu verschieben.

Ich war noch nicht ganz aufgestanden, als meine Zimmertür erneut geöffnet wurde und eine Krankenschwester hereinkam, die ich nicht kannte. (Oder doch. Wahrscheinlich kannte ich sie, aber ich hatte niemals darauf geachtet, mit wem ich es eigentlich zu tun hatte. Krankenschwester bleibt Krankenschwester.)

»Herr Friis«, sagte sie, »wie geht es uns denn?«

Lautlos huschte sie herein, registrierte ohne Kopf- oder Augenbewegung die Veränderungen im Zimmer und lächelte mit übertriebener Begeisterung über meinen Versuch, das Bett zu verlassen.

»Soso, Sie wollen aufstehen? Großartig. Ich hätte Sie jetzt eh aufgescheucht. Etwas Bewegung tut unbedingt gut. Bettlägerig sind wir schließlich nicht.« (Einfach schrecklich, dieses Krankenhaus-Wir.) »Und was haben Sie da für einen hübschen Strauß bekommen?« Sie befühlte die Blüten mit ihren zur Schale geformten Händen. »Gefällt mir sehr gut.«

Mittlerweile hatte ich mich erhoben, war in meine Latschen geschlüpft und verschnürte den Gürtel des Bademantels vor meinem Bauch. Dabei fiel mir auf, dass ich in den vergangenen Tagen kaum überraschend einiges abgenommen haben musste. (Keine Hamburgwampe mehr, obwohl ich in Hamburg war – ein Lichtblick immerhin, der mich insgeheim freute. Ich baute mich gleich etwas selbstsicherer, wenn auch wacklig in den Knien, vor der Schwester auf.)

»Die Blumen hat jemand für meine Frau mitgebracht«, sagte ich.

»Für Ihre Frau? Und was machen die dann hier? Also, auf geht's! Keine Müdigkeit vorschützen!«

Sie schnappte sich die Vase, drückte sie mir in den Arm und trieb mich, ohne mich anzufassen, durch ihre auffordernde Art vor sich her auf den Flur. Dort überholte sie mich geräuschlos.

»Hab schon gehört, dass Sie und Ihre Frau sich hier gar nicht besuchen. Das geht natürlich nicht.«

Während sie die Klinke an Fraukes Tür runterdrückte, warf sie mir ein missbilligendes Kopfschütteln zu, das sie mit einem angedeuteten Lächeln abmilderte. Schon steckte ihr Kopf in Fraukes Zimmer.

»Jetzt gucken Sie nur mal, Frau Friis, wen ich Ihnen hier mitbringe. Den verloren gegangenen Mann! Und nicht nur das: Blumen hat er auch dabei!«

Beklommen folgte ich der Krankenschwester durch die Tür und blieb tief beschämt gleich dahinter stehen. Ich kam mir erniedrigt vor mit dem kläglichen Strauß im Arm, in Bademantel und Latschen. Wie bestellt und nicht abgeholt.

»Sie haben sich bestimmt viel zu erzählen«, sagte die Schwester und verschwand schleunigst aus dem Zimmer.

Aber nichts, kein Wort zwischen Frauke und mir, nur betroffenes Schweigen.

Ich trat an das Tischchen heran, das dem in meinem Zimmer glich, nur in der spiegelverkehrten Ecke stand, und platzierte den Blumenstrauß darauf. Wie zuvor Hannes nahm ich mir einen Stuhl und schob ihn mit eklig quietschendem Laut über das Linoleum an Fraukes Bettseite, und sie beobachtete mich dabei unter ihrer hochgezogenen linken Augenbraue, als könnte sie aus jedem meiner Schritte Schlüsse ziehen. Ich nahm an ihrer Seite Platz, ergriff ihre Hand, die auf der Bettdecke lag, und die Stille dauerte an. Ausgetrockneter Hals, brennende Augen, und ich bin mir sicher, dass Frauke, der sonst nichts Menschliches fremd ist, genauso schockiert war wie ich angesichts des Schweigens, das zwischen uns stand.

»Verrückt«, sagte sie. Zu mehr war sie offenbar nicht fähig.

»Die Blumen hat übrigens Hannes mitgebracht«, sagte ich irgendwann, und meine Stimme klang seltsam brüchig und dennoch viel zu laut. »Er war eben bei mir.«

Da klopfte es. Unsere Blicke wanderten zur Tür, die sich zaghaft öffnete, und Bea trat ein, wirklich, unsere Bea, die schwarz gefärbten Haare zum Pferdeschwanz gebunden, ihren Reiserucksack über der Schulter. Ich stand sofort auf, trat zur Seite und machte Platz, damit Bea Frauke umarmen konnte. Beide hielten sich lange fest, und Frauke schniefte. Dann richtete Bea sich auf, wandte sich mir zu und schlang ihre Arme um meinen Hals. Es war gut, sie dazuhaben, einfach gut.

Als sie mich losließ, glitt ihr Rucksack zu Boden. Nervös fuhr sie sich mit einem Finger über den Nasenrücken, schaute sich in Fraukes Zimmer um, als wollte sie jeglichen Blickkontakt mit uns vermeiden, und ich merkte deutlich die Veränderung an ihr, die sich in diesem Augenblick vollzog. Sie nahm eine andere, resolutere Körperhaltung an.

»Wer hat denn diesen fürchterlichen Friedhofsstrauß da mitgebracht?«, fragte sie, machte die wenigen Schritte zum Tisch, nahm die Vase hoch und blickte uns beide an. »Da war aber jemand etwas voreilig. So weit sind wir ja wohl noch nicht.«

## 2

Da war sie also wieder, unsere Tochter, heimgekehrt, zurück bei uns. Niemand hätte mit einem so baldigen Wiedersehen gerechnet. (Oder doch nur andersrum als Überraschungsbesuch der Eltern in Sussex, eigentlich, aber der würde wie manches andere aus gegebenem Anlass ins Wasser fallen.) Das Töchterchen, eben erst mit ausgebreiteten Schwingen dem elterlichen Nest entfleucht, war tatsächlich im Eiltempo nach Hause zurückgekehrt, um bei seinen Eltern nach dem Rechten zu sehen, die anscheinend dazu neigten, die erstbeste Katastrophe mitzunehmen, sobald sie sie aus den Augen ließ. Sowohl Frauke als auch mir war es mehr als unangenehm, Bea das anzutun. Frauke entschuldigte sich wortreich bei ihr, immer wieder, doch Bea winkte ab.

»Lass nur, Mama, das geht schon in Ordnung.«

Aber in Ordnung ging es nicht, ganz und gar nicht. Das wussten wir beide nur zu gut, und zumindest ich fragte mich, womit ich eine so großartige Tochter überhaupt verdient hatte.

Beas schwer bepackter Reiserucksack hatte den Charakter ihrer Rückkehr zunächst offengehalten. Vorerst war ich davon ausgegangen, dass es sich lediglich um einen etwas länger ausgedehnten Krankenbesuch handelte, für den sie ihren Job in Sussex kurzzeitig unterbrochen hatte. Aber wie sich herausstellte, war Bea in Wahrheit mit Sack und Pack zu uns zurückgekehrt, kurz entschlossen, wie es ihre Art war, und zwar aus einem einzigen Grund: um bei uns zu bleiben. Für wie lange? Erst mal, bis auf Weiteres, das würde sich zeigen. Ich hakte wohlweislich nicht nach, um Bea als auch mir peinliche Erklärungen zu ersparen, die ich mir problemlos selbst ausmalen konnte. (»Warum ich bleibe, fragst du? Als ob du das nicht selber wüsstest. Euch kann man ja nicht ruhigen Gewissens aus den Augen lassen. Mach dir das mal klar: Ich hätte euch beide beinahe nicht wiedergesehen.«) Es war also keine anhaltende Sinnestäuschung oder ein medikamentenbedingter Wachtraum, wenn Bea tagtäglich bei uns in der Klinik auftauchte und an Fraukes oder meinem Bett saß: Sie war wirklich zurückgekehrt und bezog, als wäre es das Normalste der Welt, erneut ihr Zimmer in unserer Altonaer Wohnung, beinahe so, als wäre sie nie fort gewesen. Ganz selbstverständlich öffnete sie Frauke und mir die Tür, als wir nach einer Woche aus dem Krankenhaus entlassen wurden und nach Hause zurückkehrten. Zu dritt saßen wir am Küchentisch und tranken den Tee, den Bea für uns zubereitet hatte. English Breakfast. Die Teebeutel hatte sie noch in Sussex gekauft.

Aber nicht zu viel, für jeden nur eine Tasse. Von jetzt an mussten Frauke und ich unseren Flüssigkeitshaushalt im Blick behalten, so wie es uns im Krankenhaus beigebracht worden war. Unser Trockengewicht bekam auf einmal Bedeutung. (Ein unmögliches Wort, das mich jedes Mal an die Käsetheke denken ließ.) Nicht zu viel, nicht zu wenig Flüssigkeit war angesagt, denn das erzielte Trockengewicht war der Gradmesser für den Erfolg der Dialyse, und zu viel Flüssigkeit im Körper erschwerte und verlängerte nur unnötig die Sitzungen. Bea wusste in diesen Belangen genauso Bescheid wie wir. Sie hatte sich im Netz und mithilfe von Broschüren über Dialyse und die empfohlene Nahrungsumstellung von

Dialysepatienten schlaugemacht, um uns tatkräftig zu unterstützen. *(Leckere Rezepte bei Nierenerkrankungen; Ein erfülltes Leben trotz Dialyse.)* Unsere Pillenschächtelchen, die praktisch nach Tageszeiten eingeteilt waren, füllten wir zwar noch selber auf – Unmengen an bunten, unterschiedlich großen Tabletten, die alle irgendwas bewirkten –, aber Bea kontrollierte unauffällig, ob wir die Einnahme unserer Medikamente auch nicht vergaßen, und streute Erinnerungshilfen in die Gespräche. (»Oh, ist es schon so spät? Gleich Mittagszeit …«) Sie war da, wenn Frauke und ich von unseren endlosen Dialysesitzungen nach Hause kamen, die drei Mal wöchentlich jetzt zur Routine wurden, hatte das Abendessen bereitet und organisierte ihre Termine so, dass sie uns zu den Arztbesuchen begleiten konnte, die regelmäßig oder besser gesagt andauernd anstanden. Kurz: Bea übernahm unmerklich das Kommando. Sie fragte uns deswegen auch nicht um Erlaubnis, sondern setzte unser Einverständnis schlichtweg voraus, was zumindest in Fraukes Fall durchaus nicht angebracht war. Sie war mit Beas Aufopferung für uns alles andere als einverstanden und hielt sie an, so bald wie möglich ihre eigene Agenda wieder in den Vordergrund zu rücken und nach Sussex zurückzufahren.

»Die erwarten dich doch bestimmt. Und wir Alten passen einfach besser auf uns auf.«

Bea jedoch hatte, ohne uns vorher einzuweihen, bereits andere Pläne geschmiedet. Den Sussex-Job hatte sie beendet, wie sie uns beiläufig mitteilte. Dort habe man absolutes Verständnis gezeigt. Und weil wir schon einmal dabei wären: Außerdem habe sie nach Semesterstart noch einen Studienplatz an der Uni ergattert. Soziologie. Hier in Hamburg.

»Die Professorin ist fast schon eine Art Fan von Papas Büchern«, sagte sie auf unsere überrumpelten Blicke. »Irgendwie hat sie es möglich gemacht, dass ich mich noch einschreiben konnte. Ich musste ihr nur versprechen, Papa bald einmal für einen Gastvortrag mitzubringen. Sobald es ihm besser geht natürlich.«

Frauke schüttelte den Kopf. »Aber was ist mit London? Mit München? Da wolltest du doch eigentlich studieren, nicht hier. Du hattest ganz andere Pläne. Und die solltest du für uns auch nicht aufgeben. Das möchte ich nicht.«

Mit einem Nicken nötigte Frauke mich, ihr zuzustimmen, obwohl ich mich am liebsten rausgehalten hätte. Mir kam es so vor, als stünde mir keine Stimme zu.

Bea wischte alles mit einer Handbewegung beiseite. London, München, das laufe ihr doch nicht weg. Im Übrigen habe sie die ersten Seminare und Vorlesungen längst besucht.

»Es ist eben, wie es ist«, sagte sie. Und mehr wurde darüber zwischen uns nicht gesprochen.

Ich konnte mich eines gewissen Stolzes über Beas Eigenmächtigkeit durchaus nicht erwehren. Anders als sonst setzte sie für ihre Entscheidung unsere Zustimmung nicht voraus. Im Prinzip war es eine Auflehnung gegen uns, die ich jedoch von ganzem Herzen begrüßte. Nie hätte ich es ihr gegenüber eingestanden oder es wissentlich gezeigt, aber ich brauchte Bea zu diesem Zeitpunkt tatsächlich mehr als jemals zuvor in meiner Nähe, und sie war schlau genug, das zu spüren. Ich konnte mir ehrlich gesagt kaum vorstellen, wie es ohne sie in dieser Wohnung für mich auszuhalten gewesen wäre.

Denn die Sprachlosigkeit, die zwischen Frauke und mir seit dem Inselunglück geherrscht hatte und die spätestens in der Altonaer Klinik mit Händen greifbar geworden war, war nicht einfach verschwunden, nur weil wir das Krankenhaus verlassen hatten und das Schlimmste überstanden war. Die Distanz zwischen uns blieb unverändert und führte zu hilflosem Anschweigen, sobald wir für uns waren. Als fürchteten wir, aus dem Reden nicht herauszukommen, wenn wir erst einmal anfingen, denn dieses Reden würde gewiss unangenehm ausfallen, für beide. Also bewahrten wir wie abgesprochen Funkstille, und nur, wenn Bea im Raum war, richtete Frauke gelegentlich einige Sätze an mich, auf die ich dann auch antwortete. Ohne Bea allerdings hatten wir scheinbar jede Verbindung verloren.

Wie kam das? Schuldgefühle bei mir? Vorwürfe bei Frauke? Oder andersrum? Ich beließ es dabei, mir wiederholt diese Fragen zu stellen, ohne es auf Antworten eigentlich abgesehen zu haben. Die Große Traurigkeit ließ anderes nicht zu, und mein einziger Trost war und blieb Bea, die wieder da war. Jedoch wusste ich, dass ich mich als ihr Vater darauf eigentlich nicht verlassen durfte. Ich musste ihr weismachen, ohne sie zurechtzukommen. Alles gar kein Problem. Nur: Wie sollte ich das anstellen, wenn ich das genaue Gegenteil empfand?

Es war wohl unausweichlich, dass ich mich in dieser Lage zunehmend in mich selbst verkroch und die Tage und Wochen auf eine fahrlässige Weise verdröhnte. Da saß und saß ich in Dr. Beermanns hochmoderner Privatpraxis und ließ Menschen und Maschinen dafür sorgen, dass ich irgendwie am Leben blieb, weil mein Körper dazu nicht länger in der Lage war und sich, wenn man ihm nicht unter die Arme griff, selbst vergiftet hätte. Es war mehr als nur frustrierend. Frauke hatte, ohne das groß mit mir abzusprechen, eine andere Einrichtung für ihre Dialysebehandlung gewählt, näher an ihren Praxisräumen, um möglichst bald wieder mit ihrer Arbeit beginnen zu können, weil sie ihren Patienten die nötige Therapie nicht vorenthalten wollte. (Anders als mir war es ihr wichtig, zügig ins Arbeiten zurückzufinden; mir hätte kein Gedanke fernerliegen können.) Das Gespräch, in dem sie mir ihren Entschluss mitteilte, war das einzige, das wir in dieser Zeit ohne Bea führten.

»Nimm es mir nicht übel«, sagte sie. »Das hat alles nichts mit dir zu tun. Du hast deine Krankheit, ich hab meine. Und am Ende müssen wir es so machen, wie es für jeden von uns am besten ist.«

Ich zuckte mit den Schultern. »Du hast bestimmt recht.« Gewiss hätte ich heulen mögen, doch ich ließ es bleiben. Das hatte ich hinter mir.

Ich, ein Stillleben, gleich in mehrfachem Sinne: Unbeweglich sitze oder sitzliege ich in dem futuristisch anmutenden senfgelben Stuhl, verbunden, nein, beinahe verschmolzen mit dem Gerät, an das mein Blutkreislauf angeschlossen ist. Ein Maler hätte alle Zeit der Welt gehabt für ein genaues Studium des Motivs. (Lebt der Mensch da eigentlich noch?) Säuselnd fließt mein Blut über die in meiner Armbeuge mit den Venen verbundene Fistel ab und kommt gewaschen wieder zu mir zurück, etwas heller, dünnflüssiger, Stunde um Stunde. Titel des Bildes: *Der Patient* oder *Was heute alles möglich ist.* Die Dialyse stellte zweifellos eine medizinische Meisterleistung dar; es war schon ein kleines Wunder, wie mithilfe von Diffusion und Osmose das Blut von den Dingen befreit wurde, die schlecht für den Körper waren – ein Vorgang, dem ich in früheren Zeiten Hochachtung gezollt hätte. Jetzt bemühte ich mich lediglich, mir möglichst keine Gedanken zu machen und die Stunden zu überstehen, die ich an dieses Gerät gefesselt war.

Schauerlich, wie die Zeit dabei verrann. Die Dialyse, einerseits lebensnotwendig, ließ ein Leben, das den Namen verdiente, letztlich ja kaum zu. Vergeudete Stunden, angefüllt mit nichts. Zähe Warterei, die keinen anderen Zweck hatte, als irgendwann zu enden, weil die gewünschten Werte annähernd erreicht waren. Dann aber begann sogleich eine neue Zeit der Warterei, diesmal auf die nächste Sitzung, den nächsten Arzttermin, die nächste verordnete Stunde, um die Medikamente einzunehmen, die sinnvollerweise oder nicht verordnet wurden. Dazu die unsägliche Schlappheit, Muskelkrämpfe, bleierne Müdigkeit. Ständig saß ich in irgendwelchen Wartezimmern herum und bemühte mich, nicht auf die Stunden zu achten, die dabei verrannen. Es war eine scheußliche Art, mit dem Leben umzuspringen, und immer wieder fragte ich mich, wie das, was mir blieb, eigentlich zu nennen war. Ein Zwischendasein. Ein Nochsein. Darauf lief es hinaus. Ein Stillleben.

Immerhin verbesserte sich bald meine Lektürebilanz. Irgendwo hatte ich vor Jahren einmal den Text eines Autors gelesen, in dem dieser anschaulich vorrechnete, wie viele Bücher in einem normalen Leseleben realistischerweise Platz fanden. Es waren weniger als gedacht. Ein Normalleser kam vielleicht auf zwei Bücher pro Monat; aufs Jahr gerechnet mochten das freundlich hochgerundet dreißig, ach was, sagen wir ruhig vierzig Bücher sein; setzten wir eine durchschnittliche Leselebenszeit von etwa siebzig Jahren an, waren das läppische dreitausend Bücher, die zu schaffen waren – fast nichts also. Als selbst Schreibender lag ich gewiss etwas über diesem Durchschnitt, doch war ich mit der Ausbeute der letzten Jahre durchaus nicht zufrieden. Ich hatte als Leser stark nachgelassen, schaffte weniger und weniger Bücher und beendete viele nicht einmal mehr, weil meine Aufmerksamkeit dafür nicht ausreichte.

Das änderte sich mit der Unmenge an Zeit, die mir plötzlich zur Verfügung stand. Ich wollte nicht wie die anderen Patienten, mit denen ich ein Schicksal teilte, dümmliche Zeitschriften durchblättern, mich mit Small Talk ablenken oder auf meinem Laptop Serie nach Serie anschauen. Das genügte mir nur in den ersten Wochen, weil ich dabei meinen Kopf ausschalten konnte. Bald musste echte Lektüre her, echte Bücher. Zum Glück wurde ich von Schwindelgefühl, Sehstörungen und anderen Komplikationen verschont, mit denen manche Mitpatienten zu kämpfen hatten. Ich konnte lesen und tat es beinahe ohne Unterbrechung. Nur in meiner Jugend, als ich reichlich spät das Lesen für mich entdeckt hatte, habe ich auf vergleichbare Weise Buch nach Buch verschlungen. *Robinson Crusoe* – eingeatmet in einem Schwung, nach der Schule begonnen, in der Nacht beendet. *Hamlet, Faust, Werther* – einige Stunden Lektüre, dann war das erledigt. Nietzsche, die Manns, Kierkegaard, Böll, Salinger, E.T.A. Hoffmann, Blixen, Heidegger, Fontane, Jaspers, Hamsun, Sartre, Laxness – querfeldein, wahllos, zum Teil parallel las ich, was ich in die Finger bekam, und kümmerte mich wenig darum, wie viel ich von alledem begriff und wie viel nicht. Die Hauptsache war: Es sprach zu mir.

Und so war es jetzt wieder. Stets hatte ich zu den Dialysesitzungen ein Ersatzbuch dabei für den Fall, dass ich schneller als gedacht mit der aktuellen Lektüre durch war oder sie mir auf Dauer nicht gefiel. (Die Lektürebilanz legte einem ja nahe, Texte, die einen nicht erreichten, möglichst schnell beiseitezulegen. Die Lesezeit war zu knapp bemessen für falsche Lektüre!) Pro Woche schaffte ich so zwei Bücher, nicht selten mehr, Romane, Biografien, Sachbücher, was auch immer. Da kam einiges zusammen, und es dauerte nicht lange, bis ich mir erneut die Autoren vornahm, die mich früher bewegt hatten (außer Hamsun, der nach dem Inselunglück ausschied). Dabei erlebte ich, dass mir diese Texte Jahrzehnte später, nach mehr als einem halben Leben – das beinahe das ganze gewesen wäre –, noch immer etwas zu sagen hatten. Still in meinem Dialysestuhl, von außen betrachtet vollkommen unbewegt, blieb so immerhin mein Kopf in Bewegung.

Nur änderte sich an meiner Niedergeschlagenheit dadurch wenig. Meine Stimmung hellte sich keineswegs auf, was meinen Mitmenschen auf Dauer natürlich nicht verborgen blieb. Bea war die Erste, die sich um mich zu sorgen begann. Immer häufiger nahm sie mich auf nachmittägliche Spaziergänge mit, weil sie wusste, wie gerne ich das eigentlich mochte – und weil es gut für mich war, Bewegung zu bekommen –, nur war ich meist viel zu schlapp, mochte mich nicht anstrengen, hielt deshalb nur mühsam mit ihr Schritt und wurde zunehmend missmutig. Oft landeten wir in einem nahe gelegenen Café, in dem sie einen Cappuccino trank, während ich ihren Geschichten aus der Uni lauschte. Das war zwar nett, doch wünschte ich mich bald zurück in einen meiner Sessel, zu Hause oder bei Dr. Beermann, um endlich in Ruhe weiterlesen zu können.

Zu meiner Überraschung hatte auch meine Schwester Gudrun, nachdem ich mich einmal wunschgemäß bei ihr gemeldet hatte, die Gelegenheit genutzt, unseren so gut wie eingeschlafenen Kontakt wieder aufleben zu lassen. (Ob Bea bei unserer Wiedervereinigung die Hände im Spiel gehabt hatte, indem sie ihre Tante dazu aufforderte, sich ruhig öfter bei mir zu melden? Zugetraut hätte ich es ihr.) Seit Gudrun vor Jahren in den Schwarzwald gezogen war, und vor allem seit dem Tod unserer Eltern, hatten wir kaum noch voneinander ge-

252

hört. Zwar waren wir nicht zerstritten, aber irgendetwas war in der Vergangenheit doch gewesen, was den Wunsch, voneinander zu hören, nicht eben befeuert hatte. Keiner von uns konnte sich erinnern, was tatsächlich vorgefallen war. (Erbschaftszwistigkeiten? Denkbar. Eifersucht auf das Lebensmodell des jeweils anderen? Möglich.) Jetzt meldete Gudrun sich mindestens zwei Mal im Monat bei mir und plauderte über ihr Leben mit dem Wundersohnemann, den sie als überzeugte Singlefrau noch mit Mitte vierzig bekommen hatte. Julian, begabt, sensibel, hochgradig musikalisch – er lernte Oboe – und vaterlos, weil sich nicht bestimmen ließ, welche der vielen Kurzaffären meiner Schwester derjenige, welcher gewesen war, oder anders gesagt: weil Gudrun keinen Vater wollte, der ihr in die Erziehung des kostbaren Zöglings hineinwurschtelte. Ich lauschte ihren Erzählungen mit aller Geduld, zu der ich fähig war, und beantwortete die wenigen Fragen, die sie stellte, möglichst knapp. Meistens wechselten wir bald zu Kindheitserinnerungen, etwa zu ihren nächtlichen Disco-Ausbrüchen aus dem rigiden Elternhaus, bei denen ich sie tatkräftig unterstützt hatte, indem ich krank spielte und so die Aufmerksamkeit der Eltern auf mein Zimmer lenkte.

»Das war nett von dir damals«, sagte sie. »Ich wäre sonst nie unbemerkt aus dem Haus entkommen.«

»Erstaunlich, dass du dir nicht alle Knochen gebrochen hast, so oft, wie du aus dem Fenster geklettert bist.«

»Na, hör mal, Bruderherz, das Regenrohr war wirklich stabil.«

»Etwas weniger Stabiles hätte Papa auch niemals verbaut«, sagte ich und verstummte. Es war Ewigkeiten her, dass ich das Wort »Papa« gebraucht hatte, um jemand anderen als mich selbst zu bezeichnen, und selbst das lag mehr als ein Jahrzehnt

zurück, als wir Bea gegenüber noch von Papa und Mama sprachen, wenn wir uns Eltern meinten.

»Und du hast immer gelesen«, sagte Gudrun. »Immer.«

»Ich weiß«, sagte ich. »Mach ich jetzt eigentlich wieder. Hab
ja Zeit genug.«

»Was liest du denn gerade?«

»Nietzsche: *Jenseits von Gut und Böse.*«

»Kenn ich nicht.«

»Macht ja nichts.«

Selbstverständlich war ich froh, wieder eine Schwester in
meinem Leben zu haben, mit der ich eine Vergangenheit teilte, die nur wir beide kannten, aber als Gudrun anbot, bald
für einen Kurzbesuch mit dem Wunderneffen nach Hamburg
zu kommen, wiegelte ich ab. Nicht nötig, ein andermal vielleicht, irgendwann.

»Ich muss noch was lesen«, sagte ich etwas dümmlich.

Gudrun war nicht weiter gekränkt, was nur bewies, dass
auch sie keine allzu große Sehnsucht nach einem Wiedersehen
mit ihrem Bruder verspürte.

Wenn ich in dieser Zeit nicht gerade las, kümmerte ich mich
ausgiebig und nicht ungern ums Alltägliche, den Abwasch,
Kochen, Einkaufen, Wäsche. Jemand von uns musste sich dafür verantwortlich fühlen, und ich wollte es Bea und Frauke
abnehmen, hoffte ich doch, so beweisen zu können, nicht ganz
nutzlos auf der Welt zu sein. Wenn ich putzte, bügelte, den
Müll nach draußen brachte, fühlte ich mein Dasein zumindest
für diesen Moment gerechtfertigt. Das Lesen dagegen erfüllte
ganz klar den Zweck, der Wirklichkeit zu entrinnen.

Frauke schien mich bei alldem wie immer zu durchschau-
en. Heimlich beobachtete sie mich mitunter aus der Ferne mit
ihrer hochgezogenen Augenbraue. Einmal, als sie mich im

Wohnzimmer antraf, wo ich im Sessel saß und zum wieder-
holten Male E.T.A. Hoffmanns *Sandmann* las, trat sie zu mir
und sagte: »Du Armer!«

Ich war überrumpelt und wusste nicht zu reagieren. Ihre
Anteilnahme schien von Herzen zu kommen, was mich schockierte. Frauke sollte doch kein Mitleid mit *mir* haben müssen. Andersrum wäre es vielleicht angebracht gewesen, doch
fehlte mir dazu die innere Stärke. Es war zum Verrücktwer-
den. Meine Gedanken rasten. Ach, wäre ich nur etwas aufmerksamer gewesen auf der Insel, dann wäre all das ... Doch
ich war noch nicht bereit, mich auf diesem Gedankenpfad
voranzutrauen, und im Weggehen küsste Frauke mir aufs
Haar. Hilflos senkte ich den Blick aufs Buch, konnte jedoch
kaum etwas von dem Text erkennen, weil die Wörter vor meinen Augen verschwammen. Ich las weiter, ohne dazu eigentlich fähig zu sein, und blätterte mechanisch um, wenn es ge-
fühlsmäßig an der Zeit war.

Es dauerte nicht lange, bis auch Dr.Beermann mein unab-
lässiges Lesen bemerkte und mir bei unseren Zusammentreffen immer häufiger Lektüreempfehlungen zuteilwerden ließ,
von denen ich zunächst annahm, dass er damit seinem Bedürfnis nachkam, sich mir gegenüber als ebenbürtiger Bü-
chermensch zu präsentieren. Seine Hinweise schienen jedoch
durchaus einen kurativen Ansatz zu verfolgen. In Buchform
wollte er mir Stützen für meine Lebenssituation an die Hand
geben. Mir den *Zauberberg* ans Herz zu legen, war angesichts
meiner »horizontalen Lebensweise« sicher das Naheliegendste; später empfahl er *Dr.Schiwago*, dann *Einer flog übers Ku-
ckucksnest*, *Gottes Werk und Teufels Beitrag* und manches andere. (Eindeutig hegte er eine Vorliebe für Bücher, in denen
Ärzte eine Rolle spielten.) Auf die Dauer stellte sich heraus,

dass es Dr. Beermann bei seinen Empfehlungen vor allem um solche Geschichten ging, in denen Menschen in ihren Grundfesten erschüttert wurden, und er verordnete sie mir gewissermaßen rezeptfrei, getarnt als gut gemeinter Rat.

Ich folgte seinen Empfehlungen zunächst wenig enthusiastisch, merkte ich doch, dass er meine Situation in den Geschichten gespiegelt sah, nie vollständig natürlich, aber doch in Teilen. (Und wer mag schon gerne andauernd literarisch den Spiegel vorgehalten bekommen?) Dr. Beermann, dieser überaus geschätzte Nephrologe, glaubte zu meinem Erstaunen fest an die heilende Kraft von Literatur. Manchmal glaubte auch ich daran, oft genug aber nicht, worüber meine Verzweiflung nur noch weiter anwuchs.

Als ich einmal zu einem Kontrolltermin bei ihm vorsprach – eine Generaluntersuchung stand auf dem Plan, Blutwerte, EKG, einfach alles –, mehrere Wochen nach dem Inselunglück und tief in die Große Traurigkeit verstrickt, schob er mir ein dickes, zerlesenes Buch über den Tisch zu und ließ mich mit schräg gelegtem Kopf den Titel lesen, bevor er zu sprechen begann.

»Dostojewski«, sagte er mit nickender Verstärkung. »*Schuld und Sühne.* Gelesen?«

»Ist länger her«, sagte ich.

»Das hier ist noch eine alte Übersetzung. Heute wird der Titel ja oft mit *Verbrechen und Strafe* übersetzt. Mir gefällt der alte eigentlich besser, schon vom Klang her.«

Ich nickte abwesend und nahm die Adernkarte des Tages auf Dr. Beermanns Wangen in den Blick. Ganz klar: das Nildelta.

»Nehmen Sie es ruhig mit, wenn Sie mögen«, sagte er. »Das könnte Ihnen einiges zu denken geben.« Und als ich es eher widerwillig in die Hand nahm, schaute Dr. Beermann mich eindringlich an und schüttelte in überraschender Aufrichtigkeit den Kopf. »Seien Sie mal ehrlich, Herr Friis. Wie geht es Ihnen denn nun? Wie halten Sie sich?«

»Hm«, sagte ich. »Miserabel trifft es wohl am ehesten. Was soll ich Ihnen da groß vormachen?«

»Das sehe ich genauso«, sagte er. »Sie haben bestimmt einiges zu verdauen. Aber deswegen gleich den Kopf hängen lassen?«

»Tue ich das denn?«

»Das würde ich so sehen, ja.« Dr. Beermann blickte in meine Krankenakte, die vor ihm auf dem Tisch lag. »Ihre gesundheitlichen Probleme sind gewiss nicht ohne. Das alles bedeutet eine große Umstellung für Sie, und obendrein gilt das nicht nur für Sie, sondern auch für Ihre Frau. Ich kann mir also vorstellen, dass es bei Ihnen beiden im Moment nicht eben heiter zugeht.«

»Unsere Tochter hilft, wo sie kann«, sagte ich.

»Eine großartige Tochter, ganz großartig.« Er schaute wieder auf. »Da können Sie stolz sein, solch einen Menschen in die Welt gesetzt zu haben. Das meine ich ganz ehrlich.«

»Danke.«

Dr. Beermann rieb seine Hände aneinander, was ein raschelndes, papierenes Geräusch erzeugte.

»Bei Ihnen scheint es mir aber nicht allein um das Medizinische zu gehen. Oder was meinen Sie? Es bedeutet für alle Patienten eine gravierende Umwälzung, wenn sie auf einmal chronisch erkranken. Da braucht es stets eine gewisse Zeit der Gewöhnung, der Akklimatisierung, möchte ich sagen. Das Danach ist eben sehr anders als das Davor.«

»Verstehe.«

»Tun Sie das? Ich meine, verstehen Sie es wirklich? In all seinen Auswirkungen?«

So direkt befragt, fühlte ich mich unbehaglich. »Ich gebe mir jedenfalls Mühe.«

»Sehen Sie, und das glaube ich eben nicht.« Über die Tischplatte hinweg beugte Dr. Beermann sich mir entgegen. »Sie haben doch eigentlich keinen Grund, schwarzzusehen. Das Schlimmste haben Sie überstanden. Jetzt sind Sie alle wieder leidlich hergestellt, Sie, Ihre Frau und dieser Freund, mit dem Sie auf der Insel waren. Wie hieß der noch? Irgendwo habe ich mir den Namen aufgeschrieben. Ich habe bei meinen Rostocker Kollegen nachgehakt. Auch dort die gleiche Situation wie bei Ihnen. Aber das wussten Sie sicher.«

Er machte eine Pause, blätterte in seinen Unterlagen, und ich nickte zustimmend, als wüsste ich Bescheid. Dabei war es in Wahrheit das erste Mal, dass ich seit dem Inselunglück von Gero hörte. Zwar meldete Ute sich regelmäßig bei mir, sie hatte mich auch mehrfach besucht, nur über Gero hatten wir bei diesen Gelegenheiten nie ein Wort gewechselt. Wahrscheinlich hätte ich Ute nach seinem Befinden fragen sollen, aber ich hatte den Eindruck, dass sie unter keinen Umständen über ihn sprechen wollte, und vor allem spürte ich deutlich – auch jetzt, als Dr. Beermann ihn gewissermaßen als Teil meiner Misere aufzählte –, wie sehr es mich aus der Bahn geworfen hätte, Genaueres über Geros Schicksal zu erfahren. Wäre ich bereits ans EKG angeschlossen gewesen, hätte Dr. Beermann bedeutsame Ausschläge auf dem Graphen beobachten können.

»Bald werden wir Sie alle auf der Warteliste haben«, sprach Dr. Beermann weiter, nachdem er gefunden zu haben schien, wonach er gesucht hatte. »Wenn die Untersuchungen abgeschlossen sind, geht das alles seinen bürokratischen Gang.

Dann müssen wir nur noch ausharren, bis ein passendes Organ gefunden ist. Das kann etwas dauern. Kann aber auch schnell gehen. Plötzlich kommt der Anruf. Zack. Dann holen wir Sie in die Klinik, und über kurz oder lang sind Sie wieder der Alte. Das sind doch Aussichten.«

»Wenn Sie meinen.«

»Sie können das nicht so sehen, das habe ich schon bemerkt. Mein Eindruck ist, dass Sie den Kopf zwar nicht in den Sand stecken, wohl aber in die Bücher. Was letztlich das Gleiche sein kann. Von meiner Seite bekommen Sie da eigentlich sogar jedes Verständnis. Lesen hilft ja gemeinhin. Manchmal. Ich hatte gehofft, dass es bei Ihnen auch so sein würde. Aber ich glaube, dass doch etwas anderes gefordert ist, damit Sie sozusagen ins Leben zurückfinden.«

»Was denn?«, fragte ich, nun aufrichtig interessiert.

»Schreiben«, sagte Dr. Beermann. »Schreiben Sie alles auf, was passiert ist. Und lassen Sie nichts aus. Sie sind einer dieser vermeintlichen Kopfmenschen mit zu vielen widerstreitenden Gefühlen im Bauch, was Ihnen immer wieder den Blick verstellt. Sie wollen und müssen stets begreifen, wie die Dinge liegen, aber Sie brauchen Zeit, um Kopf und Bauch in Einklang zu bringen. Ich bin ganz ähnlich gestrickt. Eher ein Bauchmensch mit allzu vorlautem Köpfchen sozusagen. Deshalb kann ich mir auch gut vorstellen, wie es in Ihnen aussieht.« Er pausierte, und ich schaute ihn an. »Düster, schon klar. Sich dem Ganzen zu stellen, wird Ihnen auch sicher nicht leichtfallen. Das könnte durchaus unangenehm werden. Aber da müssen Sie durch. Schreiben Sie alles auf. Es wird Ihnen helfen. Das jedenfalls wäre mein unmaßgeblicher Ratschlag an Sie. Obwohl er wahrscheinlich eher ins Berufsfeld Ihrer Frau fällt.«

»Ach ja, meine Frau«, sagte ich etwas unpassend.

»Wie auch immer.« Dr. Beermann ließ sich in seinem Sessel zurücksinken. »Wenn es nötig ist, verordne ich Ihnen das auch gerne als Ihr behandelnder Arzt.« Er kritzelte etwas auf einen Notizzettel, den er mir über den Tisch hinweg reichte. Ich nahm ihm den Zettel ab und las: *Aufschreiben, alles.*

Ich wusste auf der Stelle, dass Dr. Beermann, dieser bücheraffine Nierenfachmann, mit seiner Beobachtung und vor allem mit seiner Lösungsidee bei mir voll ins Schwarze getroffen hatte. Zwar sträubte ich mich noch einige Wochen dagegen, seinem Schreibauftrag wirklich Folge zu leisten, doch begründete ich das mit den Büchern, die ich mir für diese Zeit zurechtgelegt hatte und die ich nicht achtlos übergehen wollte. Zunächst nahm ich mir also die geplante Lektüre vor und legte den Zettel von Dr. Beermann unter den Bücherstapel. Wenn das alles ausgelesen war, würde ich weitersehen. Nur nichts überstürzen.

Ohnehin hatte ich mir selbst einen Blankoscheck ausgestellt, der mir in allen Belangen des Lebens ein uneingeschränktes Zeitkontingent zusprach. Für mich sollte es keine Eile geben. Wozu auch? Was auch immer ich tat oder unterließ, würde eben andauern, solange es andauerte. Ich *musste* gar nichts machen, wenn ich nicht wollte (oder konnte). Finanziellen Druck gab es glücklicherweise nicht. Frauke hatte ihre Praxis, die nach ihrem erklärten Wunsch kaum verändert weiterlief; darüber hinaus waren genügend Rücklagen vorhanden, um jeden Druck aus dieser Richtung von uns zu nehmen. Geld lag bei uns vornehmlich unangetastet auf der Bank herum, was beruhigend war. Außerdem erlebte mein Krimi in dieser Zeit ein überraschendes Revival auf der anderen Seite des Planeten. In Japan stand das Buch seit Wochen auf der Bestsellerliste, mehrere Jahre nach Erscheinen, und es gab dort sogar Ambitionen, aus der Geschichte eine Serie zu entwickeln, versetzt auf eine der kleineren Pazifikinseln, deren Namen mir alle nichts sagten. Die Filmrechte waren lukrativ versteigert worden, und ein Produzententeam hatte bereits mit der Stoffentwicklung begonnen. Um die Story seriengemäß auszubauen, sollte alles aus mehreren Perspektiven erzählt werden, eine ganze Insel in Aufruhr. Es war nicht die schlechteste Idee. Ute hielt mich über all das auf dem Laufenden, doch für mich selbst gab es nichts zu tun. Ich verbuchte lediglich neuerliche Lizenzeinnahmen auf dem Konto, sodass ich mich entspannt zurücklehnen und weiterlesen konnte, Seite für Seite, Buch nach Buch. Zusehends wurde der Stapel auf der Kommode im Flur kleiner.

Währenddessen begann es in mir zu gären. In unbemerkten Momenten, wenn meine Aufmerksamkeit von dem Buch abdriftete, das ich in Händen hielt, begab sich mein Kopf auf eine rückwärts gerichtete Reise. Nur für Sekunden erlaubte ich mir den Blick in die Vergangenheit. Da ist das Hünengrab, der Helikopter, Troels. Zurück ins Buch. Da ist der Wald, dort mein Haus, wir vier auf der Terrasse. Und zurück. Es waren Momentaufnahmen, Ausschnitte, die ohne Zusammenhang wenig bedeuteten und mich dennoch nachhaltig verstörten. Allzu vieles fehlte offensichtlich. Widerstände waren spürbar. Manches drängte sich in den Vordergrund und verdeckte, was dahinterlag. Ganze Teile gaben sich alle erdenkliche Mühe, unbemerkt zu bleiben.

Wo anfangen? Wann hatte es begonnen? Ich musste, um anzusetzen, die Keimzelle finden, von der aus sich das Weitere entwickelt hatte. Irgendwann hatte es ein Davor gegeben und als Folge davon ein Danach. Eins war nach dem anderen pas-

261

siert. Wie hätte es auch anders gewesen sein sollen? Das zu erzählen, war meine Aufgabe, so aufrichtig und schonungslos, wie es mir möglich war. Und eines Tages, noch im Treppenhaus, nachdem ich die Wohnungstür hinter mir geschlossen hatte, um mich auf den Weg zur Dialyse zu machen, konnte ich es auf einmal vor mir sehen: Frauke und mich im Wagen, meine Hand auf ihrem warmen Oberschenkel, und wie aus dem Nichts höre ich mich sagen: »Komm, lass uns abhauen. Noch ist Zeit.«

Als ob ich damals geahnt hätte, was alles passieren würde! Dabei war das unmöglich. Wie denn auch? Gesagt hatte ich es trotzdem.

Verkabelt und angeschlossen, meinen Laptop auf dem Schoß, begann ich an diesem Tag wie verordnet zu erzählen, nur leicht behindert von dem eingeschränkten Bewegungsradius meines linken Arms, an dem sich die Fistel befand, über die ich mit dem Dialysegerät verbunden war. Pulsierend floss mein Blut aus mir heraus, während ich langsam, ganz langsam tippte. Das hellere, dünnflüssigere Blut strömte zurück. Ich tippte, wenige Absätze, schon hakte es. Ich kam nicht weiter, wollte nicht weiter. Aber – das große Aber: Ich hatte Zeit, jede Menge, endlos lange. Eine Flucht war zwecklos. Ich würde hier sitzen und alles aufschreiben, alles, solange es eben dauerte.

Dr. Beermann nickte anerkennend, als er mich an diesem Tag buchlos, mit aufgeklapptem Laptop in einem seiner Dialysestühle antraf. Er legte mir eine Hand auf die Schulter, nachdem ich ihm stumm entgegengeblickt hatte, und die überraschende körperliche Nähe war mir extrem unangenehm.

»Irgendwann wird es leichter«, sagte er.

»So was kann auch nur ein Arzt behaupten.«

Er lachte. »Wenn Sie in *der* Stimmung schreiben, wird es so sein. Das garantiere ich Ihnen. Humor ist immer noch die beste Medizin.«

Mit der Zeit wurde es tatsächlich leichter, nicht unbedingt das Erinnern, aber doch das Erzählen. Zu Anfang musste ich meine Sinne noch mühsam auf die Insel ausrichten. Ich klickte mich durchs Netz, suchte nach Bildern der Steilküste, um Anknüpfungspunkte für meine Erinnerung zu finden, und dabei stieß ich zufällig auf Geros Blogseite, von der ich bis dahin nichts gewusst hatte. Ich erschauerte regelrecht, als ich dort die Fotos von unserem Tag auf der Insel entdeckte, die in der Rückschau ein eigenartiges Gepräge erhielten. Überall entdeckte ich Vorausdeutungen, als hätten wir alle an diesem Tag unsere bösen Vorahnungen gehabt. Auf jedem Foto gab es mindestens einen, der mit eigenartig introvertiertem Blick aus der Gruppe herausfiel. Unsere Umarmung auf der Pier, bei der Frauke fahl in die Ferne schaut – als hinge sie eigenen, sorgenvollen Gedanken nach. Ich unterm Nussbaum, wie ich mit Bea telefoniere – einerseits ist die unterschwellige Aufgebrachtheit deutlich zu sehen, die Wut, die mich den ganzen Tag über umgetrieben hatte, aber mit dem Wissen ums Weitere ausgestattet, ist auch eine Angst zu erkennen, die sich in meiner geduckten Körperhaltung vermittelt. Das Fahrradbild vom Hünengrab, bei dem Frauke zwischen Ute und Gero steht, der seine Hand knapp über ihrem Hintern ruhen lässt – wirkt Utes Lächeln, mit dem sie sich an Fraukes Arm lehnt, nicht doch irgendwie besorgt? Je länger ich die Fotos betrachtete, desto schwieriger wurde es anzuerkennen, dass es meine nachträglichen Ahnungen waren, die ich in die Vergangenheit zurückversetzte und anderen zudachte. Und genau *das* durfte nicht passieren. Ich musste mich zwingen, die Reihenfolge anzuerkennen. Eins passierte nach dem anderen. Die Zukunft gab es in diesen Momenten noch nicht, auch nicht als Vorahnung. Nur ein Jetzt und Hier.

Einmal ins Erinnern gekommen, genügten mir die Dialysestunden bald nicht mehr. Wie zuvor das Lesen nahm das Erinnern nun jede Minute des Tages in Beschlag. Ich tippte zwar nur in Dr. Beermanns Praxisräumen, hatte aber dennoch Tag und Nacht mit den Ereignissen der Insel zu tun. Hatte es da nicht einen Fuchs gegeben, der über die Straße gehuscht war, als wir vom Hafen zu meinem Haus fuhren? Wie war das mit den Zecken gewesen? Und was war wirklich auf der Waldlichtung geschehen? Wer hatte wo gesammelt? Hatte ich Gero tatsächlich umarmen wollen? Warum nur? Die Bilder aus meinem Traum, die sich immer wieder in mein Bewusstsein schoben, verstellten lange Zeit jeden klaren Gedanken an diesen Teil des Tages. Was hatte ich an der Steilküste getan? War etwas passiert oder nicht? Und dann gab es noch die nächtliche Szene im Wald, an die ich kaum zu denken wagte. Aber wie Dr. Beermann korrekt diagnostiziert hatte: Am Ende musste ich da anscheinend durch. Einmal durch den Hirseberg. Und es half tatsächlich.

Zumindest half es mir, die Situation besser zu ertragen, und obwohl es keine ernsthafte Arbeit war, die ich hier betrieb, konnte ich mir durchs Erzählen immerhin selbst beweisen, dass ich mich um Aufrichtigkeit bemühte. Diese Gewissheit brauchte ich. Als Nebenwirkung der Selbsttherapie jedoch versäumte ich es, meiner direkten Umgebung mehr als die gerade nötige Aufmerksamkeit zu widmen. (Um von der großen Welt gar nicht erst anzufangen. Ich hatte keine Ahnung, was dort vor sich ging. Es war, wie ich später feststellte, so einiges. Krisen über Krisen.) Das alles interessierte mich im Moment nicht im Geringsten. Ich nahm an nichts teil und hatte mich vorläufig ausgeklinkt.

Nicht einmal nähere Ereignisse drangen in letzter Konsequenz zu mir durch. Gudrun beispielsweise erlebte schlimme Tage, als ihr Sohnemann mit besorgniserregenden Symptomen ins Krankenhaus eingeliefert wurde, Fieberschübe, Atemaussetzer, Herzrhythmusstörungen – die Ärzte vermuteten eine verschleppte Viruserkrankung, konnten den wirklichen Auslöser jedoch nicht bestimmen –, und die Heimkehr des Sohnes ohne abschließenden Befund bewirkte keine Beruhigung der Mutter. Am Telefon sprach ich Gudrun mein Mitgefühl aus, bot ihr sogar Hilfe an, ohne eine Vorstellung zu haben, wie diese aussehen sollte, und wollte in Wahrheit doch bloß in Ruhe gelassen werden.

Wie sehr ich mich in meiner eigenen Welt verschanzt hatte, wurde mir letztlich erst dann in aller Klarheit bewusst, als ich erfuhr, was Bea in dieser Zeit umgetrieben und was sie schließlich aus eigenem Antrieb in die Wege geleitet hatte. Tatsächlich hatte ich nicht die geringste Ahnung gehabt. Wie an jedem anderen Mittwoch auch war ich abends von einer Dialysesitzung in die Wohnung zurückgekehrt, hatte noch beim Treppenaufstieg einige Notizen gemacht, um ja nicht die Wespen zu vergessen, deren Knistern im Gebälk des Hauses Ute damals so beunruhigt hatte, als Frauke mich bereits an der Wohnungstür erwartete und mir mit bebender Stimme zuwisperte: »Ich hoffe wirklich sehr, das war nicht deine Idee …«

Bea saß am Küchentisch, blickte mir entgegen und hielt sich an einer Teetasse fest. Mein erster Gedanke: Schwangerschaft. (Aber wie sollte das mit Fraukes Begrüßung zusammenpassen?) Bea hatte einige Broschüren vor sich ausgebreitet, dazu offiziell wirkende Schreiben. Noch im Näherkommen erkannte ich auf einem der Briefe das Logo von Dr. Beermanns Praxis.

»Was ist denn los?«, fragte ich und nahm ihr gegenüber Platz.

Frauke setzte sich nicht, sie wanderte wie ein lauerndes Raubtier hinter mir auf und ab. »Das lass dir mal von deiner Tochter höchstselbst erklären.«

»Ich verstehe gar nicht, warum du dich so aufregst«, sagte Bea versuchsweise ruhig, aber auch ihr war die Anspannung anzumerken.

»Nicht?«, fragte Frauke. »Dann hören wir uns doch mal an, was dein Vater dazu sagt.«

Bea schnaufte. Es war deutlich, wie sehr ihr die Situation zusetzte, und sie tat mir sofort leid. Instinktiv nahm ich mir vor, auf ihrer Seite zu sein, was auch immer der Grund für Fraukes Aufgebrachtheit sein mochte. Bea hatte diesen Vertrauensvorschuss mehr als verdient.

Ihre Finger fuhren über die Broschüren und Zettel vor ihr. Dann blickte sie auf und schaute mir direkt in die Augen. (Ach ja, meine mutige Tochter!) »Ich will euch eine Niere spenden«, sagte sie, und ich schwieg.

Hinter mir marschierte Frauke auf und ab und atmete hörbar.

»Hast du dir das gut überlegt?«, fragte ich und merkte, dass Frauke wie vom Schlag getroffen stehen blieb.

»Steen«, sagte sie, »darauf solltest du gar nicht eingehen.«

Ich hakte noch einmal nach. »Hast du dir das wirklich gut überlegt, Bea?«

»Natürlich habe ich das«, sagte sie. »Es ist das einzig Richtige. Für mich bedeutet eine Spende so gut wie keine Risiken.

Für einen von euch bedeutet sie einen Rückgewinn an Lebensqualität. Nicht irgendwann, wenn ein Organ da ist, sondern jetzt, bald. Außerdem stehen die Erfolgsaussichten bei einer Lebendspende viel besser. Es ist eine einfache Rechnung. Ich bin gesund, rundum. Dr. Beermann hat mich durchgecheckt. Körperlich und auch psychisch spricht nach seiner Einschätzung nichts dagegen. Das könnt ihr auch hier in dem Brief lesen, wenn ihr wollt.«

Frauke setzte sich nun ebenfalls an den Tisch und traktierte mich mit ihrem Psychologenblick. »Sie hat uns nicht einmal gefragt, ob wir das wollen.«

»Du musst ja nicht«, sagte Bea. »Niemand zwingt dich.«

Frauke fasste nach ihrer Hand. »Liebes, du bist glücklicherweise noch jung und hast ein hoffentlich langes Leben vor dir. Da kannst du nicht einfach munter deine Organe verteilen.«

»Ich möchte es aber.«

»Wahrscheinlich geht es gar nicht«, sagte Frauke. »Es gibt doch Unverträglichkeiten. Blutgruppen, Gewebe. Ich weiß auch nicht.«

»Das ist alles bereits abgeklärt«, sagte Bea und zeigte auf die Briefe auf dem Tisch. »Heutzutage funktioniert eine Lebendspende beinahe unter jeder Voraussetzung. Und die Gewebefrage hat Dr. Beermann in Papas Fall schon geprüft. Crossmatching. Bei ihm und mir gibt es keine Probleme.« Sie schaute Frauke an. »Deinen Arzt habe ich noch nicht gefragt.«

»Das kannst du auch lassen«, sagte Frauke und streichelte Beas Hand. »Für mich kommt das nicht infrage, unter gar keinen Umständen. Da warte ich lieber. Es ist zwar unglaublich mutig von dir, uns das anzubieten. Aber nein – ich kann das nicht.«

Jetzt blickten beide mich an. Ich war an der Reihe, etwas zu

sagen, und auch wenn alles dagegensprach – weil ich den Gedanken, in naher Zukunft womöglich einen Körperteil meiner Tochter in mir zu haben, mehr als abwegig fand –, ich also
die gleichen Skrupel wie Frauke fühlte, konnte ich Beas Angebot doch nicht guten Gewissens ausschlagen. Im Grunde
genommen ging es in diesem Fall mehr um sie als um mich.
Bea *wollte* helfen, unbedingt, und ich musste mir, auch wenn
es noch so schwer war, helfen lassen. Es war ihre Entscheidung, vielleicht die erste, die sie selbst und von sich aus getroffen hatte, ohne unsere Reaktion bereits mitzudenken. Es war
nur richtig, wenn ich meine Bedenken hintanstellte und ihren
Wunsch akzeptierte. Das war ich ihr schuldig.

»Was wären denn dann die nächsten Schritte?«, fragte ich.

»Ich fasse es nicht.« Frauke schlug mit der flachen Hand auf
den Tisch, stand auf und eilte aus der Küche. »Steen, das geht
nicht! Das darfst du nicht.« Ich hörte, wie sie die Schlafzimmertür hinter sich zuschlug.

Bea und ich sahen uns einen Moment an. Sie wirkte verunsichert, betroffen. Dann schob sie mir mit den Fingerspitzen
eine der Broschüren zu, und ich begann zu lesen.

# 3

Knapp hatte ich es geschafft, den Staubsauger im Schrank zu verstauen, als es wie erwartet an der Tür klingelte, exakt zwei Minuten nach der verabredeten Zeit. Tatsächlich wussten manche Journalisten, was sich gehörte. Den Kleinwagen, in dem die Redakteurin und der Fotograf vorgefahren waren, hatte ich bereits vor einiger Zeit aus dem Fenster entdeckt, schräg auf den Bürgersteig geparkt, über den Fahrradstreifen hinweg, so als gälten für sie andere Bedingungen. Der Fotograf – selbstredend ein Mann, es ging schließlich um empfindliche, technische Gerätschaften, mit denen er seine Arbeit verrichtete – rauchte, gegen das Auto gelehnt, eine Zigarette, während die Redakteurin bei heruntergekurbeltem Fenster ihre Notizen vervollständigte und telefonierte. Als ich das bemerkte, war klar gewesen, dass mir genügend Zeit bliebe, um die Wohnung zumindest oberflächlich durchzusaugen. Ansonsten war ja alles vorbereitet. Die Kaffeemaschine musste ich nur anschmeißen, einige Kekse hatte ich im Wohnzimmer bereitgestellt, Wasserflaschen und Gläser. Fehlte eigentlich nur noch Frauke, die bis jetzt nicht aufgetaucht war. (Ob sie den gemeinsamen Termin vergessen hatte? Ich hatte sie, um keinen Ärger heraufzubeschwören, am Morgen absichtlich nicht daran erinnert.) Jetzt war es eh zu spät. Ich stellte die Kaffeemaschine an, ging in den Flur und öffnete die Wohnungstür.

269

»Marina Reynolds«, sagte die Redakteurin und reichte mir eintretend ihre Hand. Lederjacke, Jeans, Picasso-T-Shirt, eher klein, Ende zwanzig, ein einnehmendes Lächeln. Sie war die Tochter einer spanischen Europaabgeordneten und eines britischen Lobbyisten, in Brüssel geboren, Internatskind, Abitur in Salem, danach Journalistikstudium hier in Hamburg, wo sie fürs Erste offensichtlich hängen geblieben war. (Natürlich hatte ich mich im Vorfeld über sie schlaugemacht.) »Wir hatten telefoniert.«

»Aber sicher«, sagte ich, »nur immer herein.«

Der Fotograf, eine schwere Tasche über der Schulter, folgte ihr auf dem Fuß und nuschelte im Vorbeigehen seinen Namen. Herrmann, Lehmann, Neumann – es war schwer zu verstehen. Kurzes Händeschütteln.

»Aber Sie wollen mir jetzt nicht weismachen, dass Sie vor Kurzem noch ernstlich krank waren«, sagte Frau Reynolds ohne jeden merkbaren Akzent in der Stimme. Ihr Lächeln wurde dabei noch breiter. »Sie sehen aus wie das blühende Leben.«

»Na ja«, sagte ich und deutete auf die Wohnzimmertür.

Bei diesem offensichtlichen Geschmeichel handelte es sich natürlich um das übliche Honig-ums-Maul-Schmieren beim ersten Aufeinandertreffen, das ich von ähnlichen Gelegenheiten her kannte. Nie war es ganz ernst gemeint, aber auch nicht wirklich geflunkert. So begannen Journalistengespräche eben, plaudernd, um die Stimmung zu lösen, doch bewirkte es in meinem Fall leider zumeist das genaue Gegenteil. Fotografen oder Kameraleute, die hofften, bei mir für Entspannung zu sorgen, indem sie mich nach Hobbys oder Urlaubsplänen fragten, mussten damit leben, dass ich mich zusehends verkrampfte.

»Da entlang, bitte«, sagte ich. »Die Jacken können Sie auf dem Stuhl ablegen. Und keine Umstände mit den Schuhen, wirklich nicht. Alles gut so.«

»Schön haben Sie es hier«, sagte Frau Reynolds, als sie das Wohnzimmer betrat. »Wohnen Sie schon lange hier?«

»Ewig. Immer. Tatsächlich seit dem Studium. Ist die erste Wohnung, die meine Frau und ich damals gemeinsam gemietet haben. Im Übrigen wird meine Frau sicher gleich da sein.«

»Kein Problem«, sagte Frau Reynolds. »Ein bisschen Zeit haben wir mitgebracht.«

Lehmann oder Herrmann nickte zur Bekräftigung dieser Aussage.

»Wir haben einfach keinen Grund gehabt, uns eine neue Bleibe zu suchen«, sagte ich, den Faden wieder aufnehmend. »Groß genug ist die Wohnung ja, liegt auch nett, und mit unserer Tochter haben wir alle paar Jahre die Räume durchgetauscht. Unser Wohnzimmer war schon in jedem der vier Zimmer. Nur Küche und Bad sind immer gleich geblieben.«

»Und Sie haben die Wohnung nie gekauft? Vor ein paar Jahren hätte man sich so was vielleicht sogar noch leisten können.«

»Stimmt schon. Aber mieten ist auch nicht schlecht. Und bedienen Sie sich gerne.«

Beide hatten sich nebeneinander aufs Sofa gesetzt, und Lehmann oder Herrmann hatte sich sofort einen der Kekse geschnappt, ihn sich in den Mund gestopft und kauend begonnen, seine Tasche auszuräumen. Mehrere imposante Objektive verteilte er auf dem Tisch, die alle überdimensioniert wirkten für unsere Wohnung. (Aber was wusste ich schon über Fotografie.)

»Außerdem haben Sie ja Ihr Haus auf der Insel«, sagte Frau

Reynolds, um vermutlich möglichst elegant auf den Hauptgrund ihres Besuches umzulenken.

»Richtig.« Ich blickte aus dem Fenster und machte kehrt. »Trinken Sie beide Kaffee?«

Ich bereute es bereits, mich auf diese Homestory-Idee eingelassen zu haben. Von mehreren Seiten war mir dazu geraten worden, nicht zuletzt von meinem Verlag, der die Angelegenheit überhaupt aufgebracht hatte. Dort hatte man sich nach dem Inselunglück zunächst erstaunlich entspannt gezeigt, was meine öffentliche Wahrnehmung betraf, obgleich ich früh klargestellt hatte, dass in nächster Zeit von mir sicher nichts zu erwarten wäre und vorerst auch kein neues Werk in Planung sei. Anscheinend sorgten der zufriedenstellende Verkauf meiner Backlist sowie die Lizenzverkäufe im Ausland für Gelassenheit. Nur die Presseabteilung hatte es nach über einem Jahr für angebracht gehalten, der Öffentlichkeit meine andauernde Abwesenheit irgendwie verständlich zu machen, am besten in meinen eigenen Worten. Deshalb hatten sie die Homestory ins Spiel gebracht und den Kontakt zur Redaktion von sich aus hergestellt. Etwas Gutes sollte das werden, ein großer Artikel in einem Monatsmagazin, klassische Leserschaft, hauptsächlich Frauen. Nur ein paar Fotos, gerne mit Ehefrau an der Seite, dazu ein freundlich geschriebenes Porträt. Ein Klacks! Das erledigst du mit links, Steen! Und dann wissen alle Bescheid.

Als ich Ute am Telefon von der Idee erzählte, war sie zunächst zwiegespalten. »Kann gut werden, kann aber auch in die Hose gehen«, sagte sie, und als ich daraufhin entschied, es zu lassen, riet sie mir überraschend zu einer Zusage: »Du kannst aber sicher am besten erzählen, was passiert ist. Irgendwann muss das wohl sein. Da haben die Pressefuzzis vom Verlag schon recht. Du gehörst ja sozusagen zum gemeinschaftlichen Inventar.«

»Und da hat die Öffentlichkeit dann also ein Anrecht, Genaueres über meine Gesundheit zu erfahren?«

»So ungefähr.«

»Hm.«

Bei Frauke war die Idee sogar auf sofortige Begeisterung gestoßen. Sie nickte heftig, als ich ihr davon berichtete. »Aber sicher, die sollen nur kommen, gute Gelegenheit«, sagte sie mit dieser neuen Form von Aufgekratztheit, die sie seit einigen Wochen an sich hatte und mit der ich noch immer nicht recht umzugehen wusste. Der Umschwung in ihrem Verhalten vom Anschweigen hin zum mädchenhaften Verliebtsein war für mich doch arg plötzlich gekommen. Wann immer sie konnte, umarmte Frauke mich nun, schnappte sich, wenn wir auf dem Sofa nebeneinandersaßen, meinen Arm, legte ihre Beine auf meinen Schoß und verhielt sich in allen Lebenslagen beinahe so, wie ich sie einst kennengelernt hatte, früher. (Auch im Bett ging es seit Neuestem wieder ziemlich hoch her.) Als sich die Wohnungstür jetzt leise öffnete, kam sie sofort zu mir in die Küche gehuscht, um mich mit einem Kuss zu begrüßen.

»Sind die schon lange da?«, fragte sie und schälte sich aus ihrer Jacke, die sie über einen Küchenstuhl warf.

»Ein paar Minuten erst«, sagte ich. »Hab beinahe befürchtet, dass du den Termin vergessen hast.«

»Ich? Niemals.« Sie drehte sich vor mir. »Hat beim Friseur nur etwas länger gedauert. Sieht man das etwa nicht?«

»Doch, klar.« Ich lächelte gespielt verlegen. »Toll!«

»Männer.« Frauke winkte ab. (Dieses Genderspiel gehörte seit Ewigkeiten zu unseren Umgangsformen.) »Soll ich dir hier helfen?«

»Nicht nötig. Ich warte nur auf die Kaffeemaschine.«

»Dann verschwinde ich schon mal ins Wohnzimmer. Wie viele sind es denn?«

»Eine Redakteurin und ein Fotograf.«

»Na, das sollte doch zu schaffen sein. Ich bin gespannt!«

Damit schwebte sie aus der Küche, und ich hörte, wie sie die beiden begrüßte – Friseur, ja, wie immer, 'tschuldigung –, so was konnte Frauke einfach. Die Maschine neben mir schnaufte, gleich würde der Kaffee durchgelaufen sein.

Fraukes Wesensänderung, die dafür sorgte, dass sie auf einmal wieder meine Nähe suchte, hatte genau hier stattgefunden, am Küchentisch, vor einigen Wochen. Kurz nach der OP war das gewesen, als Bea und schließlich auch ich aus der Klinik nach Hause zurückgekehrt waren, Bea ohne jegliche Probleme, ich endlich von der Dialyse befreit und nur noch mit der Einnahme der Immunsuppressoren beschäftigt, die meinen Körper davon abhalten sollten, das neue Organ, das vorbildlich seinen Dienst tat, als fremd zu erkennen und abzustoßen. (Vielleicht halfen diese Tabletten auch gegen meine Gewissensbisse, deren Auswirkungen ich möglichst gering zu halten versuchte, um eine gründliche Auseinandersetzung mit der Transplantation in die Zukunft zu verschieben? Jetzt war sicher nicht die Zeit, meine Gefühlswelt in dieser Frage zu ergründen.) Passenderweise hatte ich noch im Krankenhaus, wenige Stunden bevor ich entlassen worden war, meinen Inselbericht abgeschlossen. Kaum zu Hause angekommen, hatte ich das Manuskript ausgedruckt, war in die Küche gegangen und hatte es dort wortlos auf den Tisch gelegt. Ein hübscher Stapel Papier.

Frauke, die gerade die Spülmaschine ausräumte, drehte sich um. »Was ist das denn?«, fragte sie, und es war für uns

beide etwas ungewohnt, dass sie mich direkt ansprach. Bis
dahin war sie unverändert schockiert gewesen über mein Verhalten gegenüber Bea und hatte allen Anzeichen nach meine Gegenwart bloß mit allergrößter Mühe ertragen. Ich hätte
eher erwartet, dass sie den Raum verlassen würde.

»Keine Ahnung, wie man das nennen soll«, sagte ich, was
der Wahrheit entsprach. Darüber hatte ich nicht nachgedacht.
Ich hatte das Ganze einfach nur aufgeschrieben, zunächst einmal für mich und auf ärztliche Verordnung hin, und hätte
nicht sagen können, weshalb ich jetzt auf die Idee verfallen
war, Frauke die Seiten vorzulegen. »Einen Bericht könnte man
es vielleicht nennen. Über die Insel. Selbstbeschau also. Das
ist alles, was ich erinnere.«

Frauke blickte mich kurz an, trat dann an den Tisch und
ließ die Blätter über ihren Daumen surren. Sie überflog im
Stehen die erste Seite, blickte noch einmal auf – und diesmal
hob sie nicht nur die eine Augenbraue, ihre ganze Stirn legte
sich in Falten – und nahm schließlich auf einem der Stühle
Platz. Sofort begann sie zu lesen, und ich stand unbeholfen
daneben, einige Minuten lang, beobachtete, wie sie Seite um
Seite las und weglegte, bis es mir zu unangenehm wurde und
ich ins Wohnzimmer verschwand.

Ich sah sie den ganzen Tag nicht mehr, denn ich vermied
es bewusst, der Küche allzu nahe zu kommen. Es war sicherer
für mich, im Wohnzimmer zu bleiben und zur Ablenkung etwas zu lesen, irgendwas Banales, wenig Anspruchsvolles. (Ich
nahm mir das Buch vor, das Hannes mir in die Klinik mitgebracht hatte. Das war wirklich nichts Besonderes, half mir
aber, nicht zu viel an Frauke und mein Manuskript zu denken.)

Frauke las anscheinend ohne Unterbrechung, und meine

Ohren waren gespitzt und achteten auf jedes Geräusch, das aus der Küche ins Wohnzimmer drang. Einmal hörte ich, wie Frauke sich Tee machte. Dann schnaubte sie ihre Nase. Weinte sie etwa? Irgendwann meinte ich, ein Lachen zu hören. Schließlich blieb es still.

Als ich am Abend ins Bett gehen wollte, wagte ich einen kurzen Blick zu ihr. Dem Stapel nach zu urteilen, war sie beim letzten Drittel angelangt. Bald würde sie die Gero-Dinge lesen, die Szene im Wald, den Zusammenbruch.

»Kommst du auch irgendwann ins Bett?«, fragte ich vorsichtig.

Verzögert blickte sie auf. »Später.« Sie lächelte und schüttelte gleichzeitig den Kopf. »Ich kann gar nicht glauben, dass du das hier geschrieben hast. Die Hälfte deiner Gedanken hätte ich nicht erwartet.«

»Siehst du mal«, sagte ich.

Als ich am nächsten Morgen erwachte, spürte ich, noch bevor ich die Augen überhaupt aufschlug, dass Frauke wie früher in meinem Arm lag und ihren Kopf an meine Schulter schmiegte. Ich hatte nicht mitbekommen, dass sie sich nachts zu mir ins Bett gelegt hatte, und als ich mich jetzt regte und die Lider öffnete, schaute sie mich aus nächster Nähe an.

»Was ist denn?«, fragte ich.

»Nichts«, sagte sie. »Ich freu mich bloß.«

»Aha. Und warum?«

»Weil ich seit gestern wieder ein Gefühl dafür bekommen habe, wer du eigentlich bist.«

»So was«, sagte ich. »Wie erfreulich.«

»Ja, und wie.« Sie schmiegte sich noch etwas näher an mich heran. »Weißt du, ich hab schon geglaubt, dich überhaupt nicht mehr zu kennen. Das ging bereits eine ganze Weile so.

Aber jetzt, wo ich gelesen habe, wie du die Sache auf der Insel erlebt hast, ist mir klar geworden, dass ich mir einfach abgewöhnt hatte, dich wirklich zu sehen. Ich habe wohl tatsächlich geglaubt, dass ich besser als du selbst wüsste, was du denkst oder willst. Am Ende hab ich dir gar nicht mehr richtig zugehört. Schublade auf, Steen rein, jedes Mal. Dein Text hat mir wirklich die Augen geöffnet.«

»Immerhin«, sagte ich und merkte, wie ihre Hand unter mein T-Shirt glitt und sich ihren Weg suchte.

»Was im Übrigen nicht heißt, dass ich dir in allem zustimme«, sagte sie, und ihre Finger erreichten den Bund meiner Unterhose.

»Nicht?«

»Vor allem erinnere ich eine ganze Menge anders als du. Aber das soll uns jetzt nicht weiter kümmern ...«

Im Wohnzimmer waren sie bereits mitten im Interview angekommen. Während ich Kaffee einschenkte – eine halbe Tasse für Frauke, eine ganze für mich – und mich anschließend in den Lesesessel setzte, erzählte Frauke von dem Inseltag. Beinahe lustig und gelöst klang das, wie ein gemeinsam überstandenes Abenteuer. Frau Reynolds hatte ein Diktafon auf den Tisch gestellt – sie würde aus dem Gesagten im Anschluss einen eigenen Text verfassen, wir könnten ruhig frei und raumgreifend erzählen –, und Herrmann oder Lehmann begann, uns nebenbei zu knipsen. (Etwas irritierend, nach jeder Regung den Auslöser der Kamera zu hören: Tasse zum Mund – klick. Blick zu Frauke – klick. Ein Lachen – klick.) Ich selbst bemühte mich, möglichst aufmerksam Fraukes Worten zu folgen. Noch nie hatte ich gehört, wie sie über die Ereignisse auf der Insel sprach, und ihre Fassung der Geschichte war massenkompatibler als meine, nicht zuletzt deshalb, weil alles, was sie erzählte, mit der Öffentlichkeit im Sinn gesagt wurde. In ihrer Version kamen keine Flirts oder Hahnenkämpfe vor, keine Eifersüchteleien oder wahlverwandtschaftliche Irritationen. Bloß Friedefreudeeierkuchen. (So ungefähr würde es später dann auch im Magazin zu lesen sein: *Wenn Frau Friis von dem Tag erzählt, bekommt man gleich Lust, etwas Ähnliches für sich und ein paar enge Freunde zu planen.*)

Ein Genießerwochenende also. Mit einem befreundeten Pärchen im Inselhaus. Gutes Essen, guter Wein, gute Gespräche. So sei laut Frauke der Plan gewesen. Und beim Spaziergang durch den Wald, der direkt hinterm Haus liege, hätten alle Pilze gesammelt.

Frau Reynolds unterbrach an dieser Stelle den Bericht. »Kennen Sie sich mit Pilzen aus?«, fragte sie, und ihre Frage war eindeutig mehr an mich als an Frauke gerichtet.

»Eigentlich ja«, sagte ich. »Schon als Kind sind wir mit unserem Großvater in die Pilze gegangen, meine Schwester und ich. Großvater war so ein Waldschrat, dem es etwas bedeutete, dass seine Nahrung nicht gekauft, sondern gefunden oder selbst angebaut wird. Mir geht es ähnlich. Hier in Hamburg kann ich das nur schwer ausleben, aber auf der Insel habe ich dieses Waldschrat-Gen in mir immer ein wenig zelebriert. Da hab ich einen eigenen Garten mit Kartoffeln. Es gibt Pilze im Wald, Blaubeeren, und mein Nachbar, der Fischer ist, bringt mir regelmäßig etwas mit, Dorsch, Seeteufel, was er so fängt.«

»Klingt nach Idylle«, sagte Frau Reynolds (und schrieb es später auch in ihrem Porträt).

»Wenn man so was mag, ja.«

»Und Sie?«

Frauke zögerte nicht mit ihrer Antwort: »Das bisschen,

was ich über Pilze weiß, hat mir mein Mann beigebracht. Insofern würde ich nicht behaupten, mich wirklich auszukennen. Allerdings weiß ich, wie die Pilze aussehen, die ich essen mag. Und alles andere bleibt stehen.«

»Trotzdem scheinen ja irgendwie die falschen Pilze im Korb gelandet zu sein«, sagte Frau Reynolds. »Wir wissen schließlich, was dann passiert ist.« (Im Magazintext würde die Überleitung ebenfalls etwas holprig daherkommen. *Jede Idylle endet irgendwann einmal.*)

»Und glauben Sie mir, ich zermartere mir seitdem den Kopf, wie das passieren konnte«, sagte Frauke.

Ich horchte auf. Davon hatte ich nichts gewusst. Frauke war mir nie grüblerisch vorgekommen, eher fest in ihrer Meinung und vor allem gefasst.

»Sind Sie denn zu einem Ergebnis gekommen?«, fragte Frau Reynolds.

Frauke schaute mich an. Klick. »Ich fürchte, dass ich nicht aufgepasst habe.«

»Unsinn«, sagte ich.

»Wieso das?« *(Man spürt den Wunsch des Ehepaares, aufrichtig mit dem Geschehenen umzugehen.)*

»Weil ich mich genau erinnere, dass ich es war, der den Pilz in den Korb gelegt hat«, sagte ich.

»Mir ist klar, dass du das denkst«, sagte Frauke und setzte sich zu mir auf die Sessellehne. Klick. »Aber meine Erinnerung sieht da etwas anders aus.«

Ich schüttelte den Kopf, als wäre die Sache dadurch erledigt. Tatsächlich aber war auch ich mir in letzter Zeit nicht mehr ganz so sicher gewesen, wie es damals wirklich abgelaufen war. In den zurückliegenden Wochen hatte es eine Verschiebung in meiner Erinnerung gegeben, die mich zusehends verwirrte. Ich hatte es an meinem wiederkehrenden Traum bemerkt, der mich länger nicht belästigt hatte, nun aber erneut regelmäßig meine Nächte verfinsterte. In diesem Traum war ich seit Neuestem nicht mehr allein. Alle zusammen gingen wir über die moosige Lichtung, bis ich den Pilz entdeckte. (Immerhin: Selbst im Traum war ich es, der den Pilz erspähte. Ich, niemand sonst.) Da steht er also auf einmal vor uns, gelb, ein Prachtkerl, und von allen Seiten nähern sich ihm Hände. Gemeinsam greifen wir zu, während über uns der Specht seine Warnungen an den Baum klopft. Ratatan, ratatan. »Nein!«, schreie ich auf, aber tonlos. Ich kann meine eigene Stimme nicht hören. Die anderen drei blicken mich irritiert an, und Frauke sagt: »Was ist denn?« Auch ihre Stimme ist nicht zu hören. Ich muss ihre Worte von den Lippen ablesen. Und in diesem Moment reißt der Boden unter uns auf, der Schlund öffnet sich, und wir alle stürzen in die Tiefe. Im Fallen bilden sich unterschiedliche Paare, die sich bei den Händen halten. Meistens klammern sich Ute und ich aneinander. Gero hält sich so gut wie immer an Frauke, die er an sich reißt, als müsste er schnell noch ihre Nähe spüren, bevor alles mit dem bevorstehenden Aufprall schlagartig enden wird. Manchmal finden Fraukes und meine Hände sich im Sturz. Und in einer besonders verstörenden Version enden Gero und ich beieinander, unsere Hände im Fallen fest vereint.

Zum Glück war diese letzte Variante nur ein Mal vorgekommen. Ansonsten hätte es mich wohl dazu bewogen, wieder meine Schlafvermeidungstaktik zu aktivieren, mit der ich mir die erste Zeit nach dem Inselunglück fraglos zusätzlich erschwert hatte. Nun hoffte ich einfach stur auf gute Nächte, mehr nicht, und nahm den Traum, wenn er mich denn ereilte, für das, was er war: unbewusste Hirntätigkeit.

»Letztendlich ist es unwichtig, wer von uns was in den Korb gelegt hat«, sagte ich. »Auch unsere Freunde haben gesammelt und vorher klargestellt, keine Ahnung von Pilzen zu haben. Ich hatte allen versprochen, im Anschluss die Ausbeute zu kontrollieren. Tatsache also ist, dass ich derjenige war, auf den sich alle verlassen haben.«

»Sie geben sich also die Schuld?«, fragte Frau Reynolds. Und dieser Teil des Gespräches würde später eins zu eins im Magazin erscheinen. Ich ahnte das, noch während wir miteinander sprachen. Frau Reynolds' Blick bekam Aufforderungscharakter. Nur zu. Erzählen Sie. Das wollen die Leute wissen.

»Weiß ich nicht«, sagte ich.

»Wieso nicht? Es klingt doch nach einem klaren Fall.«

»Das hätte ich direkt nach dem Unglück auch gesagt. Aber so einfach ist es eben nicht. Es gibt schließlich Gründe, weshalb ich später nicht genau genug die Pilze kontrolliert habe. Im Leben ist es selten so, wie es auf den ersten Blick scheint. Es ist schwer, die genauen Zusammenhänge zu erkennen, die zu einem Ergebnis führen.«

»Da muss ich meinem Mann recht geben«, sagte Frauke. »Als Psychotherapeutin weiß ich, dass es meistens so gut wie unmöglich ist, die Frage nach Schuld und Verantwortung eindeutig zu klären.«

»Hinter jedem Ereignis steckt ein weiteres«, sagte ich. »Davor, meine ich. Jede Entscheidung wird von einer vorhergehenden Entscheidung beeinflusst, oder genauer: gleich von mehreren. Nicht nur von den eigenen im Übrigen, auch den Entscheidungen anderer. Und das gilt genauso für die Nichtentscheidungen, für das Unterlassen.«

Frauke nahm meine Hand. Ich blickte sie an und erschrak. Auch in meinen Ohren hatte das, was ich da eben gesagt hatte, verdächtig nach einer Ausrede geklungen, wie ein durchsichtiges Manöver, mich möglichst freizusprechen von direkter Schuld. (In dem Text von Frau Reynolds klang es sogar noch stärker danach. *Wer will bestimmen, wer die meiste Schuld an der Misere trägt?*) Ich wollte etwas hinzufügen, die Dinge klarstellen, aber Herrmann oder Lehmann unterbrach meine Gedanken.

»Bleiben Sie bitte kurz so«, sagte er und rückte vom Sofa auf den Boden, um einen anderen Winkel für sein Foto zu haben. Klick. »Danke, das wird gut.«

Bevor ich meine Gedanken wieder aufnehmen konnte, fragte Frau Reynolds: »Wissen Sie eigentlich, um welche Art von Pilz es sich gehandelt hat?«

Frauke nannte den Namen, und ich hörte bewusst weg.

»Dieser Pilz enthält das Gift Orellanin«, sagte ich. »Einige Stunden nach dem Verzehr beginnt es, die Nieren zu schädigen. Man merkt es eigentlich erst, wenn es zu spät ist.«

»Wie lange hat es bei Ihnen gedauert?«

»Einen halben Tag, ungefähr. Am nächsten Morgen ging es uns allen dreien hundeelend.«

»Wieso eigentlich nur dreien?«, fragte Frau Reynolds. »Für Sie beide und Ihren Freund endete das Wochenende, wie wir wissen, im Krankenhaus. Aber was war mit der vierten Person?«

»Unsere Freundin mag keine Pilze.«

»Glück gehabt.«

»Sozusagen.«

Frau Reynolds schaute sich um. Obwohl noch nicht allzu lange im Geschäft, schien sie bereits ein instinktives Gespür dafür entwickelt zu haben, wann es an der Zeit war, eine Pause einzulegen. Immer langsam. Nur nicht zu viel auf einmal.

»Meinen Sie, wir könnten kurz auf den Balkon gehen?«, fragte sie und richtete sich an Herrmann oder Lehmann: »Da ist das Licht doch ganz hübsch. Was meinst du?«

»Passt«, sagte er und arbeitete sich vom Boden hoch. »Vielleicht kann ich da sogar schnell eine rauchen?«

Frau Reynolds ging zur Balkontür. »Dürfen wir?«

»Aber gerne«, sagte Frauke. »Ich hole einen Aschenbecher.«

Während Frauke im Stubenschrank einen der nur selten zum Einsatz kommenden Aschenbecher heraussuchte, blieb ich auf dem Sessel sitzen und fuhr mir mit den Händen übers Gesicht. Die Situation, in der ich mich hier wiederfand, war einfach nur absurd. Niemals würde ich den komplizierten Zusammenhängen von damals in einem plaudernden Gespräch mit einer noch so freundlichen Journalistin gerecht werden können; allzu vieles würde naturgemäß auf der Strecke bleiben müssen, was nicht anders zu erwarten gewesen war. Doch spürte ich deutlich, mit welch gesteigerten Erwartungen Frauke in dieses Gespräch eingestiegen war. Sie schien sich von dem Interview weitere Einblicke in mein und ihr eigenes Unterbewusstsein zu erhoffen. Ihre Erwartungshaltung war geradezu mit Händen zu greifen.

Als sie eine der flachen, auf der Insel getöpferten Schälchen gefunden hatte und an meinem Sessel vorbei Richtung Balkontür ging, blieb sie neben mir stehen und sagte: »Läuft doch gut. Du musst im Übrigen keinerlei Rücksicht auf mich nehmen. Hau uns ruhig in die Pfanne.«

»Das ist doch nicht dein Ernst«, sagte ich. »Diese Geschichte erscheint in einem lächerlichen Frauenmagazin.«

»Ich lese das jeden Monat bei der Dialyse, und gar nicht ungern«, sagte Frauke. »Also, streng dich besser an. Ich gebe mir auch Mühe.«

Ich blieb noch einen Moment sitzen, um meine Gedanken zu sortieren. Frauke trat auf den Balkon hinaus und begann, mit dem rauchenden Fotografen und Frau Reynolds zu plaudern, die ihr Diktafon nun in der Hand hielt. Ich hörte, wie Frauke von dem Krankenhaus in Kopenhagen zu erzählen begann, von den ersten Tagen nach dem Unglück, der großen Unsicherheit und der niederschmetternden Nachricht, dass wir alle drei unsere Nierenfunktion eingebüßt hätten.

»Hatten Sie eigentlich Angst, dass Sie nicht durchkommen würden?«, fragte Frau Reynolds.

»Oh ja, sehr. Die Gefahr bestand durchaus. Uns wurde von den Ärzten ganz offen gesagt, dass es brenzlig um uns stünde. Niemand kann voraussagen, wie der Organismus so eine Situation meistert. Vielleicht macht das Herz das nicht lange mit? Vielleicht schalten sich auch andere Organe ab? Und Sie glauben gar nicht, wie diese Todesnähe einen Menschen verändern kann.«

»Inwiefern?«

»Ich hätte zum Beispiel nicht erwartet, dass man sich angesichts des eigenen Endes so allein fühlen würde.«

»Aber Sie waren doch nicht allein. Sie waren zu dritt.«

»Das war eben das Erstaunliche«, sagte Frauke. »Das war vollkommen egal. Für mich ging es in diesen Tagen nur um mich selbst. Und ich glaube, dass ich da auch für meinen Mann sprechen kann. Und das Verrückteste an der Sache: Gleichzeitig war ich voller Sorge – um die anderen.«

»Ihre Tochter zum Beispiel, meinen Sie.«

»So ist es. Der Gedanke an unsere Tochter hat mich beinahe um den Verstand gebracht. Nicht so sehr ihretwegen. Unsere Tochter würde klarkommen. Das wusste ich. Aber wegen *mir selbst*. Ich wollte sie nicht allein lassen müssen. Ich wollte noch bei ihr sein. Auch das also war letztlich ein ganz egoistisches Motiv, wenn man drüber nachdenkt.«

Unvermittelt schossen mir die Tränen in die Augen. Das war mir lange nicht passiert, und ich stand schnell auf und eilte aus dem Zimmer auf die Toilette. Dort stand ich vor dem Spiegel, schaute mich durch den Tränenfilm an und schüttelte den Kopf. Konnte es sein, dass Frauke recht hatte? Stimmte ihre Beobachtung auch für mich? War es mir bei meinen Sorgen am Ende immer nur um mich selbst gegangen, und war ich nur zu hasenfüßig, mir das einzugestehen?

Ich musste nicht lange nachdenken. Natürlich, Frauke hatte recht, wie immer. Es war höchste Zeit, dass ich mir das endlich eingestand.

Ich klatschte mir Wasser ins Gesicht, trocknete es ab und inspizierte noch einmal genauer meine Wirkung, bevor ich mich ebenfalls auf den Balkon begab. Es war offensichtlich, dass ich geweint hatte. Aber das war schon in Ordnung. Herrmann oder Lehmann würde jedenfalls zufrieden sein. Klick. (Und ich sah den unpassenden Kalauer bereits voraus, den Frau Reynolds in ihr Porträt einbauen würde: *Man merkt, wie sehr das alles dem Menschen Friis an die Nieren geht.*)

Um meine Nieren drehte sich dann auch das weitere Gespräch, als ich zu den anderen auf den Balkon hinaustrat, auf dem es zu viert doch recht eng war. Lehmann oder Herrmann saß rauchend auf einem der Stühle, wir anderen standen. Frauke hatte während meiner Abwesenheit anscheinend von ihrem derzeitigen Leben erzählt, von den endlosen Dialysesitzungen, der ersten Zeit im Altonaer Klinikum.

»Da hinten liegt es«, sagte sie und deutete Richtung Nordwesten. »Kann man von hier aus nicht sehen. Da haben wir die erste Woche gelegen. Danach war alles anders. Kerngesund auf die Insel gefahren, als Dialysepatienten nach Hause zurückgekehrt.«

»Was für eine Umstellung, das alles«, sagte Frau Reynolds. »Ich meine, auf einmal diese ständige ärztliche Beobachtung, die Kontrollen, die langen Sitzungen.«

»Scheußlich ist es«, sagte ich. »Dafür gibt es kein anderes Wort. Obwohl es natürlich ein Wunder ist, dass es diese Dialyse überhaupt gibt. Sonst stünden meine Frau und ich jetzt nicht hier. Ein Dialysepatient lebt tatsächlich wie eine Figur aus einem Science-Fiction-Film. Wird er nicht regelmäßig an die Maschinen angeschlossen, ist es sehr schnell aus.«

»Aber für Sie gab es doch vor Kurzem einen Lichtblick, wenn ich es richtig verstanden habe«, sagte Frau Reynolds. »Bei Ihnen wurde ein neues Organ transplantiert. Alles hat gut geklappt?«

»Hat es, ja.«

»Meinen Glückwunsch! Ich kann mir vorstellen, dass es wie ein zweites Leben ist, das Sie hier geschenkt bekommen haben.«

Ich nickte.

»Haben Sie eigentlich eine Haltung zum Thema Organspende?«, fragte Frau Reynolds und blickte durch die Balkontür auf den Tisch, wo ihr Notizblock lag. »Ich hatte mir die Zahlen extra aufgeschrieben. Es werden ja, wenn ich richtig informiert bin, von Jahr zu Jahr weniger Transplantationen in Deutschland durchgeführt. Haben Sie eine Erklärung dafür?«

Ich sagte nichts. Ich konnte nicht. Und Frauke blickte mich irritiert von der Seite an. Es war klar, woran sie dachte.

Aber wollte sie wirklich, dass ich ausgerechnet bei *dieser* Gelegenheit ans Eingemachte ging? Sollte ich vor der Redakteurin eines Frauenmagazins und ihrem rauchenden Fotografen ausbreiten, wie es sich anfühlte, ein zusätzliches Organ im Körper zu haben, zudem das meiner eigenen Tochter? Immerhin würde ich damit einen Informationsdienst für die Allgemeinheit leisten. Die meisten Menschen wissen nichts von diesen Dingen. Meine alten, funktionslosen Nieren waren ja nicht entfernt worden, sondern sie waren weiterhin da, nutzlos und als Mahnung daran, was passiert ist. Was ich getan habe. Daneben fühlte sich das neue Organ meiner Tochter, das hinzugekommen war, quicklebendig und gleichzeitig wie ein Fremdkörper an, der mich daran erinnerte, dass ich ohne ihn aufgeschmissen wäre. Das waren die Tatsachen. Aber ich brachte kein Wort davon über die Lippen. Ich machte mir ja mit Absicht selbst möglichst wenige Gedanken in dieser Sache, um nicht die Nerven zu verlieren. (Warum wohl trat mein Traum in letzter Zeit wieder gehäuft auf? Doch gewiss nicht, weil ich mich so rundum wohlfühlte mit mir und meinem Körper.)

»Wahrscheinlich sind die Menschen einfach verunsichert«, sagte Frauke zögerlich. »Da hat es mehrere Skandale gegeben, und die Unwissenheit über die genauen Abläufe spielt wohl ebenfalls eine Rolle.«

»Vielleicht sollten wir im Magazin einen Infokasten einfügen«, sagte Frau Reynolds. »Mit den wichtigsten Informationen über Organspenden.«

»Meine Tante wartet auch seit Ewigkeiten auf eine neue Lunge«, sagte Herrmann oder Lehmann, und wir alle blickten ihn etwas erstaunt an. »Die hat ihr Leben lang geraucht wie ein Schlot. Kein Wunder also.« Dabei drückte er seine Zigarette im Aschenbecher aus und nickte uns vielsagend zu. »Was soll man machen: Ist ein Familienlaster.«

»Ich glaube, wir machen das mit dem Infokasten«, sagte

Frau Reynolds. »Es ist ja auch ein komplexes Thema. Ich weiß gar nicht, wie ich mich entscheiden würde. Obwohl: Wenn man jemandem helfen kann, nachdem man gestorben ist …«

»Es bleibt eine Entscheidung, die jeder für sich selbst treffen muss«, sagte ich und bemerkte, wie aktiv Frauke auf einmal neben mir schwieg.

Frau Reynolds stellte ihr Diktafon aus und schien noch einmal in sich hineinzuhorchen. »Ich denke, da habe ich jetzt genug. Und bei dir?«, fragte sie ihren Fotografen.

»Wird was dabei sein.«

»Dann wollen wir Sie beide auch nicht länger belästigen«, sagte sie und trat vom Balkon ins Wohnzimmer, um ihre Sachen zusammenzusuchen. Mit einem Mal schien sie es eilig zu haben.

»Okay«, sagte ich. »Sonst melden Sie sich auch gerne noch einmal.«

»Bevor der Text in den Druck geht, wollten Sie ihn noch gegenlesen, richtig? Das war mit Ihrem Verlag jedenfalls so ausgemacht.«

»Das wird nicht nötig sein«, sagte Frauke, und wir führten die beiden zur Wohnungstür, um uns dort von ihnen zu verabschieden und die allgemein üblichen Floskeln auszutauschen. Vielen, vielen Dank. Und alles Gute weiterhin.

Nachdem Frauke die Tür geschlossen hatte, schaute sie mich einen Moment lang an, die Augenbraue gehoben, als wollte sie etwas sagen.

»Was denn?«, fragte ich schließlich.

»Weiß nicht.« Sie ging in die Küche. »Ich fürchte, ich hatte etwas anderes erwartet.«

»Und was, bitte schön? Das Ganze wird eine alberne Homestory. In einem Frauenmagazin.«

»Keine Ahnung«, sagte sie und ging über den Flur zu ihrem Zimmer. »Vielleicht schreibst du irgendwann drüber. Ich bin jetzt jedenfalls müde.«

Ich beobachtete, wie sie die Tür hinter sich schloss, und spürte ganz deutlich die Traurigkeit in mir aufsteigen, über den Rücken, in meinen Hals, überall hin.

# 4

Irgendwann aber muss es natürlich aufwärtsgehen. Obwohl nicht alles gut werden kann, weil sich manche Fakten eben nicht so leicht aus der Welt schaffen lassen, stellt sich das Leben nach einer gewissen Zeitspanne aller Erfahrung nach als zumindest so weit erträglich heraus, dass man es als das eigene wiedererkennt. Genauer gesagt: Nicht *man* erkennt das, sondern *ich* – Steen R. Friis. Nachweislich ging es mir besser, nicht nur körperlich, und mittlerweile erschien mir nicht mehr alles an meiner Existenz wie eine inakzeptable Last. Zeit heilt gewiss nicht alle Wunden, lässt aber manches in einem anderen Licht erscheinen. Mein Blick, lange Zeit stur nach innen gerichtet, schweifte wieder freier. Es gab Stunden, sogar Tage, die ganz normal wirkten, mit der Ausnahme, dass an ernsthaftes Schreiben für mich vorerst nicht zu denken war. Doch selbst das würde irgendwann wieder möglich sein. Und es kam die Woche, in der es so weit war. Tatsächlich. Im Spätfrühling war das, Mitte April. Es waren die ersten warmen Tage des Jahres.

Schon seit einer ganzen Weile hatte sich eine innere Anspannung in mir aufzubauen begonnen, die ich von früher her kannte, von vor dem Unglück. Es war Arbeitslaune, noch ganz neutral und ungezielt. Mit jeder verstreichenden Woche war klarer geworden, dass es von Neuem losgehen konnte, und ich erteilte mir selbst die Erlaubnis dazu. Los jetzt, Steen, sagte ich mir. Du darfst es wollen. Bist lange genug abgetaucht und in Sack und Asche gegangen. Nun mach aber auch. (Etwas Überzeugungsarbeit war wohl doch zu leisten.)

Den Montag der besagten Aprilwoche ließ ich großzügig verstreichen. Schließlich hatte ich keine Eile und wollte nichts übers Knie brechen. Ein ausgiebiger Spaziergang runter zur Elbe war für den Anfang genug. Die Sonne strahlte herrlich aufs blaugrüne Wasser. Vor dem Hintergrund irrer Tankerkolosse, die sich geräuschlos, aber spürbar stampfend den Fluss hinaufschoben, tranken am Oevelgönner Strand die ersten Jugendlichen ihr Bier, als wäre bereits Hochsommer. Aus der Ferne meinte ich, Bea unter ihnen zu erkennen, aber ich schaute nicht allzu genau hin und schlug schleunigst die andere Richtung ein, um sie auf keinen Fall zu stören. Ich wanderte bis nach Teufelsbrück am Fluss entlang, las unterwegs auf einer Bank in einem Buch über *Werte – und was sie uns zu sagen haben*, eine Frage, die mich schon länger umtrieb, und nahm schließlich den Bus zurück nach Hause.

Für den nächsten Tag war ein Kontrollbesuch bei Dr. Beermann angesetzt, der sich zufrieden mit mir und meinen Werten zeigte – hier allerdings waren klar umrissene Messwerte gemeint: Kreatinin, Blutdruck etc. Nach eingehender Untersuchung, Warterei, Blutabnahme, Gewichtskontrolle, weiterer Warterei, zitierte er mich zur Lagebesprechung in sein dunkel getäfeltes Kämmerlein, das einen vollkommen anderen Charme als die sonstigen Räume seiner Praxis ausstrahlte. Hier standen schwere Patrizierschränke an den Wänden, in denen sich nicht medizinische Fachliteratur, dafür mit Goldrand versehene Klassikerausgaben aneinanderreihten. Folglich roch es nicht nach Reinigungsmitteln und Antiseptikum, sondern trocken und ehrwürdig nach Papier.

»Alle Achtung«, sagte Dr. Beermann und erging sich, während er vorgab, meine Laborergebnisse zu kontrollieren, in einer zauberbergschen Arztimitation. »Sie geben ja beinahe wieder einen anständigen Zivilisten ab, von außen wie innen. Allerliebst, wirklich.« Dann rief er durch die angelehnte Tür seine Sprechstundenhilfe, die umgehend im Rahmen erschien. »Ach, schreiben Sie diesem Herrn doch bitte einen hübschen Termin in sechs Wochen auf, ja? Nach der Apfelblüte? Die sollten Sie sich im Übrigen nicht entgehen lassen.« (Und es war einen Moment lang unklar, wem von uns beiden Dr. Beermann das anriet. Aber er meinte mich.) »Fahren Sie ruhig einmal rüber ins Alte Land. Etwas frische Luft schnappen. Das tut Ihnen nach getaner Arbeit sicher gut.«

Dr. Beermann wusste natürlich, dass ich den von ihm verordneten Inselbericht vor einigen Wochen fertiggestellt hatte, und er war der Ansicht, dass diese Leistung (sowie, na gut, die erfolgreiche Transplantation) letzlich der Hauptfaktor bei der Besserung meines Gemütszustandes gewesen war.

»Sie haben es sich redlich verdient, ein wenig auszuspannen«, schloss er seine kleine Rede. »Lustwandeln Sie also nach eigenem Belieben auf den Deichen herum und genießen Sie mal Ihre neuen Freiheiten. Meinen Segen haben Sie.«

Ich nickte und konnte es kaum fassen. Sechs Wochen ohne Arztbesuch waren eine beinahe unermesslich lange Frist.

»Schönen Dank auch, verehrter Hofrat«, sagte ich und erhob mich aus dem Lederstuhl vor seinem Schreibtisch.

Dr. Beermann schlug sich vor Entzücken aufs Bein. »Oh, Sie haben meine Mann'sche Imitation bemerkt. Sehr löblich! Deshalb mag ich gebildete Patienten so gerne.«

Den Mittwoch schließlich nutzte ich für einen dringend nötigen Friseurbesuch und traf mich im Anschluss mit Bea zum

Mittagessen in Uninähe. Solche Treffen waren früher in unregelmäßigen Abständen üblich gewesen zwischen uns, schon zu Oberstufenzeiten. Ich mochte es, meine große Tochter in anderen Umgebungen zu erleben, in Studentencafés oder Kneipen, und Bea schien nichts dagegen zu haben, gelegentlich von ihrem Vater begleitet zu werden, wenn sie sich in ihrem Milieu bewegte. (Allerdings konnte sie es auf den Tod nicht leiden, wenn mich dabei jemand erkannte und mich auf meinen letzten Fernsehauftritt, meine Bücher oder sonst was ansprach; es kam nur selten vor, war ihr dann aber jedes Mal äußerst peinlich.) An diesem Tag passierte nichts dergleichen, sodass unser Beisammensein in schönster Harmonie verlief. Bloß als ich mich nach ihrem Befinden erkundigte – ich merkte durchaus, dass ich Bea seit der OP mit anderen Augen betrachtete: Hatte sie abgenommen? Wirkte sie überlastet? –, blickte sie mich missbilligend an. Ihr gefiel es nicht, dass ich mir Sorgen um sie machte. In ihrer Vorstellung war Sorgenmachen nach allem, was geschehen war, nicht länger meine Angelegenheit, sondern ihre.

»Gut geht es mir. Warum fragst du überhaupt?«

»Nur so.«

Danach fuhr ich mit der S-Bahn zurück nach Altona und wollte dort schnurstracks in mein Büro gehen, um meinem Schreibtisch wenigstens einen Besuch abzustatten, doch schlug ich, mit einem Mal schwer erschöpft, an der Haltestelle stattdessen die Richtung zur Wohnung ein, legte mich zu Hause aufs Sofa und schlief bis zum Abend durch, als Frauke von der Dialyse zurückkehrte. Sie sah abgekämpft aus, was meiner Laune nicht eben guttat, klagte über Gelenkschmerzen, Krämpfe, schluckte beim Abendessen genau wie ich, jedoch mit resignierterer Miene, ihre Tabletten, und ich spürte

293

Anzeichen der Großen Traurigkeit in mir aufsteigen und verschwand, ohne im Entferntesten müde zu sein, früh im Bett. An Schlaf war nicht zu denken. Schlechtes Gewissen pochte ununterbrochen hinter meiner Stirn.

Nach unruhiger Nacht erwachte ich am Donnerstagmorgen mit unverändert getrübter Stimmung, entschied jedoch, keine Ausrede gelten zu lassen und den Tag zu nutzen. Um mein Gewissen zu beruhigen, brachte ich Frauke in aller Frühe Kaffee und Aufbackbrötchen ans Bett, so wie ich es früher manchmal getan hatte, füllte in der Küche eine Thermoskanne mit Earl-Grey-Tee und klemmte mir, nachdem ich Jacke und Schuhe angezogen hatte, im Flur die Zeitung unter den Arm.

»Was hast du vor?«, fragte Frauke, als sie aus dem Schlafzimmer trat. (Sie hätte ruhig länger liegen bleiben können. Wie jeden Donnerstag würde sie erst gegen zehn Uhr ihre Praxis öffnen, um nach dem Dialysetag ausgeruht zu sein.)

»Ins Büro gehen«, sagte ich, und sie warf mir einen Blick zu, dem alles Mögliche zu entnehmen war, Überraschung, Neid, Erlösung.

»Na, dann viel Spaß.«

»Werde ich haben.«

Kaum aus der Wohnungstür, hätte ich beinahe einen Rückzieher gemacht, aber ich blieb standhaft und hielt mich wacker an meinen einmal gefassten Plan. Keine Ausreden! Nicht morgen, nicht irgendwann – *heute* war der Tag.

Eilig verließ ich das Haus und atmete vor der Tür tief ein. Es roch süßlich nach Hopfen. In der Großbrauerei um die Ecke waren sie wie immer Tag und Nacht bei der Arbeit, und jemand musste morgens ein Fenster geöffnet haben, durch das der Braugeruch nach außen drang. Ein einziges Fenster, das

womöglich von einer Putzkraft geöffnet worden war, genügte, damit das halbe Viertel nach Brauhaus roch. Links und
rechts säumten ungezählte Baustellen meinen Weg. Die wirklichen Arbeiter hatten ihr Tagwerk längst begonnen, während
ich mich erst jetzt und in aller Ruhe ins Büro begab, um dort
meiner vergleichsweise zweifelhaften Tätigkeit nachzugehen.
Nach fünf Minuten Fußweg erreichte ich schließlich den Hinterhof, auf dem sich das klotzartige Gebäude befand, das ich
mir mit einer Werbeagentur und einem Fotografen teilte, und
es tat gut, oben unterm Dach die Tür zu meinem Büro auf-
zuschließen.

Wie lange ich nicht hier gewesen war, monate-, beinahe jah-
relang! Eine schnelle Rechnung ergab die unglaubliche Zahl
Neunzehn. Neunzehn Monate waren vergangen, seit ich das
letzte Mal einen Fuß in dieses Büro gesetzt hatte, was ziemlich genau der Zeitspanne entsprach, von der ich einmal in einem Artikel gelesen hatte, der sich mit dem angesagten Feld
der Glücksforschung beschäftigte. In einer groß angelegten
Untersuchung war da herausgefunden worden, wie sich das
Glücksempfinden von Menschen üblicherweise entwickel-
te, die schwere Schicksalsschläge zu erleiden gehabt hatten.
Achtzehn Monate – so lange dauerte es in der Regel, bis sich
die Fähigkeit, Glück zu empfinden, wieder auf einem gewohn-
ten Level einpendelte. Selbst nach einem schweren Autounfall,
der einen beide Arme kostet, kommt der Tag, an dem das Essen erneut nach etwas schmeckt. Filme und Bücher haben einem wieder was zu sagen. Mitmenschen sind nicht mehr nur
Bemitleider oder helfende Hände. Freude ist möglich. Albern-
heiten bekommen ihren Platz. Witze sind wieder erlaubt. Als
ich das las, war es mir zunächst geradezu unerhört erschienen, vom Leben überhaupt noch so etwas wie Glück zu er-

warten nach derartigen Umwälzungen. Ich für meinen Teil war der Ansicht, dass das Leben und insbesondere das Glück nicht alles erträgt. Manchmal ist Glücklichsein einfach nicht vorgesehen. Plötzlich querschnittsgelähmt, todkrank, verlassen – nach solchen Schicksalsschlägen hatte sich die Sache mit dem Glück nach meinem Dafürhalten ein für alle Mal erledigt. Aber so war es eben nicht. Ich hatte es selbst erlebt. Zwar dauerte es und war nicht unbedingt von Fanfarenklängen begleitet, aber das Glück kehrte tatsächlich irgendwann zurück. Ich zumindest fühlte es ganz deutlich, als ich meine Thermoskanne auf dem Schreibtisch abstellte und mich in meinem Büro umschaute.

Hübsch war es hier, etwas kärglich vielleicht, aber nichts anderes erwartete ich von einem Büro, in dem nicht gelebt, sondern gearbeitet werden sollte. (Selbst wenn diese Arbeit mir irgendwie halbseiden vorkam.) Ein einfacher Schreibtisch mit Computer, Bücherschränke, Lesesessel. Mehr war nicht nötig. Und alles stand noch genau so, wie ich es hinterlassen hatte. Sogar das Buch, mit dem ich mich vor eineinhalb Jahren zuletzt beschäftigt hatte, lag noch immer mitsamt Lesezeichen auf dem Tisch neben dem Sessel, ein Geschichtswerk über das Ende des letzten Weltkrieges, die Wochen nach Hitlers Selbstmord, Flensburg als Sitz der Dönitz-Regierung. (Keine Ahnung, weshalb ich mich dafür interessiert hatte.) Die Luft im Büro war keineswegs abgestanden oder muffig, wie es nach so langer Zeit vielleicht zu erwarten gewesen wäre. Nirgends lag ein Staubkorn. Das war natürlich Martin zu verdanken, meinem absolut verlässlichen Putzmann, der seit Ewigkeiten einmal die Woche herkam und nach dem Rechten schaute. Während meiner Abwesenheit hatte er regelmäßig gelüftet, im Winter geheizt sowie die Post, die mitunter an diese Adresse ging, eingesammelt und zu mir nach Hause gebracht. Jederzeit hätte ich herkommen können, um meine Arbeit wieder aufzunehmen, aber erst jetzt war ich dazu in der Lage gewesen.

Ungewöhnlich zufrieden mit mir selbst, setzte ich mich an den Schreibtisch, goss mir in den einzigen Becher, den ich hier im Büro hatte, aus der mitgebrachten Thermoskanne Tee ein, der dampfend sein Bergamottearoma verbreitete, und stellte den Computer an. Als nach einer gefühlten Ewigkeit alle angeblich dringend benötigten Updates aufgespielt waren, wobei der Computer mehrfach neu startete, hatte ich die mitgebrachte Zeitung durchgelesen – überall nur Katastrophen! – und bereits die zweite Tasse Tee getrunken. Dann startete ich das Schreibprogramm, lehnte mich, den Becher in der Hand, im Stuhl zurück und suchte nach einem Einstieg, einem Satz, der mich beginnen lassen würde. Irgendwie, irgendwas.

Das war extrem ungewohnt für mich. Nicht nur war viel Zeit vergangen, seit ich zum letzten Mal versucht hatte, etwas Ernsthaftes zu schreiben – mein Inselbericht gehörte in eine andere Kategorie: Selbsttherapie –; hier im Büro hatte ich das genau genommen noch *nie* versucht. An diesem Schreibtisch erledigte ich üblicherweise das Alltägliche, die Korrespondenz, die Überarbeitungen, Steuer, das Recherchieren und Notieren. Wirklich geschrieben hatte ich stets auf der Insel. Nur dort war nach meiner Erfahrung mein Kopf frei genug, um einigermaßen originelle Gedanken zu produzieren. Und kaum streifte der Gedanke an die Insel meinen Sinn, verlor ich die Kontrolle. Die Bilder rasten durch meinen Kopf. Wieder sah ich uns vier an der Anrichte in meiner Inselküche stehen. Wir trinken Wein und essen *frokost*. Ute verteilt die geschmorten Pilze direkt aus der Pfanne auf unsere Teller, verschmäht jedoch selbst den kleinsten Happen. Wir anderen essen gut aufgelegt. Gero langt mächtig zu. Frauke, mit Seitenblicken zu ihm, lässt sich ebenfalls nicht lumpen. Auch ich esse und esse und kann mich beim besten Willen nicht daran erinnern, wie es damals eigentlich geschmeckt hat. (Kein bitterer Beigeschmack? Nichts Auffälliges?) Und als wir mit dem Essen fertig sind, die Teller wegräumen und ein letztes Mal miteinander anstoßen, beginnen bereits die Folgen, die bis zum heutigen Tag andauern …

Es war meine Schuld damals, alles. Punktum. Unmöglich, sich da etwas vorzumachen.

Meine Gedanken liefen auf allzu bekannten Bahnen, obgleich mein Plan für diesen Tag gewiss nicht vorsah, meine Zeit mit beunruhigenden Erinnerungen zu vertrödeln. Das war gefährlich und führte erfahrungsgemäß zu nichts Gutem. So erinnerte ich mich noch genau daran, wie ich vor einigen Wochen am Küchentisch sitzend die Briefe zu bearbeiten gewagt hatte, die Martin mir vorbeigebracht hatte. Zwischen den üblichen Anfragen nach dem Immergleichen hatte ich da einen unscheinbaren Umschlag aus Dänemark entdeckt, von Jepsen, dem Nachbarn, und allein der Absender hatte dazu geführt, dass mein Atem sich merkbar beschleunigte.

Handschriftlich und in unbeholfenem Deutsch hatte mir Jepsen geschrieben, was noch nie zuvor geschehen war, und obwohl nicht alles ganz korrekt formuliert war, ließ sich der Sinn seines Schreibens problemlos verstehen. Wie es sich gehörte, fragte er zunächst nach unserer Gesundheit. Ob es uns gut gehe? So viele Sorgen habe er sich gemacht und lange gezögert, sich bei uns zu melden. Aber was solle man auch Sinnvolles sagen nach so einer Tragödie? *For helvede!* Er wolle mir zu meiner Beruhigung nur mitteilen, dass er sich in meiner

Abwesenheit selbstverständlich um mein Haus und den Garten gekümmert habe. (Einen Schlüssel hatte er aus Sicherheitsgründen seit vielen Jahren.) Die Kartoffeln habe er geerntet. Gute Ernte! Das Beet umgepflügt. Alles bestens. Im Anschluss kam er dann zum eigentlichen Anliegen seines Briefes. Falls es nämlich infrage käme, schrieb er sinngemäß, wolle er sein Angebot, mir das Haus abzukaufen, hiermit noch einmal erneuern. Diesmal wolle er obendrein einen Betrag nennen, den er zu zahlen bereit wäre. (Es war eine Eins mit vielen, vielen Nullen dahinter – Kronen natürlich.) Das, so glaube er wenigstens, sei ein angemessener Preis für mein Haus. Wenn ich verkaufen wolle, sei er jederzeit fähig und bereit, es zu übernehmen. Aber vor allem: Alles gut bei uns? Und Grüße an die liebe Frau. *Venlig hilsen fra øen, Jepsen.*

Mich hatte dieser Brief wie ein Faustschlag getroffen. Als ich die lange Zahl vor mir erblickte, die mein Inselhaus anscheinend in Kronen ausgedrückt wert war, wäre ich beinahe buchstäblich niedergestreckt vom Stuhl gesunken, und eine vertraute Wut war sofort in mir aufgestiegen. Ja, war dieser dänische Fischmann denn noch ganz bei Trost? Mir war das Ganze wie ein unlauteres Angebot vorgekommen, ein Affront gegen mich. Obwohl es mir seit dem Unglück unmöglich erschien, mein Inselhaus in absehbarer Zeit auf die alte Art zu nutzen – deshalb saß ich schließlich jetzt hier im Büro und nicht wie gewohnt an meinem Schreibtisch auf der Insel –, war ich absolut nicht bereit, mich endgültig davon zu trennen. Undenkbar! *Mein Haus!* Kaum aber war die erste reflexhafte Wutregung verklungen, hatte die Große Traurigkeit von mir Besitz ergriffen. Sie legte sich über mein Gemüt, färbte alles ein, und ich taumelte durch die nächsten Tage, bis ich mich irgendwann endlich beruhigte.

An diesem Tag handelte es sich glücklicherweise nur um eine sanfte Form der Erschütterung, mit der ich es zu tun hatte. Es war eher ein kurzes Gefühlsgewitter, das mich ereilte. Sofort fokussierte ich meine Gedanken wieder auf den Ort, an dem ich mich hier befand. Mein Büro, Donnerstag, zehn Uhr morgens. Schließlich hatte ich mir für diesen Vormittag einiges vorgenommen, und ich war durchaus nicht ideenlos am Schreibtisch aufgetaucht, das nicht. Eine vage Vorstellung hatte ich schon, was ich hier und heute versuchen wollte. Also, Konzentration, Steen! Dein Kopf ist gefragt.

Über die vergangenen Monate hinweg waren einige Angebote und Anfragen bei mir eingetrudelt, die ich größtenteils umgehend abgelehnt hatte, da die allermeisten sich näher oder ferner auf das Inselunglück bezogen. Wiederholt hatten sich Redaktionen gemeldet, die unbedingt eine zweite, umfassendere Homestory mit mir machen wollten. So etwas war natürlich leicht abgelehnt, nicht nur, weil ich diesen Teil der Öffentlichkeitsarbeit abgegolten zu haben glaubte. (Homestorys rangierten nach meinem Dafürhalten eh knapp vor Seelenverkauf.) Außerdem gab es den zwar lukrativen, aber absurden Vorschlag eines Reiseveranstalters, eine Urlaubergruppe mit mir zusammen auf die Insel zu schicken, für ein »Philosophen-Wochenende mit geführter Pilzwanderung«. Danke, aber lieber nein. Anderes dagegen war mir durchaus reizvoll erschienen, sodass ich es zumindest in Erwägung zog. Aus England etwa hatte sich ein Philosophenduo gemeldet, das gemeinsam einen Podcast betrieb, den ich seit Bestehen einigermaßen aufmerksam verfolgte. *Philosophy Bites*. Die beiden wollten mit mir über *Decency in modern life* sprechen, zwanzig Minuten lang, Aufzeichnung, wo und wann immer es mir passte, via Audiochat. Das würde ich wohl auf jeden Fall machen; ich formulierte nur noch innerlich an meiner Antwort herum. (Aus Erfahrung klug geworden, zögerte ich, weil das Gespräch auf Englisch geführt werden musste. Sollte ich das Risiko eingehen?) Ansonsten waren ein paar kürzere Texte zum Zeitgeschehen von mir angefragt, von verschiedenen Redaktionen; außerdem ein Anthologiebeitrag über *Politik und Anstand – ein Widerspruch?* Der *Spiegel* hatte mir eine monatliche Kolumne angetragen, in der ich auf aktuelle gesellschaftliche Entwicklungen eingehen sollte mit meinem »Anstandsinstrumentarium«. (Ob das Angebot eine Art Wiedergutmachung nach dem Terhoven-Artikel war, der der Redaktion nachträglich etwas unangenehm zu sein schien?) All dies war erwägenswert und gärte in meinem Hinterkopf, doch hatte ich mir für den Anfang etwas anderes vorgenommen.

In einigen Wochen war eine kleine, aber feine TED-Konferenz in der Hamburger Laeiszhalle geplant, und die Veranstalter hofften auf meine Teilnahme. Redner aus aller Welt sollten vortragen, etwas Musik war zur Unterhaltung vorgesehen. Das Konzept dieser Veranstaltungsreihe stammte ursprünglich aus Amerika und sagte mir durchaus zu. In knappen, möglichst unterhaltsamen Vorträgen, gerne erzählend, stellten Menschen bei diesen Konferenzen ihre Professionen vor, ihre Forschungsfelder, Erfahrungen, Weltsichten. Da sprachen also Computerfreaks neben Malariaärztinnen, Menschenrechtler neben Neurowissenschaftlerinnen, hippe Silicon-Valley-Gewächse neben weltverbessernden NGO-Vertretern. Alle traten honorarfrei auf, und die Vorträge standen im Anschluss zum kostenlosen Download im Netz zur Verfügung. Dummerweise war auch hier Englisch gefordert, wie konnte es anders sein, doch mir erschien die Konferenz als eine gute Gelegenheit für meinen ersten öffentlichen Auftritt

301

nach dem Inselunglück, zumal mir völlig freigestellt war, worüber ich reden wollte. Auf die kurze Frage der Veranstalter: *Sind Sie dabei?*, antwortete ich deshalb ebenso knapp: *Aber gern.*

Ich hatte gleich gewusst, worüber ich in diesem Zusammenhang sprechen wollte: über die Zukunft nämlich und wie diese, obwohl noch nicht existent, die Gegenwart formt, indem sie die Entscheidungsprozesse maßgeblich beeinflusst. Es bestand doch eine mysteriöse Verbindung zwischen dem Jetzt, in dem wir lebten, und dem Später, das wir einmal erleben werden, ohne dass dieses Später bereits klar umrissen wäre. Die Zukunft gab es genau genommen nicht – *noch* nicht –, und dennoch regierte sie unser gegenwärtiges Leben schon *jetzt*, indem wir Entscheidungen mit erwarteten oder vielmehr erhofften Entwicklungen begründeten. Um den Kauf einer Immobilie zu rechtfertigen, wird ein Lebensverlauf vorausgesagt, der einen solchen Schritt legitimiert. Ehen werden geschlossen in der Hoffnung, dass die Liebe den Test der Zeit überdauern wird. Kinder werden in die Welt gesetzt, weil manches dafürspricht, dass sie eine Zukunft haben werden, die sich zu erleben lohnt. Im Alltag wird reichlich generös mit solchen Wahrscheinlichkeiten herumjongliert, so als wäre jeder Einzelne von uns der größte Statistiker, dem es leichtfällt, aus gemachten Erfahrungen die korrekten Schlüsse zu ziehen. Diese Haltung kann natürlich beflügeln. Sie befähigt einen dazu, Anläufe zu wagen, obwohl der Ausgang letztlich ungewiss ist. Gleichzeitig kann sie einen aber auch frühzeitig ausbremsen und allzu voreilig den Wind aus den Segeln nehmen. Lieber etwas unterlassen und auf Nummer sicher gehen, solange der Ausgang einer Entwicklung nicht vorhersehbar ist.

Dieser Zusammenhang gab mir schon länger zu denken. In

den vergangenen Jahren hatte ich für meinen Geschmack allzu viele zögerliche Jugendliche kennengelernt – meist Freunde von Bea –, die geradezu erschreckend ängstlich auf mich gewirkt hatten, wenn es um die eigene Lebensplanung ging. Risiko, Ungewissheit waren für diese Generation anscheinend ganz und gar nicht angesagt. Womöglich gab es für die im Durchschnitt eher gut behüteten Jugendlichen einfach zu vieles, was sie verlieren konnten, sodass sie sich die großen Lebensentscheidungen von einem strikten Sicherheitsdenken diktieren ließen, was aus meiner Sicht fatal war. Im Zweifelsfall erschien es dieser Generation akzeptabler, einen dämlichen Allerweltsjob anzunehmen, um rechtzeitig für Haus, Familie und Rente zu sorgen, als mit der bedrohlichen Aussicht leben zu müssen, den Behörden, wenn es an den wohlverdienten Ruhestand ging, eine Beitragslücke erklären zu müssen, weil sie es sich in jungen Jahren in den Kopf gesetzt hatten, ihr Glück als Perlentaucher zu versuchen. Wo aber blieben die eigenen Wünsche und Träume, die selbstverständlich das Risiko in sich trugen, zu scheitern, gleichzeitig aber auch das Gegenteil: die Möglichkeit von Erfüllung und Glück? Sie zerstoben zu einem mickrigen Nichts angesichts einer Zukunft, die unsicher war.

Dabei war sie das immer. Das konnte gar nicht anders sein.

Aber wenn das alles so stimmte, war es dann ratsam, sich frei zu machen von der Zukunft? Strikt im Hier und Jetzt zu leben und sich damit zu arrangieren, dass der Ausgang einer jeden Handlung (sowie auch die Folge einer unterlassenen Handlung) nicht vorhersehbar ist? Frei nach Luther: Auch wenn die Welt morgen womöglich untergeht, lieber heute noch einen Baum pflanzen?

Ich war alles andere als sicher und fühlte allzu deutlich,

dass ich an diesem Morgen nicht eben auf der Höhe meiner Denkfähigkeiten war. Vielleicht lag es an der langen Unterbrechung, aber unter Umständen war ich auch auf einer völlig falschen Fährte. Immerhin war es denkbar, dass mein Unbehagen der jungen Generation gegenüber letztlich nur das altbekannte Misstrauen aufgriff, das zwischen Alten und Jungen bestand. Und überhaupt: Was war mein Punkt? Worauf wollte ich hinaus?

Unter normalen Umständen wäre ich davon ausgegangen, dass sich diese Fragen beim Niederschreiben von selbst klären würden. Für einen Text war es eher von Vorteil, wenn am Anfang nicht alles festgezurrt vor einem lag. Das führte allzu schnell zu Rechthaberei und simpler Selbstbestätigung – etwas, was ich in den zurückliegenden Jahren zu oft betrieben hatte und nicht wiederholen wollte. Wirklich denken konnte ich ohnehin nur, indem ich schrieb. Alles andere war bloßes Vorgeplänkel, ein gedankliches Mäandern, das mich in eine Richtung brachte, die beim Schreiben auf ein ungefähres Ziel hinsteuerte und …

Weiter kam ich nicht in meinen Gedanken, denn auf einmal klopfte es. Nicht irgendwo im Haus, etwa unten beim Fotografen oder bei der Agentur, die beide im Gegensatz zu mir und meinem Büro zumindest gelegentlich Publikumsverkehr hatten – nein, es klopfte tatsächlich hier oben bei mir. Bis zu diesem Augenblick hätte ich nicht einmal sagen können, welches Klopfgeräusch meine Tür wohl machte, die nicht aus Holz, sondern aus irgendeinem Metall gefertigt war, eine Feuerschutztür mit Hohlraum in der Mitte. Wie sich herausstellte, war es ein dumpfes, tiefes Bumpern. Ich lauschte. Hatte ich mich vielleicht verhört? Doch das Geräusch kam wieder, drei Mal hintereinander, bump-bump-bump. Instinktiv ergriff ich meinen Tee, ging, den Becher in der Linken haltend, die wenigen Meter zur Tür und legte die Rechte auf die Klinke.

»Ja?«, sagte ich. (Es war sicher besser, nicht gleich zu öffnen.) »Wer ist denn da?«

»Ich.«

Die Stimme kam mir nicht bekannt vor. Ein Mann. So viel war klar.

»Und wer bitte ist *Ich*?«

»Nun mach schon auf, Steen.«

Noch immer hatte ich keinen Schimmer, um wen es sich da draußen handeln konnte, und drückte die Klinke dennoch vorsichtig hinunter. Immerhin kannte der Mensch im Treppenhaus meinen Vornamen, der nirgends zu finden war. Es gab kein Schild, nichts. Ich zog die Tür einen Spalt auf, spähte hinaus und schlürfte dabei, als wäre ich gerade beim Teetrinken unterbrochen worden, aus dem Becher, und nur langsam, fast wie in Schüben, begriff ich, wer dort vor meinem Büro stand und mich ansah, als wäre sein Erscheinen an diesem Vormittag das Normalste von der Welt. Mein Kopf wehrte sich standhaft, die Fakten zu akzeptieren. Er war hier. Er. Hier, bei mir. Gero.

»Was treibt dich denn hierher?«, fragte ich, nachdem ich den ersten Schrecken überstanden hatte.

»Darf ich reinkommen?«

»Klar«, sagte ich, »natürlich.«

Ich trat einen Schritt zurück, und Gero folgte mir auf dem Fuß, stieß die Tür vielmehr auf, was unter anderen Umständen wie ein gewaltsames Eindringen gewirkt hätte. Oder nein: Auch jetzt wirkte es so. Gero verschaffte sich Zutritt zu meinem Büro. Ich brauchte keine Sekunde, um zu begreifen, was hier vor sich ging. Ein Zögern, ein Abwiegeln meinerseits hätte er ganz sicher nicht geduldet. Was auch immer ich mir hätte einfallen lassen, um ihn abzuwimmeln – nicht jetzt, später, sag doch vorher Bescheid –, nichts davon hätte ihn beeindruckt.

»Also«, begann ich erneut, um zumindest etwas zu sagen, »was treibt dich nach Hamburg?« (Ob ich die Tür offen lassen sollte, um jederzeit die Flucht ergreifen zu können?)

»Beruf.« Gero schloss die Tür hinter sich. »Medizinmesse. Nachher bauen wir den Stand auf. Wir wollen unsere Lagerverwaltungssoftware präsentieren. Wird wahrscheinlich eine große Sache.«

»Wie schön für euch.«

Mit übertrieben wirkender Coolness schaute Gero sich in meinem Büro um. Er wirkte verändert, schlaffer und irgendwie geknickt, was mir den Hals zuschnürte. Seine gesamte Körperhaltung hatte etwas ausgesprochen Schiefes, Eingesunkenes angenommen, und seine Haare – länger nicht geschnitten – waren ergraut. Von dem ursprünglichen Blond war kaum noch etwas auszumachen. In sein Gesicht, das nicht mehr braun gebrannt und salzluftgegerbt, sondern blass und weich war, hatten sich tiefe Falten eingegraben, was zwar nicht unpassend schien, ihm aber eine vollkommen andere Wirkung verlieh. Gero strahlte nicht länger diese immerjunge, männliche Weltumsegleraura aus, die Frauke an ihm wahrscheinlich so bewundert hatte, ganz im Gegenteil. Hätte ich nicht gewusst, dass er höchstens zehn Jahre vor mir geboren war, hätte ich ihn ohne Zweifel weit ins Rentenalter datiert, und es war geradezu erschütternd, wie sehr er zu seinem Ebenbild Redford aufgeschlossen hatte. Dem Geburtsdatum nach lag eine Generation zwischen den beiden, äußerlich lagen sie nun gleichauf, und ich machte mir nichts vor, was der Grund für

Geros offensichtliche Gebrechlichkeit war. Sein Kleidungs-stil dagegen zeugte von dem Versuch, seine körperliche Ent-wicklung zu kompensieren. Schwarze Jeans, Turnschuhe und einen Hoodie-Pullover trug er, alles erkennbar teuer, Mar-kensachen. Verbunden mit der Schiefheit seines Körpers und dem Altmännergesicht war es ein geradezu absurder Aufzug, der mir die Tränen in die Augen trieb.

»Hier schreibst du also?«, fragte er. Seine Hände hatte er in der Bauchtasche seines Pullovers vergraben und wühlte dort ununterbrochen herum.

»Das ist mein Büro, ja.«

»Ziemlich kärglich. Findest du nicht? Keine Bilder?« Er deutete mit dem Kopf eine Rundumbewegung an.

»Brauch ich nicht«, sagte ich. »Soll ja nicht gemütlich sein. Übrigens bin ich heute tatsächlich zum ersten Mal wieder hier.«

»Ehrlich? Was für ein Zufall.« Gero trat vor den Lesesessel und ließ sich hineinfallen. »Oder auch kein Zufall. Das weiß man ja nie so genau. Ich hab dich vorhin jedenfalls knapp vor eurer Haustür verpasst. Da bist du gerade auf die Straße getre-ten, als ich bei euch eingebogen bin. Wie so ein echter Arbeiter hast du ausgesehen, mit Thermoskanne und Zeitung unterm Arm. Bis ich einen Parkplatz gefunden hatte, warst du schon fast weg. Aber ich hab dich noch gesehen und bin dir gefolgt. Hier auf der Straße hab ich dich dann verloren. Irgendwann hab ich beim Kiosk um die Ecke nach dir gefragt. Da kannte man dich natürlich. Ach, der! Der arbeitet da im Hinterhof, ganz oben. Haben sie mir gesagt. Und jetzt bin ich hier.«

Wie unter Vorbehalt setzte ich mich auf den Rand meines Schreibtischstuhls und stellte den Tee ab. »Ich kann dir gar nichts anbieten«, sagte ich. »Das ist mein einziger Becher hier.«

»Ich darf eh nichts trinken«, sagte Gero. »Zu viel Flüssigkeit ist nicht gut. Macht nur Probleme. Besser immer etwas Durst haben. Weißt du ja selbst. Morgen muss ich zur Dialyse in die Klinik, damit ich das Wochenende durchhalte. Ich glaube, es ist die, wo ihr damals auch wart.«

Zum ersten Mal sah er mich direkt an, nur ganz kurz, und seine Hände wühlten in der Bauchtasche seines Pullovers. (Was machte er da eigentlich?) Allzu deutlich war ihm anzumerken, dass er mit seinem unangemeldeten Besuch ein spezielles Ziel verfolgte. Er erwartete etwas von mir, eine Geste wahrscheinlich, die Frage, wie es um ihn stand. Und es war nicht nur eine Bitte, die er vor sich hertrug, sondern eine klare Aufforderung: Tu was, Steen! Jetzt!

Doch ich konnte nicht, absolut nicht. In mir war nicht eine Zelle, die sich gewünscht hätte, mehr über Gero zu erfahren. Im Groben war ich eh im Bilde. Ute hatte mich, nachdem ich sie einmal darum gebeten hatte, via Mail über alles, was ihn betraf, aufgeklärt. Mit Details hatte sie mich freundlicherweise verschont, doch war aus dem, was sie schrieb, unschwer herauszulesen gewesen, welche Herausforderung die neue Lebenssituation insbesondere für Gero darstellte. Dialyse, ärztliche Kontrolle, die eingeschränkte Freiheit – laut Ute haderte er mit allem und fluchte auf alles und jeden, insbesondere aber auf mich, dem er sein Leid zu verdanken hatte. Sie hatte sein Gejammer, wie sie schrieb, nur schlecht ertragen und nannte ihn weinerlich und dumm. (Ein Urteil, das ihr zustehen mochte.) Wiederholt hatten die beiden sich in die Haare bekommen, bis es schließlich aus gewesen war zwischen ihnen. Als ich das las, war ich wie so oft in Tränen ausgebrochen. Ich wusste nicht, wie ich das nehmen sollte, schließlich musste ich mir auch an der Trennung der beiden letztlich die Schuld geben, und noch bevor ich den Mut fand, Ute zu antworten, hatte sie eine weitere Mail geschickt, an deren Wortlaut ich mich genau erinnerte: *Bevor du Mitleid mit Gero hast, denk an die Insel und was da passiert ist. Er ist ein Arschloch, nichts weiter.* Damit war Gero fürs Erste aus meinem Leben verschwunden. Weder mit Ute noch mit Frauke hatte ich seitdem je wieder über ihn gesprochen, und ich war nicht eben unglücklich, ihn gewissermaßen los zu sein.

Mein letzter größerer Zusammenbruch, der mich nachhaltiger als alle davor aus der Bahn geworfen hatte, hatte dennoch wieder mit ihm zu tun gehabt. Grundlos hatte ich noch einmal die Adresse seines Blogs im Browser eingegeben – www.gero-segelt.de – und war auf einer einfachen Seite gelandet. Ein großes Foto seiner *Thor* war darauf zu sehen gewesen. Das Schiff lag in einem anderen Hafen, nicht mehr auf der Insel, aber weiterhin in Dänemark. Einige *Dannebrogs* flatterten im Hintergrund. Und am Mast der *Thor* klebte ein handgemaltes Schild mit der Aufschrift: *Til salg / Zu verkaufen.* Darunter eine Handynummer. Das hatte mir für eine ganze Zeit den Rest gegeben.

»Ja, ich weiß«, sagte ich schließlich. »Dialyse ist Mist.«

Gero grinste, hämisch, wie mir schien, was unheimlich und beunruhigend war. »Kannst dich noch dran erinnern, was?«

»Aber natürlich«, sagte ich. »Bei Frauke ist es ja nun ...« Weiter kam ich nicht, denn ich bemerkte, wie Gero auf dem Sessel eine andere Position einnahm. Seine Hände wühlten in der Bauchtasche, und geschockt erkannte ich, dass er etwas Eckiges in den Händen hielt, den geraden Rand von etwas Hartem. (Ein Messer? Eine Pistole?) »Wie auch immer, egal«, sagte ich, weil ich nicht weiterwusste. Auf meiner Schläfe sammelte sich Schweiß.

»Korrekt, vollkommen egal.« Geros Augen hatten mich erfasst und ließen mich nicht mehr los.

»Versteh mich nicht falsch«, sagte ich, »aber wenn es nichts Dringendes ist, was du von mir willst, dann müsste ich jetzt eigentlich hier weitermachen.« Ich deutete auf den Computer, auf dessen Bildschirm der Aquarium-Schoner lief. Blubbernde Fische, fluoreszierende Pflanzen.

»Willst du den Leuten wieder was über Anstand erzählen?«

»Eigentlich nicht. Jedenfalls nicht direkt. Über Zukunft. Oder so. Ich weiß noch nicht genau.«

»Zukunft, wie interessant«, sagte Gero. »Man müsste denken, dass es für jemanden wie dich da einiges zu sagen gäbe. Wo du doch ein paar Menschen die Zukunft ziemlich versaut hast. Mir zum Beispiel.« Obwohl er aufgebracht wirkte, schien Gero alle Zeit der Welt zu haben. Er saß da in meinem Sessel, ließ mich nicht aus den Augen, und seine Hände blieben unter dem Stoff des Pullovers in ständiger Bewegung. »Ich hab das Segeln aufgeben müssen. Wusstest du das? Meine *Thor* verkauft. Vor zwei Wochen. Kein gutes Geschäft.«

»Das tut mir leid«, sagte ich. »Aber was kann ich da für dich tun?«

»Na, denk mal scharf nach.«

Noch immer fixierte er mich. (Ob er wohl gleich aufspringen würde?) Und plötzlich kam mir ein Gedanke: Geld. Er will Geld von dir, Steen. Als Wiedergutmachung. Verärgerung stieg in mir auf. Ich schaute ihn an, atmete tief ein und wischte meinen Gedanken sofort als unsinnig beiseite. Das konnte es nicht sein.

»Hör mal«, sagte ich, »es ist wirklich schrecklich, was auf der Insel passiert ist, und wenn ich es ändern könnte, würde ich es tun. Ich schäme mich in Grund und Boden dafür, dass ich euch das angetan habe. Oder besser: dass ich es nicht verhindert habe. Ich weiß auch nicht. Ich denke jedenfalls, dass es meine Schuld gewesen ist. Wenn ich könnte, würde ich mich entschuldigen.«

Geros Blick veränderte sich. Er horchte auf und zog eine Hand aus seiner Bauchtasche. Sie war leer. »Mach das doch.«

»Was?«

»Dich entschuldigen«, sagte er. »Ob du es glaubst oder nicht: Ich warte seit neunzehn Monaten auf nichts anderes. Steen sollte sich bei mir entschuldigen. Dieser Satz geistert mir seitdem im Kopf herum. Und er ist noch lauter geworden, seit ich vor Kurzem dieses Interview von dir und Frauke gelesen habe. Wie du da über uns geredet hast. Als wären wir anderen selbst schuld. Wir hätten dir ja nicht vertrauen müssen.«

»Das habe ich nie gesagt. Das wäre mir auch nie eingefallen.«

»Gut zu hören. Klang aber so. Und mir genügt das nicht. Weißt du übrigens, wann der Satz bei mir am lautesten geworden ist? Ist noch gar nicht lange her.« Er legte eine dramatische Pause ein. »Na? Keine Ahnung? Seit ich weiß, dass es Bea war, die dir eine Niere gespendet hat. Deine eigene Tochter. Ute hat es mir erzählt. Wie konntest du nur?«

Ich schwieg betroffen.

»Und im Interview hast du es ja irgendwie versäumt, dieses Detail zu erwähnen. Ist es dir zu peinlich? Kannst du etwa nicht dazu stehen? Darf der Anstandsonkel keine Niere von seiner Tochter annehmen?« Gero wollte gar keine Antwort von mir hören, sondern redete einfach weiter. »Das hat mir jedenfalls den Rest gegeben. Wirklich. Ist vielleicht Unsinn, aber ich dachte, jetzt geht es Steen als Erstem von uns dreien wieder gut – auf Kosten seiner Tochter …«

Ich wollte ihm widersprechen, ließ es aber bleiben.

»Ich finde das ungerecht. Obwohl ich es dir im Grunde genommen sogar gönne, dass es dir besser geht. Aber ich wüsste doch zu gern, ob dir das alles eigentlich leidtut. Du hast Ute wohl mal nach mir gefragt, aber mehr auch nicht. Deshalb dieser Satz: Steen sollte sich bei mir entschuldigen. Verdammt. Das habe ich andauernd im Kopf, wenn ich bei der Dialyse sitze. Stundenlang. Verstehst du? Während mein Blut durch die Maschine läuft, höre ich es in Dauerschleife. Das macht mich ganz kirre. Unerträglich ist das. Ich will das einfach aus dem Kopf bekommen. Ich will mich das nicht mehr fragen müssen. Deshalb will ich, dass du dich entschuldigst. Endlich.«

»Gero«, sagte ich. »Ich möchte mich von Herzen bei dir entschuldigen.«

Es folgte eine lange Pause. Dann stand Gero auf und ging zur Tür.

»Das wollte ich nur hören«, sagte er. Er nahm auch die zweite Hand aus seiner Bauchtasche, zog damit die Tür auf, und ich hatte mich nicht geirrt: Es war eine Waffe, die er in seiner Tasche dabeihatte. Ich sah etwas Metallisches von der Seite.

»Grüß Frauke«, sagte er, während er eilig in den Flur trat. »Wie geht es ihr überhaupt?«

Ich sagte nichts, ich konnte nicht.

»Na eben. Grüß sie von mir.«

Damit war er draußen, und ich lebte noch, was mir alles andere als selbstverständlich erschien. Ich war mir mehr als sicher, in den letzten zehn Minuten nur knapp meinem Ende entgangen zu sein. (Und wer hätte mich dann wohl gefunden: Frauke? Martin?) Ich lehnte mich rücklings an die Tür und ließ mich langsam auf den Boden gleiten. Dort saß ich mit angewinkelten Beinen, unfähig, einen klaren Gedanken zu fassen.

Schließlich stand ich auf und eilte, ohne mich noch einmal umzusehen, aus dem Büro und die Treppen hinunter. Mit einem Mal wusste ich genau, was ich zu tun hatte.

# 5

Das blaue Schild vor der Raststättenausfahrt behauptete unbeirrt, dies sei die letzte Tankstelle vor der Bundesgrenze. Es klang nach: Vorsicht! Letzte Chance! Mir hatte das bislang auf keiner meiner Fahrten Richtung Norden imponieren können. Es stimmte zwar, dass direkt an der Autobahn auf den nächsten knapp sechzig Kilometern keine Gelegenheit zum Tanken mehr kam. Aber wozu auch? Als ob es in Dänemark nicht genügend Zapfsäulen gäbe oder als ob nicht jede andere der wahrscheinlich hundert Tankstellen im Umland um Welten günstiger war als ausgerechnet diese. Das Schild war in meinen Augen nichts weiter als ein hinterhältiger Trick, um gestresste Urlauber mit plärrenden Kindern auf der Rückbank zum allzu teuren Zwischenstopp zu verleiten. Damit war ich nicht zu beeindrucken. Ich hatte Zeit, und ich musste vor allem nicht tanken, hier nicht. Das erledigte ich stets gleich nach dem Start in Hamburg. Und dennoch musste ich jedes Mal, wenn ich das Schild las, verlässlich daran zurückdenken, wie ich die Ausfahrt doch einmal genommen hatte, allerdings nur, um zu telefonieren. (Es musste demnach zu Vor-Handy-Zeiten gewesen sein.) Damals war mir erst auf der Fahrt siedend heiß eingefallen, dass ich es ganz und gar versäumt hatte, Frauke von meinen Inselplänen zu erzählen. Einige Tage wollte ich in meinem Inselhaus verbringen, um konzentriert zu schreiben – das Nachwort zu einem meiner Bücher, oder das

Vorwort, keine Ahnung; ich hatte alles lange vorausgeplant, meine Sachen gepackt und war voller Elan aufgebrochen. Unterwegs war mir bewusst geworden, dass ich vergessen hatte, Frauke Bescheid zu geben, und weil es die nächste Möglichkeit war, nahm ich diese Ausfahrt und rief sie von dem Telefonapparat aus an, der an der Rückseite des Raststättengebäudes angebracht war. Bevor sie überhaupt etwas sagen konnte, entschuldigte ich mich umständlich.

Sie aber hatte nur gelacht. »Glaubst du wirklich, dass ich das nicht mitgekriegt hätte? Ich habe mich nur gewundert, dass du dich nicht verabschiedet hast.« (Es war immer dasselbe mit Frauke. Unmöglich, ihr etwas vorzumachen.)

Selbst heute, als ich mich vor der Abfahrt an der Zapfsäule stehend mit dem Handy noch einmal bei ihr in der Praxis gemeldet hatte, war sie, obgleich das völlig unmöglich war, längst über mein Vorhaben im Bilde gewesen.

»Bist du schon auf der Insel?«, fragte sie.

»Nein«, sagte ich, mehr als erstaunt. Bis vor einer Viertelstunde hatte ich schließlich selbst nicht geahnt, dass ich im Begriff stand, dorthin zu fahren. »Woher weißt du das?«

»Hab ich mir gedacht. Du willst arbeiten. Da fährst du früher oder später immer los.«

»Stimmt, aber diesmal ist es was anderes.«

»Warum?«

»Erzähl ich dir später. Übrigens war Gero gerade bei mir im Büro.«

Einen Moment blieb es still in der Leitung. »Was wollte der denn?«

»Dass ich mich bei ihm entschuldige. Es war richtig unangenehm mit ihm, und er sieht auch leider gar nicht gut aus. Scheint ihm übel zu gehen.«

»Und?«, fragte sie. »Hast du?«

»Was?«

»Dich entschuldigt?«

»Aber ja. Sofort. Und sogar von Herzen. Obwohl es eigentlich Erpressung war.«

»Hm«, sagte sie, was mir gar nicht gefiel. Ein einzelner Laut konnte in Fraukes Fall mehr bedeuten als jeder ausformulierte Satz.

»Muss ich mich bei dir auch entschuldigen?«, fragte ich.

Sie sagte nichts.

»Ich kann das machen. Wirklich. Auch von Herzen, wenn du willst. Ich bin gerade in so einer Stimmung.«

»Nicht nötig«, sagte sie, obwohl es wenig überzeugend klang.

»Ganz ehrlich«, sagte ich, »es tut mir unendlich leid, was damals passiert ist. Ich würde es gerne rückgängig machen, aber das geht leider nicht.«

»Schon gut.«

Ich atmete durch.

»Wann kommst du denn zurück?«, fragte sie.

»Heut Nacht. Könnte allerdings spät werden. Ziemlich viel Fahrerei.«

»Bleibst du nicht da?«

»Nein, nein«, sagte ich. »Ich muss nur schnell was erledigen. Warte am besten nicht auf mich.«

»Okay«, sagte sie, und ich hatte erstmalig den Eindruck, dass sie keine Ahnung hatte, was ich an diesem Tag plante. »Dann fahr mal vorsichtig.«

»Mach ich.«

Danach hatte ich nur noch ein knappes Telefonat mit Jepsen geführt, der auf mein Kommen vorbereitet sein sollte, hatte traditionsgemäß mein Handy ausgestellt und war aufgebrochen. Rauf auf die Autobahn und immer Richtung Norden.

Seitdem gab es kein Zurück mehr. Die Sache war entschieden. Ich würde mein Haus verkaufen, heute noch, ganz einfach. Es musste sein. Am Ende war es der einzige Weg, um mich wahrhaftig frei zu machen von dem Inselunglück. Allerdings war mir erst auf der Fahrt, als ich das blaue Schild mit der Tankstellenwarnung an mir vorbeirauschen sah, die Tragweite dieses Schrittes bewusst geworden. Nicht nur würde ich – was eher unbedeutend war – auf längere Sicht hier nicht wieder vorbeikommen; es würde vor allem niemals wieder meine heimliche Mitfahrerin neben mir sitzen können – sie, die keinen Namen hatte und von der niemand etwas wusste. (Sie war so geheim, dass es schwerfiel, ihre Existenz überhaupt vor mir selbst einzugestehen. Wer glaubte denn ernsthaft an heimliche Mitfahrerinnen?)

An dieser Raststätte stieg sie immer zu, ohne dass ich dafür extra anzuhalten brauchte. Ab hier saß sie neben mir auf dem Beifahrersitz, stützte ihre Füße mit den grün lackierten Nägeln gegen das Armaturenbrett, blickte mich von der Seite an und fragte schließlich: »Und – wohin geht die Reise?« *Das* war es, diese Frage, die meine Fahrten auf die Insel immer so bedeutsam gemacht hatte. (Nicht die Staatsgrenze, wie ich es stets erzählt hatte, zumindest nicht in dem Maße.) Es war die Frage meiner heimlichen Mitfahrerin, durch die mein Kopf jedes Mal in Gang gesetzt wurde. Wie ein Startschuss, eine Aufforderung zum Denken.

*Und – wohin geht die Reise?*

Niemand außer mir wusste von dem Mädchen. Niemand hatte sie je mit mir zusammen gesehen. Schließlich gab es sie so nur in meiner Fantasie. Das echte Mädchen, das man ihr Vorbild nennen könnte, war, kaum dass ich ihm begegnet war, sofort wieder aus meinem Leben verschwunden. Damals, nach dem Telefonat mit Frauke war das gewesen. Das Mädchen war aus der Toilettentür getreten und hatte, als sie mich sah, vorsichtig mit dem Fingerknöchel an die Plexiglasglocke geklopft, mit der das Telefon an der Raststättenrückseite vor Wind und aufdringlichen Zuhörern geschützt war. Eine Tramperin, volljährig wahrscheinlich, brauner Zopf, farblose kurze Hose, violettes Tanktop. Einen vollgepackten Army-Rucksack hatte sie halb geschultert; einen Schlafsack, den sie mit einem Gürtel verschnürt hatte, hielt sie in der einen Hand, in der anderen eine Wasserflasche. Ich kämpfte gerade etwas albern mit dem Telefonapparat ums Rückgeld, das sich blöd hinter der metallenen Klappe verkeilt hatte, und dabei gerieten die Füße des Mädchens in mein Blickfeld. Sie steckten in Sandalen. Die Nägel waren grasgrün lackiert.

»Fährst du weiter in den Norden?«, fragte sie – mit überraschend rauer Stimme – und nahm einen Schluck aus der Wasserflasche.

»Wie bitte?«, fragte ich abwesend zurück, obwohl ich sie genau verstanden hatte, und als ich aufschaute, trafen sich unsere Blicke. (Grüne Augen. War ja klar.) »Nein, tut mir leid.«

Ungerührt zuckte sie mit den Schultern und zog weiter. »Alles klar. Dann noch gute Reise.«

Als sie hinter der Hauswand verschwunden war, gab ich das Rückgeld resigniert verloren und stieg in meinen Wagen, um schleunigst weiterzukommen. Mindestens vier Stunden Fahrt standen mir an diesem Tag noch bevor, und während ich über den Parkplatz zurück auf die Autobahn steuerte, schaute ich mich verstohlen nach der Tramperin um. Sie war nirgends zu sehen, ganz so, als ob unsere Begegnung nie stattgefunden hatte. (Vielleicht saß sie bereits in einem der vielen Lkw, die die Autobahnen verstopften?) Letztlich war das nicht wichtig. Viel entscheidender war die plötzlich aufkeimende Gewissheit in mir, mich eben unglaublich dämlich benommen zu haben.

Warum nur hatte ich das Mädchen nicht mitgenommen? Es wäre eine harmlose Sache gewesen, nichts dabei. Ich aber war dazu einfach nicht in der Lage gewesen, und diese Unfähigkeit ließ sich leicht durch frühkindliche Prägung erklären. Tramper wurden in meiner Familie grundsätzlich nicht mitgenommen. Mein Vater war da prinzipienfest gewesen. In seiner Welt waren die männlichen Kandidaten allesamt potenzielle Unholde, denen nicht zu trauen war; und die Mädchen, die barfuß und mit nackten Beinen und Schultern an den Autobahnauffahrten standen und den Daumen raushielten, hatten ihm aus ganz anderen Gründen nicht behagt. Noch als Teenager begriff ich, dass er einen inneren Konflikt ausfocht, indem er diese Tramperinnen an der Autobahn stehen ließ. Er schimpfte und ärgerte sich lautstark über sie, die sich durch das Einsteigen bei Fremden seiner Meinung nach unverantwortlich einer Gefahr aussetzten. (Das solle Gudrun sich bloß nicht einfallen lassen, hier irgendwann ihren Daumen rauszuhalten; enterben würde er sie, falls er sie dabei erwische, jawohl.) Gleichzeitig aber gelang es ihm nicht, die Augen vom Rückspiegel zu lösen, wenn er an den Tramperinnen vorbeigefahren war. Sie schienen ihn ganz offensichtlich in gleichem Maße abzustoßen wie anzuziehen. Und mir ging es letztlich genauso. Ich hatte die unentschiedene Haltung meines Vaters verinnerlicht, nahm also grundsätzlich niemanden mit, den ich nicht schon vorher kannte, und war gleichzeitig doch zutiefst fasziniert von der Sphäre des Trampens, von der ich gerne etwas in mein Leben geholt hätte.

Deshalb fluchte auch ich genau wie mein Vater, als ich erneut auf der Autobahn war. Unverantwortlich! Einfach wildfremde Männer ansprechen! Im gleichen Moment aber hätte ich mir ein Ohr abreißen mögen angesichts meiner dämlichen Verkrampftheit. Blödmann, ich! Steen, der Mann mit dem Stock im Arsch! Enttäuscht von mir selbst, fantasierte ich mir ganz automatisch einen anderen Verlauf des Geschehens zusammen, in dem ich mich mutiger und letztlich aufrichtiger agieren ließ. In dieser Version schlappte die Tramperin auf ihren Sandalen in Richtung der Lkw, und ich hielt direkt neben ihr, kurbelte über den Beifahrersitz gelehnt das Fenster herunter und sagte: »Tut mir leid. Ich bin ein Idiot. Normalerweise nehme ich niemanden mit. Aber steig ruhig ein.«

Das Mädchen schmiss ihren Rucksack und den Schlafsack achtlos auf die Rückbank, setzte sich neben mich auf den Beifahrersitz und zog sofort ihre Sandalen aus. Dann lümmelte sie sich hin, stemmte ihre nackten Füße gegen das Armaturenbrett und schaute mich einen Moment von der Seite an. Und schließlich fragte sie: »Und – wohin geht die Reise?«

Ich musste lächeln, immer, wenn ich sie diesen Satz sagen hörte. Denn jedes Mal, wenn ich von nun an diese Raststätte passierte, rief ich mir diese Version der Geschichte ins Gedächtnis. Dann saß sie auf einmal neben mir und stellte mir ihre Frage, in der für mich eine Verheißung steckte. Hatte ich die Frage gehört, konnte ich gelöster denken, ganz so, als würde sich das Panorama meiner Gedanken in alle Richtungen ein Stück ausweiten, nicht viel, aber genug, dass es zu merken war. Durch das Mädchen kam Bewegung in meine Gedanken. Wir unterhielten uns nicht. Manchmal nur breitete ich meine Überlegungen versuchsweise vor ihr aus. Unbemerkt verflog die Fahrzeit. Wenn ich schließlich auf der Insel in den Waldweg einbog, der zu meinem Haus führte, war das Mädchen genauso plötzlich, wie es aufgetaucht war, verschwunden. Eine große Verabschiedung war nicht nötig. Wir würden uns ja wiedersehen, bald, beim nächsten Inselbesuch.

Das war an diesem Tag anders, und folglich blieb der Platz neben mir leer. Ich fuhr und fuhr, passierte die Grenze mit den provisorischen Kontrollen – hier sollten jetzt tatsächlich Flüchtlingstrecks aufgehalten werden auf ihrem Weg Richtung Norden; war es zu glauben: Anfang des 21. Jahrhunderts in Norddeutschland? –, schlich über die öden dänischen Autobahnen, überquerte die Brücken bei Frederizia und über den Großen Belt und bekam von alldem letztlich kaum etwas mit. Wehmut schnürte mir den Hals zu, als ich meine Insel erreichte. Mein Wald kam in Sicht, die Durchfahrt zu meinem Haus. Mit der Hand tastete ich über den Beifahrersitz, als wüsste sie nicht, dass da niemand sein konnte. Rechtzeitig bremste ich ab und parkte den Wagen vor Jepsens Ligusterhecke. Kein Blick durch den Waldweg auf mein Haus. Ich wollte es nicht noch einmal sehen müssen.

Jepsen öffnete die Tür, noch bevor ich den Pflasterweg erreicht hatte, der zu seinem Hauseingang führte; jedenfalls musste er es sein, der dort im Rahmen erschien. Ganz sicher war ich mir da im ersten Moment nicht. Genauso gut hätte es ein Bruder von ihm sein können, der ihm entfernt ähnelte und wenig von Blaumännern und Caps hielt, dafür umso mehr von erdfarbenen Cordanzügen, weißen Hemden und quer gestreiften Seidenkrawatten. In so einem Aufzug hatte ich Jepsen noch nie gesehen, obendrein mit blanker, unbedeckter

Glatze, die im Nachmittagslicht glänzte. Offensichtlich hatte er sich herausgeputzt für unser Treffen, und nicht einmal in der Art, wie er mir entgegenkam, konnte ich ihn wirklich erkennen. Mit schmalem Mund, als könnte er sich vor Rührung knapp beherrschen, stampfte er mir entgegen, breitete seine langen Arme aus und schmiss sich mir an die Brust. Ich wusste kaum, wie mir geschah. Auf einmal fand ich mich umwölkt von Duftwässerchen und Cremegeruch. (»Überwältigend« was das Wort, das mir dazu in den Sinn kam.)

*»For helvede, Steen!«*

Einen Arm um meine Schultern gelegt, führte Jepsen mich ins Haus und sprach dabei ununterbrochen auf mich ein. Vor lauter Nervosität schien er sich kaum beherrschen zu können und wechselte mehr noch als üblich von einer in die nächste Sprache, mitunter mitten im Satz.

*»Kom nu, kom«*, sagte er. »Wie war deine Fahrt? Anstrengend? *Er du træt?«*

In der Stube führte er mich zu einem Tisch, schob mir ungefragt einen Stuhl unter den Hintern und drückte mich sachte nieder.

*»Så sæt dig ned, Steen.«*

Der Tisch war wie für einen netten Kaffeeklatsch gedeckt. Tassen mit Untertellern standen bereit, Stövchen, Milchkännchen, Kandis; neben einem Trockenblumenstrauß in der Mitte befand sich eine Schüssel mit Kleingebäck, das selbst gemacht sein musste, irgendwelche zimtigen Blätterteigkringel. Jepsen hatte sogar an Papierservietten gedacht, die auf den Tellern unter Silberlöffeln bereitlagen. Ein arg kitschiges Blumenmuster war darauf abgebildet, rosafarben, und die Unbeholfenheit in seinem Bemühen, alles ganz korrekt und schön für uns beide vorzubereiten, rührte mich. Genau so würde er vermutlich Damenbesuch empfangen, den er bezirzen wollte, und ich konnte mich nicht entscheiden, ob ich mich dadurch geschmeichelt fühlen sollte oder nicht. Jepsen und ich – wir zwei süßen Turteltäubchen.

»*Altså*«, sagte er, »da sind wir.«

»*Hyggeligt*«, sagte ich, schließlich wusste ich, wie viel man sich in Dänemark auf die spezielle »*Hyggelig*-keit« einbildete, die angeblich so etwas vollkommen anderes war als unsere piefige deutsche Gemütlichkeit, ohne dass ich den Unterschied hätte benennen können.

Jepsen atmete durch, die Fäuste in die Seiten gestützt. Zufrieden blickte er sich um und schlug sich auf einmal mit der flachen Hand gegen die Stirn. »Moment«, sagte er, hob den Finger und eilte aus dem Zimmer.

Kaum war er draußen, schoss auch schon Krølle durch die Tür herein. Keine Ahnung, was der Hund hier im Haus zu jagen hatte. Er hetzte mehrmals um den Tisch herum, schien erst verspätet zu bemerken, dass jemand Fremdes im Zimmer war, schnupperte beiläufig an meinem Hosenbein und hatte seine Neugier damit anscheinend restlos befriedigt. Als wäre mit dem kurzen Dauerlauf durch die Stube alle weitere Bewegungslust aus ihm entwichen, trottete er schlapp in eine Ecke, sank dort mit krachenden Knochen auf einem Fusselteppich zusammen und schloss die Augen. Von einer auf die andere Sekunde wirkte der Hund wie ein unbewegliches Möbelstück, sodass ich unwillkürlich auf das zittrige Heben und Senken seines Brustkorbs achtete, um sicherzugehen, dass er noch lebte.

Dann schaute ich mich um. Ich war in der Vergangenheit schon einige Male in Jepsens Stube gewesen, auf ein Bier und ein Plauderminütchen, aber es war immer um Praktisches gegangen – eingefrorene Wasserleitungen, Löcher im Reetdach, defekte Rasenmäher, solche Dinge –, sodass ich nie die Muße gehabt hatte, mich hier eingehender umzusehen. Einige Bilder hingen an den Wänden, mehrere Ansichten der Steilküste von Klintenæs. Ein riesiger Flachbildschirm bildete unverkennbar das Zentrum des Zimmers; Sessel mit Fußbänkchen davor. An der Wand ein Bücherschrank ganz ohne Bücher, dafür mit einigen DVDs, außerdem mit kleiner Stereoanlage. Ansonsten viel freie Fläche. Der Tisch, an dem ich saß, hatte Jepsen vermutlich als Unterlage gedient, als er den Brief an mich verfasst hatte. Drei Stühle umstanden ihn, eine seltsam ungerade Zahl.

Hinter dem Hundeteppich, unauffällig in der Ecke, bemerkte ich eine flache Kommode, die mir neu vorkam, antik wahrscheinlich, aus Nussholz, zwei Schubladen und eine Ablagefläche. Gerahmte Fotos standen darauf, ein halbes Dutzend vielleicht. Als ich mich von meinem Stuhl erhob, um sie aus der Nähe zu betrachten, öffnete Krølle kurz die Augen, schlummerte dann aber unbeeindruckt weiter. Verschiedene Frauen waren auf den Bildern zu sehen, und auf einem war ich sicher, Jepsens Mutter zu erkennen, in jüngeren Jahren. Die Kinnpartie dieser Frau, die in einem Ohrensessel Mittagsruhe hielt und dabei vermutlich unbemerkt von ihrem Sohn fotografiert worden war, verdeutlichte die Verwandtschaft. Die anderen waren ähnlichen Alters wie die Mutter auf dem Foto, Knappdreißiger und etwas darüber. Alles waren Schnappschüsse, von denen die Porträtierten sicher nichts mitbekommen hatten. Eine Frau schob einen Einkaufswagen zwischen Regalen hindurch und inspizierte eine Einkaufsliste; eine andere sonnte sich mit geschlossenen Lidern auf einer Parkbank. Hier war eine Frau zu sehen, die an der Steilküste ein

Fernglas vors Gesicht hielt, um vermutlich einen Blick auf die Falken zu erhaschen; dort zupfte eine andere Unkraut im Vorgarten. Eine der Frauen war mir bekannt, ohne dass auf dem Foto überhaupt ihr Gesicht zu sehen war. Es war die Verkäuferin aus dem *Købmand*-Laden am Inselhafen, die mit dem Rücken zum Objektiv hinter dem Tresen Zigarettenschachteln ins Regal sortierte. Den Kittel und das rötlich blonde, hochgesteckte Haar erkannte ich sofort und hatte dazu obendrein ihre Stimme im Ohr, wie sie im besten Deutsch nachfragte, was ich da wohl wieder eben auf Dänisch bei ihr zu bestellen versucht hatte: »Ach, Brot möchtest du. Aber gerne ...«

Ich brauchte nicht lange zu rätseln, in welcher Beziehung Jepsen wohl zu den Porträtierten stand. Keine von ihnen hatte ich je bei ihm zu Gesicht bekommen; nicht einmal seine Mutter, die, nach allem, was ich wusste, früh verstorben war. Vermutlich waren es deshalb Schwärmereien, ferne Lieben, die mit größter Wahrscheinlichkeit nie etwas davon mitgekriegt hatten, ein Schrein der heimlich Angeschmachteten also und – im Falle der Mutter – der zu früh von ihm Gegangenen. Anders konnte ich mir diese Galerie nicht erklären. Wie ein Stalker, der die Distanz nicht zu wahren wusste und übergriffig wurde, kam mir Jepsen jedenfalls nicht vor. (Für solche Dinge glaubte ich durch meinen Krimi ein gewisses Gespür entwickelt zu haben.) Ich hatte ja über die Jahre selbst beobachten können, wie er Frauke aus der Ferne angehimmelt hatte. Sobald sie in seine Nähe gekommen war, hatte er stets die Flucht ergriffen. Das war ein sonderbares Verhalten gewesen, aber sicher nicht strafbar.

An einer Stelle zwischen den Fotos entdeckte ich eine Lücke. Ein Platz in dieser Frauengalerie war frei, zwischen der *Købmand*-Verkäuferin und der Unkrautzupferin. Dort stand, einem schwachen Rahmenabdruck in der Staubschicht nach zu urteilen, normalerweise ein weiteres Foto. Wer da wohl sonst zu sehen war? Ich lachte leise auf. Die oberste Kommodenschublade war nicht ganz geschlossen. Bestimmt hatte Jepsen nach meinem Telefonanruf in aller Eile den Fotorahmen beiseitegeschafft und es versäumt, die Schublade wieder ordentlich zu schließen, und ich fragte mich, was Frauke wohl dazu sagen würde, wenn sie wüsste, dass ihr ein Platz auf Jepsens Schrein der Angeschmachteten vorbehalten war.

Für eine Sekunde war ich versucht, die Schublade aufzuziehen, um meinen Verdacht zu bestätigen, doch tauchte Jepsen in diesem Moment in der Stube auf, eine gläserne Kaffeekanne in der Hand. Als er mich an der Kommode stehen sah, lächelte er verlegen und trat an den Tisch. Behutsam drückte er den Filter in der Kaffeekanne herunter und stellte sie auf dem Stövchen ab.

»Meine Cousinen«, sagte er und deutete mit den Augen auf die Fotos. »Und meine Mutter.« (Ich hielt es für die übliche Ausrede, die er benutzte, wenn er Gästen seinen Schrein erklären musste.)

»Die Frau vom *Købmand* ist deine Cousine?«

»Annelise, ja. Hat in Berlin studiert. *Økonomi.* Ist lange her. Dann hat sie geheiratet. Pedder …«

»Den *Købmand?*«

»*Præcis.* Die waren schon in der Schule, wie sagt man …« Jepsen verhakelte seine Zeigefinger miteinander und zog an ihnen. (Unzertrennlich, sollte das wohl heißen.) »Und Annelise ist nach dem Studium dann wieder zurückgekommen auf die Insel.«

»Na, so was«, sagte ich und mochte seiner Erklärung noch immer keinen Glauben schenken.

Jepsen deutete auf meinen Platz und wartete höflich ab, bis ich mich gesetzt hatte, bevor er sich ebenfalls niederließ.

»So schön, dich mal wieder zu sehen, Steen«, sagte er, während er uns beiden Kaffee einschenkte und mir die Schüssel mit dem Gebäck hinhielt. Ich lehnte dankend ab. »Und wie geht es euch?«

Ich wiegte den Kopf. »Könnte sicher noch schlechter sein.«

»Das glaube ich.« Er schob sich etwas Gebäck in den Mund und sprach kauend weiter, was es nicht unbedingt erleichterte, ihn zu verstehen. »Es war so schlimm damals, so schlimm. Erst hab ich gedacht, es war mein Fisch ... Aber nein, so war es dann ja nicht. Und da war ich richtig froh. *Forstår du det?*« Er blickte mich an und schien über seine Wortwahl zu erschrecken. »Nein, was sag ich da: nicht froh ... *For helvede ... Hvor er mit tyske i dag?* Bin etwas aus der Übung, seit du nicht mehr regelmäßig herkommst. Ich meine: Es wäre eine Katastrophe gewesen, wenn ich damals ...«

»Schon gut«, sagte ich. »Es war nicht deine Schuld. Du hast uns vielmehr geholfen.«

Jepsen atmete auf und nahm einen Schluck aus seiner Tasse.

»Aber wie ist es dir denn in der Zwischenzeit ergangen?«, fragte ich. »Ohne mich, meine ich.«

»*Nå, godt, tak*«, sagte er. »Sehr gut sogar.«

»So?«

»Eigentlich ist es mir wohl nie besser gegangen.« Er grinste breit, und ich bemerkte wieder einmal den kleinen Jungen in seinem Wesen, der sich wohl immer dann zeigte, wenn es persönlich wurde. »Alles ist so schnell gegangen. *Hurtigt.*«

Ich begriff nicht ganz, wovon er sprach. »Fischst du denn noch?«

»Oh ja, hab gut gefangen!« Rätselhafterweise zwinkerte er mir dabei zu.

»Freut mich für dich.«

»*Tak.*« Dann nahm er einen weiteren Schluck Kaffee und betrachtete mich über den Rand seiner Tasse. »Und du rufst also plötzlich hier an«, sagte er. »Einfach so?«

»Genau«, sagte ich. »Einfach so.«

Er schnaubte durch die Nase, als wäre ihm das, was er nun im Begriff war zu tun, äußerst unangenehm. Langsam griff er in die Innentasche seiner Anzugjacke und holte ein gefaltetes Blatt Papier hervor, das er zwischen uns auf dem Tisch ausbreitete.

»Aber bist du ganz sicher?«, fragte er. »*Med huset?* Willst du das Haus wirklich verkaufen?«

»Ich bin sicher, keine Sorge.«

Ich zog mir den Zettel heran, faltete ihn auseinander und erblickte erneut die Zahl, die mich vor einigen Wochen zu Hause am Küchentisch noch vollends aus der Bahn geworfen hatte. (Jetzt zählte ich abgebrüht die Stellen nach, um sicherzugehen, nicht übers Ohr gehauen zu werden.) Das heutige Datum stand dort, irgendetwas auf Dänisch, was ich nicht verstand – Absichtserklärung oder Kaufvertrag oder was weiß ich. Darunter die Adresse und Jepsens Unterschrift.

»Auf meinen Brief hast du ja nicht geantwortet«, sagte er. »Da dachte ich, du bist sauer.«

»Gar nicht«, sagte ich. »Hast du denn einen Stift für mich?«

»*Selvfølgelig.*«

Jepsen stand auf und holte mir einen Kugelschreiber, der neben dem Sessel auf einer Fernsehzeitschrift gelegen hatte. Ohne zu zögern, setzte ich den Stift an, schaute kurz auf, und es kam mir so vor, als ob in diesem Moment jemand draußen vor dem Fenster entlanggehen würde, eine Frau oder ein Mädchen. Auf die Schnelle konnte ich es nicht erkennen, fühlte aber, dass der Blick dieser Frau oder des Mädchens auf mir ruhte, während ich unterschrieb.

»Das Notarielle klären wir dann beizeiten«, sagte ich. »Nächste Woche schicke ich ein Unternehmen, das das Haus leer räumt, wenn das für dich in Ordnung geht.«

»*Åh ja, tusind tak, Steen.*« Jepsen schnappte sich den Zettel und ließ ihn zügig in seiner Anzugjacke verschwinden, als fürchtete er, dass ich es mir noch anders überlegen könnte. »Ich bin richtig froh. Du weißt, wie lange ich das Haus schon kaufen wollte.«

»Du hast es eine Goldgrube genannt.«

»Ist es auch, aber jetzt ist es … etwas ganz anderes.« Wieder schaute er mich auf diese kindliche Art an, als läge auf der Hand, was mit ihm los war.

Ich zuckte mit den Schultern.

»Annika wird dort einziehen«, sagte er. »*Min kæreste.*«

»Deine Freundin?« Ich mochte meinen Ohren nicht trauen. »Seit wann das denn?«

»Ein halbes Jahr vielleicht.« Er lehnte sich auf seinem Stuhl zurück, als würde er in Erinnerungen schwelgen. »Sie ist eine Cousine von mir. Weit entfernt. Ihr Foto stand bis vor Kurzem da vorne.« Er zeigte auf die Kommode. »Zwischen Annegret und Katrine. Aber jetzt hat es einen anderen Platz bekommen.« Er deutete mit dem Zeigefinger zur Decke. »Oben an meinem Bett. Da kann ich sie immer sehen.«

»Mensch, Jepsen«, sagte ich und war eigentümlich beschämt. Keine Frauke, eine Annika hatte da gestanden. »Meinen Glückwunsch.«

»*Tak.* Ich treffe sie gleich. Sie wohnt in Kopenhagen. Noch.«

»Deshalb dein Aufzug«, sagte ich.

»Ja, ich will sie überraschen.«

»Etwa mit dem Haus?«, fragte ich. »Du kaufst es für sie?«

»*Så at sige.*« Er grinste wieder. »Wohl eher für uns. Dann können wir nebeneinander wohnen. Annika und ich.«

Noch immer ungläubig, schüttelte ich den Kopf, stand auf und bemerkte erst jetzt, dass ich meinen Kaffee gar nicht angerührt hatte. In Filmen konnte ich mich über so was immer maßlos aufregen. (Getränk umständlich bestellt, der Barmann schenkt ein, das Glas wird kurz festgehalten, dann werden zwei Sätze gesagt, ach, ich muss ja los, und die Leute lassen alles stehen und liegen und verschwinden. Manchmal schmeißen sie noch einen Geldschein auf die Theke.)

»Willst du deinen Kaffee gar nicht?«, fragte Jepsen und zeigte auf meine Tasse.

»Danke schön, aber nein.« Auf einmal fühlte ich mich eigenartig froh und gelöst. Mein Haus – das Liebesnest von Jepsen und seiner Annika. Das war nun wirklich eine Entwicklung, mit der nicht zu rechnen gewesen war. »Ich mache mich lieber auf den Weg. Zurück nach Hause.«

»Okay«, sagte Jepsen. »Ich bringe dich zur Tür.«

»Lass man.« Ich drückte ihm sanft auf die Schulter, damit er sitzen blieb. »Trink du deinen Kaffee in Ruhe aus und freu dich auf deine Annika. Ich wünsch euch beiden jedenfalls nur das Beste.«

Jepsen sah mich an. »*Tak, Steen.* Ich bin etwas aufgeregt.«

»Was du nicht sagst.«

»Brauchst du vielleicht noch was aus dem Haus?«, fragte er und nahm einen Schluck aus seiner Tasse. »Irgendwas?«

Meine Antwort kam wie auf Knopfdruck: »Ich? *Nej, tak.* Ich brauche nichts.«

# 6

Tatsächlich kam ich mir, als ich mit dem Wagen auf den Steilküstenparkplatz hinterm Wald einbog, zum ersten Mal fremd vor auf meiner Insel. Ich hielt mit Blick aufs Meer und betrachtete durch die verschmierte Windschutzscheibe das wie immer träge Wasser der Ostsee, und dabei bemerkte ich eine Veränderung in mir, eine Verschiebung des Gefühls. Dies hier war ohne eigenes Haus, ohne eigene Adresse nicht mehr mein Revier. Wie ich meine Inselzugehörigkeit vorher bezeichnet hätte, wüsste ich nicht einmal zu sagen. Anwohner? Bewohner? Insulaner? Egal. Damit war es jetzt auf jeden Fall vorbei, und über kurz oder lang würde ich mich, falls ich überhaupt noch einmal herkäme, mit dem Umstand arrangieren müssen, mich zur Masse der Touristen zu zählen, die das ganze Jahr über die Insel mit ihrer Gegenwart beglückten und ohne die das Leben hier – aufrichtig gesprochen – seit Längerem nicht so *hyggeligt* funktioniert hätte. Alles, selbst die Landwirtschaft, war schließlich dem Tourismus untergeordnet. Ferien auf dem Bauernhof, Bio-Schafzucht mit Streichelscheune, eine Molkerei, die vor allem Eis herstellte, natürlich Dutzende Galerien plus Rapsfeld, eine Senfmühle mit Gastwirtschaft und Werksverkauf, überall winzigste Töpferstübchen, in denen die immergleichen Pötte, Aschenbecher, Schüsseln und Teetassen verkauft wurden. *Lones Keramik, Helens Pøttestuv.* Sogar Jepsens Fischerei war, wie er mir einmal erzählt hatte,

letztlich nur dadurch einigermaßen profitabel, weil er mehrmals pro Woche zahlende Feriengäste auf seine Fahrten mitnahm, die ihm bei der Arbeit zur Hand gehen durften, und
er seinen Fisch anschließend zu vollkommen überhöhten
Preisen vom Deck herunter an die Touristen im Hafen ver-
hökern konnte. Sehr viele feste Bewohner der Insel, Urein-
wohner sozusagen, gab es nicht mehr. Unterm Strich war der
gesamte Inselbetrieb ein ganzjährig veranstaltetes Freiluft-
schauspiel für die Gäste, streng urtümlich gehalten und auf
eine künstliche Art in Szene gesetzt, sodass es eben Menschen
mit großen Augen, Fotoapparaten und urlaubsgefüllten Geld-
börsen brauchte, um es am Leben zu erhalten. Gar nicht so
leicht zu verstehen, was mich all die Jahre über hierhergezo-
gen hatte.

Ich musste lachen. Es lag ja nun wahrlich auf der Hand,
wie sehr sich meine Psyche auf Hochtouren darum bemühte,
mir den Abschied von der Insel zu erleichtern. Wenn das hier
alles ohnehin nur Oper und Show war – warum dann überhaupt Trübsal blasen, bester Steen? Hübscher Versuch, aber
letztlich ein doch eher unsubtiles Manöver meines Unter-
bewusstseins. (Psyche – wo ist nur dein Gespür für Eleganz,
wenn es drauf ankommt?) Ganz so einfach verhielt es sich
nämlich nicht. Ich und die Insel – das war fraglos etwas Ent-
scheidendes gewesen, etwas Lebensprägendes, das ich mit
dem Hausverkauf nun endgültig hinter mir ließ. Meinem Wesen hätte es wohl entsprochen, daraus keine allzu große Sache
zu machen. (Steen hat sein Haus verkauft – na und? Ist doch
wohl besser so.) Aber es war eben mehr als nur das, etwas Grö-
ßeres: ein Ende, und nur mit etwas Glück ein Anfang.

Auf dem Parkplatz standen noch einige weitere Autos mit
dänischen oder deutschen Kennzeichen, Familienkutschen

und praktische Rentnerschaukeln, fast alle mit den typischen Aufklebern verziert, die den stilisierten Küstenverlauf der Insel darstellen sollten: *VORES Ø / UNSERE INSEL*. Auf dem Wanderweg, der sanft ansteigend oberhalb der Steilküste bis nach Klintenæs führte, war keine Menschenseele zu entdecken. Die rüstigen Rentner, Naturfreunde und Wandererfamilien mochten sich bereits auf dem Rückweg zum Parkplatz befinden, der im weiten Bogen um den Wald herum, durchs Hinterland und vorbei am Riesen-Hünengrab führte. Das war eine ausgewachsene Wanderung, die laut Touristikzentrale jedoch jedem Gast dringend anzuraten war. Mit einem Fußmarsch von knapp sechs Kilometern hatte man praktisch alles gesehen, was die Insel ausmachte: die Küste samt Falkenpärchen, den Wald, das flach auslaufende Hinterland und mit dem Hünengrab sogar die Frühgeschichte. *Voilà*. Das Pflichtprogramm war damit erledigt. Höchste Zeit, zur Kür überzugehen, den Grill anzuheizen und mit dem Urlauben zu beginnen … Mein Unterbewusstsein schien weiterhin alle Hände voll damit zu tun zu haben, mir die Insel und alles, was sie ausmachte, in einem Licht zu präsentieren, das es mir leicht machte, ohne Reue den Absprung zu schaffen.

Nur im Oberhemd, die Hände in den Jeanstaschen, stapfte ich über den Wanderweg Richtung Küstennase und musste mir trotz aller Anstrengung meiner Psyche eingestehen, dass es durchaus seinen Reiz hatte, hier oberhalb des blassblauen Meeres entlangzugehen, die Abbruchkante neben oder vielmehr unter mir und darüber ein kaum anders gefärbter Himmel, über den sich wie Spinnennetze Kondensstreifen zogen. Weit draußen, leicht flirrend, trafen Himmel und Meer aufeinander und flossen ineinander. Wo endete das Meer? Wo begann der Himmel? Ich schüttelte den Kopf über mich selbst.

Woher kam nun wieder dieses Pathos, das so gar nicht zu mir passte? Den Blick nach unten gerichtet, stapfte ich weiter und fuhr erschrocken zusammen, als auf einmal ein Rentnerpaar direkt vor mir auftauchte. In ihrer tarnfarbenen Outdoorkleidung hatte ich sie vollkommen übersehen.

»Schön heute, nicht wahr?«, fragte der Mann, als gäbe es da zwei Meinungen.

Ich nickte nur und hörte, während ich ihnen auswich, wie sie hinter meinem Rücken zu tuscheln begannen, weil sie mich wahrscheinlich erkannt hatten. (Dieser Anstandsmann, oder? Aus dem Fernsehen. Wie hieß der noch gleich?)

Die Küstenlinie beschrieb – genau wie der Inselaufkleber es zeigte – einen sanften Bogen und schmiegte sich an den Wald, der bis zur Abbruchkante heranreichte. Das Rauschen der Bäume vermischte sich mit dem Rauschen der Brandung, und oben in der Luft trafen Krähen und Möwen aufeinander und fochten ihre Hoheitskämpfe aus. Die Krähen flatterten wild über den Baumwipfeln und verteidigten kreischend ihre Nester, während die Möwen die Thermik so perfekt auszunutzen wussten, dass sie in der Luft zu stehen schienen. Silber- oder Heringsmöwen waren es, Mantelmöwen, was auch immer. Gelegentlich ließen sie sich in die Tiefe fallen und stürzten im Schuss die Steilküste hinunter, nur um sogleich wieder aufzusteigen und sich erneut über der Abbruchkante in die Luft zu hängen.

Von hier aus war bereits die Küstennase zu sehen, die weit ins Meer hinausragte. Der Zinken wuchs, sich nach vorne hin verjüngend, mit leichter Steigung knapp hundert Meter ins Freie hinaus und brach dann jäh ab. Jahr für Jahr verlor die Nase ein Stück ihrer Substanz; die viel zu nassen Winter der vergangenen Zeit hatten verheerend gewirkt. Die Touristikzentrale würde sich eher früher als später etwas einfallen lassen müssen, wenn sie die charakteristische Küstenform zumindest ansatzweise erhalten wollte, um weiterhin mit Recht ihre Aufkleber verkaufen zu können. Der kreidige Untergrund der Küste war schlicht und ergreifend nicht für die Ewigkeit gemacht. Die Sitzbank, die im vergangenen Sommer unweit der Abbruchkante aufgestellt worden war, würde jedenfalls nicht lange dort stehen bleiben können. Womöglich war sie am Ende auch nur dort platziert worden, um den Paraglidern den untersagten Start zu erschweren. Was auch immer der Grund war – es war egal, vollkommen egal. Meine Gedanken mäanderten vom Großen ins Kleine und fanden nirgends Halt.

Was wollte ich eigentlich an diesem Ort? Weshalb hatte ich nicht, wie ursprünglich geplant, gleich nach dem Treffen mit Jepsen die Rückfahrt angetreten und war stattdessen schnurstracks zur Steilküste gefahren? Ich wusste es nicht und musste mein Handeln auf mein Unterbewusstsein schieben, das mich aus unklaren Gründen hierhergeführt hatte. Da stand ich also an der Abbruchkante und schaute hinaus. (Was nun?)

Meer, eine verschwommene Horizontlinie, einige Frachter in weiter Ferne. Unter der Wasseroberfläche Quallen, nicht zu sehen, überall Quallen, diese schwebenden Wasserwesen. Löwenmähne, *Cyanea capillata*. Gero und seine Chefs hätten ihre Freude daran gehabt für ihre schmerzstillenden Extrakte. Lokus und Morpheus. Vom Strand her strömte kalte Luft herauf, sodass ich fröstelte und meine Arme um mich schlang. Irgendwo dort unten musste der Vorsprung sein, in dem das Falkenpärchen sein Nest gehabt hatte. Ich hätte nicht sagen können, wo. Die Küstenwand sah wild und zerklüftet aus, vollkommen verändert. Ich hatte von einem Erdrutsch gelesen, der sich hier im vergangenen Winter ereignet haben sollte. Niemand war zu Schaden gekommen, und ich hoffte inständig, dass das die Falken mit einschloss.

Zögerlich beugte ich mich vor, um einen besseren Blickwinkel zu haben, und schaute hinunter. Und auf einmal merkte ich, dass ich keinen sicheren Stand hatte. Knapp hielt ich mich über der Abbruchkante in der Schwebe. Es hätte nur eines winzigen Stoßes bedurft, damit ich vornüberstürzte. Eine Böe hätte ausgereicht. Ich fiele, und alles wäre vorbei, hoffentlich sofort.

Sanft schaukelte mein Oberkörper vor und zurück. Ich schloss die Augen. Vor und zurück.

»Steen?«

Ich erschrak.

»Steen, was machst du denn da?«

Ich wendete meinen Kopf um und sah das Mädchen. Es kam über den Wanderweg auf mich zu, Tanktop, Army-Rucksack, Sandalen, und ich schüttelte missmutig den Kopf. Das war nun wirklich etwas zu viel des Guten. Wollte meine Psyche mir ernsthaft weismachen, dass mich die Tramperin mit den grünen Fußnägeln hier an der Steilküste gefunden hatte, kurz bevor ich – ja, was eigentlich?

»Kommst du bitte mal sofort da weg?«

Da erkannte ich sie. Es war nicht das Mädchen, natürlich nicht, es war Ute. Tanktop, Rucksack, Sandalen. Sie kam zu mir, breitete ihre Arme aus und nahm, als sie vor mir stand, mein Gesicht zwischen ihre Hände.

»Du jagst einem ja einen Riesenschrecken ein«, sagte sie. »Stehst hier wie so ein Irrer an der Steilküste. Was hattest du überhaupt vor? Doch wohl keinen Unsinn?«

»Was?«, fragte ich. »Nein. Ich meine – ich begreife das nicht.«
Und das stimmte. »Wo kommst du denn auf einmal her?«

Sie küsste mich, zog mich an sich und nahm meine Hand.

»Dein Auto stand auf dem Parkplatz«, sagte sie. »Ich bin auf
gut Glück hergefahren und wohl kurz nach dir angekommen.
Aber du hast mich gar nicht bemerkt. Bist einfach losgeeilt.
Hast ja auch beinahe dieses Rentnerpaar übern Haufen ge-
rannt.«

»Aber …«

»Gero hat sich bei mir gemeldet«, sagte sie. »Vorhin.«

»Ja, der war heute bei mir«, sagte ich. »Er wollte, dass ich
mich entschuldige.«

»Davon hat er mir erzählt. Blödmann, der. Mit seinem
Rumgehadere verpfuscht der sich noch sein ganzes Leben.«

»Er hat sein Schiff verkauft«, sagte ich. »Wusstest du das?«

»Das konnte er sich auf Dauer ohnehin nicht leisten. Das
war von Anfang an klar. Dafür jedenfalls muss er dir nicht
auch noch die Schuld in die Schuhe schieben.«

Sie küsste mich erneut und lächelte.

»Ich hab versucht, dich anzurufen«, sagte sie. »Aber du hattest dein Handy natürlich nicht dabei, oder?«

»Ausgestellt.«

»Dachte ich mir. Ich hab dann bei Frauke in der Praxis angerufen, auch wenn es sich seltsam angefühlt hat, mit ihr zu
sprechen, und sie hat mir gesagt, dass du auf die Insel gefahren bist. Sie klang richtig etwas besorgt, wusste aber auch
nicht, warum. Sie war ganz durcheinander.«

»Und da fährst du mir einfach hinterher?«

»Ich dachte mir, dass du heute besser nicht allein sein solltest. Ach, guck mal, da unten …« Sie deutete über die Abbruchkante auf die Küstenwand. »Da ist ja das Falkennest.«

Jetzt konnte ich das Nest auch sehen, ganz deutlich. Es war an der gleichen Stelle wie damals, der gleiche Felsvorsprung, nichts hatte sich verändert. Ich schaute Ute an.

»Mir geht es nicht gut«, sagte ich. »Überhaupt nicht.«

»Kann ich mir vorstellen.« Sie zog an meiner Hand. »Komm mal besser schnell von hier weg.«

Mit beiden Händen umfasste sie meinen Arm, drückte ihn fest an ihre Seite, lehnte ihren Kopf gegen meine Schulter und steuerte uns auf den Durchschlupf zu.

»Ich hab mein Haus verkauft«, sagte ich. »Gerade eben.«

»Wenn du meinst, dass das richtig ist.«

»Keine Ahnung.«

Sie lächelte mich an. »Weißt du, ich glaube, ich begreife ziemlich gut, wie es dir geht.«

»Ach ja?«

Vorsichtig schob sie mich zwischen den Blättern hindurch in die Hecke und folgte mir nach. Wieder standen wir in der überraschend geräumigen Laube, die sich um uns herum auftat, standen voreinander, und ich hatte keinen Schimmer, was Ute vorhatte, ließ mich einfach von ihr dirigieren und machte, als sie mich anstieß, den Schritt durch die Brombeeren hindurch auf die Lichtung. Dabei verhakte sich mein Hemd an einem der Äste, ich rüttelte, zog, bis Ute es mit zwei Fingern und einem leichten Ruck von den Dornen befreite.

»Du siehst nur noch die eine Möglichkeit«, sagte sie hinter der Blätterwand. »Dass du an allem schuld bist. Du allein.«

Dann schob sie die Äste auseinander und folgte mir auf die Lichtung, streifte, kaum dass sie aus der Blätterwand hervorgetreten war, ihre Sandalen ab und schnappte sich wieder meinen Arm. Zielstrebig steuerte sie auf die Birkeninsel in der Mitte der Lichtung zu.

»Du hättest es gerne klar geregelt. Steen ist schuld. Basta und aus. Dann könntest du dich mit gutem Recht da hinten von der Klippe stürzen, und alles wäre geklärt. Fast ein wenig protestantisch von dir, so zu denken. Seltsam eigentlich. Aber so einfach ist es nicht.«

»Wenn du es sagst.«

»Schuld macht es uns leichter«, sagte sie. »So scheint es wenigstens, oder? Ich weiß noch genau, wie ich mich gefühlt habe, als sie diesen Knoten bei mir entdeckt haben. Ist lange her. Lunge. Erst hatte ich geglaubt, es sei nur ein ziemlich hartnäckiger Husten. Aber es war mehr.«

»Davon wusste ich gar nichts.«

Der moosige, leicht feuchte Untergrund der Lichtung federte unter unseren Schritten. Ich schaute auf meine Schuhe, beobachtete meine Tritte, als erwartete ich, dass sich jeden Moment ein Riss auftun würde, und sah Utes nackte Füße, die bei jedem Schritt zentimeterweise im Grün versanken. Ihre Fußnägel waren lackiert. Jeder Nagel in einer anderen Farbe.

»Ich hab es niemals jemandem erzählt. Zum Glück war es harmlos. Eine kleine OP. Aber ich weiß noch genau, wie das damals in meinem Kopf abgelaufen ist. Diese Schuldspirale. Du kennst das. Als sie den Knoten entdeckt haben, hab ich so lange in meiner Erinnerung gewühlt und gegraben, bis ich zu einem Punkt gekommen bin, an dem ich glaubte, dass dort meine Schuld zu finden wäre. Ich war wie besessen davon. Ich musste die Ursache für den Knoten finden. Irgendjemand musste schließlich Schuld haben an dem ganzen Schlamassel. Am besten ich selbst. Einfach lächerlich war das. Und irgendwann wurde ich fündig. Ich erinnerte mich an meine zwei, drei Raucherjahre im Studium. Da musste ich mir meine Lunge kaputt gemacht haben. Tata! Selbst schuld, Ute. Setzen. Sechs.«

»Aber das war gar nicht der Grund?«

»Keine Ahnung. Woher soll man das wissen? Und vor allem: Wen interessiert es? Dinge geschehen. Interessant wird es erst, wenn man an den Punkt gelangt, an dem man etwas ändern kann, für die Zukunft, meine ich. Wenn man Verantwortung übernimmt. Wie, das muss natürlich jeder für sich selbst herausfinden.« Sie stieß mich von der Seite an. »Und damit sind wir am Ende meiner kleinen Rede.«

Sie blieb stehen und schaute sich um. Wir standen jetzt inmitten der Birkeninsel. Ein Baumstumpf ragte schräg aus der Erde, und Ute drückte mich darauf nieder.

»Verrückt«, sagte sie und legte ihren Rucksack ab. »Nicht ein Pilz hier weit und breit.«

»Falsche Jahreszeit«, sagte ich, und sie nickte.

»Kann sin. Oder andere haben die Stelle entdeckt.«

»Das glaube ich kaum.«

Ute machte einen Schritt vor und setzte sich mit gespreizten Beinen auf meinen Schoß.

»Hey, hey«, sagte ich. »Was wird das denn?«

»Weißt du eigentlich, dass ich *mir* eine ganze Zeit lang die Schuld daran gegeben habe, was euch passiert ist?«

»Du? Warum das denn?«

»Na, wer hat denn damals den Kochlöffel geschwungen? Wer hat die Pilze zubereitet?«

Die Arme über Kreuz, griff sie nach dem Bund ihres Tanktops und zog es mit einem Schwung über ihren Kopf. Ich hielt den Atem an. Ein weißer BH, ihre nackten Schultern. Einen Augenblick lang schaute sie mich an, als wartete sie auf ein Signal zum Einhalten, und ich dachte unwillkürlich an die vielen, vielen Momente zurück, in denen wir uns auf ähnliche Art nahegekommen waren. Im Zugabteil auf dem Weg zur Messe. Bei ihr zu Hause. Im Hotelzimmer. Hier auf der Insel. In meinem Inselhaus waren wir sicher am weitesten gegangen. Meine Hand auf ihrem Oberschenkel, während wir das Manuskript durchsprachen. Ihre Hand auf meinem. Ein Blick genügte uns jedes Mal, um zu wissen, wie weit wir bereit waren zu gehen. Immer blieben es Spielereien, Neckereien. Wie sie mir in das Ohr atmete, während ihr Kopf an meiner Schulter lehnte. Lächeln, halb geschlossene Lider.

»Wenn überhaupt, dann hätte wohl ich die Pilze kontrollieren müssen«, sagte ich, und das genügte Ute als Signal.

»Aber wäre es nicht meine Aufgabe gewesen, da noch einmal nachzuhaken? Ich hab doch gemerkt, wie sehr du an diesem Tag neben der Spur warst. Terhoven, Gero und Frauke, die ganze Situation mit uns vieren. Man hat es dir nun wahrlich angemerkt, dass du dich unwohl gefühlt hast. Oder was ist mit Frauke?«

»Was soll mit ihr sein?«

Während Ute hinter ihrem Rücken am BH-Verschluss hantierte, sich dabei leicht vorbeugte, sodass ich mit einem Mal ihre Haut roch, sagte sie: »Frauke kennt sich doch ebenso mit Pilzen aus. Das hat sie selbst gesagt. Sie hätte genauso wie du kontrollieren können, was im Korb gelandet ist.«

»Sie hat den falschen Pilz jedenfalls nicht gesammelt«, sagte ich. »Das war ich. Ganz sicher.«

Utes BH löste sich. Langsam ließ sie ihn neben uns ins Moos gleiten. »Bist du dir da so sicher? Wir alle haben gesammelt. Jeder von uns.«

»Ich weiß es. Ich habe ihn gesammelt. Da vorn. Da habe ich ihn gefunden.«

»Einen Pilz? Und das soll genügt haben, um drei erwachsene Menschen zu vergiften?«

»Hör auf«, sagte ich. »Ich merke doch, was du hier gerade versuchst.«

»Was versuche ich denn?« Sie legte ihre Hände auf meine Schultern. »Du glaubst, du wüsstest am besten, was an diesem Tag passiert ist. Aber es kann anders gewesen sein. Ganz anders. Und vor allem: Was ändert es, wenn es klar wäre?«

Ich atmete tief ein. »Und was jetzt?«, fragte ich. »Was soll ich denn tun?«

Ute beugte sich vor, nahm mein Gesicht zwischen ihre Hände und küsste mich, anders als vorhin an der Steilküste, direkter, ein echter Kuss.

»Weitermachen«, sagte sie und drückte sich an mich.

Ich spürte ihren Atem an meinem Ohr, ihre Haut an meinem Gesicht und schlang meine Arme um sie. Vorsichtig berührte ich mit meinen Lippen ihren Hals und küsste sie sanft in die Beuge zur Schulter, und Ute ließ ihren Kopf zur Seite sinken.

# 7

Es war beinahe unmöglich zu erkennen, wo wir uns einreihen sollten. Verwirrend viele und schwer zu deutende Piktogramme leuchteten an den Schildern über den Fahrspuren: Höhen- und Breitenangaben, Fahrzeuge mit und ohne Anhänger, Motorräder, lang gezogene Campingwagen, dicke Lkw. Mehrere Spuren waren eindeutig für Pkw gedacht, aber für welche davon sollten wir uns entscheiden? Ute steuerte, wahrscheinlich aufs Geratewohl hin, eine der mittleren Spuren an, und ich folgte ihr mit meinem Wagen, ganz der treue Lemming, der sich in sein Schicksal fügt und dem Anführer – in diesem Fall der Anführerin – blindlings folgt, selbst in den Tod. Ob Lemminge wohl genau solche Angst empfanden wie ich in diesem Moment? Oder war das eben der Vorteil am Lemmingsein, dass man durch den Leitlemming von dieser Art Sorgen befreit war und sich guten Gewissens auf anderes konzentrieren konnte, auf einen knurrenden Magen beispielsweise oder die Frage nach dem Sinn des großen Ganzen? Egal. Nach allem, was ich wusste, war die Vorstellung von Lemmingen, die sich massenhaft in den Tod stürzten, ohnehin ein moderner Mythos, den wir einer übermotivierten Disney-Filmcrew zu verdanken hatten, die die armen Nager einst eigenhändig eine Klippe hinuntergeschmissen hatte, um beeindruckende, aber unwahre Bilder für ihren Film zu bekommen, und während Ute vor mir ihr Fährticket löste, malte ich mir

343

aus, dass mir unter Umständen ein ähnliches Schicksal blühte. Jemand könnte mich, sobald wir auf der Fähre waren, beim Nacken nehmen und über die Reling schleudern. Altbekannte Fluchtwünsche durchzuckten mich. Es wäre besser gewesen, meinen üblichen Heimweg übers Festland zu nehmen. (Sicher war immer noch sicher.)

Ute aber hatte anders entschieden, als ich ihr vor der Abfahrt meinen Festlandkurs beschrieben hatte. »Quatsch«, hatte sie gesagt, »das ist ja viel weiter. Fahr mir einfach hinterher. Du wirst schon sehen. Die Dreiviertelstunde Überfahrt überstehst du. Und wer weiß: Womöglich gefällt es dir sogar.«

»Unwahrscheinlich.«

Eine Anzeige kündigte die nächste Abfahrt in fünfzehn Minuten an. Ich atmete erleichtert auf. Das würden wir bei so viel Andrang gewiss nicht schaffen. Also bliebe mir noch genügend Zeit, um mich an die Vorstellung zu gewöhnen, meinen Wagen erstmals auf eine dieser unsäglichen Fähren zu steuern. (Steen und das offene Meer – das passte ganz und gar nicht zusammen.) Doch zu meinem Erstaunen lief alles wie geschmiert. Nachdem Ute ihr Ticket erhalten hatte, setzte sie mit ihrem Wagen einige Meter vor, und ich hielt am Automaten und musste nur ein, zwei Knöpfe drücken – einfache Fahrt, Anzahl der Passagiere –, bevor das Gerät nach meiner Geldkarte fragte, ich die Geheimzahl eingab und im Gegenzug mein Ticket erhielt. *Bane 6* stand dick gedruckt darauf.

Und los ging es. Ich folgte Ute, die mir durchs Rückfenster ihres Wagens noch sechs Finger gezeigt hatte, und in gemächlicher Fahrt passierten wir das Zollgebäude. Auf unserer Seite, Richtung Süden, wurde wie immer nicht kontrolliert; auf der anderen Seite dagegen standen Zollbeamte und winkten ein-

zelne Fahrzeuge heraus. (Dubiose Transporter, in denen sich
»unerwünschte Menschen« versteckt halten konnten; überla-
dene Schrottkarren mit den falschen, heißt: nicht dänischen
oder zumindest deutschen Länderkennzeichen ...) Ich kannte
diese Kontrollen bereits von anderer Stelle her, und in dieser
Situation begrüßte ich sie beinahe wie etwas angenehm Vertrautes.

Jetzt konnte ich die Fähre sehen, vielmehr das spitze, weit
aufgesperrte Maul, hinter dem sich ein dunkler Schlund auftat. Im Schritttempo arbeiteten sich die parallelen Autokorsos
darauf zu, um nach und nach im Inneren zu verschwinden.
Seltsamerweise schien unsere Spur jedoch vom Schiff wegzu-
führen. Die Fahrbahn teilte sich und steuerte seitlich an der
Fähre vorbei, direkt aufs Wasser zu. In der Ferne winkte uns
ein Mann in gelber Signaljacke mit einem Leuchtstab und lei-
tete uns auf eine Rampe, die steil ansteigend und im großen
Bogen seitlich auf ein zweites Tor zulief. Schon rumpelten wir
auf die Fähre wie in einen langen Tunnel. Vier blaue Spuren,
von gelben Strichen getrennt. Lichter überall, an der Decke,
an den Seiten, dazu die Bremsleuchten all der Autos, die vor
uns hielten, Stoßstange an Stoßstange, und wie aufgescheuchte Ameisen zwängten sich die Passagiere aus ihren Türen und
strömten zu den Treppenaufgängen.

Vor mir stieg Ute aus ihrem Wagen, holte sich vom Rücksitz
eine Jacke, die sie sich überwarf, drückte den Funkknopf an
ihrem Schlüssel und schaute mich mit wiegendem Kopf durch
meine Frontscheibe an. Lächelnd trat sie an meine Fahrertür
und öffnete sie.

»Keine Angst, mein Lieber.«

Sie bot mir ihre Hand, nach der ich erleichtert fasste, und
half mir aus dem Wagen. Betont ruhig gab sie mir Anweisun-

gen. Jacke. Abschließen. Gut so. Jetzt losgehen. Da entlang. Und während wir uns zwischen den Autos hindurchschoben, merkte ich, dass sich das Tor hinter uns bereits schloss. Wie choreografiert blinkten die Scheinwerfer von all den ferngesteuerten Schließmechanismen auf, die gleichzeitig betätigt wurden.

Hoch, immer höher. Der schmale Treppenaufgang war dafür zwar nicht gemacht, doch Ute ließ, während sie vor mir die Stufen erklomm, meine Hand hinter ihrem Rücken nicht los. Ich nickte, als müsste ich das vor mir selbst rechtfertigen, und streichelte sanft über ihre Finger. Durch eine Brandschutztür betraten wir das Deck und waren auf einmal umgeben von den unterschiedlichsten Farben und Mustern. Der Boden ein schwarz-weißes Tetrisspiel, die Decke ein weißer, von farbigen Balken durchzuckter Lichtblitz. Es roch nach Kaffee und Hotdogs. Hordenweise deckten sich die Passagiere mit Verpflegung für die Überfahrt ein. Ein ferienfrohes Gewusel. Leute strömten zu den Duty-free-Shops oder raus aufs offene Schiffsdeck.

Jetzt erst fiel mir auf, dass die Fähre längst abgelegt hatte. Wir schipperten bereits zwischen den Molen aufs offene Meer hinaus, und durch die von Kinderfingern betatschten Scheiben konnte ich die Küste sehen, die hinter uns verschwand. Sofort richtete ich den Blick auf den Tetrisboden.

»Drinnen oder draußen?«, fragte Ute.

Ich wies auf die automatische Tür zum Deck. »Draußen. Frische Luft.«

»Ganz ruhig«, sagte Ute. »Alles halb so schlimm.«

Überall Möwen. Mühelos und ohne Flügelschlag hielten die Vögel ihre Position über dem Schiffsdeck, den gierigen Blick auf die Hotdogs und Softeiswaffeln gerichtet, mit denen sich einige Passagiere unvorsichtigerweise an der Reling aufgestellt hatten. Das Schiff schien die Möwen in der Luft einfach mitzuziehen, und ich fragte mich, wie das physikalisch zu erklären war. Plötzlich aufgeregtes Rufen, dann Lachen, als eine Möwe niederstieß und einer Passagierin das Eis direkt aus der Hand wegklaute. Die Frau schaute keineswegs verärgert, sondern vielmehr froh und stolz in die Runde, als wäre sie durch diesen Vorfall vor den anderen Passagieren ausgezeichnet worden.

»Wir können übrigens noch höher, wenn du willst«, sagte Ute und deutete auf eine Treppe, die zum Oberdeck führte.

»Unbedingt.«

Aus den Bordlautsprechern war eine Frauenstimme zu vernehmen, die nach kurzer Begrüßung Art und Bauweise des Schiffes erläuterte. Hybridantrieb, hochmodern. Ich hörte nur mit halbem Ohr zu, während ich auf das metallische Geräusch achtete, das unsere Schritte auf der Treppe machten.

»Guck«, sagte Ute, »uns kann gar nichts passieren.«

Auf einer Schräge lagen sechs orangefarbene Tonnen vertäut, die im Fall der Fälle wohl ins Wasser gleiten würden, um sich dort hoffentlich in Rettungsboote zu verwandeln; auf der anderen Schiffsseite gab es eine zweite Schräge mit ebenso vielen Tonnen.

»Zwölf Rettungsboote?«, fragte ich. »Und da fühlst du dich sicher? Das ist wohl nicht dein Ernst.«

»Es gibt bestimmt noch mehr«, sagte sie. »Irgendwo weiter unten. Und außerdem passiert eh nichts.« Dann dirigierte sie uns zu einer Bank, die gleich hinter dem Geländer stand, das um das Oberdeck lief. »Setzen wir uns.«

Es kam mir zwar albern vor, aber als ich mich setzte, rückte ich so nahe an Ute heran, dass ich möglichst viel Körperkontakt mit ihr hatte. Unsere Beine berührten sich. Meine Hand lag in ihrem Schoß, wo Ute sie beständig massierte.

»Ist doch schön hier, oder?«, fragte sie und schaute aufs Meer hinaus.

Endlich wollte auch ich meinen Blick in die Ferne richten, doch blieb ich an einer Frau hängen, die auf dem Deck unter uns an der Reling lehnte, rücklings, sodass sie nicht aufs Wasser, sondern aufs Schiff blickte. Eine grüne Softshelljacke, Rucksack zu ihren Füßen, Wanderstiefel, das Haar zu einem Pferdeschwanz gebunden.

Konnte das sein? Konnte *sie* es sein?

Sie war älter geworden, keine Frage. Ich meinte, erste Fältchen unter ihren Augen ausmachen zu können, außerdem einige farblose Strähnen im ansonsten braunen Haar, und ich beugte mich weiter vor, um einen besseren Blick zu haben. Da schaute sie hoch. Sie kniff die Lider zusammen, als müsste sie sich anstrengen, um mich sehen zu können. (Womöglich hatte sie ihre Brille, die sie nur manchmal benötigte, im Auto liegen lassen.) Grüne Augen. Sogar auf die Entfernung war das zu erkennen. Schließlich zuckten ihre Brauen. Ein Lächeln lief über ihr Gesicht. Mit zwei Fingern ihrer Rechten winkte sie mir zu, und ich nickte zurück.

Meine Reaktion schien sie schon nicht mehr mitzubekommen. Ihre Augen wanderten zu einem Kind, das mit einem Eis in der Hand übers Deck auf sie zugeeilt kam. Sie nahm es an die Hand, deutete auf die Möwen in der Luft und führte es ins Innere des Schiffes.

»Kanntest du die?«, fragte Ute.

»Möglich«, sagte ich, hob meinen Blick und schaute nun auch hinaus, über das Geländer aufs Meer.

Kabbelige See, blassblauer Himmel. Die Sonne neigte sich

dem Horizont zu und warf ein Flimmern auf die Wasseroberfläche.

»Was da vorhin passiert ist«, sagte ich, »auf der Lichtung ...«

Ute legte ihren Kopf an meine Schulter. »Mach dir keine
Sorgen. Alles ist gut.«

Ich streichelte ihre Hand, schaute hinaus, und obwohl unsere Fähre beständig durch das Wasser glitt, schien sich dort
draußen in der Ferne doch nichts zu rühren, gar nichts.